TOKYO FOOL'S GOLD

Daisuke Kawasaki

東京フールズゴールド

川﨑大助

河出書房新社

——目　次——

For SS, YW and the other comrades in arms.
I'm still here so far... keep writing this kind of sxxt incorrigibly.

DK

東京フールズゴールド

TOKYO FOOL'S GOLD

Introduction

これは潮騒《しおさい》じゃない。寄せては返す波じゃない。にぶく響く遠雷《えんらい》のような海鳴り、叩きつづける両手の音が俺を呼ぶ。もっと深く、重い、地鳴りのような音もある。踏みつける両の足の音も俺を呼ぶ。ハンド・クラッピングとフット・ストンプが彼方《かなた》から響きつづける。

　背中の耳でそれを聞きながら、俺は薄暗い通用路を抜けて、楽屋のドアへと進む。ひどい夕立に遭ったみたいに全身が汗びっしょりだ。新調したスーツがえらいことになってやがる。こうしていちいち楽屋へ戻る必要はなかったんだが、まあこれも長年の癖《くせ》ってやつか。それと死にそうに喉が渇いてたんだ。部屋の隅《すみ》っこにある小さな冷蔵庫のドアに右手を伸ばそうとしたところ、俺の左側頭部後方のちょうどよく見えないところで大きな音が鳴る。テーブルの上に載っていたなんやかやが床に落ちる。すっかり忘れていたんだが、俺はまだ左手にオベーション・アダマスのネックを握りしめたままだったようだ。

　柄《がら》にもなく、緊張してたってことなんだろう。逆の手を使ってむりやり左手の指を開かせてから、丁寧《ていねい》にギターをソファの上に置く。人を斬《き》ったあとの侍が刀から手が離れなくなるとか、どこかの映画で見たシーンを俺は思い出す。細かく震えている左手で汗まみれになった顔をぬぐう。こんなふうになったのは、いつ以来だろう？　最後にこんな気分になったのは？　まだ音は聞こえている。

楽屋のドアを抜けて、うっすらと聞こえてくる。低く遠く、海鳴りと地鳴りがまだつづいている。

冷蔵庫には、よく冷えたコロナ・ビールの瓶が一ダース分あった。

そのなかの一本を取り出した俺は、額《ひたい》から頬にかけて瓶を当てて転がして、それから栓を抜いて喉を潤《うるお》す。コロナの瓶を口にくわえたままバスルームのドアノブに手をかけるとそれが勝手に回って、俺はよろけて室内に倒れ込む。ほぼ同時にだれかの腕が俺の喉をとらえて、そのまま壁に押しつけられる。コロナの瓶が飛んで、なにか言おうとした俺の口に硬くて太いものが捩《ね》じ込《こ》まれる。欠けっ歯がまた欠ける。まだ生乾きの口のなかいっぱいに自動式拳銃の鉄の味が広がる。

まさか……ちきしょう！と、俺はそんなことしか考えられない。さっきまで、うまくいってたはずじゃないか。こんな俺の人生だって、いまは、ついさっきまでは。それなのに！

これが冗談じゃないことを、その男の目が物語っていた。拳銃の照門《しょうもん》のその向こうからじっとこっちを覗き込む色の薄いその瞳は、なにかあったら即座に、なんのためらいもなく、引き金にかけた指にすこしだけ力を入れるだろうことを告げていた。硬直したまま口に突っ込まれた銃身の脇から涎《よだれ》を垂《た》らしつづける以外、俺にできることなんてない。なすすべは、もはや一切なにもない。

追いつかれちまった、ということだ。ついに。さっきまでの心地よい昂奮《こうふん》がまるでぜんぶ嘘だったかのように雲散霧消《うんさんむしょう》していく。未来への甘い見通しが暗転していく。コロナの泡がタイルの床の排水溝のなかへと渦を巻いて消えていく。

一体全体、なんで俺はこうなっちまったんだ？　頭のなかの粗熱《あらねつ》がとれていくにしたがって、俺の脳の奥に備え付けのテープデッキが猛烈《もうれつ》な勢いでリワインドを始める。

そう。すべての始まりは、あそこだった。二十一世紀になって七回目のあのくだらない夏、その日々の最初。夏と同じぐらいくだらない馬鹿野郎のこの俺が、大宇宙の隅々から因果という因果をつまみ上げては自分のポケットに詰め込み始めたのは、あのころのことだった。

Verse 1

第一章　ヴェガス・モナムール

1

それがどんな夏だったかというと、まず、渋谷で温泉ビルが爆発した。それから黄色い鼠《ねずみ》の面を額《ひたい》に貼っつけたスタンプ・ラリー途中の小学生が二人、地下鉄のプラットフォームから線路に落っこちた、あの夏のことだ。憶えているだろう？　表参道の駅構内、そこらじゅうにはられていた言い訳じみた貼り紙を。

「先頃、当駅構内において発生しました、人身事故につきまして――」

もっとも、この日は残っていたのは貼り紙だけで、惨劇《さんげき》の痕跡《こんせき》はもうどこにもなかった。轢死体《れきしたい》の血や肉片や臓物臭はもちろんない。すでに鉄路はきれいに清掃されて、コーヒーの香りと砂糖菓子のふんわりした匂いすら、上階にあるＥｃｈｉｋａのカフェからエスカレーター・ホールを抜けて、最下層のプラットフォームにまで降り注いでいた。そんな日のことだ。

「――原因の究明と、再発の防止には、全社的に取り組んでいくことをここに――」

芳香のなかを、俺は上昇していく。

プラットフォームから、コンコースへ。すれ違いざま、ちょっとトウが立ったＯＬの二人連れからすごい目で睨《にら》まれる。俺が火の点《つ》いた煙草《たばこ》をくわえっぱなしにしているせいか。

改札を抜け地下道へ。大量にある見苦しい貼り紙の脇、そこここに、人を小馬鹿にしたような白いウサギのキャラクターが見え隠れしている。Ｅｃｈｉｋａちゃんだ。彼女に見送られながら地上へ。重量感のある分厚い湿気と熱気がどすんと覆《おお》い被《かぶ》さってくる。俺は本当に東京の夏が嫌いだ。

そう言っているのは俺だけじゃない。むかし、日本の音楽雑誌で読んだことがある。たしかイギリス人の来日ミュージシャンだった。インタヴュアーの質問に、そいつはこう答えていた。

「東京は魚臭くていやだ」

俺に言わせればそれは、トロ箱にこびりついた魚の内臓と茶碗に残った納豆《なっとう》の混合臭だ。腐敗臭だらけなのがこの街の夏だ。国道２４６号線を走り抜けていくクルマが、排気ガスといっしょにそれら臭いものすべてを熱気のなかに巻き上げていく。

こんな季節にこんな場所にいるもんじゃない。俺はこんな街にいるべき男じゃない。仕事だ。仕事のために俺はここにいる。

国道沿いに巨大にそびえ立つ俺の「銀行」ビルの玄関口のすぐ前に、数ダースほどの不幸そうな少女たちが集まっている。あっ、と言って、そのうちの数人が俺を見る。俺がタレントに見えるわけはないから、「銀行」の誰かと間違えたのか。悪いな、お嬢ちゃん。俺はそこからカネを巻き上げるためにやってきた詐欺師《さぎし》なんだよ。

アヴィエイター・エンタテインメント――

ビルの最上階に近い壁面には、社名の頭文字の「A」が図案化された仰々《ぎょうぎょう》しいサインがある。新興のレコード会社でありながら、売り上げ高は業界一位で、圧倒的なシェアを誇るその金満具合がモニュメントと化して、あたり一帯を睥睨《へいげい》している様がこれだ。

首《こうべ》をめぐらすと、まわりじゅうの建物のビルボード、そのほぼ三分の一には、アヴィエイターの「アーティスト」がフィーチャーされている。これだけでざっと一億。

残りの三分の二は、ヨーロッパの高級服飾ブランド、ヨーロッパの高級車、アメリカの新進アパレル企業の広告もある。極限まで肥大化した付加価値の見本市。ウェルカム・トゥ・ザ・モダーン・ワールド！　ビルボードのなかで、新作バッグを手に天空にそびえ立つスーパーモデルには、きっとこの地べたの腐臭は届かない。あれこそが女だ。あれこそがアートだ。俺がそこにたどり着くための天国への階段が、アヴィエイター・エンタテインメントという名の「銀行」ビルなんだ。

ビルの横手から地階の飲食店街へ向かった俺は、男子トイレの個室に入る。尻ポケットから八オンス入りのスキットルを出して、辛《から》いのを喉の奥まで流し込む。ニッキ、ニッキと心のなかでつぶやきながら脇の下をバタバタやる。ピル・ケースから錠剤を出すと、数をかぞえずに全部口のなかへ。ぼりぼりとそれを噛み潰しながら、洗面台の鏡に映った自分の姿を見る。

恰好《かっこう》つけたつもりの無精髭《ぶしょうひげ》がすこし伸び過ぎている。油じみた髪を水で撫《な》でつける。生成色のリネンのサマー・スーツが汗じみているが、もとは六桁だ。レコード会社の連中にモノの善《よ》し悪《あ》しがわかるわけはないから、差し引き勘定してみると、髪を切り過ぎたジョニー・サンダースぐらいには見えてもいい。それとも、ジャック・デイヴィスが描いた『ロング・グッドバイ』のポスター、あの漫画版のエリオット・グールドが徹夜明けでよれているとか?

まあ、良くもないが、悪くもない。なんとかなる範囲だろうと思い込む。

ポルシェ・ケイマンSのキーがついたキーホルダーをポケットから取り出した俺は、人差し指をキーリングに通して、顔のすぐ横で回してみる。OK。今日は悪い日になるはずがない。

取り込み中なので簡単に俺自身のことを説明しておこう。俺の職業はフリーランスのレコード・プロデューサー。アレンジャーでもある。マネジメントもする。まあ、そこに「レコード」というものがあった場合、顔を出しているアーティストがやること「以外」のことを、基本的に全部仕切るのが俺の仕事だ。

だからレコード会社から支払われるカネのうち、アーティストに行くカネ「以外」のすべてが、俺の取り分になり得る。もっとも、売り上げから最初に一番多くのカネを取っていくのはレコード会社なんだが。なぜなら、この博打《ばくち》に張るカネを一番多く出すのがレコード会社だからだ。音源の制作費、人件費、製造実費、宣伝費、流通費、そのほか、もろもろ。そして、実際に商品を動かして、販売するのもレコード会社だ。

そして、奴らが発売する九割九分のレコードは、大赤字となる。残り一分のレコードがヒットして、その上がりを全員で分け合っているのがこの業界だ。

言い換えると、「レコード」さえ作っておけば、それがヒットしようがしまいが、俺のような立場の者からすると、カネは間違いなく回ってくる。悪くない話だ。数千匹の藪蚊《やぶか》の群れのなかに、丸々と太った牛が一頭いるような構図を想像してほしい。血を吸われ過ぎてその牛が死んでしまわないかぎり、いつでも俺ら蚊トンボは腹いっぱいだ。しかも、もし仮にその牛が死んだとしても、べつの餌場《えさば》に行けば、きっとまたぞろべつの間抜けな牛やら豚がいる。

ハカタさま、と、受付嬢が俺を呼ぶ。

「コマガタです」

と、受付ノートに記された「狛方丈二《こまがたじょうじ》」という名を俺は指さす。

「あ、コマガタさま。失礼しました。三階のロビーでお待ちください」

お姐《ねえ》ちゃん、いい加減、俺の名前ぐらい憶えてくれよな、と思いながら、「912」と受付ナンバーが入った四角いバッヂを胸につける。制服を着た警備員が両脇に立つエントランスのドアに向かうと、バッヂに仕込まれたＩＣチップに反応したスライディング・ドアが左右に開く。ほぼ同じタイミングで、機械仕掛けのように警備員たちが俺にお辞儀《じぎ》する。ショウタイムがこうして始まる。

2

女子高生のように左右に大きく手を振りながら、小太りの男がこっちに駆け寄ってくる。ジョージ、さーん、と嬉しそうに俺の名を呼びながら駆けてくる。

アヴィエイター社の権勢を物語る巨大なロビーのなかに俺はいる。ミッドセンチュリー・モダーンなテーブルと椅子が並ぶ大フロアの両脇には、天井から床まで大きなガラス戸で仕切られた、打ち合わせ用の小部屋が数十ほど並んでいる。床や天井のそこここには、その光を刻々と七色に変化させる液晶ディスプレイ。そのほか、電気代だけはしこたまかかりそうな大部屋のなかを、息を切らせながら、愛《いと》しの担当ディレクター、信藤《しんどう》フィリップがこっちにやってくる。

音楽業界には、三種類の人種がいる。それ以外もいるっちゃいるんだが――まあ、基本は三つだ。まず、ミュージシャン。音楽を作る奴。これは当たり前だな。

つぎに、ミュージシャンになりたくって、なれなかった奴。これが最悪だ。こいつらは、いつも深層心理でミュージシャンに嫉妬《しっと》している。「プロのミュージシャン」の仕事ぶりに一番ピント外れなこと言ってくるのはたいていこいつらで、迷惑きわまりない。レコード会社の社員でも、音楽ジャーナリストでもいいが、自分のしょっぱい「バンド経験の記憶」かなにかを拠り所《よりどころ》に、「ここは、こうしたほうがいいんじゃないの?」なんてことを言い出すわけだ。そんなとき、俺が思うことはいつもふたつ。「だったら、お前が作れよ!」。もうひとつは、「ああ、これでまた、まとまりかけてたパン種が引っかきまわされて、いちから練り直しだ」。経済効率悪いこと、この上ない。

最後のタイプが、リスナーあがり。これはとても素晴らしい。こいつらは基本的に江戸時代以前の百姓と同じだ。「最近なに聴いてます?」というのが日々の挨拶で、今年は豊作だの、いいレコードが出ないだの、そんなことばっかり年じゅう言ってやがる。つまり百姓のくせに、なにもかもお天道様まかせでいるような奴らだ。日照りのときはおろおろするばかりで、灌漑《かんがい》設備を作るという発想すらない。肥料を使って土壌を改造したり、品種改良して収穫を増やすこともしない。そんなことができる人間は、高名な祈禱《きとう》師か錬金術師さまだけだと思っている——つまり、詐欺師の到来だけを指折り数えて待ち望んでいるような人種だ。

総会屋もどき、ポン引きや虚言癖《きょげんへき》、広告代理店もどき、日雇い労務者みたいな人種も業界には多いが、基本はいま言った三種類で、もちろん「リスナーあがり」が、みんなでよってたかって食いものにされる一番のターゲットだということは、言うまでもない。

信藤は典型的な——そして、熱心な「リスナーあがり」で、だから俺の優良顧客だというわけだ。俺という頭が黒い吸血虫の。

「いやあ、買っちゃいましたよ。ボックス・セット」

開口一番、まるで挨拶がわりのように、信藤が俺に言う。奴の餅のような身体の上で、ロゴが左右に引きのばされているTシャツは、ボックス・セットに付録でついていたやつだな。

「全部紙ジャケで復刻っていうのが、いいですよね！　あ、でも、12インチとレア・トラックス集で一枚になってたじゃないですか？　あれはせっかくだから、12インチは12インチで、それぞれオリジナルのまま、一枚ずつ紙ジャケでCD化してくれたほうが、僕なんかは嬉しかったなあ」

信藤は嬉々《きき》として話しつづける。話しながら、打ち合わせ室のひとつに俺を招き入れる。そして「コーヒーはブラックでしたっけ？」と俺に訊く。

ああ、と適当に答える。

「ブラックひとつと、あと、カフェオレね」

と信藤がインカムで告げる。そしてニコニコしながら俺に訊いてくる。

「丈二さんは立ち会われたんですか、ボックス・セットのマスタリング?」

「まあ、一応」

と俺は嘘をつく。

「なつかしいですよねー。僕もあの頃は、こーんなふうに髪の毛のばしてましたもん」

と、手振りで説明する。ぺたっと頭皮に貼り付いた現在の奴の頭髪に当時の名残《なご》りはない。

「僕のまわり、みんな真似《まね》してましたからね。うつむいてギター弾いてた丈二さんの、前髪がばさっと顔にかかって——」

「ああ」

「ああいう感じのバンド、もう出てこないのかなあ? 逆にいまっぽいと思うんですけどねえ。ほら、UKではニュー・レイヴなんて、あったじゃないですか」

「ああ」

「再結成とか、したらいいのにな、なんて——」

俺が我慢の限界に達しそうになった頃合いを見計らったように、お姐ちゃんが飲み物を届けにくる。それでも話の腰は折れない。紙カップのコーヒー越しに信藤の様子を窺《うかが》うと、相変わらず満面の笑みでこっちを見てやがる。ワンフの顔だ。同じ話題をつづけたがってる目だ。しょうがない。

「ところで——信藤ちゃんさあ、フェニキア文字って、なんで忘れ去られたか、知ってるか?」

「へっ?」

信藤の顔から笑みが消える。

「フェ、フェニキア?」

「フェニキア人について、お前、なにも知らないのか?」

「……ええと……高校の世界史の授業では、なにか習ったような気も……」

うん、うん、と俺は大袈裟《おおげさ》にうなずく。紙カップをテーブルの上に置いて、両の手の平を信藤に見せるようにして広げる。信藤の顔をじっと見つめながら、俺は話し始める。

「いいか、古代フェニキア人は、フェニキア語を話した。その言葉のために、フェニキア文字を作った。それはすごい文字で、世界最初の表音文字だった。アルファベットの元祖みたいなもんだな。実際、ヨーロッパと中東のすべての文字は、このフェニキア文字から生まれたんだ。そんな便利で優秀なもんが、なんで消えちまったんだと思う?」

「えっ……なんでかな? 戦争とか?」

「そのとおりだ。だが、それだけじゃない」

俺は重々しくかぶりを振る。

「じゃあ逆に訊こう。戦争に負けたって、負けた側の言語や文字が、いつも決まって全部消えちまうってわけじゃねえだろ?」

「まあ、たぶん……そう、ですよねえ」

「だろ? しかし、フェニキア文字は、消えちまったんだよ。なぜ消えたか? それってのが、フェニキア語の特質に関係があったんだよ」

「はぁ……」

コーヒーを一口すする。ひどい味だ。さらに俺は話をつづける。

「いいか。フェニキア人の言葉ってのは『実用』って側面が強かったんだよ。詩や文学や歴史伝承のための言葉じゃなくって、交易や政治の場で使われるものとして、よく整備されていた。だからこそ、わかりやすく、だれでも簡単に使える表音文字が発明されたわけだ。わっけわかんない象形文字とかじゃなくてな。つまり、情報伝達メディアとしてすぐれてたわけだ。そこが逆に仇《あだ》になった。使わない言語なんて、残しててもしょうがねえ、ってだれもが思うようになっちまったわけさ。アッシリアや、アレキサンダー大王や、ローマ人なんかが、フェニキアをぼこぼこにしちまったあと、社会生活の場では、フェニキア語なんてだれも使わなくなった。そうして、フェニキア文字も忘れ去られちまった。だから、歴史の表舞台からフェニキア人の勢力が消えた途端に、言葉も文字も、いっしょにパッと消えちまった。十九世紀まで、そんなもんがあったことすら、世界じゅうで忘れ去られていた。なんでも発掘するイギリス人が掘り出してくるまでは」

「そうなんですか？　へえぇーっ。丈二さん、歴史におくわしいんですねえ」

「まあな」

まあ基本的に全部嘘だ。週刊誌で読みかじった新書の書評を適当にねじ曲げて話してるだけだ。

「つまり、俺が言いたいのはこういうことだ……ポップ・ミュージックのレコードってのは、フェニキア文字と同じだってことなんだよ！」

「ええっ？」

「同じなんだ」

俺は咳払いをする。

「まず第一に『同時代的な情報伝達メディアだ』ってことなんだ。フェニキア文字と同じく、ポップ・ミュージックのレコードってのは。もちろん、レコードは記録媒体だから、過去のありがたい芸術品、評価が定着した巨匠の名演とかってのを収録したっていいさ。クラシックやジャズのレコードみたいにな。そんな盤のほうが、安牌《あんぱい》な商売ができるって面はあるだろう。だけど、そんなことばっかやってると、レコードってのは、遠からずフェニキア文字みたいに消えちまうんだ。研究者以外は、だれも読みかたすらわかんないものになっちまうってわけさ。わかるか？　信藤！」

急に名前を呼ばれた奴は、ぴくっと椅子の上で跳ねる。

「なんで俺らはみんな、評価も定まっちゃいない『最新のロック』なんてもんの、けつっぺたを追っかけつづけてるんだと思う？　飽きもせず、年がら年じゅう、一生懸命に？　それはさあ、『ニュース』だからなんだよ！　緊急速報が音になってるものだからなんだ。まず第一に『いま、そこで起こっていること』を伝えるメディアとして、ポップ・ミュージックのレコードってのはあるものなんだ！　これが大原則なんだ。いま起きていること――それはたかが流行の髪型の話かもしれない、惚れたはれたの、ガキの恋愛事情の話かもしれない。しかし、そのときの『感覚』ってのを、これ以上なくヴィヴィッドに伝えてくれるものが、俺らが大好きな『ロック』ってものの本質だろう？　メディアとしてのロックンロール――それを記録したときに、ポップ・レコードの価値ってのは、最大限にまで高まるんだ。これが『流行音楽』の本質ってもんなんだ。いま、それを伝えること。リスナーが、いま聴きたい『フィーリング』。それをできるかぎり早く伝えること、それがポップ・レコードの使命なんだよ。わかるだろう！　お前なら？」

だらしなく口を開けて俺の話を聞いていた信藤が、はっと我に返って答える。

「あっ。ええ、ええ。わかります。わかります。もちろんです」

「要するに――」

俺は開いた両手をすーっと両側に広げる。

「俺が言いたいことは、『現在進行形のものこそがロック』だってことだ。古い話をありがたがるんじゃなくってな。俺らの大好きなロックが、ポップ・ミュージックが記録されるべきレコードが、フェニキア文字みたく消滅しちゃあ、やってらんないじゃん？」

「そんなこと、絶対に駄目ですよねっ！」

よっし折伏《しゃくぶく》完了。

「まあそんなわけでさ」

と俺は本題に入る。

「現在進行形の最たるものとして、契約の話を詰めたいんだけど……」

「えっ？」

「だ・か・ら、契約の話だよ！」

俺の用事がなんだと思ってんだこいつ。

「信藤ちゃん、俺が前に渡したモルフォディターのデモ、聴いてくれたよな？」

ああーっ、と大仰《おおぎょう》に反応した信藤は、太い両腕をばたばたさせながら、デモ音源の魅力について語り始める。

いわく、はじけた曲想にも関わらず、サビのメロディがせつなくて、云々。いわく、声質が似た混声女性ヴォーカルのユニゾンぐあいが気持ちいい、云々。いわく、エレクトロ・ポップというよりは、八〇年代のニューウェイヴみたいに、シンセ・サウンドとギター・ロックが絶妙にブレンドされていて、云々――。

俺にそんな解説しても無意味だとは思うんだが、語ること自体が快感なのだ。「リスナーあがり」の習性のひとつだ。

「僕なんかが言うのはなんですけど、胸がしめつけられるっていうか。ザ・ピペッツなんかよりも、もっと少女っぽくって、切なくって、ドリーミーなガール・ポップっていうか……」

俺は信藤の話を受けて言う。

「あいつら、ああ見えて、ソングライティングのセンスはあるからね。かなりいいものを持っている。それで外見もいいから、俺もひさしぶりに、プロデュースやってみようかって気になってさ。そんで信藤ちゃんところには、最初に話、持ってくべきだと思っててね」

「いやあっ、そう言ってもらえると光栄です」

さて、ここからが勝負だ。

俺はプリントアウトしたドラフト契約書をざざっとテーブルの上に広げる。「共同制作原盤譲渡および専属実演家契約書」と、その表題にはある。その契約書の「別表」のパート、各種の印税率が記載されている部分を指さして言う。

「この前もらったドラフトなんだけどさ、ここ、原盤の持ち分が五〇／五〇なんだから、やっぱりこっちに七パーセントぐらい原盤印税がないとおかしいだろう?」

表情が翳《かげ》って、うーんとうなる信藤。

「アーティスト印税が五パー、プロデューサー印税が二パーはいいとして、それしか書いてないじゃない、このドラフト。でも、マスター・テープの権利を半分持っていたいっていうのが、バンドの意向なんだよな」

「それは電話でも仰《おっしゃ》ってましたよね」

「そう。まあ、アメリカのインディー・バンドとしては、当然の主張じゃん? で本人たちに訊いたんだけど、原盤の制作費も自分たちが半分持つ形で構わないって言ってるわけ。だから、原盤印税相当分の七パーセントを、ここに付け加えてもらわなきゃいけない」

俺は契約書を人差し指でとんとんやりながら言う。

「アーティストは外人なんだからさ、国際標準にのっとって、わかりやすくしないと」

「……それなんですけど。ウチの法務にも確認したんですけど、『前例がない』って言われて。その、つまり、外タレと直接契約するってパターンはあるんですけど、今回は、丈二さんがプロデューサーとマネージャーを兼ねるってことになるじゃないですか? とするとですね、こちらは邦楽の慣習にのっとって考えざるを得ないわけで」

そーうそう。それだそれ。

「邦楽の場合、レコード会社とアーティストは、直接契約しないじゃないですか。アーティストはまず、マネジメント事務所に所属して、その事務所とレコード会社が契約するわけで。アーティストの管理は事務所がやるってことで。そうすると、ウチはレコーディングが終了して、印税が発生するまでの期間の生活保障をしなきゃいけない。アーティストと事務所の担当者に対して、月給相当分の援助費をレコード会社が払うっていう、邦楽業界の普通のシステムが、今回も妥当なんじゃないかと……これは、前回もお話ししましたよね？」

「ああ。だからさ、バンド・メンバーが三人いて、そして俺ってわけで。まあ年間みてもらって、都合千二百万ぐらいって話」

「……やっぱり、それぐらいは……」

「かかるねえ。あと、レコーディングはトータルで二千万ぐらい、かな。これはまず、アヴィエイターから全額前金で仮払いしてもらって、制作費の半額分、一千はあとで印税から引いてもらうって形にしてほしいのよ。だから契約金は、『アーティスト援助費』の千二百と合わせて、三千二百万と端数かな」

信藤の顔色が、どんどん悪くなっていく。

まあつぎにこいつが言ってくることは、CD不況なんで最近予算がきつくって、とか。アーティストの実績から見て、そこまでの予算組みはどうも、とか。そんなあたりか？

「……上場企業なもので……」

ん？

「こんな僕が言うのもあれなんですけど、ウチって東証一部に上場したじゃないですか。それで、意外に上がうるさいっていうか。堅いっていうか。確証がないことには、判をついてくれないってところがあって。売り上げの『見込み』ではなく、確証をっていうか……」

お笑いだな。じゃあレコードなんか作るなよ。しかしそんな本音を言ってもしょうがない。

「わかるわかる。いまはもう、九〇年代のレコード・バブルじゃないもんなあ。でもな、いま確証をやることはできないが、俺には確信があるんだ。日本人はパッケージが大好きなんだよ。なにがあろうと、これだけは間違いない。アナログでもCDでも、パッケージングされた音源のハードコピーを、末永く大事にするのが、とてつもなく好きだって習性があるんだよ」

「あ、はいはい。それは間違いないですよね！」

「やれ音楽配信がどうしただの、聴き放題サービスがこうしただの、アメ公やヨーロッパの業界はITがらみでごそごそしているけれども、そんなのは雑音でしかない。余技でしかない。本筋を見失っちゃいけない」

「本筋、と言いますと？」

「いい曲、いいアルバム、いい作品をつくる。それがすべてだ。つまり『パッケージで持っていたくなる』ような、きちんと制作された良質な音源を作る、これが第一で、第二はないってことさ」

「ええ、ええ」

「真っ正直に、音楽のことだけを考えていればいいんだよ。いいか？　たとえばUKロック。落ちた落ちたと言われている。そのとおり。十年前からは想像もできないほどの停滞と劣化だ。しかし！　まだオアシスがいる。オアシスが曲を作って、アルバムを発表しつづけてるかぎり、奴らが解散しないかぎり、UKロックは安泰だ！」

「それはそうですよね！」

「真っ正直とは、そういうことなんだ！　その逆にさあ、日本じゃあこのごろ、秋葉原で『会いに行けるアイドル』だの、仕掛けようとしてる輩《やから》がいるそうじゃないか？　信じられねえよな、まったく。なにが悲しくって、そんなちゃっちい小手先の子供だましに付き合わなきゃいけねえのか？

あるわけがない。だって、日本人はみんな、あれほどまでに音楽的に豊かだった九〇年代をすでに体験しているんだぜ？」

「たしかに、僕らみんな、耳が肥《こ》えちゃったというか。そういうところ、ありますもんね」

「なあ？　そうだよなあ？　いまさらそれが、二十一世紀にもなってだよ？　なにかの焼き直しの貧乏くさいアイドルごっこ、てえのは悲し過ぎる。ちょっとばかり、お客を見下し過ぎている。通用するわけがない」

「僕もそう思います！」

と信藤の表情がふたたび明るくなったところで、調整終了。俺は話をもとに戻す。

「と、そこで、だ。だからこそ俺は、このモルフォディターを持ってきたわけだよ。こいつら、マイスペースでバンドが手売りした手焼きのCDRが、一万枚だぜ？」

俺は紙スリーヴに入ったCDRをデスクの上に出して見せる。

「あ、これがお話の現物ですか？」

「そうそう。このレーベル面のアートワークも、全部メンバーが手描きで一枚ずつ仕上げてるからさ。一点モノなんだな。このセルフ・タイトルドのEPを出したブルー・モルフォが、この子たちの前身バンドだからさ」

「ebayで、すごいプレミアがついたってやつですよね」

「最高は米ドルで二千かな。まあ、うまくすれば数百ぐらいでも買えたみたいだけどね」

ほほーっ、と信藤の目がCDRに釘《くぎ》付けになる。レコード・ヴィクティムの目だ。

俺はそのCDRをすっと引くと、大事そうに紙スリーヴにおさめる。

「そこでさあ、信藤ちゃん、忘れちゃいけないのが、海外のマーケットよ。アメリカ、UK、残りのEU、アジア、ロシア、そのほか全世界にわたって、このバンドの原盤を半分持てるんだぜ、アヴィエイターが。それってさあ、日本のレコード会社の悲願だよな？　『世界的なマーケットで売れるソフトを、日本から発信する』っていうのはさあ！　なかなかないぜえ、そんなないい話。海外マーケットを経験した上で、俺は言ってるんだけどさ」

　信藤の子供っぽい顔が、上気して、恍惚《こうこつ》としてくる。

「そうですよね。丈二さんたちは、海外ツアー何度もやりましたもんね！」

「ああ。だから俺にはわかるんだ。日本人って、国内のマーケットのことばっかり考えてるんだよな。子供騙しのＪ－ＰＯＰばっかり作っては、短期間しか売れないオモチャをばらまくだけでさ。国際マーケットに出せる原盤を作るって発想が、ほとんどない。坂本九だって、全米一位獲ったのはたまたまじゃん？　そのあと、まったくだれも出てこねえ。ポップ・ミュージックの本道は、『全世界同時進行』だってことが、わかってる奴がすくな過ぎるんだよ、日本の業界には！」

　全世界同時進行、というフレーズに、びくびくっと信藤が反応する。

「わかります、わかります！」

「俺はさあ、なにも日本のなかのことだけを言ってるわけじゃない。モルフォディターは、インディーで手売りだったブルー・モルフォの実績から判断しても、五万から七万は見ていいと思ったから、それで予算を考えたわけ。でも、その計算には、バンド本国のアメリカも、ヨーロッパも、全然勘定に入れてないわけよ？　そこはもし、アヴィエイターが乗ってこなかったら、原盤供給だけしてもらって、俺とバンドで、北米だったら北米でメインのレーベルを探してもいいんだけどね」

「アメリカはやっぱり、サブポップになりそうなんですか？」

「まあ、それははっきりとは言えないけどね。いまの段階では」

　と、意味ありげな含み笑いをひとつ。

「だからさ、俺は信藤ちゃんには、小さなことにとらわれて、目をくもらせてほしくないんだよ。

株屋や会計士の顔色うかがって、短期決戦、短期消耗のＪ－ＰＯＰにばっかカネ使って、焼き畑農業みたいなことやりつづけてても、しょうがないじゃない？　悲し過ぎるじゃないか、そんなのってさあ！　音楽って、本来そんなもんじゃないだろう？　世界が獲れるソフト、数十年後も愛されつづけるようなレコードをこそ、作りたいじゃないか！」

わかりますぅっ！と信藤。目がすこしうるんでいる。

「まあスタジオ代は、安かないけどさ。しょうがないんだよなあ、これは」

ここで俺は、信藤に顔を寄せる。

「まだ、ここだけの話にしといてくれよ？」

「は、はい。なんでしょう？」

「ラスヴェガスにある、ザ・キラーズのスタジオが使えそうでさあ。本チャンの録《と》りでは」

「えっ、本当ですか？」

「もちろん、予算しだいなんだけどさ。メンバーどうしが仲いいみたいで。だから当然、レコーディングにもキラーズは参加することになるよね」

「すごいですよ！　それは！」

冷め切ったまずいコーヒーを飲み干すと、俺は奴のＭａｃＢｏｏｋを手にとる。

「信藤ちゃん、英語はできたよね？」

ええまあ、と彼。

「いまぐらいだと、時間的にちょうどいいはずだから」

と、俺はキーを叩く。ｉＣｈａｔのウィンドウがディスプレイ上に広がる。

「ほら、こいつらだよ」

と、俺はＭａｃＢｏｏｋを信藤に預ける。

えっ、えっ、と驚く信藤の眼前に、モルフォディィターの三人の姿があらわれる。

窓の外にヴェガスの大通りと、彼方《かなた》にストラトスフィア・タワーをのぞむホテルの一室。ファンシーなゴシック・ファッションの若い女が二人と、坊主頭の陰気そうな眼鏡男がひとりいる。

「こっちがナザリーン、フランス系。こっちはジェイディリー、チャイニーズとイギリス系のハーフね。この二人が両方ヴォーカルで、ギター、キーボード、ドラム、サックス、なんでもできる。で、この男がトラック・メイカーのフォスター。ガールズ、セイ・ハロー・トゥ・シンドウチャン！」

俺が呼びかけると、女の子たちが「ハ～イ」「ヘロー」と微笑《ほほえ》みながらこっちに手を振る。

「ほら、応えて応えて」

「え、あ、へ、ヘロー？　いやあっ、すっごい美人じゃないですか！」

「俺に言ってもしょうがねえよ。本人たちに言ってやれよ」

「やや、僕はちょっと、女の人にそういうこと言うのは」

その信藤の姿をディスプレイ越しに見ながら、くすくす笑うナザリーンとジェイディリー。まるでディスプレイに花が咲いたようだ。

「どうよ？　この外見であの声で、曲の出来ばえがああなんだぜ？」

ええ、ええと応えながら、信藤の目はディスプレイに釘付けになっている。

「日本のアイドルなんて、みんな目頭切開に豊胸じゃん？　この娘たちは、モノホンだからさ。骨からして違うから」

信藤の口元に、だらしない笑みが浮かぶ。

ジェイディリーがディスプレイに向かって投げキッスを始める。その彼女を、手にした小さなクマのぬいぐるみで叩いてふざけるナザリーン。じゃれ合っているうちに、黒いレースがどっさりついたスカートの裾から、二人の白い太股がのぞく。どうよ？　たまんねえもんがあるだろう童貞には？

楽しく無意味なご歓談をひとしきりつづけさせたあと、俺はiＣｈａｔを閉じる。閉じる前に履歴を消去しておく。

「まあ、そんなわけで、もうヴェガス入りして、リハは進めてるんだよね。だから俺としては、巻きで話を詰めなきゃいけないっていうか」

ええ、ええ、と信藤の顔はまだゆるんでいる。

さあ、まとめよう。

「正直いって、パーセンテージの話じゃないと思うんだ。あいつらの主張はさ」

「というと？」

「原盤を自分たちが持っているってことが、印税配分にきちんと反映していればいいのさ。半々だからどうしても七パーよこせって主張してるわけじゃないと思うんだよ、本心は。そこは俺、わかるから。保証する。パーセンテージについては、妥協させられる自信あるから」

「ああー、それは助かります！」

「これも信藤ちゃんだから言う話であってさ、本来だと、俺はアーティストのために、一パーでも多くガメなきゃいけない立場じゃん？　でもさ、ここで日本人どうし、うまく話まとめたほうが、逆になにかと都合いいはずなんだよ、あいつらにとっても本当はね。レコーディングするタイミング、旬ってあるじゃん？　それを絶対逃しちゃいけないから」

「ですよね、レコードは生モノですもんね」

それは俺の受け売りフレーズだな。

「だから、とりあえず今日の条件で、もう一回制作プラン立てて、揉《も》んでみてよ。原盤印税については、俺の話を忘れずに」

わかりました、今日の内容を部長に戻してみて、週明けにはお返事します、と信藤が受ける。

駄目押しをもう一丁。さらにエキサイトさせてやろう。

「あー、これも教えとこうかな。ナザリーンとジェイディリー、つまりブルー・モルフォだった二人だけどさ、そもそもはミネアポリス出身で、プリンスの秘蔵っ子なんだよね、じつは。殿下の前作に、ノン・クレジットで参加させられててさ」

という俺の話に、あれっ？と信藤が首をかしげる。

「僕が聞いたブルー・モルフォの話と違うなあ。ある人から聞いたんですけど、たしか出身って、ミネアポリスじゃなかったような……」

たぶんコンマ三秒、俺は凝固した。

信藤の子犬みたいに無垢《むく》な目がこっちを見ている。俺の目に、不安の影はよぎったか？ それをこの野郎にさとられたか？

凝固を強制解除して、苦笑するふりをしながら俺が言う。

「いるよなー、そういういい加減なこと、言う奴。日本人って英語できないせいか、洋楽なんて誤報ばっかりだもんなあ。デビュー当時のリリー・アレンが、日本じゃ『ザ・スリッツのメンバーの娘だ』なんて言われてた、とかさ。あったじゃない？」

「ありました、ありました！」

「やってらんねえよな、生い立ちまで変えられちゃあ。モルフォディーについては、すくなくとも日本で一番くわしいのは俺だからさ。その点は安心しといてよ」

どこのどいつだ、信藤に余計なことを吹き込んだ馬鹿は？

「それはそれとして。あとは……そう、仮払いの件は？」

あ、すいません、遅れまして、と信藤が詫びながら、社名ロゴの入った封筒を俺に差し出す。手にとったその厚みが心地いい。ああ、カネだ。いい「銀行」だよ、ここは。

「これなんですけど……名目は、どういう伝票にすればいいんでしょうか？」

「宣伝関係がいいんじゃない？　俺の口利きで、『ロックウェル』に載った信藤ちゃんとこのリリース広告、通常の七掛けで済んだじゃん？　だから、その差額分の何割かをバックするってニュアンスで、『宣伝請負い費』とか。そういう感じで」

すでに俺の手のなかにある封筒を、不安そうに見る信藤。

「あの広告は、デザイナー紹介したのも俺だから、『デザイン・コーディネート費』とか？　まあ、心配すんなよ。契約がまとまれば、契約金から精算してもいいんだからさ」

「そう……ですねえ」

「やっぱミュージシャンだからさあ、あの娘たちも、ああ見えて。機材にばっかカネかけちゃってさ。これからレコーディングっていうのに、止めるわけにもいかねえし。そんなこんなで信藤ちゃんには迷惑かけるけどさ、きっといい結果につながるって」

奴の肩を軽く叩いて、俺は席を立つ。でも何度もこういうのがつづくと、とかなんとか言っている奴をあとにして、俺は打ち合わせ室を出る。ゴロワーズをくわえ、歩きながら火を点ける。エレベーター・ホールまで来たところで、息を切らせて走ってきた信藤が俺を呼び止める。

「これ、お渡しするのを忘れてて！」

と、アヴィエイター・ビルの駐車券を差し出す。俺もすっかり忘れていた。右手にケイマンSのレプリカ・キーを持ってたってことを。

駐車券を受け取ると、俺はそれをポケットに突っ込む。

3

「全世界同時進行」の音楽？　なんか、「世界同時株安」みたいなフレーズ、だな？

そんなふうにカテゴライズされたバンドに、いたこともある。ずいぶんむかしの話だ。そんな、ずいぶんむかしの話「だけ」が、いろいろな奴に記憶されている。

平たく言うと、俺はロックスターだった。それなりのセールスを上げて、評価されて、女を食いまくったロック・バンドで、ギターを弾いていた。

それを憶えている奴らにとっては、俺は「その人」でしかない。過去の「あのころ」の俺こそが俺であって、いまの俺は本来の俺ではない、らしい。「その後の俺」はどうでもよくて、いまの俺のなかに「あのころの俺」の姿を探すことにしか興味がない――そんな連中がいる。俺の顧客は、そういう奴ばっかりだ。信藤もそうだ。

あいつらがわかっていないのは、「ロックスターも人間だ」ということだ。スターじゃなくなった、そのあとも人生はつづく。それを認めたくない奴らが、ロック・ファンという人種だ。

あいつらにとっては、本当の俺はもちろん、「あのころの俺」だって、じつはどうでもいい。俺がいたバンドの音を聴いたり、ライヴを観たりしたときの「自分の想い出」が大切なだけなんだ。

あいつらは全員、自分しか愛せない偽善者だ。俺みたいな「過去の人」は、自分の想い出を体よく引っかけられるハンガーみたいなもんだ。

たしかに、人生のなかの一時期、俺はロックスターだった。

でも、その「一時期」だって、二十四時間ロックスターだったわけじゃない。ステージやレコーディング、雑誌の取材、TV番組に出演……そんなときは「ロックスター」だった。一日のなかの数時間だけ、「ロックスター」になっていた。クラブでも、飲み屋でも、お姐ちゃんを拾うときでも、必要に応じて「ロックスター」にはなったが、そこだけなら、いまでもあんまり変わりはない。日曜日のサラリーマンはサラリーマンじゃない。たぶん、そうだ。

しかし俺は――すくなくとも、俺のことを「知っている」奴らは、日曜日のないサラリーマンのように、二十四時間、一年三百六十五日、俺にロックスターでいてほしいと思っている。いや、「そうに違いない」と思いたがっている。

狂ったような西日がようやく翳ってきたものの、むせ返る熱気がまだ地表を這っている。ビルの空調で骨まで冷えていた身体の奥から、廃油が染み出してくるように汗が湧く。両生類のように全身がぬめぬめする。

舗道の前方から、孔雀《くじゃく》みたいに着飾った外人男の二人組が歩いてくる。知った顔だ。フランス人のアントナンと、ベルギーだかオランダだかから来た黒人のレミー。二人とも現代アーティストだか、ファッション・プランナーだか、そんなことをやっているゲイ・カップルだ。在日歴の浅いこいつらは「過去の俺」を知らない。だから気楽でいい。

「あ〜ら丈二ちゃん、そんな汗かいて。男前が台無しじゃないの?」

と、アントナン。今日はスパイラルでパーティがあるのよ〜、とレミー。

ちょうどよかった。泡が出るものが飲みたかったところだ。外人二人につきしたがって、すぐそこのスパイラル・ビルまで歩く。

都心のここらへん、南青山や神宮前あたりでは、しょっちゅうなにかの小規模なパーティが開催されている。アパレル・ブランドや、ショップや、外車屋や、ときに雑誌がカネを出して、タダ酒を振る舞う。ニューヨークやパリの真似ごとなんだが、あっちと大きく違うのは、どのパーティでも、ほぼ同じ顔ぶれの、東京に巣くう不良外人ばかりが集うところだ。あっちと同じ意味でのセレブリティが東京にはいないのだから、しょうがないのだが。

アントナンもレミーも招待状は持っていないが——もちろん、俺も——着飾った外人が「ハーイ」と笑いかければ、どこの受付もフリーパスになる。まずバー・カウンターに進むと、三人とも、両手に持てるだけのシャンパン・グラスを握りしめる。

なんのパーティなのか、スパイラルの一階フロアが人で埋まっている。

駆けつけ三杯。シャンパンはウェルカム・ドリンクなので、早めになくなることが多い。お友だちを捜しに消えた外人二人組をよそに、バーの前に陣取った俺は飲みつづける。携帯電話で短いメールを打つ。シャンパン以外も悪くない酒が揃《そろ》っているな。スキットルを取り出した俺は、バーのお姐ちゃんに手渡すと、メーカーズマークVIPのボトルを指さす。露骨《ろこつ》にいやな顔をした彼女がスキットルに酒を注《つ》いでいるあいだ、俺はカウンターに並んだグラスをつぎつぎに干していく。

「シルヴァー・マシーン」というのが、ロックスターだったころの俺がいたバンドだ。

青芝音工傘下のメジャーであるオメガ・レコードから、三枚のフル・アルバムをリリースした。その前にインディー・リリースしたEPと、シングルや、未発表のスタジオ・テイクや、ライヴ音源の寄せ集めのコンピ盤一枚の計四枚がボックス・セットになって、ついこのあいだ、青芝から発売されたそうだ。どうせ俺には、お涙金程度の印税しか入ってこないが。

楽曲クレジットが全部バンド名義になっているから、熱心なファンですら誤解しているんだが、あのバンドでは、俺はほとんどなにも曲を書いていない。ヴォーカルの奴がなにもかも仕切っていた。だから、メジャーからまともな印税が発生した段階で「作曲への貢献度によって」メンバー間で印税の配分を変える——というアイデアを出したのも、奴だ。おかげで俺には、演奏者としての

「アーティスト印税」ぐらいしか入ってこない。

にもかかわらず、ギタリストとしての俺の印象からか、俺が曲を書いて、ヴォーカルが詞を書いたと思い込んでいる奴らは多い。いまの商売上は、そんな印象も悪くはないのだが、だからといって、くだらないボックス・セットが出れば俺が儲《もう》かるわけじゃない。

バンドを結成したとき、俺は高校三年だった。八九年の話だ。ジョイ・ディヴィジョンの曲もまともに演奏できない、という点で、じつは本当にジョイ・ディヴィジョンっぽいバンドだったのかもしれない。思い出すのもいやなださいバンド名を幾つか経て、ベースとドラムが何人か替わったあと、シルヴァー・マシーンという名に落ち着いて、最初のEPをインディー・レーベルからリリースした。

そこは要するに「事務所インディー」というやつで、渋谷にある小さなマネジメント・オフィスが運営していたレーベルだった。こういうパターンどおりに、メジャーから声がかかったあとは、その事務所が俺らのマネジメントをすることになった。

最初のEPは、まあ、正気で聴けるものではなかったが、そう思ったのは俺だけだったようで、小規模なヒットとなった。また、そのヒットも、渋谷の「ZEST」や「CISCO」といった、UKのインディー盤を扱っている輸入レコード店でまず最初に推されていた、という形からだったことが、メジャーのA&Rたちの心象を良くしたんだろう。大して売れたわけでもないのに、すぐに何社かが事務所にコンタクトをとってきた。

実際のところは、ZESTにもCISCOにも、俺らの友だちが勤務していて、だから推してくれていただけなんだが。音楽自体も、そこで売っているレコードをネタに曲を作っていた。だから英語詞になったわけだ。

メジャー・デビュー・アルバム『メッセンジャーズ・フロム・サターン』がリリースされたのは

九〇年。なんでこんな馬鹿なタイトルになったかというと、この当時、マンチェスター・ブームだったからだ。ストーン・ローゼズ、ハッピー・マンデーズといったイングランドのマンチェスターから出てきたバンドが、輸入盤筋では流行《はや》っていた。突如としてシルヴァー・マシーンは、そういうバンドの真似をすることになった。

マンチェスター・サウンドというのは、要するに、ゆるい16ビートの横揺れリズムに、ギターやシンセサイザーで味付けしたダンサブルなロックだ。「インディー・ダンス・クロスオーヴァー」などと当時は呼ばれていた。結局のところこれは、アシッド・ハウスが大流行していたイングランドで、そのパーティの雰囲気を、ロック・バンドの編成のなかで再現しようとして――どうにかなってしまったものだった。

ざっくり言うと、これはヒッピー・リヴァイヴァルみたいな現象だった。デイジーの花や、極彩色のペイズリー・パターン、万華鏡《まんげきょう》のヴィジョンが空間にぶちまけられたようなライティング……まあそういったものが、突如として爆発的に増殖していたわけだ。かの国では。

インターネットもない時代の話だ。そういった「UKのシーン」の情報なんて、音楽雑誌の片隅《かたすみ》の記事か、あるいは馬鹿高い値段で洋書屋やレコード屋で売っている『NME』や『メロディ・メーカー』を見るしか、知るすべはなかった。

もっと手っ取り早く、しかも確実な方法が、輸入レコード店で友だちをバイトさせて、入荷してくる輸入盤でそれらしきものをつぎからつぎに聴いていくことだった。六割はクズだったが、二割ちょっとは「おおっ」となるものがあった。いまから考えると、バイトが給料はたいて店の商品買った上で、その友だち連中まで通いつめるのだから、店主にとっては笑いが止まらない光景だったのだろうが。

九〇年当時は、そんなことをしているロック・バンドはほとんどいなかったせいで、俺らは人気者になった。メジャー・リリースされたファースト・アルバムは、オリコンの上位にランクされた。もっともこれは、出荷ベースで集計しただけの出来レースだったのだが。

音楽雑誌がこぞって「全世界同時進行のバンド、あらわる！」とかいって、俺らを祭り上げたのがこのころだ。

そんなこと、あるわけないんだが。どんな音楽にだって、オリジンがあって、その真似をする奴らがいて、そして広がっていくもんだ。「全世界、同時に」なにが発生するってんだ？　離島のサルが芋洗ってたら、世界じゅうのサルがそうするようになったとかでも思ってんのか？　マンチェスター・サウンドだって、イギリスでは大流行したが、アメリカではハッピー・マンデーズの小ヒットだけで終わったじゃねえか。ジーザス・ジョーンズとか、ＥＭＦとか、あんなもんのほうがアメ公にはウケていた。全世界同時になんて、なんにも起きちゃいねえ。

もっとも、当時の俺としては、そんなことはどうでもよかった。

ツアーに行けば、どこでもお客が入った。横縞Ｔシャツにバケット・ハット、グラサンかけてマラカスをひとりあたり二本ずつ持ってるような客だ。

首都圏はもちろん、札幌、仙台、新潟、大阪、京都、神戸、岡山、広島、福岡、熊本、宮崎にいたるまで、日本じゅうどこへ行っても、ライヴのあとは盛大なパーティだった。クラブ文化を日本人が知ったころだった。

「レコードをかけて踊る」というと、それまではソウル・ミュージックが主流だったところに、アシッド・ハウスや初期のテクノが伝来したころだ。日本全国の「地元のＤＪ」たちが、ライヴで訪れた俺らを歓待して、夜通しのクラブ・パーティを開いてくれた。クスリも女も食い放題だった。

箔をつけるために、海外でライヴもやった。もっとも、まともなツアーをやったわけじゃない。ニューヨークの「ＣＭＪミュージック・マラソン」みたいなコンベンション大会で、「ジャパニーズ・ナイト」と銘打《めいう》たれた小屋で演奏したり、ロンドンでレコード会社がハコ借りしたクラブに招待客を入れたり、とかいった類《たぐ》いのものだ。

『NME』のインディー・チャートに入ったのも、このころだ。これは簡単な仕組みで、UKのインディー・レーベルから作品をリリースしてもらって、その盤を日本のオメガが卸値で買い取ったわけだ。カネさえ使えば枚数はさばけるわけだから、当然、チャートにも入る。よく考えてみなくても、日本でメジャー・デビューしているバンドが、海外のインディーからリリースされるのは妙な話なんだが、こうした類の「勲章《くんしょう》」がことのほか好きなのが、日本の音楽雑誌の連中だった。効果的なマッチポンプだった。

あのころ儲けたカネをなにに使ったか、ほとんど憶えていない。クルマは買った。楽器も買った。なにかとタダでもらっていた。クスリももらった。もらった分で足りないときは、自分で買った。クラブで拾ったモデル女の腹にコカインの白い線で絵を描いて、ひと晩じゅうなめたりした。

メジャー・デビュー作から十カ月でリリースされたセカンドは、ずいぶんと規模を落とした小ヒットにおさまった。俺らの真似をしたバンドが増えたせいだ。より正確にいうと、「俺らのようなネタの取りかたをする」バンドが増えたせいだ。

音楽雑誌的にいうと「ブーム」が到来したのだろうが、こうなったときには、じつはなにもかも終わっている。

問題は、日本の音楽業界の慣習として、印税の支払いというのは売り上げの半年後だ、ということだった。このタイムラグのせいで、すくなくとも俺は、このとき、世の中の変化をまったく理解していなかった。

契約金があって、ファーストのイニシャル出荷の印税があって、事務所から給料は出ているし、ライヴのギャラも入るし、馬鹿な若造がロックンロール・ライフを満喫するだけの条件は揃っていた。クスリのせいもあったのかもしれない。俺はセカンドもファーストと同じぐらい売れるもんだ、と思い込んで、レコーディングした。

『セカンド・カミング・ホーム』と題されたその一作の小失敗を経て、ヴォーカルの奴がより独裁的になった。奴は路線変更を宣言した。いまなら俺も、駄目になったバンドが必ずやる苦しまぎれの手段だとわかるのだが――「ロックンロール回帰」というのが、奴の出した新たな方向性だった。

つまり、マンチェスター・スタイルを捨てて、レッド・ツェッペリンみたいなビートでやる、と。あとはアメリカで流行り始めていたグランジみたいなギターで、「骨太なロック・バンド」として再生する。そして、日本語詞の導入……もちろん、なにもかもうまくいかなかった。

元ジョイ・ディヴィジョンでマンチェだったバンドに、ツェッペリンは無理過ぎる。また、それまでは英訳して誤魔化していた、歌詞の底の浅さがだれの耳にも明らかになった。そんなサード・アルバム『サッド・ヴァケイション』は、そのタイトルが洒落にならないようなセールスと評価を記録して、シルヴァー・マシーンは終わった。九二年だった。

これが俺の「ロックスターだった時代」のすべてだ。

こんなもの、振り返ってどうするってんだ？　ボックス・セットだと？　どうせライナー・ノーツでは、三文ライターが不確かな情報のみを頼りに駄文を垂れ流しているだけに違いない。もはやどこにもいない「ロックスター」の屍体に防腐処理と死化粧して真空パックした、だれも食わない安魚の燻製《くんせい》みたいな商品があれだ。


パーティ会場が大きくざわつく。来場客の写真を撮っていた数人のカメラマンが、人垣をかきわけ、エントランスのほうへと突進していく。なんだ？　有名人でも来たのかよ？

「あらあ、あの人よ！」

と、いつの間にかバー・カウンターに戻っていたアントナンが黄色い声を上げる。

「ええと、名前なんだっけ、あの人……そう、KYOよね！　ロック・シンガーの」

かっこいいわねえ〜、とうっとりとするアントナンに、俺ちょっと用があるからさ、と挨拶して、その場を離れる。

ソロになってKYOと名乗っているあれは、初期は狂一って、それから京一になった奴だ。シルヴァー・マシーンのヴォーカルだった奴だ。

人気者を一目見ようと動いていく群衆のその波の、一番薄くなっているところを縫って、俺はスパイラルをあとにする。急に場の空気が悪くなりやがった。こんなところにいられるか。

4

原宿駅まで歩いて、山手線で池袋へ。駅のトイレで酒と錠剤。寄り道したので時間がない。急ぎ足で西口の「まるがめ質店」へ。

アヴィエイターの信藤からもらった封筒のなかから札を抜き出して、パネライの腕時計ルミノールGMTを引き取る。

「残りは、どうします？」

と訊く店主に、質草の利息分だけ払う。そのとき、鉄格子の向こうにギブソンES335がちらりと見える。俺の335。

薄くなった封筒を内ポケットに、パネライを左腕に巻いて、駅をくぐり抜ける。東口のグリーン大通りに出て、キンカ堂脇の路地に入る。幾つかの不動産屋の立て看板が、入り口脇の路上に所狭しと並べられた雑居ビルの五階へ。「ハウジングμ」と描かれたドアを押すと、いらっしゃいませえっ！と威勢のいい声が響く。

『明日へのキック・オフ』のころのロッド・スチュワートみたいな髪型をして、細いスーツを着込んだ若い男が七、八名、過剰《かじょう》な快活さを開放的に発散させる。入ってきたのが俺だとわかると、全員が別種の笑顔になる。店内隅の応接セットに俺は腰を下ろす。間髪《かんはつ》容れずに冷たい麦茶と灰皿、冷たいおしぼりまで用意される。

「ジョーさん、お疲れさまっス！」

と、なかでも一番若手の奴が俺に挨拶する。

「社長、ちょっといま手が放せないみたいで、失礼しまっス！」

うわっ、パネライかっこいいっスねえ、とでかい声で反応する。こういう奴らのなかにいると、本当に心が安らぐ。世間に詐欺師は俺だけじゃないと思えるからだ。

接客カウンターで、いままさに、一組の若いカップルがカモられようとしている。ウェブサイトで物件を見たんですけど、などと言って電話をかけてきた馬鹿だ。その上、店にまで足を運んだら、もう話にもならない。もっと言えば、ターミナル駅にある不動産屋で、しかもビルの上階にあるような店にわざわざ行くような奴は、馬鹿を通り越した、ただの人柱だ。

「いやあー、あの物件はねえ、アレなんすよねえ」

と、錆《さび》色の髪をした色黒のロッド・スチュワート三号が、カップルに話芸を披露し始める。

「内見はできるんですけど、現状渡しなもんで。あんまりお薦めはできないんすよねえ」

カップルの女のほうが、男に向かって言う。

「ちょっと汚れてるぐらい、いいよね？　掃除するし」

だらしなく伸びた髪をした男が言う。

「そうだね。自分、アブラやってるもんで、広さがほしいんですよ」

「クリエイターさんですか！　いやあ、それだったら、やっぱこのエリアですよね！」

俺は横目で、いま奴らの話題となっている物件情報の刷り出しを眺めてみる。

「丸ノ内線・新高円寺駅徒歩七分、戸建て、六十平米以上、月七万五千円」

あるわけねえわなあ、そんな物件。

「でもねえ、広いは広いんですけど。現状がこうで」

と、ロッド三号はスナップ写真を何枚か出して、カップルに見せる。土埃《つちぼこり》だらけの床、襖《ふすま》の外れた押入れ、トイレの洋式便器のフタはなく、ご丁寧《ていねい》にも、建物の外には古い家財道具やら廃品の山、生い茂《しげ》った雑草まで揃っている。

どう考えてもそれは「現状渡し」じゃなくって、廃屋だろう。栃木かどこかの山奥の。

「えー、でも掃除するよね、達っくんも」

「うん、するする。こういうのも、レゲエっぽくって、いいんじゃないかな？」

ちっこの手の馬鹿だったたか、と客の筋をようやく正確に把握したロッド三号は、ちょっと待ってくださいね～などと言って、一度奥に消える。

「やっぱりここ、いいよね」

「手はかかりそうだけどね。でも、こんな条件で、この家賃はないしね」

そんなことを話している二人のところに戻ってきたロッド三号が、悲しそうに首をふる。

「内見がねえ、やっぱり難しそうなんすよ。大家さんが、ちょっと変わった人で」

意外な展開に、驚くカップル。

「じつは、今日の昼間にも一件、べつの者がお客さんを内見にご案内したんですけど、行った先で、大家さんに断られちゃって。なかを見れなかったんですよね」

「えっ、なんでですか？」

「まあ、大家さんが、頑固なご老人で。『気に入った人にしか、貸したくない』って性分みたいで。だから、つぎからは、内見させるかどうか、あらかじめ審査したいって言ってんすよねえ……」

ロッド三号が、さっきまでの無駄な明るさから一転、申し訳なさそうな顔をして詫びる。

「そんな事言われてもねえ、こっちも困るんですけど……でもまあ、普通の大家さんだったら、きちんとリフォームして、それなりの家賃とることを考えるじゃないですか。こちらは、そうしないで『現状貸しだ』って言ってるわけですから、やっぱねえ」

ここで、女の顔色がくもる。そんな大家とうまくやっていく自信がないわ、という顔だ。

「あと、水まわりが悪いんですよ、古い建物だけに。ちょっと女性には、お薦めできないなあって」

と、ここで初めてロッド三号は、貧乏くさいステンレスの四角い風呂桶にゴミが溜まっている写真を取り出す。

うまいな。ここで話をずらすってわけか。

「ちょっとこれはねえ、掃除してもナニかなって、僕なんかは」

そうかも……と急にしおれてくる女。無言になる男。

「そのかわりと言っちゃなんですけど、お二人の条件に合いそうな物件、いくつか出してみたんですよ！」

再び快活になったロッド三号が言う。どうやら京王線の仙川をブラフに、最終的には板橋まで落とす作戦のようだ。「エリアにこだわると、広さは望めませんねえ」という手だ。

「ここなんか、ほら、大家さんがシステム・キッチン入れちゃって」

と言って見せられた志村三丁目の物件の内装写真に、女の目が輝く。

ここまで仕上げれば、もう釣ったも同然だ。

このシステムは、こうだ。

まず、インターネットの一般向け物件情報サイトに「あり得ない好条件」の餌を出す。実際にそれが存在していようがいまいが構わない。どこかの大家が持っている——ことにした——物件を、まず管理会社が押さえて、その情報を他社に売る。売られた会社は、それをウェブサイトにアップして、客を釣る。

電話をかけてきた客には、「その物件はまだあって、内見できる」と告げる。

もしくは、「すでに内見が入っているから、早めに見たほうがいい」とまで言う。

そこで店までのこのこと出てきた客には、「見せ物件」の話はうやむやにして、「べつのお薦め物件」の情報を見せて、そっちに誘導していく。

そして、だれもほしがらないようなゴミ物件が、まず出てくる。「ネットの見せ物件」に引っかかったような馬鹿が客なんだから、ゴミから売りつけるのが礼儀というものだ。

客は客で、わざわざ不動産屋まで足を運んだのだから、内見のひとつでもして帰りたい。すでにここに、心理的な弱みがある。

正しくは、逆だ。弱みなど作るから、弱くなる。わざわざ足を運んだのに、嘘をつかれたんだったら、怒りも露《あらわ》に席を蹴って帰ってくればいい。

しかし、なにごともことを荒立てたくないのが、一般的な日本人だ。また、「自分が騙されていた」ということを認識するのは、だれだって気持ちがいいものではない。

いやなことから目をそらすと、そこに必ず隙ができる。「弱み」というのは、まずそこから生じる。そして、さらなる深みへとはまっていくことになる。

こうした商売に使う物件の情報は、不動産屋どうしが共有している。つまり、自社の管理物件じゃないものでもなんでも、「紹介すれば」手数料が取れるというシステムだ。

早い話が、歓楽街にある無料の風俗情報センターみたいなものだ。実際、この「ハウジングμ」の社長は、そんな店もいくつか持っている。

情報を紹介して、仲介手数料を取る。だから営業上重要なのは、「できるかぎり情報を必ずカネに換える」こと。それ以外にない。相手を値踏みしつつ、売りつけられるものならなんでも「特撰情報！」――そんなやばい場所に、素人がのこのこ足を運んでって無事に済むわけがない。

ターミナル駅の雑居ビルのそこここに、無数の不動産屋がひしめいて営業できている理由というのは、これだ。それぞれが自社物件のみを扱っていて、騙しなしの営業をしていたら、あんなに多数の業者が、店張っていられるわけがない。

ところが、だれもが「自分だけはお得な物件の情報を得たい」かなんか、思うわけだ。住むところは、どうしても必要なんだから、すこしでも割安なほうがいい――もしくは、すこしでも快適なほうがいい。

こうしたニーズは、本来、切実なもののはずだ。

そんな切実な要件について、ありもしない夢を見るような馬鹿は、決まってババをつかまされる。いまそこにいる、カップルのように。

アムロだかハマサキだかコウダだか、そういった類いのＪ－ＰＯＰが、低域がまったく出ない天井吊《つ》りの小さなスピーカーからシャカシャカシャカシャカと空間を平べったく塗りつぶしていくなかで、人がいいことだけが共通項のカモが解体されていく人肉工場がここだ。百円ショップの陳列棚に所狭しと貼られた商品札みたいな、蛍光色で厚塗りされた虚無が、つぎからつぎへと、ささやかな日常の幸せを願うだけの、心の弱い人間を呑み込んでいく。

「おう、ジョーさん、待たせてゴメン！」

恰幅《かっぷく》いい巨躯《きょく》をゆすりながら、社長の北嶋辰夫《きたじまたつお》があらわれる。暖色系のカジュアル・ウェアは、上から下まで「パパス」。もちろんこいつの趣味じゃない。高価《たか》いスリーピースを着た姿があまりにも香港やくざみたいだったので、俺が忠告して、その結果採用された営業用の衣装がこれだ。すこし長めの髪と、整えられた口髭《ひげ》と顎鬚《あごひげ》。アウトドア好きの気のいいおじさんに、見えなくもない。その眼光にさえ気づかなければ。

「もう、野暮用《やぼよう》ばっか、増えちゃってさあ」

ふうーっと大きな息を吐きながら、俺の向かいのソファに、どっかり坐《すわ》る。と、間髪容れず、俺に茶を入れた丁稚《でっち》ロッドが、社長の葉巻に火を点ける。

「また太ったんじゃねえか、辰夫?」

「そうかな? あれやってんだけど、あれ」

と、ロデオ・マシーンに乗る身振りをする。明らかにパパスとは不釣り合いなぶっといゴールド・チェーンと、ダイアモンドだらけのロレックスが手首からのぞく。

「幸せ太りだろう」

「んなこと、ないって! ひとり娘は反抗するし、ウチのは口うるさいし。仕事だけっすよ、仕事。なのに、ウチのはあれですよ? 『あんたはブクロでせこい店やってるだけだけど、ジョーさんはかっこいい』だからね。TVでアヴィエイターのCM出るたびに、それっすから」

たしかに、TVスポットを多く打つせいで、田舎のばあちゃんまで知ってるもんな。アヴィエイターの名前だけは。

おいちょっと、と丁稚ロッドを辰夫が呼ぶ。と、彼が封筒を丸い盆に載せ、うやうやしく運んでくる。

「ちょうど一本、コレで足りるかな?」

「悪いな、いつもいつも」

「なーに言ってんすか！　水くさい！　先に出すモン出しとかないと、進む話も進まないってね。安いもんすよ、こんなんは」

　と辰夫はガハハと笑う。

「まあな。ＰＶ制作費としては、破格じゃないかな」

「ん？　なんでしたっけ、ＰＶって？」

「ああ、プロモーション・ヴィデオだよ。モデル入れてＣＧ使ったら、普通なら三百ぐらいからの話になるからな」

「そうなんすか？　それよりあの外人モデルのお姐ちゃん二人、いいよなあ！」

　辰夫はカネよりも、ナザリーンとジェイディリーにご執心の様子。だったら、そのほうがいい。

「ヤッちゃったんすか、ジョーさん？　ヤッたんでしょ」

　辰夫のファンタジーをこわさないように、まあな、とかなんとか、適当に流す。

　冷房は十分に効いているはずなのに、蒸し暑くてしょうがない。

「これから、千葉でしたっけ？」

　と訊く辰夫に俺が相づちを打つと、お〜い、とまた丁稚ロッドが呼ばれる。

「義人《よしと》、お前これから、ジョーさんお送りしてこい。ジョーさんのケイマン、いま工場入ってっから」

「いいよ俺は。電車で行くから」

　爆笑しながら辰夫が俺の肩を叩く。

「なーーーーに言ってんすか！　ジョーさんともあろう人が、電車なんか乗っちゃいかんでしょう！　おい！」

　と、辰夫は丁稚ロッドの義人にキーを渡す。

「俺のクルマ使え。安全運転でな。で、終わったら、ジョーさん乗せて、ウチまで来い」

「ちょっ、俺は用事が――」

「たまには、後輩の顔を、立ててやってくださいよー。ウチのが、今日はジョーさんと約束あるっつったら、絶対に連れて来いって。下手な手料理までこさえちゃってんですわ。わがまま娘にも、ちゃんと礼させなきゃ、ですし。ね、ここはひとつ」

まいったな。しょうがない、パネライの質入れは、明日以降にするか。

「よろしくお願いしまっス」

と、義人まで俺に頭を下げる。

わかったわかった、たまにはお邪魔することにするよ、と応えて、その場をおさめる。

いやな汗が腋《わき》をつたう。こんな湿気だらけの街じゃなくって、いますぐ、乾燥したカリフォルニアのどこかに行きたい。ネヴァダでもいい。ああ、ヴェガスに行きたい。

5

義人が運転するレクサスＬＳ４６０Ｌが京葉道の船橋インターを経て、ラブホテル「くりぃむちーず」の駐車場に滑り込む。おそろしく揺れがすくない車中で、俺は携帯で短いメールを一本。それ以外は、義人の「やっぱりアレっスか？」から始まる、音楽業界についての素朴な質問責めにあう。ホテルに着いてほっとしたのも束の間、クルマに置いてくるつもりだった義人が、俺もいいっスか？とついてくる。

俺たちが部屋に到着すると、まず最初に幼児の泣き声が耳に突き刺さる。

ラスヴェガスだ。これが、俺がデッチ上げた、ヴェガスだ。

子供を抱いて、化粧っ気のない顔にジーンズ姿のロサ――今日の昼間はジェイディリーだった女が、俺に突っかかってくる。

「お店、おくれたじゃないか！　遅いよ！」

と、フィリピン訛《なま》りでなじる彼女の唇を人差し指で止めると「プリーズ・スピーク・イン・イングリッシュ」と俺。

横目で確認したところ、義人はあらぬほうを見ながら尻尾を振らんばかり。

視線を追うと、ナザリーンことナージャがいる。髪はいつものダーティ・ブロンドに戻っているが、コスチュームが気に入ったのか、ロリータ・ファッションのまま、ベッドの上でロシアン・ヴォーグを読んでいる。

窓に見立てたガラス張りのバスルームの奥では、巨大なスクリーンとヴィデオ・プロジェクターがすでに片づけられている。アメリカ人のＤＪフォスターこと、カナダ人英会話講師のリックが、ひと仕事終えて、バスタブのなかに坐ってコンビニの唐揚げ弁当を食っている。

「へ〜イ、ジョージサン。ワッツアップ・マン？……」

と、オタクらしい弱い声で挨拶をしてくる。映像制作がこいつの趣味だ。

「リック、よかったよ。今日のヴェガス。やればできるじゃん？」

と俺が誉《ほ》めてやると、陰気な照れ笑いをする。

「これが今日のギャラと、当座の経費な」

辰夫の封筒から、三十万だけ抜いてリックに渡そうとする。と、そこにロサが割って入ってくる。

「それすくないわよ。だって、この人、コンピュータにばっかりおカネ遣うから、私たち、ちっとももらってないよ」

「そ、そんなことはないですよ」

と、あわてて言い訳するリック。

「そこにもっとあるじゃない」

と俺の封筒に手を伸ばしてくるロサを、待て！と手の平で制する。

「カネを払うのは、俺だ。俺のやりかたにしたがえないなら、やめてもらってもいいんだぜ？」

けわしい表情のロサ。子供がうるせえ。

「いま手切れ金もらって終わるか、それとも、俺のやりかたにしたがって、もっといいご褒美もらうか。考えるまでもないよな？　その答えは」

彼女はまだ不満そうだ。泣き叫ぶ子供の頭を撫でてやる。泣き声が一層ひどくなる。

「どうするよ？」

わかったよ、と消え入りそうな小声でロサがつぶやく。

「わたし、信じてるからね。ジョージ」

ニカッと笑って、俺はそれに応える。

「ほんとにワーキング・ビザ、取れるんだよね？」

「だーいじょうぶ、大丈夫。モデルがいいか？　それとも、英語教師？　なーんでもOKだよ。この俺が約束やぶったこと、あったか？」

たしかまだ約束はやぶってないはずだが、でも最初っから嘘はついている。

「まかしとけって」

ロサの肩に腕を回して、泣きつづける子供ごと抱いてやる。

そのままの体勢で、義人のほうに目をやる、こっちの会話はなにも理解できていないようで、ひたすらナージャに話しかけて、気を引こうとしている。あの女は、面倒くさいときは決して日本語を使わないから、ほっといても大丈夫だろう。義人と目もあわせず、くすくす笑いながら、ナージャは雑誌のページを繰る。

今日の素材も使用して、一曲分のPVをまとめる指示をリックに伝え、ホテルの精算を済ませて撤収する。みなさん、お送りしますよ！という義人の提案で、リックと機材を船橋駅前に、ロサとナージャを小岩に落として、辰夫の家へと向かう。俺、ナージャさんとメルアド交換しちゃいましたよ！と興奮する義人。そんなの同伴出勤に呼ばれるだけだろう、と言おうとしたが、無邪気に喜んでいる様子なのでやめた。

6

天麩羅《てんぷら》各種にエビフライ、巻き寿司、煮物に唐揚げ、刺身とマカロニ・サラダ。空になったビール瓶とワイン・グラス。大きな一枚板の座卓の上に広げられたおもてなし。灰皿いっぱいの喫い殻。優に二十畳はある和室の床の間にはよくわからない掛け軸。それを背にしてあぐらをかく俺のグラスに、ポートワインがまた注がれる。

「俺はねえ、嬉しいんすよ！」

酔うとさらに辰夫の声が大きくなる。純白のジャージ上下が、パパスよりよっぽど似合っている。膝の上には、栄養過多の大きなアメリカン・ショートヘアが一匹。

「またその話かい？」

と、俺に酌してくれている聖美《きよみ》、辰夫の女房が言う。

「悪いか？　俺らあ、中学のころから、そりゃあヤンチャやってきたんだよ……飲んでる？」

ああ、飲んでる飲んでる。

「それがあれだぜ？　この歳になって、またお世話になれるなんてよう！　いい話じゃねえか！」

聖美がやれやれと微笑しながら首を振り、袖をおさえながら、空いた俺の皿に料理を取り分ける。箸が進まない。体調のせいか。


聖美が旦那と知り合ったのは、辰夫がシルヴァー・マシーンのスタッフをやっていたころだった。ローディというか、楽器や機材を運んだり、運転したりといった、バンドにまつわる土方仕事を仕切っていたのが奴だ。初期のころ、ライヴ・チケットを売りさばく際に、最も大きな戦力となったのも辰夫だった。もっとも奴は、架空のパー券ばらまくノリで、ハコのキャパ以上のチケットをさばいたりもしていたのだが。

ワンマン・ライヴが即完だの、入りきれない客がライヴハウス前で騒動おこすだの、そういった音楽メディア好みの事件が頻発《ひんぱつ》したのは、俺らの人気というよりも、この男の過剰な営業手腕のせいだった。生意気な対バンの連中を便所に連れ込んでシメるのも、奴の仕事だった。

同じ地元で、同じ中学と高校に通った俺らは、当たり前のようにヤンキー・カルチャーにかぶれ、渋谷あたりのチームの真似事をやり、ひととおりの悪さをやった——ということになっている。しかし、正確にはそれは違う。

まず、悪さの度合いでいうと、俺なんか二コ年下の辰夫の足元にもおよばない。中学のころ、俺らのあいだでは、こんな伝説があった。

少年課に捕まったときは、辰夫の名前はとにかく禁句だ。警官に「北嶋辰夫って、知ってるか？」と訊かれたら、知らないと言え。でないと、二度とポリ署から出してもらえなくなる……。

また、辰夫をバンドに巻き込んだのも俺じゃない。ヴォーカルの奴だ。あいつは地域一帯の不良に顔が利いた。その伝説を真に受けていた辰夫が、中学に上がり、使いっぱとして自ら名乗りを上げてきたのが最初だ。俺は横からちょこちょこ口を出しては、まあ、こいつを利用していたわけだ。もっとも、この男が側にいたお陰で、どんなこわもての連中でも、俺らには一目置くようになったのはたしかだ。こうして目白に家構えるほど、甲斐性《かいしょう》がある奴だとは思わなかったが。

ローディーを辞めたあと、辰夫がなにをやっていたのか、俺は正確に知らない。噂は聞いているが、その真偽については、あえて本人には尋ねないようにしている。

一時期、懲役をくらってたってことは、間違いない。それについては、奴が個人的に人を刺したせいだという説と、やくざの抗争の際に鉄砲玉やったという説がある。どっちにしても、「本職」の連中と関わりがあったことは間違いないが、盃《さかずき》をもらったのかどうかについては、諸説ある。ただ、懲役が明けたと思ったら、一気に社長づらして、ブクロにややこしい店を数軒構えたのはたしかだ。ほどなくして、それがこの目白の家にまでつながった。

くわしいことは、わからない。首つっこまないほうが無難だ、という類いの話だってことぐらいはわかる。そんなことは知らないそぶりで、俺は先輩風を吹かしていればいい。こいつの人の良さにつけ込んで。

「あんた、煙草の灰散らさないでよ」

「おお、悪い悪い」

と、辰夫はかなり酔った様子。

布巾《ふきん》を仕舞いながら、聖美が俺に訊く。

「ジョーさん、あの子、なんとかなりそうですか?」

「バッ、当ったり前だろうがお前」

「でも、まだ十五なんだよ」

「ジョーさんの目が、信じられねえってのかよ？」

「ほんとんとこ、どうなんですか？」

真剣な目をして訊いてくる聖美に、できるかぎり俺は、自信たっぷりに答える。

「手応えは、十分あるね。今日も担当と会ってたんだけど――」

担当。つまり、アヴィエイターの信藤なんだが。

「歌にはかなり、惚れ込んでたな。俺にはわかる。デビューできるかどうかは、いま五分五分ぐらい――いや、六：四ぐらいかな。つぎに作るデモPVの出来で、だいたい決められるはずだ」

ほらみろ！と吠える辰夫。

「あの子が、歌手にねえ」

さっきから食卓のお下がりをもらっていた猫が、なぜだかわからないが、俺のほうをじっと見る。見てんじゃねえよ。

「歌唱力がどうのっていう以前に、声質がすごくいいし、アピール力は高いね。英語も、俺なんかより、ずっとちゃんとしてるし」

これは本当だ。ツアーしながら現場で覚えてった俺の英語は、出鱈目《でたらめ》もいいところだ。

「そうですかあ？」

「そりゃ、そうだ！　たけえカネ出してんだから、学校に」

「なんかまだ、あたしは実感ないっていうか」

期待しててもらっていいよ、と俺は言う。

ジョーさんはなあ、俺との約束は、やぶったことないんだよ、と辰夫が言い、そしてまた、十代のころの思い出話を始める。

その話が何巡かしたころ、玄関のほうで物音がする。辰夫の膝から、意外な身軽さで猫が飛び降りる。ダイニング・キッチンにつづく襖が開いて、赤い首輪をしたもう一匹のアメリカン・ショートヘアが座敷に駆け上がってくる。

猫の後ろには、美宇《みう》がいる。

「遅いじゃないか。なにやってたの」

と辰夫。

「部活」

と美宇。

どおりで。

インターナショナル・スクールに制服はないから、チェックのミニスカートと、白いポロシャツは、ラクロスのユニフォームってところか。そのわりには、汚れてないが。

「そのあと、サッチーのとこで勉強」

「ほら、ちゃんとジョーさんにご挨拶して」

「こんばんは」

少女が頭を下げると、ショート・ボブの毛先が動いて、すっきりした顎の線がきわだつ。

「お前も食べなさい、こっち来て」

「食べてきた。お風呂入って、宿題する」

と美宇は言うと、エビフライを一本つまみ、それを口にくわえる。ごゆっくり、とエビフライごしに俺に言って、くるりときびすを返す。丸い尻の上でスカートがゆれる。

「お行儀わるいわよ！」

「まったく、ジョーさんがせっかく来てるっていうのに。なんだあれは！」

と、娘がいなくなってから、憮然《ぶぜん》とする辰夫。

辰夫がローディから足を洗ったのは、バンドが解散する直前だった。身ごもった聖美と結婚して、妻と子のために、もっと儲かる仕事に就く、というのがその理由だった。

美宇が生まれてから、結婚のお披露目パーティがおこなわれた。バンド・メンバーのなかで来なかった奴もいたが、俺はなんとかパーティの終了直前に間に合った。そのときの記念写真が、座敷隅の茶簞笥《ちゃだんす》の上に飾られている。その写真のアザー・カットが、俺んちのどこかにあったはずだ。どういう流れかは忘れたが、そこでは俺が、生まれたばかりの美宇を抱えて、辰夫夫妻にはさまれて坐っていた。

「あたしは先に失礼しますけど、あとはお二人でごゆっくり。ジョーさん、もし眠くなったら、お隣にお布団用意してますから」

と、聖美が部屋を出る。泥酔状態の辰夫が、なんだおまえー、などろれつの回らぬ舌で言う。

ややあって辰夫が俺を手招きする。胸元からゴールドのチェーンを引っぱり出すと、ペンダントのロケットを開けて俺に見せる。幼稚園ぐらいのころだろうか。美宇の写真がある。

へっへっ、気持ちわりいって言われるよな、美宇には。こんなん持ってるなんて知れたらさあ、と辰夫が笑う。

「これぐらいのころが、いーちばん、可愛いかったんすよお」

と言いながら、ごろりと畳の上に転がる。電池が切れたオモチャのように、途端にいびきをかき始める。こうなったらこいつは、なにがあっても起きない。

ひとりになった俺は、ワインの残りを干すと、隣室へ。

布団の上に仰向《あおむ》けになって、煙草を一本、ゆっくりと時間をかけて喫う。

それから起き上がると、座敷とは逆の側のドアから部屋を出る。二階に上がって、二つめのドアを開けて室内に入る。入口から、ちょうど背中が見える。こっちを背にして、美宇が勉強机に向かっている。俺は後ろ手にドアを閉める。

新しいゴロワーズを一本振り出すと、その先に焦げ茶色の樹脂を詰めて、火を点ける。背後から手を回して、それを彼女の唇にくわえさせる。すーっと煙を吸い込んで、ゆっくり吐き出しながら、椅子を回して、美宇がこっちを向く。まだユニフォーム姿のままだ。

「酒くっさいねー」

と顔をしかめる。ああ、いつもどおりな。

美宇の手から煙草を取ると、俺がくわえる。空いた手で、彼女は俺のスラックスのジッパーを下げる。今日は一日、汗ばっかりかいた。その汗だらけの俺のペニスが美宇の唇に包まれる。唾液をいっぱいにたたえた口腔のなかを遊ぶ。つぎに俺は彼女を勉強机にうつぶせに手をつかせて、スカートをたくし上げる。やはり下着はつけていない。紺色のソックスの上には、白く形のいい尻。その中心に、俺のペニスを埋める。

「煙草の灰、落としちゃイヤだよ」

と、首だけ振り返って美宇が言う。

俺は無言で、規則ただしく腰を振りつづける。

Verse 2

第二章　「ジャスト・ライク・ハニー」が聞こえる

1

川のほとりに長くつづく遊歩道が、大きな蛇行《だこう》を経て、見晴らしのいい平地に出る。

川べりには雑草が生い茂る小さな流れのなかにも、魚がいて、鴨の親子が何組か浮かんでいることがわかる。川の右手には小規模な自然林がある。それが住宅地脇に広がっている。

丈二はそこまで歩いてきたのだが、立ち止まって、さて、と考えている。

どっちに向かえば、海に出るのか？

彼方《かなた》には橋も見えるので、そこまで行って向こう岸まで渡れば、遊歩道の地図ぐらいどこかにあるんだろうか。しかし、そんな遠くまで歩いていって、もしそれが逆方向だったら、またここまで戻ってこなければならない。どうしようか。

さっきから、丈二のかたわらを、自転車に乗って犬を連れた男や女が何人もすり抜けていく。彼ら、彼女らには、丈二の姿は目に入っていないようだ。声をかけて道順を訊こうとも思うのだが、自転車のスピードが速すぎて、うまくタイミングがとれないような気がする。

川の上を風が流れていく。

ふと気づくと、丈二の足に靴はない。スラックスも穿《は》いていない。ジャケットとシャツの下は、カルヴァン・クラインのボクサー・ブリーフだけだ。

こんな恰好《かっこう》じゃあ、誰も止まってくれないよな、と丈二は思う。それにしても、だれか、なにか言ってくれればいいのに。

ちきしょう、さっさとどっかの店に入って、スラックスを買わなきゃいけない。このジャケットに合うボトムスなんて、売ってるのか、しかし？

急に不安になった丈二は、内ポケットの財布をさぐる。なんだ俺、カネ持ってんじゃん。これなら買える。歩き出そうとする。しかし、「どっちに行けば」いいのか？

ユアビューーティフォー！


丈二は首《こうべ》をめぐらせるが、見渡すかぎり誰もいない。

ユア・ビューーティフォー！　イッツ・トゥルー……


突如ほとんど殺意にも近い怒りを覚えて、俺は目をさます。

朝っぱらから、ジェームズ・ブラントかよ！

マンションの俺の部屋、ベッドの上にいる俺に、隣室から、とてつもない轟音《ごうおん》が襲いかかってくる！　隣のOLが目覚ましがわりにミニコンポでも鳴らしてんのか？　俺は枕に顔を埋め、頭の上までシーツを引っ張り上げるが、そんなもので防音できるほど甘くはない。ブラントが強制的に俺を癒《いや》しにくる。偽装オーガニック商品のような歌。ソウルレスで、凶悪で、禍々《まがまが》しい……

「きみの顔を人混みのなかで見たとき僕はどうしたらいいかわからなかったよ僕はもうきみとは一緒にはいられないんだから」

震えがくるほど体調は悪いのだが、怒りのせいで頭だけはどんどんさえてくる。しかし浮かんでくるのは純粋な殺意だけだ。

数分間の悪魔の責め苦を耐え忍ぶと、ようやく静寂《せいじゃく》が訪れる。しかしその約三秒後、こんどはこの上なくいやらしいピアノ・フレーズが轟音で鳴り始める。

「僕らがいちばん必要だったあの一瞬はどこにあるきみが落ち葉を蹴っ飛ばし魔法は消える」

こんどはダニエル・パウターかよ！　ということはこれは、ワーナーから出た最悪のコンピレーション『ビューティフル・ソングス〜ココロ　デ　キク　ウタ〜』のCDを冒頭からかけっぱにしてるってわけか？　まだこんなもん聴いてる奴が地球上にいたのかよ！

「もっと落ち込もうときみは列に並び作り笑いしながらコーヒーをテイクアウトする」

シーツから片手を出して、俺はベッド脇の壁を力まかせに殴る。二度三度と殴る。

「コーズ・ユー・ハッド・ア・バッド・デイ！」

それはお前のせいだよ！　シーツを跳ね上げると、正面から俺は壁を蹴りつける。

しかしこれは下策《げさく》だった。ベッドの外は部屋の隅々《すみずみ》まで逃れようもなくパウターの薄ら笑いに満ちている。両手で耳をふさいで密閉式のヘッドフォンを探すのだが、ゴミの山のどこかに埋まっていて見当たらない。TVを点《つ》けてこっちも大音量を出してみる。耳をふさぎながらアーアー大声も上げてみる。猛烈な吐き気におそわれてキッチンに駆け込み、シンクに盛られた洗っていない食器の上に吐く。ココロデキクウタが冷蔵庫にも反響している。声にならない声を上げた俺は、文化包丁を片手にカルヴァン・クラインのボクサー・ブリーフ一枚で廊下に飛び出す。隣室のドア前に立つとドノヴァン・フランケンレイターが流れてくる。俺はドアを何度も何度も蹴る。包丁の柄でドアとドノヴァンを殴りつける。応答はない。混乱した頭で俺は状況を把握しようとする。

隣の女は、目覚ましがわりに、くそCDをタイマーでセットしていた。

しかし、昨日の夜は、お泊まりかなにかで、部屋に帰ってこなかった。

だから、この大音量を止める者はいない。

まじかよ⁉

スチールのドアに包丁で「死ね」と刻むと、俺は自分の部屋に戻り、新聞広告の裏にボールペンでメッセージを書く。それを隣室の郵便受けに入れる。

ふたたび部屋に戻ると、風呂場に入り熱いシャワーを浴びながらバスタブに潜る。

水中なら音は比較的ましだ。溺死《できし》しない程度に、潜りつづける。


きっかり七十六分、地獄のような時間を耐え抜いて、ようやく俺は無音の世界に生還する。寝てるあいだにオカマ掘られちまったみたいな、たとえようもない不快感だけが残っている。その不快感が、不安感を誘発する。

なにもかも、うまくいかないんじゃないか。

俺の人生なんて、もうすでに終わっているんじゃないか。

うまくいったことなんてない。これまで、なにひとつ。

積み上げられ過ぎて崩れた古新聞の山に、さっきの包丁が突き立てられている。あれで手首でも切るといいのか？　そんなんで死ねるのか？

そこまで考えて、ブラントとパウダーのせいで死ぬのというのが、あまりにも馬鹿馬鹿しいことに気がついた。声を出して笑う。

どっちみち、朝に目を覚ますと、毎日死にたくなるんだ。


気分を変えるため、冷蔵庫から缶コーヒーを出して、ゴロワーズに火を点ける。白い粉を手鏡の上に盛り、一気に鼻から吸い込んで、残りを歯茎に塗る。だんだん気分がよくなってくる。そうだ、気にすることたあねえ。

人生、うまくいってないってんなら、なにもかもうまくいってない。

だったら、いまさら気にしたってしょうがない。

最後にひとつだけ、うまくいくことさえあれば、それでいい。

ここまで、そう思ってやってきたんじゃねえのか？　汚れた手鏡のなかの自分に問いかける。亡《もう》者《じゃ》のような顔をしたその男は、静かに俺を見つめ返す。


そうやって、また俺の新たなる最悪の一日が始まった。

2

世田谷の邸宅街に、知らない者なら米軍基地と見まがうようなフェンスが張られた一角がある。ご丁寧《ていねい》にも、フェンスのゲートには、英文の注意書きまである。ゲート前には、アメリカ郵政公社「ＵＳＰＳ」のポストまである。

もっとも、このポストは郵便受けとして使われている。ゲートの注意書きには、なにが面白いのか全然わからないが「US Tokita Air Base」と書かれている。フェンスの向こうには、アメリカの自動車修理工場をモチーフとした巨大な建物があり、その周囲のそこかしこには、フォードのピックアップ・トラックや、ジープ、七〇年代のダッジやマスタングが停められている。どれもこれも、ぴかぴかにレストアされたヴィンテージ・カーだ。たしかに、そこにカネがあることだけはわかる。

通称「土木田《ときた》ベース」と呼ばれるここに住む男に、俺は会いにきた。かつての俺の雇い主だ。

応接室に通された俺を「専務」が出迎える。プロレスラーのような身長と体重のその男は、俺の両上腕をバン！　バン！と叩いて、よーく来たなあ！と大声で歓待する。しかしその目は笑っていない。そうすればまるで考えが見透かせるかのように、俺を睨《ね》め回す。でぶ野郎、いてえんだよ。

「元気そうじゃねえか、意外に」

酒焼けしてすり切れた声で専務が言う。俺のほうにぐっと顔を近づけて、臭いを嗅ぐ。

「お前、まだクスリやってんのか？」

「冗談でしょ」

と俺は軽くかわす。臭いでわかりゃ、苦労しねえよ。

でぶ野郎につかまれたまま、周囲をぐるりと見渡すと、部屋の壁じゅうにありとあらゆるくだらないモノがある。すこし見ないあいだに、またコレクションの量が増えたな。

最新のアクション・フィギュアの別注品。戦前から始まるブリキ・トイのコレクション。ペプシやコカコーラのサイン類。ミニカー。そのほか、いろいろ。飾り棚やガラス・ケースに入ったそれらのモノの合間に、額に入れられたゴールド・ディスクやプラチナ・ディスクが何枚かある。そのうちの一枚だけは、俺が獲ってやったものだ。

一台のラジコン・カーが応接室に走り込んできて、俺と専務のまわりをぐるぐる回る。ほどなくして、コントローラーを手にした初老の男があらわれる。

うぃーん、ぶおおおおおーっと、子供がクルマの口まねをして遊んでいるような声を出し、剽軽《ひょうきん》さを装《よそお》って、ふらふらとこっちに歩いてくる。

「いよおぉー、コマちゃん！　おひさじゃないのお。事務所のほうにも、何度か来てくれてたんだって？　悪かったねー。いやいやいやいや」

この館と敷地の持ち主、「社長」の土木田だ。口先の愛想だけはいいのだが、ラジコン・カーとコントローラーに交互に目をやるだけで、俺のほうは見ようともしない。

金髪に染められたリーゼント・ヘア、額《ひたい》にはコサージュのようにサングラス。この二つは、禿《は》げ隠しだ。そしてアロハ・シャツにリーヴァイス。これらはどっちも、最低価格で四十万以上はするヴィンテージ。原宿で古着屋やってる俺の知り合いが、この男に高値で売りつけたものの一部だ。

「趣味人」の称号ほしさに街の連中からカモられる奴は芸能業界に多い。しかしこの社長は別格だ。まず、資産が格段に多い。グループ・サウンズ出身の芸能事務所経営者として成功し、自身もTVタレントとして活躍。サイド・ビジネスの飲食業まで軌道に乗っている。

そんな彼の「趣味」は、わかりやすいハイ・ブランドのみに走る奴が多い芸能業界にはめずらしく、アメリカンだったり、カジュアルだったりする路線だった。そんなわけで、古着やトイ、家具やクルマなど、ありとあらゆる「買い付け屋」たちが、百貨店の外商よろしく、社長のところに日参してくるというわけだ。

ラジコンを操作しながらほがらかに社長が言う。

「最近、TVがいそがしくってさあ。もう、本業はぜーんぶ、この人にまかせっきりなのよ。なんでも訊いて訊いて。この専務ちゃんに」

悪い冗談みたいな話だ。あんたみたいなワンマンが、だれかに仕事まかせるだって？　自分は読めもしないアメコミのバックナンバーに大枚はたくくせに、お茶汲みバイトの女の子がコピーの裏紙使わなかっただけで泣くまで怒鳴り上げていたのを俺は憶えている。

「それで、この前も電話で話した件なんだけど――」

と社長に向かって話し始めた俺をさえぎって、専務が俺にソファをすすめる。奴は俺の真向かいに坐《すわ》る。社長はラジコンで遊びつづける。そういうことかい。

「もう一回、ちゃんと聞かせてもらいてえな」

と専務が言う。奴のギョロ目がじろりとこっちを見る。そのまま、俺を睨《にら》みつづける。四回目だけどな、説明するのはこれで。

「原盤を買い取りたいって話。俺のレーベルの――」

「お前が、ウチでやってたレーベル。だろ?」

と専務が訂正する。

正確に言うとそうだ。

九二年にバンドが解散したあと、所属していた渋谷の小さなマネジメントを離れた俺は、ここの事務所に拾われた。そして、俺の仕切りでインディー・レーベルをスタートさせた。九三年のことだ。「Jitterbop」——ジッターバップ・レコードといえば、いまでも中古盤店では、それなりの値がついている、ものもある。

しかしこれは、「事務所インディー」だったから、カネを出したのは社長だ。レーベルのプロデュース、そのほか全般は俺がひとりでやったんだが、そこで作ったマスター・テープに関して、俺にはなんの所有権もない。

カネを出した奴が原盤にぎる。これがレコード・ビジネスの大原則だ。だから、立場上はたんなる契約社員だった俺は、九六年にレーベルが閉鎖されたとき——つまり、この事務所から叩き出されたときから、ジッターバップの原盤とはなんの関係もない。全作品が廃盤になっているから、毛ほどの印税も涌《わ》いてはこない。

「——それを、買い取る金額を、はっきり決めたいってことなんだけど。用件は」

相変わらず、俺のほうは見ずに、きゅきゅきゅきゅきゅ、ぶいぃぃぃぃーん、と社長。

ああ、煙草《たばこ》が喫いてえ。

専務が、五分刈りの頭をごしごしやってから、ふぅーっと息をつく。

「わからんなあ」

なんだって?

「わからん。お前の狙いが。なんのつもりで、そんな話、してやがるんだ?」

カネ払うつってんだから、なんでもいいだろうが。

「俺はただ、自分の――自分がやってたレーベルの音源を、再発したいだけだよ。マスターの制作実費は俺、わかってるから。それ相応《そうおう》分の金額で、テープを全部、買い取らせてもらいたい、って話なんだけどね」

そもそも、社長がケチだったおかげで、制作費は異常に安い。俺の知り合いに、レンタル・スタジオ経営者の息子がいたので、そこをタダ同然に使わせてもらって音源を作った。ジッターバップでは、シングル、アルバム込みで計十九タイトルをリリースしたが、レコーディング費用は全部合計しても二千万もかかってはいない。

だから、俺がこの前、メールで専務に提示した金額は千七百万。それを三回の分割払いで、という線から、今日は交渉をするつもりだったのだが。

「儲《もう》からんだろう？　いまさらお前が、こんなもん買って、出し直しても。そんな儲からん道楽やるほど、お前いま、カネ余ってるわけじゃないだろうが？」

こいつは、なにが言いたいんだ？

「まあ逆にだな、それがもし儲かる話だっていうならば、お前にくれてやるわけには、いかねえしなあ？　どうなんだ、そこんとこは？　またCDにすりゃ儲かるってんなら、企画書出してみろ。それが良ければ、企画料ぐらい、俺が社長に口利いてやっからよ」

まるで貧血のときのように、目の前がすっと青黒くなる。

手放す気は、ねえのかよ？　カネしだいの話だって、最初っから、あんた言ってただろうが！　なんて言えば、こいつは納得するんだ？　ヤク中とアル中が悪化したんで、もう俺はわけがわかってないんです――とか？

そんな本当の話してもしょうがない。

「お、俺は……俺は、もうすぐ死んじまうかもしれないんで。最後にけじめつけたいんだよ。もう一度、あれをCDにして世に出しておきたい。俺の目が黒いうちに」

かっかっかっか！と社長が高笑いする。ラジコン・カーではなく、俺のほうを見て言う。

「どぉーしたんだよ、急にぃ？　コマちゃん、殺されても死なないタイプのくせして！　縁起でもないこと、言ってんじゃないよお、ほんと。若いのに。俺なんかもう、尿酸値がもう、たーいへんなことんなって」

「美食が過ぎますからな、社長は」

そう言って専務がお追従《ついしょう》笑い。反吐《へど》が出そうなほど穢《けが》らわしい笑いが俺のまわりをぐるぐる回って、俺の目も回り、厚い絨毯《じゅうたん》が敷かれた床が迫ってくる。

気がつくと、俺はその床に額をすりつけて土下座をしていた。

「お願いです、売ってください」

おいおいおい、なーにしてんだよお、と社長の声。俺からは見えないが、専務が怒りのあまり真っ赤になっていることがわかる。

「お願いです！　サンデイ・ガールの音源は、外してもらってもいいから！」

顔を上げた俺は、壁のゴールド・ディスクのひとつを指さす。

「あのアルバムは、買えなくってもいいよ。それ以外のテープだけでいい。どうせ、倉庫で邪魔になってるだけだろ?!　俺に売ってくれよ‼」

もう一度、絨毯に額をこすりつける。

「このとおり！」

「こらこら、頭上げて上げて。なーに大袈裟《おおげさ》なことしてんのよ」

と社長が俺に言う。もーう、まいったなあ、という彼の声にしたがって、専務が無言で俺を抱き起こし、またソファに坐らせる。

「そんなねえ……そんなこと、するもんじゃないの。いろいろあったけどさ、みんな、おんなじ釜のメシ食った仲間なのよ？　ほらほら」

俺に近づいてきた社長は、俺の膝のあたりを払うふりをする。肩を揉《も》むふりもする。専務は鬼瓦の形相で、無言のまま俺を凝視している。

「よしわかった！　コマちゃんの、気持ちはよぉぉぉくわかった。じゃ、細かいことは、専務とよろしくやっといて。俺はこれから、ジム行かなきゃいけないから。打倒、欽ちゃん！なんて、な」

と、笑いながら社長が言う。まあまあ、お互い、気持ちいい感じで、うまくやっといてよ、と社長に告げられて、はっ！と最敬礼せんばかりの姿勢で専務がそれに応える。

部屋を去りかけた社長が、壁のゴールド・ディスクの前で立ち止まる。

「サンデイ・ガールは、売れたよねえ」

そして、俺を振り返って言う。

「あの伽那子《かなこ》ちゃんが、いまやエッセイストなんてなあ。ついこないだ、俺、会ったんだよ。ずーいぶん、ひさしぶり。相変わらず、別嬪《べっぴん》さんだったよお」

そうか。

「うん、元気そうだったよ。KYOちゃんとは、会ってんの？」

「まあ、たまには」

すれ違うだけなら、たまには。

「仲よくしないとダメよお。みんな、ね。じゃ、俺はこれで！」

と、社長はラジコン・カーとコントローラーを抱えて消えていく。その足音が聞こえなくなるやいなや、専務が重々しく口を開く。

「てめえ」

ごっつい顔面じゅうが鬱血《うっけつ》して、赤黒くなっている。

「てめえ、こんど、あんなナメたマネしやがったら」

奴の右腕がすばやく動いて、俺の胸ぐらをとる。押し殺したような声で俺の耳元でささやく。

「オヤジの前で、あんなマネしやがったら、この俺が、タダじゃすまさねえからな。よっく憶えとけ。わかったな?」

「わかってますけど?」

と、俺はできるかぎり軽く答える。

「いいか、二度目はねえからな」

太い指を立てて俺に警告すると、専務も部屋から出ていく。頭下げるぐらいでどうにかなるんだったら、こんなもん、いくらでも下げてやらあ、と俺は思う。

鬼の居ぬまになにかパクれるものがないか、応接室のなかを物色していると、古びた段ボール箱を抱えて、専務が戻ってくる。

「おら、これで間違いねえよな」

箱の中身を、ガラス・テーブルの上にがちゃがちゃと乱暴に並べる。

通称・弁当箱。ソニーのUマチック・テープが八本。ジッターバップのCDやアナログ・レコード用のマスター・テープだ。そしてそれ以外に、ハーフ・インチのオープン・リールのマルチ・トラック・テープが一本——。

それだ。

そのオープン・リールこそ、俺がほしいものだ。

「どうなんだ?」

「たしかに。サンデイ・ガールの音源以外、これで全部だね」

と、つとめて冷静さを装いながら俺が答える。

「じゃあ、これ全部まとめて、三本だな」

「ちょっ、それは――」

「一括前金。現金のみ、持ってこい」

と、専務は俺の顔の前で指を三本立てる。また目の前が暗くなってくる。

しかしこいつに弱みは見せられない。踏みとどまる。腹に力を入れる。乾いた唇をなめる。

「しょうがねえや！　交渉の余地ないってんなら、それで手ぇ打ちますけど？　じゃ、テープはカネと交換ってことで。つぎ来たらまた話変わってたとか、ないように。頼んますよ？」

ばん！と音を立てて専務が立ち上がる。その左手が俺の顔をとらえる。奴の親指と人差し指が俺の頬骨の下に入り、そのまま、片手でソファごと押し倒される。背もたれから投げ出された俺の後頭部が絨毯にめり込む。俺を見下ろしながら専務が息巻く。

「利いたふうな口たたいてんじゃねえぞこのイヌっころが。てめえごときヨゴレ、いつでも俺は指二本でプチッと潰せんだぞコラぁ！」

まあそれは事実だ。

「ぼびつばどうぼ、じつでびごきばじだね！」

と、顔がゆがんだまま、俺は精一杯の強がりを言う。

3

スキップ！　スキップ！

こんどは高く上にジャンプして、身体の右脇で、両踵《かかと》をスナップ！

着地して、スキップ二つ。つぎは左側でスナップ！

イメージ上はそんな感じで、俺は成城の邸宅街を、よたよたふらふらと駆け抜ける。コンビニエンス・ストアの袋のなかには一ダースの缶チューハイ。プシュッと開けて、カーッと飲み干す。お屋敷の塀の向こうに缶を投げ捨てると、つぎのを開ける。煙草に火を点け、ジッポーのオイル・ライターをカチッと閉じる。社長のとこからくすねてきた、ヴィンテージのジッポー、「Ｂｉｇ Ｂｏｙ」レストラン・チェーンのマスコット・キャラクターのレリーフ付きだ。三口だけ喫ったゴロワーズを投げ捨てると、また新しいのに火を点ける。

スキップ！　スキップ！

でぶ野郎のせいで顔の下半分と首の付け根がずきずき痛むが、俺は気分がよくってしょうがない。もうすこしだ！　俺のプランが、あとひと押しで実現する。

空いた缶をまた投げ捨てると、塀の向こうから鎖を引きずったゴールデン・レトリーバーが飛び出してくる。

犬は後ろ足で立ち上がると、両手を左右に振りながら、俺のステップを器用に真似《まね》る。

自転車に乗った老紳士が、ウィリーすると、後輪でホップする。

茶色いトイ・プードルを連れて散歩中だった短髪の若い主婦は、犬を抱え上げると、左足を軸にしてくるくる回る。回転に沿って、上品なスカートがふわりと広がる。

手を広げた彼女がプードルを投げ出すと、スキップしていたレトリーバーが前足で見事にキャッチ！　二匹の犬と主婦と老紳士と俺は、横一列になって、さらにステップ！

俺たちは踊りながら成城学園前の駅ビル「ＣＯＲＴＹ」のなかまで駆けていく。

四階分の大きな吹き抜け。上り下りのエスカレーターに乗っているすべての男女が、両手を上にあげ、ひらひらさせて、俺たちにエールを送ってくれる。

見上げると、アルフォンス・ミュシャの絵から抜け出してきた薄衣の女神たちが上階のすべての回廊に並んで、微笑《ほほえ》みながらこっちを見下ろしてくれている。

盛大に花びらと紙テープを撒《ま》いてくれる女神たち。そして俺に、投げキッス！

ありがとう。ありがとう！

俺は両手を組んで歓声に応えると、券売機で切符を買って、改札を抜けて駅構内に入り、一ダース分の空き缶をゴミ箱に捨てる。

アヴィエイターから引っ張ったカネで、社長からテープを買う。

そして、やり直す。

まわりじゅうに嘘をつきつづけて、やっとここまできた。

あのオープン・リールが手に入る！

専務が出しやがった金額はいっぱいいっぱいだが、ここまでくれば、なんとかなるだろう。ばたばた動いたもんで、汗が滝のように流れている。しかし爽快感が全身にみなぎっている。

渋谷に着いたらハッパを買ってお祝いしよう。

小田急線の窓の外、世田谷の街が後方に吹っ飛んでいくはるか上空。ぽっかり浮かんだ白い月だけが、ほとんど同じ位置でこっちを見ている。空が夕闇に飲み込まれる一瞬前の薄紫のなか、お月様だけが、走り去る列車を追って俺についてくる。

4

渋谷で買い物を済ませた俺は、裏道から明治通りへ。通り沿いの大型家電量販店に入ると、小太郎に軽く指を振る。ＴＶ売り場で接客中の奴は、ちょっと待っててね、と口の動きだけで俺に応える。

「マッシュアップ」ＤＪの小太郎は、生活のために家電量販店で働いている。アルバイトで食っているからといって、腕が悪いわけではない。もともとカネにはならないのがマッシュアップＤＪというものだからだ。ネット界での小太郎は、「ダブ・クエスト・ナン」という名前で、ちょっとした有名人だ。

そんな奴の売り上げ成績は、とてもいい。

まさにいま、地デジ対応の薄型ＴＶを老夫婦に売りつけようとしているところだ。地デジ放送開始後、四、五年ほどするとちょうど壊れて、そのころはメーカーに部品の在庫はなく、捨てようとするとリサイクル料を取られるという、そういう商品だ。老夫婦の年齢からして、これが生涯最後のＴＶ受像機になることだろう。しかも、値引き交渉はぬるい。

他店より一円でも安く。ポイント還元。

こういう商売は、辰夫がやっている不動産屋と似ている。ＴＶや電気釜は生活に必要かもしれないが、地デジやＩＨ加熱である必要はない。つぎつぎに出る新製品が、くらしに夢を――あたえてくれなくっても、べつにいいはずだ。むかしの家電なら、うまく使えば二十年は保った。

いつのころからか、俺らの日常は「更新」されなければならないものになった。

運転免許やパスポートみたいに。車検証みたいに。一定期間経つと、カネを払って、新しいヴァージョンに「更新」しなければいけない。理由はわからない。

わからないが、このアイデアこそ、カネのなる木だった。

一定期間経つと「更新料」を払わなければならない、ということは、時間そのものに課金されている、ということに等しい。人生そのものを売り払ったのと同じだ。

「更新」しなければいけない契約がひとつあるごとに、「買い換えなければいけない」製品をひとつ所有するたびに、その課金は増える。一分一秒、生きているだけで、何重にもかさなった「払わなければならないもの」が増えていく。生ハムを薄くスライスするように、客のカネは奪いつづけられる。生きているあいだずっと。

どれぐらいの厚さでスライスできるか決まるのが契約時なのだから、契約内容をいかに粉飾できるかで勝負は決まる。だから、渋谷のようなターミナル駅の繁華街では、どこもかしこも、家電量販店と不動産屋とサラ金屋と携帯電話屋の看板が、駅前で覇を競うことになる。

そうして俺らは、「永遠」というものを、この世界から追い払った。

進化しつづける炊飯器の内釜。ありもしない格安物件。三十年経ったら無価値になる建て売り住宅。夢のあるくらしをぼんやり望むカモは、かくして、生ハムとなる。削りしろがなくなるまで存在するだけのただの肉だ。

一服するために、俺は建物の外に出る。蛍光色のジャンパーを着た老人が、「路上喫煙撲滅」と書かれたのぼりを、戦国時代の足軽のように背中にしょっている。老人は俺を睨む。気にすんなよ、じいさん。これは煙草じゃねえから。

ここに立って、宮益坂下の交差点を眺めていると、行《い》き交《か》う人々の頭の上、後頭部あたりに矢印がついているのが見える。ひとりにつき一本。一方通行の標識の図案と同じような形が、矢印の突端を下にして、人の頭の上でぷかぷか揺れている。

矢印には、いくつかの数字が並んでいる。

現在の総資産。現在予定できる収入。現在支払うべき負債。税金。そして金利。

これらの数字群が、べつの一群の数字を、刻一刻と変化させる。

生涯賃金。生涯支出。生涯に支払うだろう税金。生涯に支払うだろう金利。

生ハムの目方は、減って増えて、増えて減っていく。税金と金利と企業への利ざやを支払いつづけるパイプとしての、個体の出来の良し悪しを示しているのがこの数字だ。

さらにこの数字は、矢印の色によって、わかりやすく分類されている。

総計がプラスの場合は、青。黄色は要注意。赤はマイナス。青から赤まで、黄色を中間点として、無数のグラデーションで変化する。近頃の死神は気が利いていて、あらかじめ頼んでおくと、数字がフィックスされた時点で、精算内容のレシートがもらえることもあるらしい。

俺？　俺の矢印はもちろん、とうのむかしっから、真っ赤っかだ。

会社を作って転がして、また新しいのを作って転がして、その途中で、ありとあらゆるところから俺はカネを引っ張った。銀行、商工、クレジット・カード会社、サラ金に街金といった金融屋はもちろん、俺の「銀行」であるレコード会社、よそのマネジメント事務所……そのほか、もろもろ。

なぜなら俺の商売内容は、上場企業とほぼ同じだからだ。

俺がプロデュースしたレコード、俺がマネジメントするバンドが「儲かる」と踏んでカネを出す奴がいる。儲からなくっても、俺がカネを返すわけではない。株価が上がろうが、下がろうが、企業も株屋も、株主にカネなんか返さないのと同じだ。

だから詐欺師《さぎし》度数でいうと、家電業界や、いかがわしい不動産屋や、サラ金屋よりも、俺らのほうが上だ。なのになぜ、まだ俺の両手が後ろに回っていないかというと、たまには「当たる」レコードやバンドもいるからだ。しかし、その当たりが出る頻度《ひんど》が下がると、面倒なことを言ってくる奴も増えてくる。

だからこっちも、前払い金だけもらって、レコードを出せないこともある。そうすると、出禁なんてことも、ままある。青芝は当然として、日コロ、ワーナーといろいろあって、そのたびに、手持ちのカネをぶっ込んで、新しい会社を作って、目先を変える。そうやって作った会社が、いま四コか三コか、それぐらいある。

そんな自転車操業が転がらなくなったのは、二年半ほど前か。街にクリスマス・ソングが流れるなか、弁護士の前で、クレジット・カードにハサミを入れたのを憶えている。代理人を雇い、債務を塩漬けにしておいて、そのあいだにどこかからカネを引っ張るというのが、いまの俺の算段だ。新進なのに業界ナンバーワンの売り上げを誇るアヴィエイターは、俺にとっていい相手だ。だからいま、デカいヤマをハメようとしているわけだ。

そんなこともあって、俺の携帯電話には、着信に四つのグレードが設定されている。

グレード4は着信拒否。登録されていない電話番号は、すべてこれだ。

グレード3は、着信履歴は残るが、着信音は鳴らない。留守電も残せない。カネ払え、と俺に言ってくるような奴らは、できるかぎり全部これ。

そのほかの奴はグレード2。音なし、留守電あり。いま俺と商売しているような連中が、ここに入る。この業界、つかまりにくいぐらいがちょうどいい。電話をかけてきた相手は、俺がいそがしく儲けてるように思うので、じつはこれで不自由はない。

音が鳴るグレード1には、ひとりしか登録されていない。

だから、俺の携帯は、基本的に鳴ることはない。


その携帯で短いメールを打ったついでに、今日一日でまた大量にたまったグレード3の着歴をすべて消す。グレード2の留守電をチェックする。信藤からの連絡はない。どうでもいい奴らからの、どうでもいい用件がいくつか。

妙なメッセージがひとつある。

「レコード探偵のフルタです。あ。『アンダートーン』編集部のフルタです。ちょっと気になることがあって、お話ししたほうがいいと思ったんですけども。ええっと――」

途中で録音が切れてやがる。ていうか、こいつは誰だ？


そんなことをしていると、仕事をあがった小太郎があらわれる。

「ゴメンねぇえ、待ったぁ？」

髪型も服装もプレッピーというか、こざっぱりした男の子なのだが、口調と感覚がめっぽう女の子なのが、奴の特徴だ。

「今日はねえ、すっごい売れたんだよぉ。あー働いた、働いた！　ねえ、お腹すかない？」

そういえば。ホワイト・シャークの効きがよかったのか、めずらしく俺は腹が減っている。

「この前、いいお店、見つけたんだ。クレープ屋さん。原宿のみたいなのとは違って、もっとフレンチ・スタイルなのね。すっごい、おいしいよ！」

こいつと話していると、なんか調子が狂う。しかし、それが嫌でもない。

「悪くねえな」

「うん、行こう行こう。まずは、腹ごしらえだぁ！」

小太郎と俺は、二人連れの女子高生のように、センター街へと向かう。そしてクレープをかじりながら、井の頭通りをＮＨＫ方面へ。

渋谷の外れ、松濤《しょうとう》のあの温泉の爆発以来、街のそこかしこから人がめっきり減った。駅周辺は相変わらず混雑しているが、一歩奥に入ると、メイン・ストリート以外はまるで死んでいる。メディア上にあらわれた渋谷にあこがれて地方から出てきたガキが、チェーン店とチェーン店のあいだを、あてもなくふらふら歩いているだけの街になった。

まったく、こんな安さ爆発の場所が、ついこのあいだまで「世界で一番レコード屋が多い街」として有名だったなんて、悪い冗談みたいな話だ。

九五年あたりからどんどん下卑《げび》ていった渋谷は、それと同時に無闇に人が増えていった。古い店は消えて、マンションの一室にあったレコード屋もどんどん消えた。五島プラネタリウムが閉まったと思ったら、なんの説明もなく東急文化会館がサラ地になった。

商業地として荒らすだけ荒らされて、そのかたわら、円山町のホテル街から下水に流れ込みつづけていたなにかが、低い場所に溜まりに溜まって、その澱《よど》みがついに爆発でもしたのが、あの事件だったんだろう。

あれ以来、底が抜けてしまったこの街の、激安大通りに風が吹き抜けていく。


と、俺の前を歩いていた小太郎が、急に立ち止まる。

「ありゃりゃ」

安いファッション・ビルの壁面に掲げられた大きな広告を指さしている。大手メーカーの男性化粧品の広告。オトコなら、ズバッ！とフェイシャルに気を遣えだのなんだの、そんなくだらないコピーにあわせて歌舞伎のように見栄《みえ》を切っているのは、KYOだ。

「すごいねー」

と、小太郎は無邪気に広告を見上げている。

「ああ。安すぎて、鼻水も出ねえや」

俺はこれ見よがしに路上に唾《つば》を吐く。

「いまの渋谷に、ぴったりだぜ」

「出たっ！」

と小太郎が手を叩いてウケる。

「あ？　なにが『出た』っつうんだよ？」

「出たよー。ジョーちゃんの『ぼやき節』！」

「……なんだと？」

「ジョーちゃんってさ、いっつも、ぼやくんだものー。『街は変わっちまった』とかさあ！　あれだよね。まるで、人生幸朗《じんせいこうろ》師匠みたいだよねっ！」

「それって……たしか昭和の、大阪漫才のじいさんの――」

「いいよお、ジョーちゃん！　うん、すっごい新鮮だよー。いま逆に！」

にっこり笑った小太郎は、ひとりすたすたと俺の前を歩いていく。

歩きながら、肩をせばめて、自分の胸の前に立てた両手を、妙な具合に動かす。よいよい、よいよいと、なにかをゆっくり撫《な》でさするかのようにやる。『吸血鬼ノスフェラトゥ』のマックス・シュレックみたいな仕草《しぐさ》なのだが、どうやらこれは、その漫才師の真似をしているらしい。まあみなさん、聞いとくんなはれー、などと妙な声色でしゃべりながら、小太郎は両手を動かしつづける。

そんなに俺は、いっつもいつも、ぼやいているのか。それはそんなに、おかしいことなのか。

もちろん俺はいらいらしたさ。けど、あまりに楽しそうな奴の様子に、なんつうの？　つい気勢をそがれて、文句を言いそびれる。そしてそのまま、黙って小太郎のあとについていく。先に立った奴は、よほどその遊びが気に入ったのか、まあみなはんー、まあみなはんー、と言いながら、一度も後ろを振り返らずに歩いていく。

5

区役所と二・二六事件の慰霊像が立つ丘の下の一角に、まるで時の流れから身を隠すようにして建つ一軒家がある。うなぎの寝床のように奥に長い二階建ての、外から見てもひんまがった古い木造家屋がそれだ。この家のなかに小太郎の部屋がある。スタジオ兼自宅がある。

建て付けの悪い引き戸を開けると、目の前の細い階段の裏にまで、得体の知れない機械の山が隠されている。俺ですら最初は、それが現役で使用されているテープ・エコーやコンプレッサー、あるいはパソコンの筐体《きょうたい》だとは気づかなかった。

散らかってますけど、どうぞー、などと言いながら小太郎は二階へ進むが、これは散らかってるなんてものじゃない。怪人の棲《す》み家だ。

奴の叔父が所有するこの古家は、外国人向けのゲスト・ハウスとして間貸しされている。あまりの機材の多さに住むところをなくした小太郎は、管理人の名のもと、ここにもぐり込んで、だれよりも多い床面積を占拠している。もちろん、奴はなにも管理などしていない。

二階にある小太郎の部屋には、モノというモノがあふれかえっている。平積みされたレコードとCDの柱の向こうには、レコーディング機材、ターンテーブルとミキサー、CDJ。大きなワーキング・デスクの上には、数台のデスクトップとノートPC。サーバーまである。それらの機械のあいだを、無数のケーブルが這いまわっている。

これが、広大なネット界にその名を轟《とどろ》かせるダブ・クエスト・ナンの本拠地だ。そしておそらく、この家をひんまがらせたのは、この部屋に詰まったモノの重量のせいに違いない。

小太郎、いや、ダブ・クエスト・ナンが得意とする「マッシュアップ」とは、要するに、複数の他人の曲をDJ的な方法で混ぜ合わせて、まるでひとつの曲のように聴かせてしまうというものだ。DJ文化の普及と、パソコンの大幅な性能アップが同時におこった九〇年代に広まった手法だ。

たとえば、ビヨンセとビートルズ。レッド・ツェッペリンとエミネム。素材となる楽曲は、意外性のある組み合わせであればあるほどいい。二枚のレコードを同時に回して、ミキサーで混ぜていく、という発想をベースに、そこにべつのビートを足したり、エフェクトを加えたりもする。数台のターンテーブルとディスコ・ミキサーでこれをやる猛者《もさ》もいるが、同じ作業はパソコンでもおこなえる。というか、現在ではそっちが主流だ。

原盤や版権の管理者の許諾を得ずに好き放題やるのが「マッシュアップ」の基本なので、これはあまり表立って発表できるものではない。そこで役立ったのが、やはりネットだった。ネット界のあらゆる場所で、匿名《とくめい》の「マッシュアップDJ」たちが成果を発表して、自慢の腕を披露した。

そんな世界でのスーパースターのひとりが、ダブ・クエスト・ナンだ。

もちろん、ネットでトラックを発表しても、一切カネにはならない。しかし、ときにその腕を見込まれて、正式に仕事を発注されることもある。

いま俺が、小太郎の腕を借りているように。

「また、こんなにたまってるよー」

小太郎が郵便物の束を俺に見せる。おもにそれは、俺宛の督促状《とくそくじょう》だ。債務といっしょに塩漬けにした俺の会社の何コかは、ここを登記上の住所にしている。

いつも悪いな、と俺は小太郎にギャラを渡す。

「住所借り賃と、この前のトラック代」

と、五万円。

「毎度、安いけど。契約決まれば、はずむから」

「そんなぁ、おカネもらえるだけでいいよぉ。トラック作るの、楽しいから！」

これで俺の全財産は、信藤と辰夫の封筒の残り、計七十万弱か。まだ凍結されてない銀行口座のいくつかに、あと数万は残っているか。

「おかげで評判よかったよ、あのトラック。信藤ちゃんが熱心に語ってたよ。『ここがいいんですよ！』なんつって」

「えー、嬉しー」

「で、つぎなんだけどさ。まず、ネタを決め込まなきゃいけなくって——」

「あ、待って待って。お客さんだ」

点滅するパトライトを見て、小太郎が言う。ＰＣに向かった奴は、モニタに玄関先の映像を呼び出す。あの玄関のどこに、カメラ付きのインターフォンがあったんだ？

「あー、フルちゃんだ。上がって上がって」

と言ってから、小太郎が俺の顔を見る。

「まあ、構わないけど、俺は。あとで打ち合わせさえできれば」

うん、わかったー、と小太郎が言い終わるか終わらないかのタイミングで、部屋のドアが開く。そこから飛び込んできた男が、息を切らせながら小太郎に言う。

「まだ買えたよ！　朝並べなかったときは、どうしようかと思ったんだけど」

「そうなんだー。よかったね！」

「ほら、これこれ」

と、男はよくわからない中古レコードを一枚、小太郎に見せる。

「うわあーっ」

と、小太郎の顔が輝く。

おい。お前。

普通、「どうも」とか「チーッス」とか、そこから会話、始まんねえか？　気持ちわりぃ男だな。

短い髪に、女のように長い睫毛《まつげ》。細い身体には肩章つきのよれたサファリ・シャツにカーキ・パンツ。三十代前半か、もっと若いようにも見える。肩から斜《なな》めがけしたでっかいバッグは、それはレコード・バッグか。

小太郎が、男を俺に紹介する。

「フルちゃんだよー」

男は俺に向き直る。

名刺を取り出すと、右手でその端を持ち、自らの額のあたりまで持ち上げて、まるで刑事のバッジか、探偵許可証のように俺に誇示する。名刺には「レコード探偵／古田《ふるた》紘美《ひろみ》」とある。

初めまして、と言おうとした俺の顔を見て、ああーっと男は声を上げる。

「狛方丈二さん！　フルタです。フルタ。僕のこと、憶えてますか？　いやあっ、奇遇だなあ！

僕、携帯に留守番電話残したんですけど、聞いてもらえました？」

ああ、あの野郎か。なんの用だってんだ。

「話の途中で、切れてた」

あーっ、と自分の額をぴしゃりと打つフルタ。

「それが大変なんですよ！　モルフォディターのことなんですけど。僕、わかったんです。あれ、元ブルー・モルフォのメンバーが作ったバンドなんかじゃ、なかったんですよ！　ニセモノです、ニセモノ。だから、早く狛方さんに教えてあげないと、大変じゃないですか！」

てめえこそ、いま、大変なこと言ってやがるぞ、おい。

「狛方さんは気づいてないみたいなんで、僕が伝えないと、と思って。レコード探偵としては！」

フルタはへへっと自慢げに鼻の下をこする。

どうするよ、この馬鹿。消すか？

「丈二さん、とお呼びしても、いいですか？　僕がこの事実に気づいたのは、こんな感じで――」

と、まるで安い探偵小説のように、フルタは謎解きの説明を始める。俺は小太郎を見る。小太郎は俺を見て、肩をすくめる。

どうやって黙らせればいい？　この危険人物を。

6

フルタの長い説明はまだつづいている。

内容を要約すると、こんな感じだ。

もともと、ネット界で一躍人気者となった正体不明のバンド、ブルー・モルフォは、どうやらプロのDJやスタジオ・ミュージシャンたちが遊びでやった覆面ユニットだった、ということがわかった。

つまり、バンドとしての実体はなく、音はすべてサンプリング――フルタいわく、「かなり細かいネタ取りですね。僕もまだ七割までしか特定できていません」――で、作られている。だから、ブルー・モルフォの曲で歌っていた女性ヴォーカリストなんて、そもそも存在するわけがないこと。

実体が謎のバンドだっただけに、噂が噂を呼んで、ブルー・モルフォの正体について、いろんな説がネットで流れていたこと。そのうちの有力なもののひとつが、「プリンスの秘蔵っ子だ」という説だったこと。しかし、それは噂でしかなく、明らかなガセネタだったこと。

また同時に、「われこそはブルー・モルフォだ」と騙《かた》る奴らが、一時期ネット界に続々とあらわれていたこと。

「僕が思うに、モルフォディターも、そんな人たちだったんじゃないかと。『騙り』だったんじゃないかな」

と、フルタの分析、そのアウトラインはこんな具合だった。

部屋の古畳の床が液状化して、俺を飲み込んでいくような気がする。這い回るケーブルが、蛇のように、俺の身体にからみついてくるような気がする。

「とにかく、彼女たちがブルー・モルフォだったってことは、絶対にありません。僕が思うに、ブルー・モルフォの正体は、フィラデルフィアのＤＪコットンマウスと、その友人連中だったんじゃないか、と」

「そうなのか⁈」

そのＤＪの作品なら、俺もいくつか聴いたことがある。新世代のキング・ブリットみたいな評価をされて、クラブ筋ではそこそこ人気ある奴のはずだ。

ふふふ、と意味ありげにフルタが笑う。

「まだ、僕しか言ってませんけどね、この説は。でも、自信はあります。ブルー・モルフォの、あのベース・サウンドへの独特なフィルター使いがその証拠です。コットンマウスのスタジオ・デモが流出したブート12インチが一枚あるんですけど、聴きました?」

　知るわけねえよ、そんなもん。

「あのA面二曲目のベースと、ほとんど同じなんですよね。ブルー・モルフォのフィルターの使いかたは。こんな変わったテクニック、僕はコットンマウスのデモでしか、聴いたことありません。で、彼はこの前、アイランドと契約したじゃないですか」

「そうなのか?」

「公表はもうすこし先らしいですけどね。でも本当です。その契約があると、やはりブルー・モルフォみたいなお遊びをやってるってことは、あまりよろしくない。クリアランスしていないサンプルが、あれだけ詰まった音源ですから。だから彼はもう名乗り出ずに、あれは『ネット伝説』のまで終わらせるつもりなんじゃないかな――というのが、レコード探偵としての、僕の推理です」

　フルタはでかいバッグから、雑誌のゲラ刷りを取り出す。

「そこらへんのことは、次号の『アンダートーン』で、小特集やるんですよ。『幻の蝶＝ブルー・モルフォを追って』っていうタイトルで」

　おい!

　なんてことすんだよ!


　そのゲラを眺めているうちに、以前にもこいつと会ったことがあるのを思い出した。こいつのインタヴューを、俺は何度か受けたことがあったはずだ。

　最初はたぶん、この野郎が学生だったころじゃねえか。俺がまだシルヴァー・マシーンにいたころだ。人の話をろくに聞きもせず、自分の考えばっかりべらべらしゃべる、最悪のインタヴュアーだったたな。そうだ、この馬鹿が始めた雑誌が『アンダートーン』とかいうやつで、そこでも俺は、こいつにインタヴューされたことが、あったはずだ。

『アンダートーン』てのは、要するに『レコード・コレクターズ』とか『ストレンジ・デイズ』みたいな雑誌のもっとマイナーなやつで、重度のレコード・マニアしか読まないＢ６判の隔月刊誌だ。そんな媒体のインタヴューを俺は普通受けないんだが、なぜかこいつの雑誌の版元が、業界最大手のロック雑誌『ロックウェル』と同じ会社だったので、引き受けてやったんだった。

そういえば、『ロックウェル』のレコ評欄で、再発レコードを中心に、毎回おたくなコラムを書いているのも、たしか、こいつだったような気がする。「フルタズ・ピックス」とかいう名前のコラムじゃなかったか？

俺は最悪な奴につかまっちまったようだ。

「つぎに、モルフォディターのデモ・トラックなんですが」

「聴いたのか？」

「ええ。聴かせてもらいました、信藤さんに無理言って」

あの小坊主が！　部外者にデモ聴かせるたあ、どういう了見だ！

「率直に言って、面白いトラックでしたね。あの構成そのものは。まるで小太郎くんがやってるような、マッシュアップから発想していった感じの楽曲、というか」

フルタは腕組みをして小首をかしげ、うんうんひとりでうなずきながら言う。部屋の隅にいる小太郎が、困ったような、薄笑いをうかべているような、微妙な表情で俺を見ている。

「これはおそらく、基本線としては、『ブルー・マンデー』のベースの上に、ありものの楽曲のフレーズをいろいろ重ねていくことで骨格を作って、譜割《ふわ》りはそのままで、あとからパートごとにサンプリング音源だけを差し替えていったんじゃないかな？」

おいおい！

「ベースを違うものに差し替えたのは、おそらく最後の最後ですね。で、そのベースの上にのっかってるのは、メインはファイン・ヤング・カニバルズが二ネタほど。『ドント・ルック・バック』のギター・リフが、ほぼそのまんま来てるのと、『シー・ドライヴズ・ミー・クレイジー』のリフは、歌メロに転用されていますね。大ネタ過ぎるんですが、処理がうまいので、意外にこれは気づきにくい。上手な本歌取りになっています」

……てめえ……。

「ストーンズの『アンダー・マイ・サム』も入ってますね。歌メロとシンセのコード感、両方にうまく振り分けて使っています。ファースト・レディオっていうアメリカのマイナーな女性ヴォーカル・ユニットが12インチでこの曲をカヴァーしているんですけど、そのヴァージョンでのリフ処理と、感触は近いかな？　で、アレンジの方向性というか、音全体の雰囲気は、ストロベリィ・スウィッチブレイドというよりは、ツーリストあたりに近いんじゃないかと、僕は思うんだよなあ！」

「……よくわかるもんだな」

「うーん、まだ、一度ざっと聴いただけなんで、こんなもんです。信藤さん、あんまり聴かしてくれなくて。ほかにも引っかかるところがあるから、ヘッドフォン使って聴き直せば、これぐらいの曲だったら、ほぼ全部、ネタを特定できる自信はあるんですけども」

やれやれ。

「やったのは、俺だよ」

俺の声が聞こえるのか聞こえないのか、相変わらず腕組みをしたフルタは、うつむいてうんうん言っている。奴の脳内メモリのなかで、あの曲が何度も何度もスキャンされつづけているんだろう。

「あっ、そうか！」

と、突然奴は膝を叩く。

「ユーリズミックスは普通に入ってるはず、ですよね！　初期カーズじゃないかと思ってたんだけどなあ。違う違う！　これは盲点だった。近すぎて見えなかった！」

やめろ！

「だから、やったのは俺だ、つってんじゃゃねえか！　俺がネタ出して、小太郎がトラック組んだんだよ、あれは！」

きょとんとして、フルタが俺を見る。ひよこのように無邪気な表情。

「ああ、イライラすんなこの野郎。俺がデッチ上げたニセ・バンドなんだよ、あのモルフォディタ一ってのは！」

あちゃーという顔をして小太郎がこっちを見るが、ブチ切れてしまった俺は止まらない。

「ちまちま分析しやがって！　文句あんのかよ、こら！」

「……ニセ、バンド？」

「ああ！　実体なんかあるわけねえよ。アメリカにもどこにも、モルフォディターなんざいねえんだよ！　アメリカどころか、あの外人女たちは、小岩のスナックでホステスやってるフィリピン人とロシア人だよ！　頭数合わせのためにメンバーんなったリックは、ワーホリで日本来てるカナダ人だ！　俺が集めて、俺が言って聞かせて、バンドのフリしてるだけだ！」

「へぇぇーっ」

「ちょ、ちょっと、ジョーちゃん。落ち着いて」

「止めんじゃねえよ！　アヴィエイターだまくらかして、契約金せしめる計画なんだよ。それをお前、邪魔しやがって。どういう了見だ、あぁ！」

あぁー、言っちゃったぁ、という小太郎の声が、遠ぉーくのほうで聞こえる。

それ以外は、頭に血が上って、なにがなにやらよくわからない。

「すると、あのヴォーカルは誰がやってるんですか？　あれはサンプリングじゃないですよね？」

「俺の後輩の娘だ！　美宇っつって、十五歳の日本人だよ！　辰夫――俺の後輩んちにメシ食いにいったらあれがいて、少女雑誌のモデルやってるっつって。声が面白いから、歌わせたんだよ！」

ついでに、ヤッちまったんだよ！

「うんうん。面白い声です。近いところだと、サンデイズのハリエット・ウィーラーとか、トレイシー・ヤングとか。UKあたりでは、六〇年代のガール・ポップから、連綿とつづく声質の系譜ですね。めずらしいです、日本人では」

「……そうか？」

「そこは、ポイント大きいですね。じゃあ、彼女ひとりの声をオーヴァー・ダビングして、イコライジングとエフェクトで、二声ヴォーカルのように仕上げたっていう？」

小太郎が割って入る。

「ヴォーカル録《ど》りとアレンジは、ジョーちゃんがやったんだよね」

「歌詞も丈二さんですか？」

「ああ。なんか適当にな」

うぅーん、とフルタがうなる。

「どうだっていいんだよ、歌詞なんか。ていうか、あの曲もどうだっていい。俺はカネが入れば、それでいいんだよ！」

うなりつづけるフルタは、俺の話を聞いていない。

「いやあ……面白い！」

「あ？　なんだって？」

「面白いですよ、これは！　口パク・アーティストかあ……ミリ・ヴァニリみたいじゃないですか！　あ、女性だったらベティ・ブーもありましたよね。ライヴでの口パク疑惑。うん、ベティ・ブーかあ。いいなあ。いいですよ！」

「そうお？」

と小太郎。

「うん、うん。丈二さんのプロデューサーとしての才能が、見事に発揮されてるとしか、言いようがないね」

才能だあ、俺の？　なに言ってんだ、こいつ。

俺はこれまで、まともに作曲したことなんか一度もない。「ネタありき」のパクリでしか、音楽作ったことねえぞ。

「前にインタヴューしたときも、僕、言いましたけど。僕は丈二さんの才能を、高く買っているんですよね。アレンジャー、サウンド・プロデューサーとして。それが一番よくあらわれていたのが、『ＪＬＨ』だったんですけど」

正式名称は「ジャズ・ライク・ハニー」。正気で口にできない名前がついた俺のユニットで、ジッタ―バップを終わらせた一因がそれなんだが……なんでお前、そんなこと、憶えてやがんだよ？

「僕はサンデイ・ガールよりも、ＪＬＨでの伽那子さんのヴォーカルを買ってるんですよね」

……めずらしい奴だな。

「サンデイ・ガールが売れ過ぎたから言ってるんじゃないですよ。あっちのウィスパリング・ヴォイスも、まあ、いいんですけど。ありがち過ぎるっていうか」

奴は口元に手をやって、うつむいて言葉を探す。

「それに比べて、ＪＬＨでは、彼女のヴォーカルが、もっとはじけてるっていうか――音とヴォーカルが掛け合いをしているような基本構造が、すごくよかった。二〇年代のビッグバンド・ジャズやジャイヴ・ミュージックのエッセンスをダンス・ポップのなかで表現する、という丈二さんの発想は、当時まだ早すぎたんでしょうね。このあいだ大ヒットした、クリスティーナ・アギレラの『バック・トゥ・ベーシックス』なんて、僕はＪＬＨがネタだとしか思えなかったんですけど」

「それはないって」

「わかりませんよー。アメリカン・メジャーは、リサーチ力、すごいですからね」

と、フルタは嬉しそうにニコニコしている。

思い出したよ。

こいつはいつも、インタヴューのとき、こんな感じだったよな。俺の考えを訊くんじゃなくって、「俺が作ったレコードがどういうものなのか」この野郎が解釈したその内容の独演会が、延々とくり広げられるんだった。


「これは、つづけるべきですよ！」

フルタの目がキラキラしている。

「お前、わかってんのか？　自分の言ってることが。俺はいま、詐欺しようとしてるわけよ？　カネのために」

フルタがこくこくうなずく。

「だからさ、まずいとかなんとか……さあ」

「いやいやや。僕は第三者ですから。バレちゃって困るのは、丈二さんですから。僕はなにも、まずくはないんですけど？」

話がずれてやがる。

「そんなことよりも、面白いじゃないですか、この試みが！　実際、デモの曲は、さっきも言いましたけども、よく出来てますから。これは、実現してほしいなあ。アルバムを完成させてほしい！」

「ジョーちゃん、ジョーちゃん」

と、小太郎が俺に話しかける。

「この人、フルちゃんってさ、レコード主体の人だから。ちょっと変わってるんだよね」

「ひどい、ひどいなあ、小太郎くんは！——まあたしかに、レコードに反映された部分しか、僕は興味はないですけどね。ミュージシャンの人物像とか、人生とか、そういうものは」

と、フルタがきっぱり言う。

「じゃあお前、信藤がかわいそうだとか、そういうのはねえのかよ？　あいつに告げ口したり、しねえつもりなのか？」

あぁー、とフルタが悩み始める。

「信藤さん、いい人だからなあ……うぅーん……でもまあ、しょうがないんじゃないですか？　いいレコードを作ることが、まず第一なんですから。騙すとか騙されるとか、それはもう、いいですよ！　信藤さんは正社員だから、ちょっとぐらい騙されても、きっと大丈夫ですよ！」

ふうぅーっと、俺は長い溜息をつく。

「じゃあ、黙ってるんだな？」

フルタがこくこくとうなずく。

「ええ。巻き込まれたくないですし」

これで大丈夫なのか、本当に？　脅《おど》しあげたり、カネつかませたりしなくっても、いいのか？

まあ一応、こいつの言うことは——この変なパーソナリティのなかでは、一貫性があって、まとまってはいるんだが。そんな妙な話を、俺は信用してもいいのか？

そんな俺の逡巡《しゅんじゅん》を見透かしたかのように、小太郎が言う。

「大丈夫だよー。フルちゃんがこう言ったら、信用していいって。ジョーちゃんは気になるだろうけど。常識人だからさ、ジョーちゃんって」

「俺がなんだって?」

「常識人! 真面目なんだもん、いつもー」

そんな話は、初めて聞いた。

「そうそう!」

と、フルタの野郎も小太郎に同調する。

「サウンドにも、それがよくあらわれていますよね。シルヴァー・マシーンの、そこを僕は一番評価しているんだよなあ」

はあ?

「基本的に僕は、九〇年代初頭のマッドチェスター・サウンドを、あんまり高くは買ってないんですよね。一部のバンドを除いては。あまりにもみんな、単一の享楽的《きょうらくてき》なモードを追っかけてただけっていうか。でも日本では、シルヴァー・マシーンだけは、ちょっと違ってましたよね。違わせたのは、丈二さんのギターですよ」

「……お前、むかしもたしか、そんなこと言ってたよな?」

「言ったかなあ?」

「言った言った。どういう意味なんだよ、それは?」

フルタがまた腕を組む。

べつに俺が、いまそんな話聞いてもしょうがねえんだが。だけど、俺のギターが、なんだって?

「うーむ。言うとすれば、シリアスなんですよね。ギターの音色や、リズム感が。ほかの楽器が、みんなハッピーに雲のなかをただよってるようなものだとしたら、丈二さんのギターだけが違ってたっていうか。グルーヴィではあるんですけど、シャープで、繊細で……ちょっとジョニー・マーっぽい？　とくに『スターゲイザー』なんて、典型的ですよね」

ああ、「ザ・シークレット・ファウンテン・オブ・スターゲイザー」。俺らの一番の人気曲だな。

「あの曲なんか、まさにギターのその存在感が独特な効果を生んでいますよね。あれを忘れがたい曲にしたのは、丈二さんのギターです。夢いっぱいのサウンドのなかで、ひとりだけ醒《さ》めた人がいて、というか。変なたとえですけど、きらびやかなディスコ・サウンドのなかで、ひとりだけヴェルヴェット・アンダーグラウンドやってる、というか」

なるほど……。

「言うなれば、それが丈二さんの特質であって。それゆえ、JLHは踊らせるつもりなのか、テーマを読みとるべきリスニング・ミュージックとして作ってるのか、どっちつかずになった、というきらいはありましたけども」

大きなお世話だよ。

「丈二さんが、『音楽からしかものを考えられない、音楽人間』だってことの証明が、あのギター・サウンドなんですよね」

ちょっと待てよ。

「俺が、『音楽人間』だあ？」

フルタが、きょとんとした顔で不思議そうに言う。

「だって、そうじゃないですか」

小太郎がそれにつづく。

「うんうん、そうだよー。フルちゃんみたいな、音楽以外なにもわかんない人が言うんだから、間違いないよ！」

「ひどい、ひどいなあ、小太郎くんは！」

どういうことだよ？

なんだか俺は、無性に腹が立ってくる。こいつらは、この変人たちは、一体なんの話をしてるんだ？　なにを楽しそうに、じゃれあってるんだ？

俺が、音楽人間？　俺は、こきたねえ詐欺師なんだよ。会う奴会う奴、全員にいつも嘘八百つきとおして、小商《こあきな》い回してるだけのくそ野郎なんだよ。

「……お前らなんかと、いっしょにしてんじゃ、ねえよ。お前らみたいな、こぼっちゃんとは、俺は氏素性《うじすじょう》が違うんだよ！」

気配を察知したのか、小太郎がすこしおびえた表情になる。

「俺はなあ」

大きく息を吸う。

「俺は、呪われた星のもとに生まれちまったんだよ！　いっつもカネカネカネカネカネ、食うためのカネのことしか考えてない、くさった野良犬野郎なんだよ俺は！」

俺は何度も何度も足踏みをする。機材だらけの歪《ゆが》んだ部屋が大きくゆれる。

「お前らみたいなのが、わかったようなこと、言ってんじゃねえぞこら!!」

俺が吠えると、さっきまでキャッキャ言ってた二人が黙る。部屋のなかに静寂《せいじゃく》が広がる。

と、フルタのほうを見ると、奴は無言のまま、満面に笑みを浮かべている。

「いい。いいなあ」

首を振りながら奴が言う。

「そうですよね！　わかります、わかります。才能のあるミュージシャンで、そういう本音がある人、結構多いんですよ」

「まった、てめえ、聞いたふうなことを――」

「や！　待った待った」

と、手で俺を制してフルタがつづける。

「僕の見立てでは、デヴィッド・ボウイなんかも、丈二さんみたいな意識があるタイプだと思ってるんですけども」

拍子抜けする俺。ボウイだと？　また、わけのわかんねえことを。

「もともとUKのミュージシャンって、おカネにうるさい人が多いんですよね。ひとつは、労働者階級出身の人が多いこと。もうひとつは、六〇年代にUKロックが勃興《ぼっこう》したときって、最初に活動の拠点となったのは、みんなナイト・クラブだったんですよね。ライヴ中心のヴェニューじゃなくって。お酒を飲ませる場所での余興として、バンドが必要だった、というのが原点なんですよ」

それぐらい知ってらあ。

「つまり、水商売のオーナーが、UKロックを発展させたんです。オーナーとしては、べつに女性のダンサーでも、ビリヤードでも、なんでもよかったんでしょうけど。そのころは、『生バンドを入れる』ことが、お店にお客を入れて、お酒を売るのに一番都合がよかった、と。だからきっと、初期のビートルズやザ・フーなんかも、演奏しながら、『今日のお客は、ちゃんとお酒飲んでるのかな？』とか、結構気にしてたと思うんだよなあ、僕は。それによって、その夜のギャラなんか、金額が変わったはずだから」

「へえぇーっ」

と、小太郎が感心する。

「そういうミュージシャンの系譜に、丈二さんの発言は、ぴたりと重なりますね。おカネに執着している人が、すごくいい音楽を生みだす場合も、すくなくはない。これが、ポップ・ミュージックにだけ特有の、えもいわれない現象なんだよなあ」

俺がなにを言っても、こいつは楽しそうに分析して、詠嘆《えいたん》しやがる。

「逆に僕はお訊きしたいんですけども、丈二さん、そんなにおカネおカネ言ってるんだったら、ほかのことで稼いでもいいじゃないですか？　音楽でおカネを稼ぐことに、こだわってるんですか？」

「あぁ？　こだわってなんか、ねえよ。適当にレコードやっつければ、ざっくりカネが入るから、やってるだけだ。こら、ニヤニヤしてんじゃねえよ、人を見透かすみたいなつらしやがって！　前世占いのスピリチュアルなんとかか、てめえは？」

「前世は、わかりませんけども」

と、フルタは楽しそうに言う。

「でも、丈二さん、そんなに儲かるんだったら、なんでいまだに、おカネおカネ言ってるんでしょうね？」

「バッ、てめえ、そりゃ――」

と、ここで俺は言葉に詰まる。

そういや、そうだ。なんで俺は、こんなにカネがない？

カネ遣いが荒いからか？　商売が下手だからか。

まあ、商売はたしかに下手だわな。ていうか、それ以前の問題か。会社の決算書なんか、いまだになにが書いてあるのかまったくわかってない。

なんで俺は、音楽でカネを稼ごうと思ったのか？

最初はたしかに、なんか適当に稼げたから、これはいいや、と思っただけ、だった。

バンド解散したあと、就職とかって線も、あったんじゃねえか？　ベースの靖史なんか、実際そうしたんだし。

それはいやだったんだよな、俺はきっと。それだと、負け犬みたいな気分になるとか？　だから音楽にしがみついた、とか？——いや、そんなんじゃねえ。

「丈二さんみたいな人はですね、きっと、『音楽以外の方法でおカネを稼ぐ』なんて、ほとんど考えたことはないはず、なんですよね」

……てめえ、また、聞いたふうなことを……。

「よく考えれば、ミュージック・ビジネスって、おカネが儲かるようでいて、儲からないというか。おカネがあるときに、その資金をべつのことに投資して、それでビジネスマンとして成功する人も、いるにはいますけども、なかなか、そうはいかない。のちにそうやって成功できる人でも、ミュージシャンとして現役のあいだは、うまくいかなかったりしますよね。往々にして、実業では。もともと、『音楽しか興味がない』ような人が、『音楽以外、なにもやりたくない』ような人がやってるのが、ポップ・ミュージックの基本ですから。そういった意識が燃え尽きてからでないと、社会人としてうまくやるのは、ちょっと無理、なんですよねえ」

見るからに社会人として無理だらけのフルタが、そんなことまで言う。

「遅刻とか、約束わすれるとか、僕もよくやっちゃうんですけど。多くないですか？　音楽業界って、そういう人」

「……まあ、それが基本だわな」

「ですよね！　よかった！　でですね、重要なのは、ここです。丈二さんって、むかしはロックスターだったじゃないですか？　でも、ロックスターじゃなくなっても、業界にしがみついてるわけですよね？」

「しがみついてる、てのはおめえ——」

「そこが重要なんですよ！　スターじゃなくなったら、業界から足を洗う。これが『普通の人』の行動です。つまんなくなっちゃうんでしょうね、自分がスターじゃなくなると。逆に言うと、『普通の人』なのに業界に居つづけたい人は、いつまでも『スターでいたい』という気持ちを、強く持ってしまうわけなんです。ひとつわかりやすい話として、ＫＹＯさんを例に出しましょう。彼のせいで、シルヴァー・マシーンは解散させられたわけですが」

「だれから聞いた、それ？」

「僕の推理です。サード・アルバム発売後、あのタイミングで事務所を移籍して、そしてソロ・デビューを発表したわけですから。ロック系の事務所から、芸能界寄りの事務所に移籍して、彼の華々《はなばな》しいソロ・キャリアは、そこからスタートしましたよね。とすると、サードでの日本語詞導入や、アルバム発表直後の解散宣言、それでツアーが大入りになって……という一連の流れは、移籍後のソロ活動を成功させるために仕組まれた、見事な計画だったと思うしかないわけで」

やれやれ。そのとおり、だよ。

あの野郎が、バンドをぶっ壊したんだよ。計画的にな。

オメガ・レコードの親会社の青芝と裏でソロ・デビューの話まとめた上で、俺ら全員を切って捨てやがったんだよ。

そんでこの俺、このくされ野郎は、ほかのメンバーや事務所の連中を裏切って、あいつが新たに契約した事務所に拾ってもらったんだよ。あの土木田のオヤジんとこに。

「……という、見事な計画だったんですけども、それだけに、とくに面白味はないんですよね。ＫＹＯの音楽性が、ありがちなロック調のＪ－ＰＯＰだったってこともあるんですけども。その活動のどこを見ても、マーケティング的な視点しか、見えてこない。それにくらべると！」

と、フルタは俺の両肩をつかむ。

「丈二さん、あなたこそ、ロックです！　なにがあっても、音楽によって、ロックによって、生きつづけようとするところ。それこそが、ロックなんですよ！　どんなに大変な人生だろうと、ロックな人間なんだから、それはもう、しょうがないんですよ！」

はらはらと、フルタの目から涙が何滴かこぼれ落ちる。

「いやあ、僕は猛烈に感動するなあ！　こんな人が、日本のシーンに居つづけてくれたなんて！」

お前は、俺を誤解しているぞ。

ジッターバップが飛んだあと、俺もJ－POPでせこく稼ごうとしたこともある。「さくらの花」がどうしたとか、「ふるさと」が滑った転んだだの、なんか適当に右翼ちっくで幼稚な日本的感情に表面上おもねっただけの貧乏くさい歌を、フォーク・ギター抱えたとっちゃん坊やデュオに路上で歌わせて契約取ったこともある。

グラビア・アイドルに歌わせれば儲かるかと思って、脱げる女をそこらじゅうで拾いまくったこともある。

お前が言ってるような、きれいごとばっかじゃねえよ。

外人DJを来日させてクラブ・イベントで当てたのも、音楽的な動機からじゃない。当時のあいつらがカネにルーズで、騙しやすかっただけだ。

でも、どれもうまくいかなかったんだよな。おかげで、いろんなところから追われる身になったわけだ。

どうも俺は、詐欺すらも、うまくないのかもしれない。

「ロックの神様がね、そういう人には、きっと使命をあたえてくれてるんですよ！」

俺のそんなヨゴレ経歴を知ってんのか、知らねえのか、フルタが涙を流しながら言う。小太郎までもが、もらい泣きをしているようだ。

「あー、わかったわかった。もういいよ。わかったから」

と、俺はフルタをいなす。

「じゃ、そういうことで……飲もう！　小太郎、酒だ酒！」

「ここにお酒はないよ」

「あ、僕はお酒飲まないんで」

「ハーブティー入れてこようか？」

「いいね！　僕、ローズヒップ系のがいいな」

わかったー、と小太郎が階下の共同キッチンに消える。

なんだかなあ。


こんな奴と、もっと早く出会っていれば、俺の人生も違ったんだろうか。

あ、違った。出会ってたんだわ、すでに。

それでこの体《てい》たらくだってんなら、まあ、しょうがねえのか、これで。

ロックな人生、ねえ……。「音楽人間」ねえ。

不思議と、そう言われると、悪い気はしねえな。


ぴーっと音を立ててフルタが鼻をかむ。

「それで丈二さん、アヴィエイターと契約できたら、その契約金は、なんに遣うつもりなんですか？」

そりゃお前、家賃とか、塩漬けにした会社を計画倒産させる資金とか……まあいろいろあるんだが。

　ひとまず、こいつが喜びそうな話だけにしておこうか。

「ジッターバップの原盤を買い取るんだよ」

　フルタがけげんそうな顔をする。

「だったら、僕に言ってくださいよ。ジッターバップならコンプしてますから」

「馬鹿かお前？　俺だって盤そのものは全部持ってるよ。音源の話じゃなくって、版権の話だよ！　マスターの所有権を俺に移して、版権を手に入れてからじゃねえと、いくら刷ったってそれは海賊盤になるだろうが！」

　ああー、と、フルタはやっと理解した様子。

「あれは『事務所インディー』だから、プロデュースしたのは俺だが、カネを出したのは社長だ。だから、俺が勝手に出し直すわけには、いかないわけよ。相手が納得するカネを払って――」

　三千万だよ、ちきしょう。

「――そんで、俺に権利を移してからじゃないと、再発売できないじゃねえか？」

「へぇーっ、出し直すんですか。ジッターバップを？　でも、意味なくないですか、それって？　中古盤で、いまでも普通に買えますよ？　売れないと思うなあ。丈二さんらしくないなあ、そんなプラン」

　あー、うっとうしい！　そういうことにだけは、頭が回りやがる！

「未発表の音源があるんだよ。オープン・リールのマルチ・トラック・テープ、一本分のな。それを手に入れたいんだよ、俺は。その音源に用があるんだよ。だから、再発するしないってのは、たんなる方便だ。オープン・リールを手に入れるために、ジッターバップのマスターを全部、買い取るってわけなんだよ」

あのオープン・リールだけよこせ、つったら、あの土木田のオヤジは、絶対に拒否する。拒否するだけの理由がある。だから、方便とカネが必要になる。

「つまり、個人的な動機で、そのマルチがほしいってことなんですか？」

「ああそうだ」

これ以上は、言うつもりはねえぞ！と身構えたんだが、奴もそれ以上の興味はない様子。フルタがそこで、ふーん、なるほど、なんつって、それで話が終わる。

てめえ普通、インタヴュアーだったら、そこの「個人的な動機」こそ、突っ込んでくるもんだろうが？　まあ、訊かれても言う気はないから、俺はこれでいいんだけどよ。


個人的な動機。

やり直す。人生を、取り戻す。

だれもそんなことは望んでないことは知っている。というか、土木田のオヤジなんか、それを積極的に潰したがるはずだ。

俺は凶状持ちの野良犬だ。

石ぶつけられて追われることはあっても、もうだれかに庇護《ひご》されることはない。

会う奴すべてに災厄をはこぶ、縁起の悪いしるし。

生きてるだけでみんなが迷惑してるのに、そんな野郎が「やり直す」なんて、どんなに気のいい奴だって聞き流せない、タチの悪い冗談でしかない。

そんなことはわかっているし、だれかに助けてほしいとも思ってはいない。

俺には伽那子さえいればそれでいい。

7

最初に伽那子と会ったのは、シルヴァー・マシーンが解散するすこし前だった。あいつは女子大のサークルでファンジンを作っていて、それ用のインタヴューということで、スタジオにいる俺らを訪ねてきた。こういう取材は普通、ヴォーカルの奴にまかせるんだが、たまたま俺はギター録りの前で暇だったから、そこに同席した。一目で俺は伽那子を気に入った。

インタヴューの質問は、きわめて素人くさかった。まあ、ファンジンなんてそんなもんだ。にもかかわらず、彼女は頭がよさそうに見えた。自分の美意識があるように見えた。気も強かった。ヴォーカルの奴への質問を、俺が横から取って、調子こいてなにか言ったとき、伽那子が俺を叱りつけた。

「ちょっと、黙ってて！　邪魔しないでもらえます⁈」

俺に向かって、あいつが言った最初の言葉がこれだ。

そのときの怒った顔がすごくよかったので、俺はこいつの人生を邪魔したくなった。

インタヴューが終わったあと、スタジオの休憩室にある自動販売機で買ったコーヒーを彼女にやった。あいつはテープレコーダーを聞き直しながら、眉間《みけん》にしわを寄せていた。いいインタヴューだったよ、かなんか、俺は適当なことを言って気をひこうとしたんだが、全然それにはとりあわない。出来が悪かったことは自分が一番よくわかっていて、そして、それが許せないという様子だった。

いいかげんに生きてきた俺なんかには、一切なかった姿勢だ。

そして、そんないいかげんな俺が、伽那子を落とすには時間がかかった。あの日は、電話番号すら、聞き出せなかったはずだ。訊いたのに、教えてくれなかったわけじゃない。訊くことすら、できなかったんだ。この俺が。


それからも、ときどき俺は彼女を思い出していた。

しかし、現役のロックスターにとって、ロックンロール・ライフというのは、いそがし過ぎるもんだ。スタジオが終わったら、撮影、打ち合わせ。リリース直前には取材の山。その合間にライヴ用のリハーサルをこなして、つぎは旅から旅へ。

おまけに、馬鹿野郎が突然記者会見なんかやるもんだから、ただでさえいそがしかったのが、大変な騒ぎになってしまっていた。

大騒ぎを乗り切るには、酒とクスリと女が不可欠だ。そんな騒ぎのなか、いろいろキメて、いろんな女にまたがりながら——または、またがられながら、伽那子に連絡をとらなきゃ、という気持ちだけは、つねに頭のなかにあった。

その気持ちを実行に移したのは、騒ぎが終わって、たったひとりで深い穴のなかに放り出されたあとだった。

深い穴。終わってしまったカーニヴァル。

残った奴だけでバンドをやろう、というアイデアもあった。当時の事務所の社長が言い出した。あの人は、レコーディング・エンジニアあがりの、実直な男だった。それだけに、さえない案だった。

強烈なリーダーシップで引っ張られてたバンドが、その推進力を欠いて、やれることなんてない。やろうよ！と言うメンバーもいたが、俺には全然乗れない話だった。俺はひとり事務所をやめて、より穴の奥底へと向かっていった。

それはそれで、悪いもんじゃなかった。居心地は悪くなかった。

まだカネは残ってたし、なにしろ、会う奴会う奴、みんな俺に気を遣ってくれた。

大丈夫？　もったいないよ、なんでだよ！　こんどいっしょに、なんかやろうよ。

それが口先だけだってことがわからないぐらい、酒とクスリと思い上がりが、俺の判断力をにぶらせていた。

俺ひとりでやれたことなんて、なんにもなかったってことを、当の俺だけは、まったくわかっていなかった。

酔っぱらいながら、俺は何度も伽那子のファンジンを読み返した。

例のインタヴューが掲載されたやつで、礼儀正しく、メンバーの人数分プラス1の数が、事務所に郵送されてきていた。家に持って帰ったのは俺だけだ。

ファンジンに記載された連絡先に電話すると、それは大学サークルの部室かなにかだった。もちろん俺は、不審者あつかいだ。

伽那子と話がしたいんだけど。インタヴューだよ、インタヴュー！　解散の真相でもなんでも、俺がしゃべってやる、つってんだよ――そんな電話を、俺は何度かかけた。

あいつと連絡がとれるより先に、俺は病院に運ばれた。一度目のオーヴァードーズだった。

そこが穴の底だった。そこには音もなければ、光もなかった。なにも聞こえず、なにも見ない俺だけがそこにいた。

それは無だ。俺の意識も含めて、そこにあったのは、なにもかも、果てのない無意味だけだった。

それは恐怖だ。そんな恐怖から逃がれられるんだったら、死んだほうがましだった。

死んじまうかわりに、俺はヴォーカルの奴の勧めにしたがって、土木田事務所に拾われることになった。

レーベルをやる、と言い出したのは俺だった。

べつに、レコード・プロデューサーがやりたかったわけじゃない。しかし、歌手をやる気もなければ、新しいバンドを組む気もなく、セッション・プレイヤーやるだけのテクニックもなく、もともと、芸能事務所に、そんなことを仕切る能力もない。

そんななかで、消去法で考えた場合、残ったのがそれだった。

また、俺には勝算もあった。

九三年のこのころ、猫《ねこ》も杓子《しゃくし》もインディー・レーベルを始めて、一種のブームになっていた。また、社長いわく、大店法のからみがなんとかで、米金融資本がどうとかで、外資系の大型レコード店が、日本全国、津々浦々《つつうらうら》までこれから出店していくぞ!ということだった。

つまり、売り場は、どんどん増えていく。そんななか、まともなモノを作れていたインディー・レーベルは、片手で足りるぐらいだった。なぜなら、「レーベルをやりたい」という作り手側の意欲だけが先走って、実力がともなっていない素人ばかりがレコードを出しているような状況だったからだ。まあ、インディーというのは、元来そういうもんなんだが。

まがりなりにもロックスターとして場数を踏んでいた俺が、そういった素人からレコード店の棚をぶんどる、というのは、実現可能なアイデアだと思えた。

もっとも、社長の土木田としては、レーベルを一風変わったタレント・スカウトだと思っていた、ようだ。しかし、俺はそれに気づいていなかった。

そんなわけで、社長が俺に提示したレーベル予算は、子供の小遣い銭みたいな金額だった。そのくせ、「インパクトがある」新人がいいな!などと彼は言っていた。

そこで俺の頭に浮かんだのは、伽那子だった。

逆かもしれない。

最初っから、俺の頭のなかのどこかには伽那子がいて、あいつのためにレーベルを作ろうとしたのかもしれない。そこらへんのことは、自分でもよくわからない。

だがしかし、絶対的に、俺には伽那子が必要だった。


連絡をとってみると、こんどは、意外なほど簡単に伽那子をつかまえることができた。

サークルの連中に俺は変質者あつかいされていたはずなんだが、メッセージを残すと、すぐに伽那子から俺のオフィスに電話がかかってきた。

ひさしぶり。俺のこと、憶えてた?と訊くと、もう大丈夫なんですか?と彼女。

聞けば、伽那子は入院中の俺を見舞ってくれていたらしい。もっとも、俺はそのころ、意識不明だったのだが。

なんでも、サークルの連中が新聞かなにかで読んで、俺のオーヴァードーズを彼女に知らせたんだそうだ。

風呂で溺死するとか、自分の寝ゲロで窒息するとかがオーヴァードーズの常道なんだが、こんな美人に見舞ってもらえるようなもんだとは、思いもよらなかった。

俺は言った。

大丈夫じゃない。大丈夫じゃないよ、お前がいてくれないと。

歯が浮きそうな科白《せりふ》は、素面《しらふ》のときのほうが、うまく言えることを俺は発見した。

わたしが?と伽那子。

ああ、お前がいないと駄目なんだ。

二人して、地上を離れよう。

星に手が届くところまで行こう。

そんな科白で、俺は伽那子を口説いた。

リハビリ後でめっぽう素面だったのと、「やらせてくれ」じゃなくって、「レコードを出そう」という口実があるおかげで、じつに軽快に俺は伽那子を口説くことができた。

わたしなんかができるのなら、というのが、彼女の答えだった。


伽那子には、バンド経験は、まったくなかった。

カラオケなんかも、人の歌を聴いているクチで、自分から率先して歌うことはない。趣味は写真で、ファンジンに原稿も書いている——だから、自分はどちらかというと地味なタイプで、人前でパフォーマンスするようなことは、考えたこともない。

歌手なんて、わたしにできるのかな?

ああ、できるさ。俺がプロデュースする。俺にはアイデアがあるんだ。ずっと考えてた——そう、ずっと前から、俺は考えていたんだ。

「サンデイ・ガール」って名前のソロ・アーティストとして、デビューするんだ。


この名前は、ブロンディのヒット曲から持ってきた。ブロンディのナンバーには、いつもどこかしら、もの悲しげなトーンがある。アップな曲調だったとしても、その裏に流れるテーマは、ニューヨークのストリートのとげとげしい感じや、そこで生きるさびしげな女の子の感覚だったりする。

この「ブロンディの裏テーマ」が、伽那子の存在感にぴったりだと俺は思った。そして、ブロンディが七〇年代当時のディスコ・サウンドを利用したように、俺はハウスとクラブ・ジャズを利用しようと思った。そこに、六〇年代アメリカのバブルガム・ポップやフレンチ・ポップを混ぜ合わせて、ナイーヴな女の子像を浮かび上がらせる。

　このアイデアを実体化させるため、シルヴァー・マシーンのツアーにアディショナル・キーボードとして参加していた蘭洞純一郎《らんどうじゅんいちろう》に俺は声をかけた。腕がいいキーボーディストで、曲も書ける。人柄がよく、顔も広い。そして、俺を嫌ってはいない。

　ジョーちゃんがレーベルやるんだ？　いやあ、俺に声かけてもらえるなんてさあ。なんでも言ってよ。俺にやれることとあればさあ。

　という蘭洞に、まさになにからなにまでやらせて、サンデイ・ガールの音は練り上げられた。作曲にアレンジ、プレイヤー集め、伽那子の歌唱指導まで、奴がやった。

　もっとも、耳がいいのか、伽那子の音感は悪くはなかった。声量はなかったが、べつに歌唱力で勝負するプランじゃない。もともとの声質を生かして、ささやくような歌いかたで押し通すことにした。この部分が、第二のカヒミ・カリィを求めていた世相とマッチした。

　見切り発車でリリースしたサンデイ・ガールのデビュー7インチ・シングル、つまりジッターバップ初のリリース作品は、初回プレスの一千枚をあっという間に完売した。初期のシルヴァー・マシーンを推してくれた輸入盤店も熱かったが、渋谷の外資系大型レコード店での売り上げがすごかった。

　俺が手持ちで納品したレコードが、段ボールの封が切られるなり、レジ・カウンターの前に並べられる。すると、ベレー帽をかぶった女の子たちが、つぎつぎにそれを手にして、レジに詰めかける。まるで焼きたてのパンを主婦が奪い合うようにして、レコードが売れていく。こんな光景を見たのは、俺は初めてだった。

　つまりこれが、「渋谷系」という現象だった。

その7インチの二曲に、さらに三曲をくわえたEPがサンデイ・ガールのネクスト・リリースとなった。これは10インチのアナログ盤とCDで発売した。カヴァー・アートとして、伽那子は自分が撮った静物写真——石だか花だか——を使いたがったが、俺は却下した。なんといっても、彼女の顔を前面に出していかなきゃいけない。何人ものカメラマンを呼んできては、伽那子を撮らせてみた。本人いわく「地味」なそのイメージを、自然体で、センシティヴで、アート好きな女の子としてレプレゼントする——そんな俺の要求に応えられるカメラマンはいなかった。

しょうがないので、俺が自分で撮ってみることにした。といっても、俺はカメラは素人だ。伽那子に教えてもらいながら、彼女を撮るという、奇妙なセッションになった。そのとき俺が撮ったなかの一枚が、その後のサンデイ・ガールのイメージを決定づけるものになった。

窓を背に、逆光のなか、両手をジーンズのポケットに入れて立つ伽那子。古い洋館のタイル貼りの床に裸足で立っている。ざっくりした古着のセーターは襟首《えりくび》が伸びていて、きれいな首の線から、鎖骨、細い肩までが見える。真ん中分けの長い黒髪、そしてくわえ煙草。しっかりと前を見る目には、意志の強さと知性があらわれている。と同時に、その瞳の奥を覗いた者には、瞬間的に、まるで傷つけられた小動物に対して感じるような、はげしい悲しみと庇護欲求をおこさせる、そんな視線。

それが伽那子が演じるサンデイ・ガールの基本イメージとなった。

このときまで、俺は彼女に指一本触れてはいなかった。

自分を制していたわけではない。プロデューサーとして伽那子に接していることが、すでに俺にとっては、擬似セックスみたいなものだったのだ。蘭洞と伽那子がスタジオで作業しているその脇で、俺があるあだこうだ注文つけたりしているときは、ほとんど3Pの気分だった。フォト・セッションで使ったポラやベタ焼きを見ながらオナニーもした。まるで俺は、にきびづらのさえない中学生みたいだった。

ＥＰには、完成前から大量の注文が入った。

７インチの売り上げに興味を持った、インディー・レコードのディストリビューターに注文を取らせてみたのだが、初回オーダーだけで軽く一万枚を突破していた。当時のインディー・リリース作品は、一万枚がひとつの壁となっていた。そこを超えれば、トップ集団に入ることになる。発売後、その数字はさらに倍々で増えた。下手なメジャー・リリース作品なんか軽く超える売り上げ枚数を、サンデイ・ガールのＥＰは記録した。

元ロックスターだった俺は、レコード・プロデューサーとして、幸先の悪くないスタートを切っていた。

ＥＰの発売日にあわせて、下北沢の小さなクラブでサンデイ・ガールのライヴも俺は企画した。ライヴといっても、そんな大層なもんじゃない。人前で歌わせることによって、伽那子に場慣れさせる、それぐらいの目的だった。ＤＪメインのイベントで、ライヴは三曲ぐらいしかやる予定はなく、バッキングは、俺と蘭洞だけ。俺がアコギとエレキを持ち替えて、蘭洞がアコーディオンとシンセを使う。そんな程度のものだった。

ところが、これに客が殺到した。レコード屋にちょこっとフライヤーを撒いただけなのだが、そこから口コミで広がったんだろう。クラブ慣れしてない客が、当日券――そんなもん、あるわけないんだが――を求めて、早い時間から店の前に行列を作っていた。その列が、店のある商店街にずらっと並んで、駅のあたりからも人垣が見えた。当然、そんな大人数、収容できるわけはない。

店長の窮余《きゅうよ》の一策として、俺らは三回まわしで演奏することになった。入れ替え制のクラブなんて、俺らの世界じゃ聞いたことがない話だった。

そんな混雑した店のなかには、メジャー・レコード会社のA&Rが何人もまぎれこんでいた。名刺を持った奴らが、つぎつぎに伽那子に声をかけようとする。俺が割って入るより先に専務がそいつらに対応した。生まれて初めてのクラブを体験中の社長は、気分よさげに、やにさがった表情――ここにきてやっと、俺は、なにが起こっているのか理解することができた。

社長のあの顔が、山から獲ってきた田舎者を高値で売り飛ばすときの、ご満悦の表情だってことを、ようやく理解した。これは当たり前のことだった。しかし俺は、考えてもみなかった。いや、考えたくなかったのか。

芸能事務所というのは、要するに、人買いだ。「芸能人」になりたがる頭の悪い奴らと契約してその身柄を押さえ、レコード会社やテレビ局からカネ引っ張ることしか考えていない。人身売買はしても、クリエイションはしない。原盤なりなんなり、自腹で作るなんてことは、極力やらない。女衒《ぜげん》は娼館を経営しない。それと基本的に同じだ。まがりなりにもメジャー・レーベルでアーティストをやっていた俺には、芸能業界のくだらなさは、身に染みてよくわかっていた。

俺らは、こうだ。

てめえで書いた曲をてめえで演奏して、そしてカネを稼ぐ、これがロック・バンドだ。才能やら努力した結果やらをカネに換えて、うまくいかなかったら、ほぼ自業自得。これはまだ、納得がいく話だ。ビートルズやボブ・ディランと、おんなじことやってんだよ！というのが、最低限、俺らプロのミュージシャンのなかには、誇りとしてある。

ところが、芸能業界――日本のエンターテイメント業界の古い体質というのは、これとはまったく違う。

歌手でも、役者でも、なんでもいい。ワイドショーのコメンテイターでもいい。とにかく、そこには「人気者枠」や「アイドル枠」や「文化人枠」なんて椅子があって、その椅子につぎに坐れそうな奴を掘ってきては、投げ込む。それをやるのが、芸能事務所だ。ラジオやテレビの「パーソナリティ」なんて言葉があるが、まさにそのとおり、適当な人間の「人格」を尻に見立てて、椅子の形どおりに当て込むのが奴らの仕事だ。

まともなミュージシャンや、アーティストってのは、「自分だけの椅子」を手作りして、それを片手に人ごみのなかに押し入って、椅子置く場所ぶんどって、そこでのうのうと煙草でも喫ってるような連中を指す。だから普通のロック・バンドと、日本の芸能業界のシステムとは、絶対的にソリが合わない。俺が毛嫌いするのは、そういうわけだ。

そう、俺は、「芸能界」という言葉が、腹の底から大嫌いだ。「界」ってなんだ？　お前らはそれが「ソサエティ」だと、「階級」だとでも、思ってやがるんだろう？　選良《せんりょう》が集《つど》う社交界かなにかだと、思ってやがるんだろう？　「芸能人」てのは、そこに棲まわせてもらえる、セレブリティかなにかだと、思いたいんだろう？

こんなもん、たんなる、文化が遅れた閉鎖的な東洋の果ての小国で変異した「業界」でしかない。ソサエティじゃない。「インダストリー」だ。

バンドを始めてからの俺は、ずっとそう思って、突っ張っていた。歌番組で芸能筋の奴らと同席したことは何度もあるが、話したことなんてない。なんか用っすかあ？　それ、俺に言ってんすかあ？とか、そんな口なら、利いたことはあるが。

つまり、俺は甘かった。

「レーベル」をやれれば、それでいいと思っていた。大嫌いな芸能業界で肥え太っている、芸能事務所のカネでそれをやる、ということの意味を、はき違えていた。この大馬鹿野郎は、逆に痛快な気持ちにすらなっていた。社長がだっせえことやって稼いできたカネを、俺が浄財として、クールなことで遣いきってやるよ、とか思っていた。

まさか、伽那子が売り飛ばされることになろうとは、思ってもみなかった。

だって、あいつは、俺が口説いたんだぜ？「レコードを作ろう」って。俺は約束したんだ。やっとそれが、スタートしたばっかりなんだぜ？

あんなタイプが、「おはようございます」なんつって、テレビ屋に挨拶させられんのかよ？くだらないタレント・ファイルに、くだらないニコパチ写真でおさまって、水着写真なんかもあって、そんで、プロフに書かれるのか？「インディーズでレコードも発表したことがある、アートが好きな女の子」とか？

ふざけてんじゃねえぞ！


そこで俺は、社長に嘘をついた。

フル・アルバム一枚分の音源は、もうほぼ出来上がってるんですよ。これは十万いくと思うなあ。つまり、自前で盤作って、卸したら、売り上げはざっと一億五千万てとこですかね。粗利で一億は固いね。

ＥＰのヒットで味をしめていた社長は、俺の話に乗ってきた。すでに数千万は稼がせてやっていたからだ。

社長は言った。おお、そうか、そうか。だったら、メジャーとの契約は、そのあとのほうが、いいのかもしれないな。

当ったり前でしょう。インディーでそこまでの実績作ってりゃ、契約金だけで数億いけるって。そんで、デビュー即、ミリオン・ヒット。音作ってる俺が言ってるんだから、間違いないっすよ。

そこんとこは。

もちろんそれは、全部嘘っぱちだ。なんの根拠もないセールス・トークだった。

俺は伽那子と遊びつづけたいだけだった。


その嘘に裏をつけるため、俺は突貫工事でアルバム制作作業に没入した。EPの焼き直し、他人のパクリ。なんでもやった。中古盤屋で手あたりしだい買ってきた山のような洋楽レコードから、ネタになりそうなものを血まなこで探した。蘭洞の奴から泣きが入るまで、あいつのフレーズやらセンスやら音楽知識やらを絞り出した。

素面でこんな作業をできるわけがないので、俺はまたクスリを始めた。便所で煙草喫うガキみたいに、こそこそと人目をさけるぐらいの頭はまだあった。

そうやって作ったアルバム、『サンデイ・ガール』と題されたセルフ・タイトルド・アルバムは、イニシャル出荷で十一万枚以上を記録した。つまり、見込みで刷った十万枚が初回オーダーだけでパンクして、リリース前に再プレスをおこなって帳尻をあわせるという、そんな状況となった。まもなくこれはゴールド・ディスクとなった。

この前段階として、俺はいろいろと仕込みをおこなっていた。

EP発売の前あたりから、サンデイ・ガールに対して音楽雑誌から取材依頼は殺到していたのだが、俺はことごとくそれを断っていた。その逆に、ファッション誌にはこっちからアプローチして、写真中心の記事を掲載してもらっていた。業界内の「クリエイター」と呼ばれる人種のあいだで、サンデイ・ガールの人気が高いことを見抜いた俺の策略だったのだが、これが予想以上の効果をあげた。サンデイ・ガールは、その存在そのものがファッションとなっていった。

お洒落なTシャツや、かわいい雑貨のようにCDを売る――これは俺が考えたことじゃなく、

「渋谷系」なるものの基本だったんだが、そんなメソッドの素材として、ぴたりとおさまるタマなんざ、なかなかいるもんじゃない。しかし、それさえうまくいけば、馬鹿みたいにレコードは売れる。

なぜなら、CDはTシャツよりも安いからだ。子供が買いやすいからだ。簡単に楽しい気分になれるからだ。

伽那子は——サンデイ・ガールは、そんな風潮に見事にフィットするインディー・スターとして、俺によって世間に売り出された。その結果が、デビュー・アルバムの出荷枚数につながったわけだ。アルバム発売記念のライヴは、NHKホールでおこなった。それがほぼデビュー・ライヴとなるインディー・アーティストとしては、あり得ない大風呂敷だった。さすがに完売とはいかず、二階席以上には空席も出たが、そんなもんは問題じゃない。バラ撒かれた招待券を手に、メディア関係者やメジャーのA&Rが殺到した。なにしろ、ツアーはやらずに、一回こっきりのライヴがこれなのだから。サンデイ・ガールが生で観られる機会は、当面これしかないのだから。

伽那子のバッキングは、バンマスの蘭洞が腕利きで固めた。その片隅に立った俺は、ひさしぶりに大観衆の前でギターを弾いた。それは悪くない気分だった。京一あらためKYOの野郎まで、楽屋にあらわれやがった。

そんな狂騒《きょうそう》のなかで、気がつくと伽那子は疲弊《ひへい》していた。無理もない。健康な常識人すら、シャブ食わなきゃやってられなくなるのがこの世界だ。文系女子には荷が重すぎて当然だ。俺の見えないところで、伽那子は我慢に我慢を重ねていた。

彼女が最初に叛乱《はんらん》をおこしたのは、NHKホールのリハが終わったあとの楽屋だった。喉が痛い、熱っぽい、と主張する伽那子を、俺は仮病あつかいした。泣きながら抗議する彼女を、俺は戦争映画の鬼軍曹のように罵倒《ばとう》した。収拾がつかない言い争いをおさめてくれたのは蘭洞だ。この夜の伽那子は「アンニュイな表情が素晴らしい」と絶賛されたのだが、それは演技じゃなかった。出番前にあったこの事件のせいだ。

終演後のくだらない乾杯と打ち上げをこなしたあと、熱が高くなった伽那子を送っていった。蘭洞の運転するハイエースの後部座席に、楽器や機材に埋もれるようにして、伽那子と俺は並んで坐った。毛布にくるまった彼女の手を俺は握った。右折待ちをする蘭洞の目がバックミラーから離れているのを確認してから、俺は伽那子に無理矢理キスをした。彼女は抵抗したが、最後には俺の舌を受け入れた。ミラーのなかに蘭洞の笑っている目が見えた。俺はこの女を、なにがなんでも守ってやろうと心に誓った。それが間違いの始まりだった。

相変わらず、伽那子を売り飛ばす隙をうかがっている社長を騙すために、俺は一計《いっけい》を案じた。終わらないレコーディングを、やればいい。

俺が吹いた嘘は、こんな感じだ。

社長、やっぱいい契約とるには、先にデモテープ作っておかなきゃ、駄目ですよ。メジャーが用意した作曲家の歌うたわせるような、お人形さんじゃないんだから。そんなことしたら、これまでのお客は逃げるね。失敗するね。サンデイ・ガールはアーティストだから、こんな人気が出たんですよ？　だから、きっちりと先を見越した曲を作り込んで、それ込みでメジャーに買わせればいい。楽曲の著作権管理の出版会社も、社長がやればいい。ロックの世界じゃあ、それが普通だから。それやって、ミリオン獲れたら、すごいっすよ？

俺が予告どおり一億献上して、社長の機嫌がすこぶるよかったせいか、またもや俺の口車は見事に機能した。もっとも、あっちはもともと、わかってるのは昭和の歌謡曲システムだけなのだから、「作曲家のセンセイ」の言うことは、なんでも真に受ける傾向があったんだが。この場合、センセイは俺だ。

俺はレコード・プロデューサーとしての実績を作りつつ、詐欺師まがいの嘘つき野郎としても、順調に成長しつつあった。

社長を騙す一方で、アルバムの売り上げを持続させるために、12インチとCDEPを何枚か連続してリリースする仕込みもやった。アルバムのアウトテイクやライヴ・トラック、それからリミックス・トラックなどを並べた盤を、一カ月ごとに出すプランだ。これだと、伽那子本人はほとんど稼働しないで、レコードの売り上げだけはあがりつづける。社長に日銭が入りつづけるわけで、当面の目眩《めくら》ましとしては成立する。

そして、伽那子と俺は、曲づくりセッションの準備を始めた。

まず、俺がギターを教えて、蘭洞が鍵盤を教えた。握力のせいか、ギターはいまいちだったが、鍵盤はどんどん上達した。本人も意欲的だった。

歌詞も書かせてみた。アルバム用にいくつか書かせたものは、俺が添削して原型をとどめていなかったのだが、こんどは自由にやらせてみた。実際に書かせる前に、写真や絵で、イメージを表現させる場合もあった。つまり、言葉本来の意味で「アーティスト」として自立できるような、トレーニングをしていったわけだ。

もともとアート好きだった彼女は、その素養が開花した。スタジオのなかで笑顔を見せるようにもなった。

ひととおりの準備をすませた俺は、海外での曲づくりセッションのプランを進めた。

もっとも、普通に言ったら、社長がそんなもんにカネを出すことはない。

だから、社長が出すのは、セッションしてデモ録りするスタジオ代とエンジニア代のみ。これは日本でやるより安い金額。あとはヴィデオ録り。海外のお洒落な風景のなかで、サンデイ・ガールのPVを撮って、それをTVやレコード店の店頭で流す。これはCDの売り上げにつながる。また、本人の露出もすくないわけだから、これらのPVをまとめてVHSにして売れば、十分商品になる——と、これが俺のセールス・トーク。

渡航費や滞在費に関しては、俺が自腹を切った。

俺の立場はたんなる契約社員で、基本給は死なない程度の額しかなかったが、レーベルのリリース作ごとにプロデューサー印税が設定されていた。ケチな社長が、最初の持ち出しを極力減らすために俺を騙そうとした設定がそれだったのだが、ここまで売れると、俺にもそれなりのカネが入ってきていた。自分の儲けが減ることについて、社長は面白くなかったんだろうが、俺がそのカネ持ち出して、社長のタレント売るために奔走《ほんそう》する——というのは、彼としては悪くない筋書きだったはずだ。そう思うように、俺は誘導した。

そうやって、伽那子と俺と蘭洞は、長い旅に出た。

最初に入ったのは、サンフランシスコだった。

地元のインディー・バンド連中が、ヴィクトリア朝様式の一軒家をシェアして住んでいる、そこのガレージがスタジオがわりだ。エンジニアは、カリフォルニア北端の小さな町から、新鮮な収穫物をいっぱいに詰んだクルマでやってきた。ぼろぼろのフォルクスワーゲン・バスのナンバー・プレートの脇には、おそらくクルマの販売店名だろう、「ガンダルフズ・ガレージ」と記されたステッカーがあった。それでそのヒッピーおやじのエンジニアは、「魔法使いガンちゃん」と俺らに呼ばれることになった。

ガンちゃんが持ち込んだ、これも年代もののハーフ・インチ・オープン・リールの8トラック・テープレコーダーを前に、俺らは毎日、気楽なセッションをやった。

テープレコーダー。

俺らみたいな——つまり、平凡なロック・ミュージシャンが曲を作るとき、絶対に必要なものがこれだ。ロックの世界には、譜面が読めない奴らが多い。だから、クラシックの世界みたいに「手元に楽器もないのに」いきなり楽譜をさらさら書いて作曲できるような奴なんて、俺はこの業界でひとりも見たことがない。

じゃあ俺らがどうやって作曲するのかというと、まず、楽器を持つ。ギターでもキーボードでも、自分の得物を握って、そしてフレーズを弾く。コードをいくつか、鳴らしてみる。悪くねえな、と思うものがあれば、それを繰り返して、「リフ」にしてみる。いい「リフ」が見つかったら、その前後にコードを足したり引いたりして、そうやって、だんだんと一曲に仕上げていく——。

こういった作業をしているあいだ、ミュージシャンの前で静かに回りつづけているのが、テープレコーダーだってわけだ。ある種、作曲と基本アレンジを同時にやっていくような方式。これがロック・ミュージシャンにとって最も一般的な作曲法だ。

こういう作曲法をする場合、非常に役に立つのが、マルチ・トラックのテープレコーダーだ。その名前のとおり「トラック」が複数あるレコーダー。4とか8とか16とか32とか、とにかく「複数」のトラックが並んでいて、それぞれにべつの音をレコーディングできる。マルチ・トラックさえあれば、「最初に録ったリズム・ギター」を再生して聴きながら、そこに「ギター・ソロ」を付け加えて、そしてつぎに、それらのトラックを同時に再生して聴いてみる——てなことが、自分ひとりでもやれる便利な機材だ。

もちろん俺らは、本チャンのレコーディングのときも、マルチ・トラック・レコーダーを使用する。ドラムを録って、ベースを録って、それからギター……てな具合に別録りで音を重ねていって作業を進める。それを最後にミックス・ダウンして、左チャンネルと右チャンネルの二本のトラックに落とし込んだものが、「ステレオ録音された曲」というものになる。左右のスピーカーから出てくる音の位相の違いを利用して、「まるでそこに、バンドがいるように」感じさせるような音が、最後に出来上がる。一般的なロック・レコードに収録されている「完成したレコーディング・トラック」というものがこれだ。

つまり、こういうことだ。

ステレオ音源を聴けば、だれもが「そう感じる」ような光景。バンドが全員で、「せーの」で息を合わせて演奏しているような図――なんてのは、実際のレコーディングの際は、一度もないのが普通だってことだ。

そもそもこれは、ヴァーチャルな体験なんだ。ロックを、ポップ・ミュージックを聴くって行為は、まず第一に「嘘にひたる」ってことを意味するんだ。

ジャズやクラシックのレコードには、そういった嘘は、基本的にない。マイク一本――あるいは、非常に少数のマイク――で、プレイヤーが生演奏しているものを、そのまま録音する、というのが標準的な考えかただからだ。ちょうどこの逆の位相にあるものが、ロックやポップ・ミュージックのレコーディングなんだ。

早い話が、六〇年代中盤以降のロック・ミュージシャンは、一度も存在したことないような編成で演奏をしているバンドの姿を「そこにいるかのように」見せかけるようなことを、毎日毎日、スタジオのなかでやりつづけているってわけだ。

これは映画界の動きをずっと先取りしてたようなもんだ。映画では、デジタル技術が発展して、そこで初めて「なにが本物で、なにがCGかわからない」なんて話になったが、音楽ってことでいうと、そういう状態は六〇年代からこっち、当たり前のことになっている。「嘘つきシステム」が標準装備になっている。なんでそんなものが「標準」になったんだ——というと、業界の一般的な見解としては、ビートルズのせいだ。ビートルズ中期の作品以降、ロックのレコーディングってのは、基本的に「いかに上手に嘘をつくか」を磨くことだけに特化してきたようなものなんだ。

俺が嘘つきだってのは、俺個人の問題だ。しかしこんな嘘ばっかついてる奴が、それなりに泳ぎ渡ってこれたってのは、ロック界がもともと「売り物になる嘘」ってのを、常時求めている場所だったから——てのは大きい。

使えない正直者の歌なんか、だれが聴きたいってんだ？　だったら「いい感じに正直そうな」嘘っぱちをこそ、歌にすべきだ。同性愛？　殺人衝動？　素晴らしい！　いい曲になる。興味ある人は多いはずだ。ミュージシャンが本当にゲイかどうかなんて、どうでもいい。ステレオの前に坐っている奴らが、何回生まれ変わってもできないような体験、想像したこともないような刺激をあたえること——平たく言えば、これができるかできないかが、プロの「ポップ・ミュージック・アーティスト」か、そうでないかの分かれ目となる。

できるかぎりの妄想を、深層心理から呼びおこすこと。足りない部分は、頭のてっぺんのねじ穴開けて、空気中から吸い込んだっていい。幻想を練り込め。無意識に弾いたフレーズから、快楽の種を探し出せ……俺らのような凡人は、そうやっていつも、呻吟《しんぎん》しながら曲を作ろうとする。もちろん、マルチ・トラック・テープレコーダーをかたわらに。

サンフランシスコのガレージで、俺らは毎日、曲作りのためのセッションをつづけた。といっても、もともと締め切りがあるようなもんじゃない。「目標××曲」なんて、ノルマがあるわけでもない。暢気《のんき》な遊びのような——遊びのなかから、なにか出てくりゃいいな、てな感じの——セッシヨンだった。

その家にはバンドマンがゴロゴロしていたので、いろんな楽器が転がっていた。あまりいいヴィンテージ・ギターはなかったが、スリフト・ショップ流れのテスコがあった。オプティガンのキーボードもあった。そのほか、調律が微妙なアップライト、フェンダー・ローズ、ボディに穴が開いたウッドベース、なぜかシタール、金管楽器も少々……そんなものをとっかえひっかえ拾ってきては、俺らは演奏した。日付もわからないような日々のなか、だれのだかわからない深層心理のなかへのピクニックをつづけた。

腹が減ると、上階へあがって勝手にキッチンに入り、冷蔵庫をあさった。週末は決まって、住人のバンド連中といっしょにパーティ。よそでパーティがあれば、そこに全員でかけつける。そんなとき以外は、伽那子はなにかの写真を撮り、ノートになにかを書きつけていた。

そんなある日、ホテルの部屋で、俺が腕に針を刺しているところを、伽那子に見つかってしまう。彼女はノックしたんだが、すでに射ってた俺には聞こえなかったようだ。

あんなに怒った彼女を見たのは、あとにも先にもあれっきりだ。泣き叫びながら、部屋じゅうのありとあらゆるもので、伽那子は俺をぶん殴った。ぶん殴りながら、死んじゃうよ、死んじゃったらどうするのよ、と伽那子は叫びつづける。俺も泣いてあやまった。二人ともわあわあ幼児のように泣いて、鼻水と涎《よだれ》をたらしながら床を転がって、そして、初めてのセックスをした。蘭洞は気をきかせて、そのツイン・ルームを俺らに明け渡してくれた。セックスのあとの、部屋の惨状に嫌気がさしただけなのかもしれないが。

そして蘭洞は、当初の予定どおり、中古楽器あさりの旅に出ていった。奴が去ったあと、旅費を節約するため、俺と伽那子はガレージ・スタジオのある一軒家の空き部屋に移った。音楽、セックス。音楽とセックス。パーティ。ハッパは伽那子も許可してくれたので、ガンちゃんの畑の収穫物を二人して味わう。そしてセックス。音楽。それから観光。ガンちゃんは自分のぼろグルマで、伽那子と俺を、とっておきの場所に連れていってくれた。

ゴールデン・ゲート・ブリッジを渡った先、ヒッピーの隠れ里みたいなところにある、ひなびたレコード屋。戦前のミュージカルのSP盤まである、宝の山みたいな店だった。その帰り道、強烈なオレンジ色の光で包まれた金門橋をバックに、俺と伽那子は記念写真を撮った。ガンちゃんのせいで、その写真はすこしブレていた。

つぎにパリに入った俺らは、小さなアパルトマンを借りた。基本的に部屋を一歩も出ずにセックスしつづけた。伽那子が好きだと言った映画『ラストタンゴ・イン・パリ』の真似をしてセックスした。こうなることは、最初から俺にはわかっていた。ときどき申し訳程度に部屋を出ては、PVの素材用に、俺が8ミリ・ヴィデオで伽那子を撮った。手持ちのカネが尽きるまで、俺らはそんな日々を過ごした。

東京に帰ってきてから、俺らはいっしょにくらし始めた。もちろん、社長には気づかれないように注意した。

サンフランで録りだめてきたオープン・リール・テープは、すごい本数になっていた。そのなかから使えそうな部分のみ抜き出して、一本のハーフ・インチにダビングした。そこまでやって、それには手をつけずに、俺は新しいプロジェクトをスタートさせた。

伽那子とセッションを繰り広げているとき、いろいろと涌いてきたアイデアを実現させるためのプロジェクトがそれだった。「ジャズ・ライク・ハニー」というのがそのユニット名で、リーダーは俺。メンバーは流動的。伽那子にも歌わせた。サンデイ・ガールの新曲はまだか!と焦《じ》れる社長を尻目に、俺は自分のユニットである「JLH」の作品をつづけてリリースする。ふたたび俺は、人前に立ってプレイしたくなっていた。

伽那子は伽那子で、自主的になんかやっていたようだが、俺はあまり関与しなかった。あまり構うと、喧嘩《けんか》になるからだ。東京に帰ってきてから、なにかあると、すぐに言い争いになった。あの旅の日々は、あっという間に遠いものになった。俺らは、全然うまくいかなくなっていた。いろんなことがあった。そこから目をそらすために、俺は日常の雑務に没頭した。

ＪＬＨのほかにも、俺はいろいろリリースした。

蘭洞をリーダーとした、サンデイ・ガールのバック・バンドのアルバムも出した。「カレンダー・ボーイズ」というのが、その名前だ。さらには、新宿のライヴハウスで拾ってきた「ユースレス・ユース」という、その名前どおりの駄目なパンク・バンドも一枚。こうしたリリースは全部、社長の追及をごまかすための日銭を稼ぐのが目的だったのだが、もちろん、ことごとく売れなかった。

そうやって一年以上が経過していった。俺の立場はどんどん悪くなっていったが、しかし、一向に気にはならなかった。

なぜなら、サンデイ・ガールは俺がいなきゃ動くわけがないし、伽那子は俺と付き合ってるし、主導権はこっちにある。俺はそう思っていた。クスリのせいだったのかもしれない。東京に戻ってきてから、俺はまた、伽那子に隠れてクスリをやるようになっていた。そんなんでもなきゃ、やってけなかった。いつでも壊れるガラス細工のような毎日の上で下手くそな綱渡りをやってるってことは、自分自身が一番よくわかっていたのだから。

ただただ、終わりの日が来るのを先延ばしにするために、俺はくそくだらないレコードをつぎつぎに作りつづけた。

思いのほか、破滅の日は早くやってきた。思わぬ形でやってきた。

渋谷署が伽那子を挙げた。ハッパだけじゃなく、ハード・ドラッグもある程度持っていたそうだ。俺のじゃない。あいつが、どっかで買って、俺に隠してたものだ。俺があいつに隠してたように。

俺はまったく知らなかった。気づくべきだった。俺が追い込まれてるんだったら、伽那子はそれ以上だったってことに。しかし、ひとりで逃避していた俺には、あいつがなにを考えているかなんて、気を回している余裕なんてなかった。

大学教授だという伽那子の父親、そして品のいい母親が、社長の事務所に怒鳴り込んできた。社長の政治力で、伽那子の事件はマスコミから隠された。そして順番からいって、すべての怒りの矛《ほこ》先《さき》が、俺の上に降りかかってきた。

イヌっころ、と専務の野郎に呼ばれたのは、このときが最初だ。

七〇年代、一番気が狂ってた時代の洋楽ロックスターを東京で震え上がらせていたのが、この男だ。呼び屋に在籍していたこいつは、来日時にふざけたマネをする外人ミュージシャンをシメる武闘派の筆頭だった。高級ホテルで乱痴《らんち》気《き》騒ぎするUKハードロック・バンドの連中の部屋に押し入ると、気合い一発、ガラス越しに大型TVを十七階の窓の外に放り投げ、その場の全員を凍りつかせて鎮圧《ちんあつ》したのがこいつの自慢話だ。

俺に対しては、素手ではなく、マイク・スタンドが使われた。場所が都内の貸しスタジオだったせいだ。密室で、防音も完璧だから、暴行するにはもってこいの場所だ。

てめえ、社長のタレントに手ェ出しやがって！というのと、社長の顔に泥塗りやがって！というのが、奴のおもな主張だった。

俺のクスリも、社長に対する騙しも、そのほかのちょっとした使い込みも、あらかた専務はつかんでいた。わかってないのは、最初っから俺が奴らのことが大嫌いだったことぐらいだ。

奴の得物が折れれば終わるだろうと期待していたのだが、あいにく、野郎に格闘技の心得があるせいか、そもそも人を殴り慣れているせいか、そううまくは運ばない。何分も、何十分も、効果的に、マイク・スタンドが俺の全身に振り下ろされつづける。頭と顔、あとは股間を守りながら、一切あやまらずに床を転がりつづけるだけしか、俺にできることはなかった。

その数日後、蘭洞から俺に電話がかかってきた。

なんかさあ、結婚式の招待状みたいな、へんな筆字で宛名書かれた封筒が俺んとこに来てさあ、という話だった。封筒のなかにも、やっぱ結婚式の招待状みたいな、厚い紙が入っててね。ジョーちゃんのことが書いてあんのよ。「この者は、今後一切、弊社とは関わりありません」とかって、さあ。やくざの破門回状みたいだよね。俺も映画でしか、観たことないけど。こんなことすんだね、芸能界の人らって。

蘭洞だけじゃなく、ご丁寧にも、俺がサンデイ・ガール関連の情報リリースや招待状のために作ってた住所録に載っていた業界人名簿の全員に、その大仰《おおぎょう》な破門状は郵送されていた。

こうして、俺の飼い犬時代は幕を閉じた。全身に青痣《あおあざ》と、何カ所かの剝離《はくり》骨折《こっせつ》だけを残して。そのほかのもの、一切合切を奪い取られて。

いつも俺は、失ってから初めて、大事なものに気づく。

あまりに多くのものを、俺はこれまで、失いつづけてきた。そのほとんどすべては、もうどうでもいい。

伽那子との日々。あの長い旅。あれをやり直す。

終わらなかったレコーディングを、終わらせる。

あのオープン・リールを回して、伽那子と二人で、曲を仕上げる。

うまくいったはずなんだ、俺たち二人は。もう一度やれば、きっとうまくいく。

もうすこしで、星に手が届いたはずなんだ。

このくだらない人生のなかで、たった一度だけ、すこしでも意味があるものに近づけたと思えた時間。あいつと二人なら、そこに戻れるはずなんだ。

俺がいま、やりたいことはそれだけだ。

8

キッチンに行ったっきり、いつまでたっても戻ってこなかった小太郎が、銀の盆に載ったティー・セットと、白ワインのボトル一本を手にしてあらわれる。

「お待たせぇ」

と、洒落たワイングラスに冷えた白を注《つ》いで、俺に手渡してくれる。

「酒はない、つってたじゃん？」

「うん、ちょっと買ってきた。ジョーちゃん、こっちのがいいでしょ？　あ、おカネはいいよー。さっきもらった、ギャラがあるから！」

こいつは、ほんと気が利く奴だよ。

逆に典型的に気が利かない野郎――フルタは、小太郎がいなくなってからずっと、部屋に平積みされたレコードやCDの柱の内容をチェックしている。ほほう、なるほどね、とかいろいろ、ひとりでぶつぶつ言いながら。気持ちわりぃ奴だよ。

そんな奴はほっといて、俺は小太郎に、今日の本題について話し始める。

「でさあ、なんか——だれかのせいで、違う話になっちまったけど。俺が今日、話したかったのは、つぎのデモについて——」

と、ここでまたフルタが寄ってくる。

「どうするんですか？　聞きたいなあ」

またかよ！

「お前は関係ねえだろが」

と俺は言うんだが、フルタは期待に目を輝かせて、ずっとこっちを見てやがる。

まあ、リサーチがてら、こいつの反応でも見てみるか。

「まだ、あんまり考えてないんだけどさ。まず方向性としては、『ファスト・ミュージック』ってことだな」

反応なし。口を半開きにしたまま、フルタはこっちを見ているだけ。

「わかんねえか？」

「ええ。全然」

「しょうがねえな……要するに、ＧＡＰやアップルのＴＶＣＭで使われるような音楽ってことだ。いま売れる曲ってのは、そういうもんなんだよ」

「……へぇー」

「いいか。これから売れる洋服ってのは『ファスト・ファッション』だ。『ＺＡＲＡ』とか『ＴＯＰＳＨＯＰ』とか『Ｈ＆Ｍ』がやってる方式だ。パリやミラノのコレクションで発表された最新デザインを神速でパクッて、できるかぎり安い値段で店に出す。ファスト・フードみたいな速度でな。これが売れる。それと同じ発想で作る音楽ってことだ」

「はあ」

「モノホンのリーヴァイスのヴィンテージ・ジーンズなんて一度も見たことない奴らが、ファスト・ファッションの『ヴィンテージ・ウォッシュ』ジーンズを買いまくるわけよ。そういう類いの音楽なんだ。いま売れるもんは」

「どこで読んだんですか、そんな話？」

と、フルタは眉根《まゆね》を寄せて俺に訊く。

「ああ？　そんなもん、常識だ。常識！」

そういえば、どこで読んだんだっけかな。アメリカ版の『ニューズウィーク』か？　ロンドンの地下鉄に置いてるフリーペーパーかなにかだったか？

フルタの眉がさらに寄って、不快そうな表情になる。それから伏し目になり、情けなそうに溜息。最後に冷笑というか、苦笑い。

「まあ、丈二さんらしいお話といえば、そうなんですけど……ある意味では。とはいえ、そんなことできっこないとは、思いますけどねえ」

「なんだと？」

フルタは本格的にくっくっくと笑い出す。

「だってそんな、『クリエイターっぽい発想』とか――」

笑い過ぎて、言葉がつづかない。

「――あー、失敬、失敬。いやー……一般的なマーケティング理論としては、まあ、あるお話なんでしょうけども。丈二さんって、そんな理論にのっとって音楽作れる人じゃないんだけどなあ……まさか、あれですか？　ご自分のことを器用なタイプだと思ってるとか？」

「ああっ⁉　それは一体どういう――」

「解釈はおまかせします。僕はあんまり干渉したくないので。ミュージシャンのかたの考えにはね」

それっきり。奴の話は終わる。気まずい沈黙。それに耐えかねたのか、小太郎が口を開く。

「ジョ、ジョーちゃん、ネタの話しようよ。つぎの曲どうやるのかって、具体的な打ち合わせしないとー」

「ああ。つぎのデモ曲な。ネタというか、ネタの処理の方向性として、アヴァランチーズみたいなのも、アリじゃないかって――」

俺は横目でフルタの顔を見る。無表情。気にくわねえな。

「――って、思ってさ。だったら、ザ・ゴー！チームのファーストみたいに、サンプリングを生かしながら、ブレイクビーツのラップ・ロックとしてまとめるってのは、雰囲気合うんじゃないかなどうだ？」

フルタは手を口元にやり、しばし無言でうつむく。そして奴は、ひとりごとを言う。

「……ストリングス。映画音楽。ソフト・ロック。フリー・デザイン調とか、フィフス・ディメンション調とか？　スムースで、スケールが大きく、ロマンチックで……」

ぶつぶつ、ぶつぶつ、言いつづける。

「ある。あるある。ありますよ、そういうネタなら」

「ていうか――どうかな？　そういう展開は。モルフォディターとして？」

俺は柄《がら》にもなく、人に意見を求めてやがる。

「うーん、それは、丈二さんがやりたい感じで、いいんじゃないですか？　まあ僕だったら、そのアイデアには六十点ぐらいしか付けられませんけど」

悪かったな！

「でもまあ、とっかかりは、それでもいいでしょう。実際問題、そこからどうやって広げていくかのほうが重要で……」

と話しながら、フルタは自分のカバンをごそごそやる。

「ご希望に添えるようなサンプル・ネタは、ある程度はあると思うんで、まずはそれを聴いてみてですね。そこから考えてみるべきで……よいしょ！」

と、奴は革製のバインダーのようなものを取り出す。Ａ４サイズぐらいか。

「出たっ！」

と、小太郎が笑う。

「ここに、あるっちゃあるんですけどね」

と、フルタが開いてみせたそのバインダーのなかには、ｉＰｏｄクラシックが、何台も何台も――本当に何台も何台も、詰まっている。

なんじゃそりゃ！

バインダーは観音開きの四つ折りになっている。Ａ４サイズのその各面ごとに、ｉＰｏｄクラシックが四台ずつマウントされている。カラフルに一台一台、違う色で塗り分けまでされている。

「なんなんだよ、これは？」

「ｉＰｏｄですけど？」

「見りゃわかるよ！　そうじゃなくって、なんだこれ、十六台？　なんでお前、そんな大量のデータを――」

小太郎がくすくす笑いながら言う。

「それは、フルちゃんだからー」

「これぐらいは持ち歩いてないと、調べものも、できないじゃないですか。もっと容量があればいいんですけど」

つったってお前、それ一台でたしか160ギガだから……

「一体、そこに何曲入ってんだよ？」

「とりあえず、いまは全部で六十万曲強ぐらいかな。ダブリもありますけどね。あ、それは意図的なダブリですよ、言っときますけど。レコーディング・ヴァージョン違いとか、そういった意味ですから――」

これは……この馬鹿野郎は、使えるんじゃねえか？

「――ちなみに、この赤系の三台が、さっきの話とつながる、サンプルになりそうな曲が入ってますね。ブレイクビーツに関しては、この薄茶のが」

しかもこの野郎、六十万曲の内容まで、そらで把握してやがる。

「あ、でも、これは資料用なんで、そこは間違えないでくださいね。リスニング用は、これです」

と、フルタは、古いカセット・ウォークマンをカバンからドン！と出す。

「ウォークマン・プロフェッショナルWM－D3。名機です。アナログ・マスターの音は、カセット・テープの自然なコンプレッサー具合で聴くのが、一番いいですね」

「それはどうでもいい」

「えーっ」

フルタの長広舌を聞き流しながら、俺はべつのことを考えていた。

いけるぞ。こんなとんでもないおたく野郎が、ネタ付きで俺の前に転がりこんできやがった。こいつの知識とネタ、小太郎の腕前があれば、やれる――そんなことを考えていた。

俺は深呼吸すると、言った。

「フルちゃん、だっけ。お前もさあ、正式に一枚嚙んでみねえか、この話に？」

「うぅーん、僕は一応、ジャーナリストなんで……中立的な立場がいいと思ってるんですけども……」

と、フルタは明らかに挙動不審になる。小太郎のレコード柱をちらちら見る。

「まあ、僕はちょっと、ここで数枚、リッピングしてデータ化しておきたい音源があるんで、うん。その合間にならいいかな。やっても」

わかってるよ。

やりてえんだろ？

音楽ってのは、そういうもんだ。

「よろしくー」

と小太郎がフルタに右手を差し出す。

手応えが見えてきた。詐欺の素材づくりやってるだけなんだが、俺にはモルフォディターというバンドの、しかるべき全体像への、ぼやっとした道筋が見えてきた。

できそこないが集まって、全世界を相手に、でっかいヤマを仕掛ける。

バンド結成だろうが、レコード作りだろうが、それが詐欺だろうが、やってることはみんな同じだ。頭のなかにしかないものに、道筋つけて、あいつらにひと泡吹かせてやるんだ。「あいつら」ってのは、俺ら以外の奴ら全員のことだ。

ずいぶんひさしぶりに、俺はギター弾いてたころの気分が蘇っていた。

固めの杯《さかずき》のような気分で乾杯した俺は、今後の進行について、二人に指示を出す。と、小太郎が時間を気にし始める。

「ちょっと僕、ＤＪしなくちゃいけないのね。今日はこれぐらいで、いいかなあ？」

「めずらしいな。ハコで回すんだ？」

「うん。友だちに、誘われてるんだー」

フルタが小太郎に訊く。

「あれ、今日だっけ?」

「そうそうー」

と答えた小太郎は、俺を誘う。

「ジョーちゃんも行く? ちょっと、変わったとこなんだけど」

「クラブねえ」

「あれは――クラブ、なのかなあ?」

そして小太郎とフルタは顔を見合わせて、ふふん、と含み笑いをする。

知らねえのは俺だけか。なんか気にいらねえな。

まあ、ちょっとぐらいなら、覗いてみてもいいか。今日は気分が悪くないし。

本来だと、小太郎と会ったあとに、美宇と打ち合わせの予定だったんだが、それは変更すればいい。あいつの携帯に電話すると、ええーっと不満げな様子。大人にゃいろいろあるんだよ、とか適当に言っておく。

「じゃあ、僕も一応、ごいっしょしようかな」

と、だれも呼んでないフルタまでついてきて、そのまま三人で、「ちょっと変わった」そのクラブに行くことになった。

9

円山町の丘の上、ほとんど神泉に近いあたりに、廃墟になった四階建てのラブホテルがある。建てられたのは七〇年代か。もとは鮮やかな色調だっただろう外装が、風雨にさらされ、色あせている。壁のそこかしこに、グラフィティとも呼べない落書きがある。「HOTEL DOKIDOKI」と書かれていた看板も壊れて、いまは「DODO」になっている。

ラブホテルの周囲には、ロープが張られている。さらに、折りたたみ式バリケードと、ガードフェンス、パイロン。すべて黄色と黒の斜めストライプ柄で、そこかしこに「立ち入り禁止」と書かれている。

レコード・ケースを引きずった小太郎とフルタは、バリケードのひとつに近づくと、慣れた手つきでそれを動かして、俺に手招きをする。ウェアハウス・パーティか？　奴らを追って「結界」を超えると、もとは駐車場スペースだった暗がりに入る。隅のほうに積まれた段ボールや掃除用具などを見るかぎり、これでもごく最近までホテルは営業していたようだ。と、闇の奥にブラック・ライトが光る。テーブルと椅子が並べられていて、そこでゲート・チェックがおこなわれている。

「どうもー」

と、小太郎が受付に坐る小男に挨拶をする。男は会釈を返す。イスラエル人のように見えるその男は、なぜか悲しそうな目をしている。彼の隣には、頭を剃《そ》り上げた筋骨隆々《きんこつりゅうりゅう》の若い日本人男がひとり。

「今日は、ゲスト二人ねえ」

と小太郎が告げると、スキンヘッドがじろりと俺を見る。俺は片眉をすこし上げる。小太郎、フルタ、俺の順番で奴がボディ・チェックをする。俺のポケットからは、ハッパとクスリに関するあれやこれやが出てくるが、案の定、それらは全部俺に返してくれる。びりびり、びりびりと、かすかに地面が鳴っているのがわかる。ベース音が響いているんだろう。

「ジョーちゃんは、どっち？」

両手に妙なものを持って、小太郎が俺に訊く。

二本の針金を昆虫の触角のように生やしたカチューシャが二種類、小太郎の左右の手のなかにある。右手のは、針金の先に丸いボールがついているやつ。左手のは、針金の先に星形。

「僕はねえ、DJだから、つけなくてもいいんだけど」

と話しながら、小太郎は星形のそれをいそいそと頭につけようとしている。フルタはその二つを手に、迷っている。

「なんだ、そりゃ?」

「こっちかなぁ。やっぱり」

と、小太郎は俺にボールがついているやつを押しつける。

「じゃあ、ごゆっくり。楽しんでってね」

と、小男が悲しそうに言う。

カチューシャを手にした俺は、馬鹿みたいなものを頭につけた二人組を追う。スキンヘッドが開けたドアを地下に向けて進むと、響きはどんどん大きくなる。最後のドアを開けると、ぶわっと強い風に吹かれたかのように、俺たちは一瞬で大音量に包まれる。

「なんて店なんだ、ここは?」

と俺は小太郎に訊く。

「んー?　ゴメン、聞こえなかったぁ!」

「ここの店、なんて名・前・なんだ?」

「名前……たぶん、ない!　みんな『円山町のあそこ』って、言ってるー」

なるほど、たしかにここは、変だ。

もともとは、ラブホテルの地下にある、小さなスナックだかバー・スペースだったんだろう。バー・カウンターの周辺に、その名残《なごり》がある。いまはそのスペースの四方の壁がぶち抜かれて、ビルの地下すべてがクラブとして使用されている感じだろうか。

しかも、構造上の問題からか、壁をすべてとっぱらうのではなく、ところどころに穴を開けて、ドアをつけたり、簾《すだれ》が下げられたり、なにもなかったり。鼠《ねずみ》の穴か、迷路のようになっている。赤い照明で、ソファがある部屋。青い照明で、ジャグジーがある部屋まである。

最も大きな部屋が、メインのダンス・フロアだ。赤、緑、青にそれぞれ光るライトが碁盤《ごばん》の目のように配置されたフロアが、踊る客を下から照らす。やけに天井が高いな、と見上げると、天井どころか、一階の床まで抜かれている。巨大なミラーボールは一階の天井から吊《つ》り下げられていて、その高さから光の玉が舞い落ちる。ミラーボールのすぐ脇に、かつてのフロント・カウンターが見える。乱暴に抜かれて、いまにも破片が降ってきそうな天井まわりが、暗がりのなか、浮かんだり消えたりする。

レコードはヒップ・ハウスからニュー・ジャックへとつながれていく。音響も悪くない。コンサートPA用の巨大なスピーカーが、地下室まわりの土壌も込みでぶんぶん鳴らしている。

客も変わってる。外人率が七割程度か。それも下北沢あたりにいる貧乏な英語講師ふうではなく、適当なモデルで食えているような男と女。ファッション業界人も多そうだ。謎なのがその服装だ。小太郎やフルタのようなカチューシャを頭につけている奴もいるが、大多数は、妙な仮装をしている。

面をかぶっている奴。ロボットのような着ぐるみ。ビキニだけを着て、全身に電子基盤のようなペイントをしている白人女もいる。

「丈二ちゃんじゃな〜い」

声に振り返ると、アントナンがいる。カヴァーオールに、金魚鉢のようなガラスを被っているのは、宇宙服とそのヘルメットのつもりだろうか。

いいでしょお、ここ、と金魚鉢の向こうからアントナンのくぐもった声。

ま・あ・な・と、俺は唇の動きで応える。

たしかに、悪くない。妙ちきりんで、自由な感じだ。


DJブースにレコードを置いた小太郎は、いまプレイしている奴の手元をかじりつきでチェックしているフルタをそこに残して、俺を連れてバー・カウンターへと向かう。その途中、俺の耳元で、ここの来歴を教えてくれる。

もともとは、やる気なく営業されていたラブホテルだったそうだ。それが二代目のオーナーに経営が引き継がれて、そいつはもっとやる気がなく、しかも、不良外人の友だちが多かった。そこで、ホテルを閉めてから取り壊すまでのあいだ、好きに使っていいよ、ということになったのだという。

「地上げとか、なんかいろいろ、あったんだってぇー」

というのが、小太郎の解説。

ちょっと先には、どうなってしまうかわからないが、いまはまだOK——見せちがらい都会には、ときどき、エアポケットのような妙な隙間ができることがある。そんな隙間を見逃さない奴らさえいれば、こんな場所が生まれる。こんな東京にさえ。

クラブを仕切っているのは、さっきの悲しい目をしたイスラエル人の一派なのだが、毎日営業をしているわけではない、らしい。気が向いたら、スタッフやDJに声をかけ、店を開ける。ウェブサイトもなければ、情報誌に載ることも、フライヤーが撒かれることもない。パーティが開かれる際は、限られた層にだけ、口コミでその情報が伝えられる。

そして、パーティには必ず「テーマ」が設定されるんだそうだ。テーマに沿って、ドレス・コードも決められる。

「今夜のテーマはねえ、『宇宙』！」

なるほど。小太郎のその触角は、宇宙人ってことか。

俺の横を、首から何本も太い紐状のものをつり下げた女が歩いていくが、あれは火星人なんだろう。ほかにも、光線銃を両手に持った、豹柄《ひょうがら》の競泳パンツ一枚の男もいる。

「カシスオレンジ、頂戴」

と、小太郎がバーテンダーのひとりに注文する。

バーテンダーは、ボルサリーノをはすに被っている。白いタンクトップから伸びた筋肉質な両腕にはくまなくタトゥー。細い口髭《ひげ》と、刃物で切られたような鋭い目。

とりあえずビールを注文しようとしていた俺は、こいつがだれだか思い出して、テキーラに変える。ショット・グラスが二つ並べられる。テキーラとソーダが、グラスに注がれる。バーテンダーと俺は、グラスをひとつずつ手に取ると、手の平で蓋をして、カウンターに叩きつける。そして一気に喉の奥へ。奴が先で、一瞬遅れて俺が、空いたグラスをまたカウンターに叩きつける。

「まだ、生きてたのかよ」

「こっちの科白だ」

みんなから「ミヤ」と呼ばれてたこの男は、サイコビリー・バンドにいた。荒っぽいバンドで、荒っぽい客がいたから、一見俺らとは接点がなかったんだが、でかいイベントなんかで、何度か対バンしたことがある。

奴はバンドが解散してから、原宿で服屋やってたはずなんだが。

「どうよ、景気は？」

「訊くなよ」

そうだな。景気がよけりゃ、ここにいるわけねえわな。お互いに。

二つのグラスに、ミヤがまたテキーラを注ぐ。奴と俺は、無言でそれを手にとる。グラスを持ったお互いの右手と右手を交差させると、肘を曲げて、一気に干す。グラスを叩きつける。縦にはじけるニュー・ジャック・スウィングの軽《かろ》やかで華《はな》やかなビートが、不似合いな俺ら二人の骨をゆすって、通り抜けていく。

「よお、あっちでまた、古い顔が見てるぜ。お前を」

とミヤが顎《あご》で示す方向を見た俺は、ひとりの中年女と目が合ってしまう。あちゃちゃ。古いったって、ありゃ古すぎだ。俺よりずっと古い。女は俺に近づいてくる。この暗さで、この距離でも、その化粧が厚すぎることだけはよくわかる。

「意外ぃ、こんなとこ、来るんだあ？」

とその女が言う。

こいつは、俺らのあいだでは「おにぎり」と呼ばれていた。俺らより前の世代のシーン、いわゆるバンド・ブームのころから、業界をちょろちょろしている女で、音楽ライターつったらいいのか？　旅や美容のライターに、華麗なる転身遂げたんだっけか？　どっちにしても、俺が知るかぎりの奴らは、業界の男女を問わず、こいつを苦手としていた。

それでなんで、こいつに仕事があるのかというと、押しが強いからだ。そして、売れそうなミュージシャンと寝るからだ。男がこいつを誘うわけはないから、酔い潰れさせたり、襲ったり、いろいろしているんだろう。誓って言うが、俺はヤッてない。

「煙草一本、もらってぃーい？」

と、おにぎりは俺に言う。

レコード会社のディレクターや音楽雑誌の編集なんかも、何人もこいつの毒牙にかかっている。だから俺は、シルヴァー・マシーンのときも、それ以降も「あいつとは、絶対にヤるんじゃない」と、メンバーや仲間にはいつも固く言い聞かせていた。

バンド・ブームのころはこんな奴らがいっぱいいた、と聞いたことがある。バンドの追っかけあがりの女がメンバーにヤられてるうちに、専属のライターになったりする、なんて話だ。もっとも、そんな時代の女ライターは、Jリーグが始まった途端、そっちの追っかけやらライターとして流れていったから、九〇年代からこっちは死滅していて、俺らは幸運にも、出会うことはなかった。

しかし、こいつだけは例外だった。自然の摂理にも淘汰《とうた》されず、いまもって図々しくもお天道様の下を徘徊《はいかい》してやがるってわけだ。

そんな先史時代の古生物が、鼻から煙を吐きながら言う。

「ジョーちゃん、アヴィエイターで、なにかやるんでしょう?」

なんでお前が、そんな話知ってんだよ? 信藤の野郎がしゃべったのか? あの小坊主、どこまでペラペラ話広げてやがるんだ!

「企業秘密」

と俺はできるかぎり感情を殺して、軽い口調で受け流そうとする。

とにかくこんな奴と話しているとろくなことはない。救いを求めてあたりを見回すんだが、ミヤは俺を捨てて、さっさと逃げてやがる。外人モデル女の前でシェーカー振ってやがる。代わってくれよ。

「KYOちゃんもねえ、心配してたわよお。この前、取材したときにね、言ってたの。ジョーちゃん、最近はどうしてるんだろうって」

ついその名前にカッとなって、俺はおにぎりのほうに向き直ってしまう。うふふ、と奴は気色悪くしなを作る。渾名《あだな》のもとになった輪郭のなかに、過度のボトックスで突っ張った不自然なつらの皮がある。露出過多のドレスからむき出しにされている肌という肌、そのほとんどの部分にブラック・ライトが反応するはずだ。仮装せずとも十分に妖怪だ。

と、俺はおにぎりのでかい頭の後方に、フルタの姿を発見する。ＤＪブースのレコード・チェックに飽きたのか、自動販売機で水のボトルを買おうとしている。

そうだ、紹介したい奴がいるんだよ、などと言って、俺はおにぎりをフルタのところに引っ張っていく。

「こいつ、フルタつって、『ロックウェル』の会社で雑誌出してんだよ」

「レコード探偵の、フルタです」

と、奴は俺にしたように名刺を掲げる。おにぎりの打算の目がぎらりと光る。

ちょっと可哀想な気もしたが、まあ、この馬鹿ならズレ具合がおにぎりといい勝負なんじゃないか。セックスもしなさそうだから、食われちまうことはないだろう。

あとはお二人でごゆっくり、と俺はそこにおにぎりを捨ててくる。

験直《げんなお》しに、俺はトイレに入って一服。立てつづけにあおったテキーラのせいか、その前に空《あ》けた白ワインのせいか、いつになく効きがいい。赤い部屋に入ると、ソファでネッキングしているゲイ・カップルの隣りに坐る。そこでしばしぶっ倒れて、酔いをさます。ニュー・ジャックから、ニュー・スクールに音が変わる。赤い部屋の開けっ放しの入り口の向こうに、硬質なダウンライトが点滅している暗闇がある。

その闇と光のなかに、美宇があらわれる。

浴衣《ゆかた》を着ている。

「来ちゃった」

すこしはにかんだような表情で、美宇が言う。

さっきまで乳くりあってたゲイ・カップルが、美宇をじっと見上げている。ホモの審美眼にもかなうその姿。紺地に上品な朝顔の柄の浴衣、淡い紫の帯。いまどきのガキが喜んで着ているような安物じゃないってことぐらい、俺にもわかる。

俺はひょろひょろと立ち上がる。

「なんで、いるんだよ」

「フェイクIDは、インターとアメスクの基本じゃん」

言葉どおり、美宇のすこし後ろには、ご学友がいらっしゃる。浴衣姿の日本人少女がひとり。あれが親友のサッチーって奴か。あとは白人の少年が二人。バンダナを巻いた頭の上にぴかぴかのニューエラのキャップを合わせているような、そんなガキどもだ。

「変なクラブに行くことになったたって、言ってたから。ここじゃないかなって」

俺はなぜか、いらいらする。白人のガキのせいか。

「来て。みんなに紹介したいから」

と、美宇が俺の腕をとる。俺はそれを振り払う。

「いいよ」

これが彼氏だとか、そんなふうに言うつもりか。この俺を。

「なによお」

と美宇がふくれる。

「うわぁー、きれいな浴衣だあ。かわいー」

ちっ。小太郎だ。見つかっちまった。

「うれしー。照れちゃう！」

俺は黙っている。

「あれえ、もしかして、美宇ちゃん？　あの歌うたってた。僕がミックスしたんだよー、あのトラック」

「そうなんだ！　奇遇だねっ」

「みんな誉《ほ》めてたよ、あのヴォーカル。すごく、声がいいって」

「ありがと。でもね、みーんな、この人のおかげだよ」

美宇はふたたび俺の腕をとる。浴衣の下の小ぶりな乳房が俺の肘に当たる。

「美宇はねえ、この人の愛人なんだ！」

「へぇえーっ」

遠くのほうで、フルタにも捨てられたおにぎりが、俺たちのほうをじっと見てやがる。

美宇の肩をつかまえた俺は、そのまま彼女を壁ぎわに押しやる。

「なになに、ここでチューでもする⁉」

と、美宇が挑戦的に言う。

「いいか」

と、俺は言う。ろれつが回らねえ。

「大人を馬鹿にすんな」

「子供とセックスしてんのは、だれだよ」

「俺だ。俺をからかうのは、よせ」

ふふーん、と美宇は横を向く。そして、さーあねえ、という表情をする。

「わかりゃ、いいんだよ」

と、俺は彼女を離す。美宇は神経質そうに浴衣の衿《えり》を直す。わかりゃ、いいんだよ、と、俺の口真似をしているかのように唇が動く。音のせいで俺にはなにも聞こえない。向こうのほうでは、小太郎が楽しそうに、美宇の連れと談笑している。

俺は美宇に訊く。

「……なんで、浴衣なんだよ」

「だって今日は、七夕《たなばた》じゃん」

そうか。七月七日だったのか。日付なんて、ここのところ、気にしたこともなかった。だからこの店も、テーマが「宇宙」だったのか。

「みんなで、かっぱ橋のおまつりに行ってきたんだよ」

と美宇は言う。ふたたび、その表情がやわらかくなってくる。

そんなものも、あったのか。

俺は包丁持って暴れたり、でぶ野郎に脅されたり、ハッパ喫ったりしてたよ。

「短冊にねえ、いろんなこと書いたんだ。みんなで。美宇が教えたんだよ」

こいつと会っているといつも、俺は自分が穢《けが》らわしいヨタ公みたいに思えてくる。自分で自分の胸を切りきざみたくなってくる。

「浴衣は、ちょっと合わねえんじゃねえか。この店に」

理由はよくわからないが、俺はそんなことを言い始める。

「今日のテーマは『宇宙』なんだぜ?」

俺らの目の前を、グレース・ジョーンズが『バーバレラ』の扮装をしたような黒人男が、高いブーツで闊歩《かっぽ》していく。

「……なによ。自分だって、宇宙っぽくないくせに」

俺は手に持ってた触角カチューシャを頭にのせる。両手の平を上にむけて、肩をすくめてみせる。美宇の顔にさっと影が走る。すぐに、作り笑いめいた微妙な表情になる。

「わかった。じゃあ、行くね」

美宇はインター仲間のところに行くと、声をかけて、いっしょに店を出ていく。

あれえ、もう帰っちゃうんだ、これから僕、回すのに――かなんか、美宇たちとすれ違いざまに、小太郎が言っている様子。

ひどい吐き気がして、俺はまたトイレに駆け込む。膝をついて、便器をかかえて、胃のなかに入っているものを――ほとんど酒ばっかりなんだが――とにかく全部吐き出す。てめえの存在そのものに吐き気がする。トイレット・ペーパーで口をぬぐう。便座に腰を下ろして、そのまま坐りつづける。俺は新しいジョイントに火を点けると、ゆっくりとそれを喫う。


そうしているうちに、音が変わる。DJが変わったんだろう。はげしいスクラッチから、ジャグリング。まるでDMCコンテストのバトルDJのように、細かく刻まれたビートが、コスリを交えながら、つぎからつぎへとつながれていく。ヴァラエティに富んだ音のピースが、しだいにひとつの曲の輪郭を成してくる。マドンナの「イントゥ・ザ・グルーヴ」か。Z－TRIPのように、だれでも知ってるヒット曲と、まったくべつのビートが、ライヴ・ミックスされていく。小太郎だ。

俺はトイレから出ると、おぼつかない足どりで、ダンス・フロアのほうへと進む。すごい盛り上がりだ。やけに高さのあるアフロ・ヘアの日本人女が、小太郎のプレイに合わせて、ブレイクダンスをしている。そのまわりで、手を叩いてる奴。一心不乱に首を振って踊っている奴。宇宙からやってきた、いろんな奴らがいる。

フロアがある部屋の片隅から、それらをぼんやりと眺めていた俺は、酒がないと手持ち無沙汰だと気がついて、バーへと向かう。と、不細工な形でプレイが中断して、突然の静寂が訪れる。宇宙人たちのブーイング。小太郎らしくない失敗だな。

そのブーイングと、場内のざわめきをぶち破って、厚みのある強靭な低音が鳴り響く。

ドン！　ドドン！と、聴き憶えのあるドラム・フレーズ。そして、ギター。全弦がゆるやかに、優美に響きわたる。


「ジャスト・ライク・ハニー」が聞こえる。


しかもこれは、俺のヴァージョンだ。ＪＬＨのトラックだ。

振り返ると、ＤＪブースには、小太郎の隣りにフルタがいる。奴がｉＰｏｄ出しでこの曲を鳴らしているようだ。俺に気づいて、こっちに手を振っている。

「リッスン・トゥ・ザ・ボーイ――」

「アズ・ヒー・テイクス・オン・ハーフ・ザ・ワールド――」

歌っているのは、伽那子だ。

俺の「ジャズ・ライク・ハニー」ってユニットは、もともと、ジーザス＆メリー・チェインのこの曲を、キャバレー・ジャズ・アレンジにして、伽那子のヴォーカルでやりたくって、思いついたアイデアだった。

フロアにいる連中が、すこしずつ、身体をゆらし始める。ゆっくり、ゆっくり、遅いＢＰＭのトラックに合わせて、踊り始める。

このトラックが入ったＣＤは、あんまり売れなかった。中古盤が、レコファンあたりの「サンデイ・ガール」コーナーに入ってれば御の字で、普通なら五百円セールのワゴン内に縦に刺さっているはずだ。俺が趣味で作ったアナログはもっと流通していない。ジザメリの「ジャスト・ライク・ハニー」はだれでも知ってるが、こんなヴァージョン、きっとこのフロアにいる奴ら全員、ここで聴くのが初めてだろう。

そのわりには――嫌われては、ないようだ。

「ウォーキング・バック・トゥ・ユー――」

「イズ・ザ・ハーデスト・シング・ザット・アイ・キャン・ドゥ――」

ぽん、と俺の背中を叩く奴がいる。

振り返ると、またそこに美宇がいる。いたずらっぽい表情。その後ろには、また例のご学友たち。美宇は俺の脇を抜けると、小走りでフロアのど真ん中にいく。ミラーボールの回転が速くなり、光の玉がつながって、フロアじゅうが明るく浮かび上がってくる。

「アイル・ビー・ユア・プラスティック・トーイ――」

帯に手をかけた美宇は、一気にそれをほどく。浴衣の前を大きく開く。

浴衣の下には、シルヴァーのボディ・スーツ。

美宇のまわりの宇宙生物が、大きな歓声をあげる。

SF映画か、ロボット・アニメのコスチュームかなにかか？　どこで買ってきたんだ？　ドンキにそんなの、売ってたっけ？

浴衣を肩から抜くと、頭の上に掲げ、大きく大きく振り回す。

彼女の健康的にひきしまった身体にぴったりフィットしたボディ・スーツの曲面が、ミラーボールの光を乱反射する。

「アイル・ビー・ユア・プラスティック・トーイ――」

美宇が浴衣を投げ捨てると、フロアじゅうから歓声。指笛吹く奴までいる。

彼女は俺の目を見つめながら、指を曲げて手まねきする。

「フォー・ユー――」

ふらふらと、俺は美宇に向かって歩いていく。

フロアにいる連中のあいだを抜けて、その中心、ミラーボールの真下あたりで俺を呼んでいる少女のところまで行く。

美宇の前に、俺は立つ。彼女は、手まねきしていた手を、俺の肩に置く。

二人のまわりに、人垣ができる。

肩にかけた手を、美宇がぐいっと引き寄せる。俺は彼女の腰を抱きかかえる恰好になる。美宇は俺の首を抱くと、顔を寄せ、俺の右耳に嚙みつく。

きゃーっ!という声がするほうを横目で見ると、金魚鉢ヘルメットのなかにアントナンがいる。人垣の連中が、手を打って俺らを囃《はや》し立《た》てる。

「ジャスト・ライク・ハニー」

俺は美宇を突き放すと、その左手をとる。そのまま手を伸ばして広がって、そして引き寄せて、抱きとめる。

「ジャスト・ライク・ハニー」

また突き放すと、こんどは二人で距離をとる。美宇は、唇を手の甲でぬぐうような動作。俺はそれを模倣する。彼女がステップ。俺もステップ。

「ジャスト・ライク・ハニー」

美宇の手をとると、引き寄せる。くるくると回りながら、俺の腕のなかに飛び込んでくる。美宇の肩越しに、インターのご学友たちが見える。ニューエラを被った小僧が、俺に向かって親指を立てる。俺は中指を立てて応える。

「ジャスト・ライク・ハニー」

このリフレインは、十七回つづくんだ。

さあ、最初っから、もう一度。


ロング・トーンが伸びきって、曲が終わると、フロアじゅうから拍手が沸く。小太郎がすかさずコスリを入れて、つぎの曲へ。

「ステイ！」

ジャクソン・ブラウンがやってた曲だ。しかしこれは彼のヴァージョンじゃない。オリジナルのモーリス・ウィリアムズ&ザ・ゾディアックスにビートを当てたものだ。ドゥーワップに小太郎のブレイクビーツが混ぜられて、マーク・ロンソンみたいだな。

もうすこしだけ。プリーズ・プリーズ・プリーズ・プリーズ・プリーズ。そうするって言っておくれ――

フロアの客がみんな横ステップで合わせて踊る。美宇もいっしょに踊っている。ご学友たちもいつの間にかフロアにいる。俺は歩きにくいぐらい猛烈に勃起していることに気づく。

パパは気にしてないさ。ママも気にしてない。もう一曲、僕らが踊ったって――

俺は美宇を抱き上げる。美宇の腕が俺の首にかかる。俺は彼女をかかえたまま、フロアをあとにする。まわりの客が、また俺らを囃《はや》してなにか叫ぶ。

あともう一曲。もう一度だけ――

部屋の隅のドアを開けると、そこに非常階段がある。美宇をそこに下ろそうとして、俺はそのまいっしょに倒れ込む。俺ら二人はけだもののように唇をむさぼり合う。美宇のボディ・スーツと俺のサマー・スーツが埃《ほこり》まみれになる。俺から顔を離して美宇が言う。

「勃《た》ってんじゃん」

「ああ」

「わたしのカラダだけが、目当てなんじゃないの？」

「ああ」

「ひっどーい！」

その口をふさいでキスをする。

「ステイ！」

ドア越しに、モーリス・ウィリアムズの声がうっすらと聞こえる。

俺の腕から逃れた美宇が、非常階段を駆け上がって、最初の踊り場で振り返る。

「つかまえてごらんなさい！」

芝居がかった高笑いを残して、美宇は階段を上へ。俺はそれを追う。何階分か上ったあたりで、彼女は階段ホールのドアを開け、ホテルの廊下へと出る。俺もそれにつづく。

青黒い闇のなか、個室のドアに塗られた赤い色が、廊下の両側にぼんやりと浮かび上がる。光源は、突き当たりの壁の上方に穿《うが》たれた明り取りの窓から射すものだけだ。

荘厳《そうごん》なる月光が漆黒《しっこく》の奥から切り出してきた、ホテルの形をした氷の彫刻——そんなもののなかに、二人して迷い込んでしまったような空想がふと脳裏をよぎる。何千回、何万回、何億回も精液がしぼり出された空間の残骸《ざんがい》。残されたベッドだけが墓標《ぼひょう》のように並ぶ、愛の宮殿の廃墟。真夜中に徘徊するにはうってつけの場所。

「探検してみよっか？」

「ああ。ベッドもあるしな」

「そればっかじゃん！」

いくつかのドアノブを、二人で手分けして回してみる。ドアのひとつが開く。意外に広い部屋。円形の巨大なベッドには、いやらしい真っ赤なシーツがまだ残っている。頭っからベッドに飛び込む俺。ほんのかすかに、地下から音が漏れ聞こえてくる。美宇が俺の横に、仰向《あおむ》けに寝っ転がる。

「寝ちゃったの？」

と彼女が訊く。

俺は無言で、地下からの音に耳を集中させている。これはＥＬＯの「シャイン・ラヴ」か。ふと気づくと、俺はうつぶせのまま、だらだらと涙を流している。美宇が俺の背中をぽんぽん叩く。まったく、ジャンキーなんてろくなもんじゃない。

しばらくして起きあがった俺は、錠剤を取り出して飲む。

「バイアグラ？」

と美宇が訊く。

「じゃねえよ」

と答えると、俺は美宇に覆い被さる。唇と手と足と身体全体を使って、ボディ・スーツの上から彼女の隆起とくぼみのすべてをまさぐる。背中のファスナーを開けようとするが、どうにもうまくいかない。

「ちょっと！　破いちゃう気？　さっき買ったばっかりなのに！」

クスリのせいか、階下からの音がよく聞こえる。破ったところから、俺はペニスを突き立てる。美宇は俺を仰向けにすると、上にまたがる。曲はジ・エモーションズの「ベスト・オブ・マイ・ラヴ」だ。

こんどは美宇が涙を流している。彼女はよくセックスの途中で泣く。とくに理由があるわけじゃないんだよ、といつも言う。俺らのセックスも、とくに理由があるわけじゃない。

下になったまま射精すると、俺は意識が遠くなる。

窓に打ち付けられた板の隙間から、午後の日差しが斜めに落ちている。

びっしょりと汗をかいて俺は目を覚ます。ベッドの脇に、サンドイッチと紙パックの野菜ジュースが入ったコンビニエンス・ストアの袋がある。これ食って元気出しなっ！と、美宇の筆跡でメモが添えられている。

昨日の朝見ていた夢を、俺は思い出す。

海へ行こうとして、道に迷っていた夢だ。なんで俺は、夢のなかで、川の流れを追うことを思いつかなかったんだろう？　流れを追えば、きっと海にまで行き着けたはずなのに。流れの先は、海につながっていたはずなのに。

起き上がって部屋を出る。月光のもとで見えたはずのものは、どこにもない。絨毯のすり切れた、ただのラブホテルの廊下がそこにある。俺は階下のクラブへと降りていく。

一階から洩れてくる日の光が、ところどころダンス・フロアにまで細く差し込んでいる。階下にはだれもいない。イスラエル人はきちんと掃除を済ませてから帰ったようで、喫い殻のひとつも落ちていない。俺だけが狐に化かされていたみたいに、そこにあったものは、なにもかも煙のように消えている。

Noise

第三章　光に目が眩んで

1

「ウェーールカム・バック！　また今週も、お会いしましたね。素敵な演奏と、楽しいお喋《しゃべ》りをお届けする、ミュージック・ラヴァーズ真夜中の社交場『ラウンド・ミッドナイト』へようこそ！　今夜もまた、素晴らしーいゲストのみなさまを、お招きしています！」

　短い両腕をぱたぱたやりながら、円形セットの中央で蘭洞が喋っている。

　クラシカルなスーツにボウタイがよく似合う。奴のまわりには、ゲスト・バンドが、それぞれのセットを組んでいる。

「お相手をつとめますのは、わたくし、蘭洞純一郎と――」

「アシスタントの木之内りおです」

と、局アナだろうか。すぐにめくり上げられそうなスリップ・ドレスにサンダル姿で、作り笑いを常時絶やさずにいるお姐ちゃん。

　番組タイトルが画面いっぱいに広がる。

　セット中央に据えられたグランド・ピアノを蘭洞が弾く。ゲスト連中全員が、それに合わせて演奏する。今日はメンフィス・ソウル調だ。カメラが蘭洞に寄る。片手を上げた蘭洞は、カメラに視線をよこす。

「それでは！　今日一組目のバンドをご紹介しましょう」

　空いた手を、小さな弧を描くように動かす。

「はるばる英国はリヴァプールからやってきた、若々しーい三人組。現在、ＵＫチャートでも大暴れしているよね？　ジ・エネミー・ラインで、『ターン・アウェイ・フロム・ザ・ナンバーズ』！」

蘭洞が手を振ると、バンドはジャンプ一閃《いっせん》！　演奏を始める。タイトなポロシャツを着た小僧がモッズ調の速いロックを吠え散らかす。まあそんなに悪くねえな、最近のＵＫバンドのなかじゃ。

三十秒ほど聴いてから、俺はヘッドフォンの音量を下げる。ＰＣモニタ上のＴＶ画面を縮小して、またメールを書き進める。


俺は俺のオフィスにいる。深夜のネット喫茶が、俺のオフィスだ。

滞納請求分について、ＮＴＴと俺との見解の相違によって、自宅の通信が遮断されてからこっち、ここが俺のオフィスになった。

蘭洞にもメールを書いておかなきゃ、だな。カレンダー・ボーイズの原盤を売りつけられるかもしれない。あいつはカネ回りがいいはずだ。

人好きのする性格と演奏技術で、奴は売れっ子のセッション・プレイヤーとなった。有名どころのＪ－ＰＯＰにも、いろいろと客演するようになり、そのうち、その話術がテレビ屋の目に留まって、衛星放送の音楽番組でホストをつとめるようになった。外タレとも臆《おく》せず会話ができて、その上、セッションもできる蘭洞はさらなる人気を得て、番組ごと地上波に移籍してきたのは、ついこのあいだの話だ。

かつてのダチが成功しているのは、とてもいいことだ。そのうちカネを引っ張れるかもしれない。

ハードコアに俺は仕事をする。スピード・メタルのようにメールを書く。

携帯もつかまらず、一向にメールの返事もこない信藤をつっつく。小太郎とリックに、それぞれの進捗状況を確認しつつ、今後の指示を出す。

アメリカのレコード・ディストリビューターにもメールを書く。サンディエゴの「ウルトラ・ソニック」。パリのディストロにもメールを書く。あそこはレコード系が弱いので、仏語圏以外のアート系雑誌をおもにあつかっている「ＱＳＳシステム」に声をかける。

それぞれ、ジッターバップのクズ音源をリイシューした際に、荷をかつがせるためだ。

もっとも、本命は香港だ。俺は自分でカネを出して盤を刷るつもりはない。香港の業者に原盤をライセンスして盤を刷らせて、それをいろんなところに流すつもりだ。

ずいぶん前に台湾。そしてタイ。韓国ではついこのあいだ「渋谷系」の小ブームがあったから、それ以外のアジアなら、まだこれから商売の目はあると俺は踏んでいる。そこで俺は、香港の業者と契約することを画策しているわけだ。話に乗ってきそうな数社にメールを書く。

とはいえ、ジッターバップの作品単品ごとにその内容を見られたら、ディールをとるのは無理に決まっている。そこで効いてくるのが、サンデイ・ガールだ。見せ玉として、俺はこれをちらつかせることにしている。

つまり、アルバム『サンデイ・ガール』をリイシューできるんだから、レーベル全体でズボッとグロスでリリース契約しろ――と言ってカタにはめるわけだ。

で、契約したあと、結局『サンデイ・ガール』が出せなかったとしても、そんなのはよくある話。どうとでもなる。俺を訴訟《そしょう》するよりも、泣き寝入りしたほうが、あっちも安くつくはずだ。

この話に香港の業者が乗ってくれれば、「アジア全部、直接やっていいよ」ということで、まず最初に契約金をせしめる。その際、オプションでヨーロッパとアメリカがついていたほうが、相手も気が大きくなって、話は有利に進むはずだ。

信藤から引っ張るカネは、一度全部、社長のところに入る。それでジッターバップのマスターとマルチ・テープを俺は手に入れる。

そのマスター・テープのほうの版権は、だれか外人か、あるいは蘭洞などに買わせる。

ここで出来たカネで、俺は会社を整理する。残りのカネで、モルフォディターのアルバムまで仕上げる——もしくは、その両方ともやらないで、カネ持ってそのまま逃げてもいい。

マルチ・テープを手に、どっかにガラかわしてもいい。

どっちにしても、モルフォディターは、近々解散する。アルバム完成前か、そのあとかは未定だが、音楽性の違いにより喧嘩《けんか》別れする運命が決まっている。世間に正体がバレる前に、その存在を消し去ってしまう。

その解散のタイミングしだいで、契約不履行《けいやくふりこう》ということになり、アヴィエイターから契約金の返還を求められるかもしれない。しかし、そこにいたるまでに、それなりの時間は稼げるだろう。

そのあいだに、またべつのカモを探して、そこから引っ張ったカネで手当てする、という手もある。アヴィエイターにジッターバップの音を回してやるだけで、うまく誤魔化せる——なんて、いい話もあるかもしれない。

辰夫には、「美宇のデビューは当面見送りになった」とでもしておけばいい。ただ、歌は気に入られたので、モルフォディターに参加することになった、という線でもいいかもな。モルフォディターのアルバムが完成するという筋になった場合は、この線でいこう。美宇が親父に余計なことさえ言わなければ、ここは問題ない。

モルフォディターのロサにはビザとカネ。ナージャにはカネ。ここらへんの当ては、まだあんまりないが、なんとかなるだろう。リックはカネというよりも、映像作家として実績を残したいようだから、そのうち小太郎でも紹介してやろう。二人でヴィデオ・マッシュアップでもやればいい。

右のものを左に。左のものを右に。

俺はノートにそれぞれの名前を書き出して、矢印と線でつないで、その脇に細かくメモしていく。だれがどういうストーリーを信じていて、なにをほしがっているか。

そのメモにしたがって、それぞれに声をかけ、俺のプランどおりに動くように仕上げていく。

相関チャートの上をペンで追う。生きている人間たち。感情と記憶のすべてに血が通っている奴ら。そのネットワークの真ん中に、口先だけでなにもない俺がいる。空虚な中心点がそこにある。

突然、脳が爆発しそうな毒電波が耳から飛び込んでくる。

反射的に俺はヘッドフォンを投げ捨てる。番組のゲストがJ－POPに替わったのかよ。お笑い芸人みたいな顔をした女が、過度にひらひらした変ちくりんな服をたなびかせて、裸足でステージ上を駆け回っている。直し過ぎた鼻の穴が楕円形になって上を向いている。本人だけはビョークのつもりなんだろう。

こんな輩《やから》とも正気で談笑できるのが、蘭洞の偉いところだ。見習う気はないが。


さらにねばって、朝になるまでメールを書く。コークを切らしているので、気付けにドリンク・バーで泥水のようなコーヒーを紙カップで四杯。

ネット喫茶を出ると、太陽がまぶしい。携帯ですこし長めのメールを書いていると、接続が切れる。頭上から轟音《ごうおん》。定期便だ。ということは、そろそろ十一時か。

ヘリコプターがおそろしいほどの低空にいる。お馴染《なじ》みの光景だ。

顔の上に伸ばした俺の手の、親指から小指ぐらいの大きさでヘリが見える。オリーヴ・ドラブだから自衛隊だ。今日のやつは戦闘ヘリみたいな形、あれが偵察用の「ニンジャ」ってやつなんだろう。だいたいは「ヒューイ」を目にすることが多いのだが、バートルの「チヌーク」なんて大物が平然と飛んでくる日もある。

9・11からこっち、毎日毎日、定期便のように、自衛隊のヘリが都心を低空飛行している。まるでここが、バグダッドだと言わんばかりに。

しかし気にしてる奴はほとんどいない。実際いまも、空を見上げている奴なんて俺ひとりだ。以前パーティで会ったカメラマンは気にしていた。軍事マニアのあいつは、祐天寺に住んでいた。そこらへんから、代沢、駒場、神南から代々木あたりをメインに、自衛隊のヘリが低空を飛ぶ。旋回《せんかい》していることもある。

なにをしているのかはわからない。強行偵察か、地上を攻撃中ぐらいの高度で飛んでいるのだから、理由はあるんだろう。テロ対策？　総連への威圧？　大山町にモスクがあって、代々木に日共があるせいか？　それとも、俺を監視している？

ヘリの音を背に歩きつづける。俺が代々木駅に到着したころ、やっとニンジャが去っていく。電車に乗る前に煙草《たばこ》を一本。一向に音沙汰のない信藤の携帯に電話すると、ついに奴がつかまる。

「あー丈二さん！　すいませんすいません、お返事、おそくなっちゃってて！　ほんと、申し訳ないです！」

信藤の声の後ろが騒がしい。

「いま僕、新大阪駅にいて。明日の午後は東京に帰ってるんですけど——」

「いそがしそうだな」

「いやあっ、恐縮です！　夏フェスの仕込みやらなにやらで——」

そういう時期か。俺は一度も行ったことはないが。

山は嫌いだ。群衆も嫌いだ。

ＶＩＰ待遇で来日して、一発だけショウやって大金せしめられるんなら、俺だって我慢できる。

しかしそれ以外の立場でフェスなんぞに付き合う気は毛頭ない。出稼ぎ外タレに貢《みつ》がれる砂袋のなかの、砂粒の一コになってやるつもりもない。

「大阪でフェスの仕込みなのか？」

「あ、いやいや。フェスでまとまってれば、それでいいんですけど。ワールド・ツアーの日程上、フェス前のこの時期に来日せざるを得ないアーティストもいたりして……」

「エネミー・ラインとか？」

「さすが！　よくご存じで！　あの子たち、いまは輸入盤がインディー流通してるんですけど、つぎはウチがやることになりそうで。今日は大阪のクアトロに乗り打ちなんですよ。それを僕は、追っかけてきてまして……あ、でも、丈二さんのこの前のお話、上にはもう提出してますから。法務にも振ってます。ただ僕が、ここのところ出っぱなしになっちゃってて……」

逃げられてるのか？

じつはこいつは、契約を進める気はなくって、いそがしいフリをしてるだけ、とか？　俺の仕掛けはもうバレていて、腹芸こいてやがるとか？

無言のままの俺に、すいませんすいませんと、米つきバッタのように信藤が詫びつづける。俺は様子をうかがってみる。

「前も言ったけどさ。原盤印税は全然妥協できるから。そこんとこ、信藤ちゃんの上にも伝わってるんだよな？」

「もちろんです！　明日、社に戻ったら、一番で部長つかまえて、詰めてみます！」

「新しいデモも、もうすぐ出来上がりそうなんだよ」

「ああっ、それは楽しみ――僕なんか――でも――やや――」

頭上にまた轟音。大きく旋回してきたニンジャが、いつの間にか代々木駅の上空に戻ってきている。それが信藤の声を途切れさせる。

「信藤ちゃん」バタバタバタバタ‼「——ちょっと電波悪いみたいだから」バタバタバタバタバタ‼

「——ちきしょう。聞こえねえ！　またかけなおすわ！」

電話を切った俺は、ニンジャを仰ぎ見る。

そしてパイロットからもよく見えるように、中指を立ててやる。


四谷の弁護士事務所で、俺は担当からこっぴどく叱られる。債務の塩漬け期間が長すぎるらしい。社会通念上非常識きわまりない、らしい。

すでに何社も、本訴にうったえる！って、強硬に言ってきてます！　たんに時間かせぎの引き延ばし工作に当職をご利用されてるんだったら、それはあまりにも誠意が——とか、そういう話だ。

アヴィエイターに判つかせるには、こっちも法人格が必要だから、いますぐに誠意や社会的責任をしめすわけにはいかない。弁護士の鼻息から、時間切れが間近なことは察しがつくが、こっちにも事情がある。タイミングってもんがある。

「狛方さん、これは関係ないので、持って帰ってください」

と、担当弁護士が、俺に封筒をひとつ手渡す。

小太郎のところに溜まっていた督促状の束のなかに、債務整理には関係のない封筒がまぎれこんでいたようだ。

アメリカの航空会社のマイレージ・サマリー。

なかを見ると、俺が膨大なマイルを貯め込んでいることがわかる。全部で二十万マイル。ここんとこ旅行なんてしていないから、これはカードでブランド品ころがしをやった成果か。質屋に持っていけるような商品をカードで買って、それを換金しては、細かい債務の支払いに回していた時期があったのだが、そうか。それでもマイルは貯まるわな。

弁護士事務所を出て、四谷駅まで歩く道の途中、空に伸びた尖塔の先に十字架が見える。たんに上智のチャペルがそこにあるだけなのだが、神様がまだ俺のことを見てくれているような、そんな気分を交差点を通り過ぎるあいだ、一瞬味わう。

2

表参道一帯から明治神宮まで濃い緑が広がっていることが、この高さの窓から見下ろすとよくわかる。窓というよりも、壁か。フロアの壁面が天井から床までガラス貼りになっている、光に満ちあふれたカフェが、地上二十階にある。

アヴィエイター・ビルの最上階にある社員用カフェに俺はいる。そこで信藤を探している。

今日は東京にいると言ったくせに、全然携帯がつながらねえ。奴の部署のデスク女も、ミーティング中です、なんつって取り次がねえ。あの野郎は社内にいると踏んだ俺は、受付で押し問答したあげくに、ここまでやってきた。打ち合わせ室があるロビーよりも、さらに豪儀《ごうぎ》なインテリアだ。IKEAにあるような安物じゃない、高品質な北欧系のソファやスツール、コーヒー・テーブルが並んでいる。

その一角に信藤を発見する。手帳と携帯をテーブルの上に出して、ひとりで坐《すわ》っている。そこに俺は、ずかずかと近づいていく。

「よーっ、信藤ちゃーん」

そう呼びかけて俺が手を挙げると、奴の挙動が目に見えて不審になる。なんでここに、とでも言いたげに口が動く。

「近くまで来たもんだからさ。ちょっと顔でも見ようかなって」

奴の向かいの席に俺はどっかりと坐る。

信藤の目玉が、きょろきょろと落ち着きなく動く。俺の後方を見たりしている。

「ああら、ジョーちゃんじゃない」

振り返ると、そこにおにぎりがいる。コーヒー・カップ二つを載っけたトレイを持っている。

なんで、てめえが、いるんだよ。ここに？

俺の心の声に答えるかのように、信藤が言い訳を始める。

「やっ、大仁田《おおにた》さんとは——」

大仁田っつうのが、おにぎりの本名だ。

「大阪でご一緒させてもらったんですよ。大仁田さん、ジ・エネミー・ラインに、ずっとついてらっしゃってて」

本人の意識的には嫣然《えんぜん》とした笑みをたたえながら、おにぎりが信藤の隣に坐る。

「みんなでカラオケ行ったんだよねー。バンド・メンバーも、いっしょに」

そうか、カラオケか。それがお前の手か。そこでお前は信藤の童貞でも切って、カタにハメちまったってわけか。


おにぎりのような輩は、まずバンドに憑《つ》く。で、そのバンドと仕事をしたがっているディレクター——この場合は信藤を押さえる。そして、その中間にいる、本来なんの役にも立たないこんな女が、おこぼれを頂戴するって寸法だ。

おこぼれは、いろいろある。

レコード会社のオフィシャル・ライターとして、リリース資料やらライナー・ノーツやらで、御用原稿書く。あとは音楽雑誌や情報誌に提灯《ちょうちん》原稿を書き分ける。場合によっちゃ、なにをプロデュースしてんのか知らねえが、ライターのプロデュースでコンピ盤ぐらい出してもらえることもある。もっと単純に、オリジナル・レーベルとライセンスを受ける会社のあいだで、なにかあるたびにキックバックを抜いていく、という設定をする場合だってある。

要するに、体《てい》のいい業界ゴロだ。「音楽ライター」なんてよくわからない名称名乗ってる奴らには、こういうのが多い。筆一本で体張ってるわけじゃなく、利権めぐってごそごそやることを生業《なりわい》としている連中だ。言葉本来の意味で「音楽評論家」と呼べる奴は、日本の業界には、ほんの一握りしかいない。

こうした業界ゴロの手口のとっかかりとなる「アーティストを押さえる」というのは、これは意外に簡単だ。それが外タレである場合、とくに押さえやすい。英語が通じるヴェジタリアン・レストランに連れてってやっただけで、一生感謝されたりするぐらいだ。むかしみたいに、気合い入ったグルーピーのような競合相手も最近はあまりいないから、プロがコツさえつかめば楽勝だ。

アーティストを押さえたら、こんどはそれをダシにして、ディレクターを誘い出す。「わたしが紹介してあげるよ」なんつって「仲介者」になる。

おにぎりの場合、その舞台となるのがカラオケなんだろう。バンドといっしょにカラオケ行こう、と誘われて、そこで断る奴はディレクターじゃない。そうした交際こそ、将来の仕事につながるのだから。

そして、カラオケ・ボックスの密室で、人目を盗んだおにぎりが、隣に坐った信藤の太股をなでたりさすったりして、それからいろいろあって、東京までごいっしょして帰ってきました――てな感じか。

気色わりぃ話だよ。

貧乏なガキがなけなしの小遣い銭で買ってるレコードやコンサート・チケットの裏で、なんでこんな、うすぎたねえ話が、まかりとおってやがんのか。

俺もヨゴレだが、こんな奴とは違う。

ロックスターだったのは過去の話だが、俺には「音楽を作る」っていう手に職がある。それをカネに換えるために、いろんなことをやっている。ビリヤードうまい奴がハスラーになるのと同じだ。ところが、おにぎりのような奴らは、たまたま「音楽業界に流れついてきた」だけだ。音楽とはもともとなんの関係もない「総会屋まがい」の連中だ。


「ジョーちゃんもさあ」

と、空気も読まずにおにぎりが言う。

「『スタッズ・レコード』とか、好きぃ?」

てめえの口から、そんなレーベル名が出るとはな。

「だれだって好きだろう。初期番のなら」

イギリスでインディー・レーベルが勃興し始めた七〇年代、その走りのひとつだったのが「スタッズ」だった。もちろん、ずいぶん前に倒産したが。

「スタッズがねえ、また新しく始まったのよ！　エネミー・ラインを発掘して」

まじかよ？

やれやれ、また、そんな話か。だれかがレーベルの名義ころがしやって、過去の版権ごと、買われたってやつか。音楽でも映画でも、なんでもかんでも「コンテンツ」呼ばわりするような版権拾い屋に。

「そのスタッズの日本盤を、信藤くんのところで出すことになったんだよねー」

「あー、いやいや。まだ本決まりじゃないんですけど。部長なんかも、スタッズにはすごく興味もってるみたいで。世代的に」

そこまで食われてやがんのか。手が早《は》ええな、この野郎。

「そりゃよかった」

他人の小商《こあきな》いには興味ねえ。

「まあ、それはそれとして、俺は自分のビジネスの話がしたいんだけど」

と、ゴロワーズを取り出すと、火を点《つ》ける。

「あっ、ここは禁煙なんで――」

「大丈夫大丈夫、気にしないでいいから」

俺はふーっと煙を吹く。

「こっちもタイムリミットがあるもんでさ、そろそろ詰めちゃおうよ。ドラフトの話」

信藤の目が、おにぎりのほうをちらちらと見る。

「べつに俺は、部外者がいても構わないから」

と、おにぎりが意外なことを言う。

「それってさあ、フルタくんが手伝ってるってやつでしょお？」

なんだって？　いつそれを――あの変なクラブで、フルタから聞いたのか？

「フルタくんさあ、おっかしいんだよねえ。『言えません言えません。僕はくわしいことは、言えないんです』なんて」

あの馬鹿野郎……。

「えっえっ、『アンダートーン』のフルタさんが、なんで関わってるんですか？　丈二さんのお話に？」

「まあ、いろいろあんだよ」

このばばあ、俺の妨害しようって腹か？

「わりぃけどさ」

と、俺はおにぎりに言う。

「俺にも、茶ー一杯、淹《い》れてきてくんない？」

ひと呼吸おいて、憮然《ぶぜん》としたおにぎりが席を立つ。

人払いができたところで、俺は信藤を追いつめる。

「というわけでさ、どうなのよ？　部長の判断ってのは？」

「それなんですけど……」

信藤の顔が曇る。

「……本っ当に申し訳ないんですけど、部長が言うには、アドバンス金額が、やっぱり大き過ぎるんじゃないかってことで――」

ちょっと待てよ！

「だから俺は、将来の原盤印税の配分で勉強する、ってってんじゃん？」

わかります、わかります、と信藤は応える。そしてまた「申し訳ありません」という枕詞《まくらことば》から、話を始める。

「でも部長としては、ウチは原盤持たなくってもいい、と言うんですよね。つまり、バンドが百パーセント出資して、マスター・テープを作ってもらって。その内容を聴かせていただいて。そこからまた、あらためて契約の話をさせてもらったほうがいい、とのことで……」

カラフルな色彩に富んだカフェが、急にモノクロになったように色あせてくる。

「おい、てことは、契約金──アーティスト援助費も、レコーディング費用も、なんにも用意しねえってことなのか？」

俺は自分の声が震えていることを自覚する。

「すいませんっ！　やっぱり、三千万って、大金じゃないですか。部長いわく、そこまでのリスクは張れないってことで。洋楽なら洋楽あつかいで、原盤が完成した段階で、それをそのまま供給してもらったほうがいい、ということらしいんですよね」

「……そりゃあ、話の流れが違うだろうが……」

「いやでも、僕の一存で、どうなるわけでもなかったお話ですから」

信藤が開き直り始める。

「そもそも、決定権は、部長にあるものなんで。そこは最初に、丈二さんにも申し上げたと思うんですけども？」

この野郎。この小役人野郎。

「社内的にも、前例がないものに、そこまで大きな予算を動かせない、と。どうしても慎重にならざるを得ない、と言われちゃって」

「……信藤よお」

大きく息をついて、落ち着こうとする。俺は落ち着いて、話をしようと試みる。

「……あのさあ、お前ら、親方日の丸の、地方公務員かなにかのつもりなのか？」

「はい？」

「それとも、公共事業にたかって談合やってるゼネコンのつもりか？」

駄目だ。落ち着くことができない。

「日本の企業ってよお、いっつも『内部の事情』の話すんのな、部外者の俺に。わっかんねえよ、お前らの『内部の事情』なんてよお！」

「――丈二さん、どうしちゃったんですか？」

「こんなもん、どんなレコードだって、頭狂った奴が大金張り込んだ博打《ばくち》でしかねえじゃねえか！　むかしっから、それしかねえんだよ！　前例っつうんだったら、それこそがレコード業界の前例だよ！　世界じゅうのな！」

俺の声がどんどん大きくなる。カフェにいる奴らがそこかしこから俺を見る。だからそいつら全員に向かって俺は言う。

「お前らさあ、レコード会社が許認可事業かなんかだと勘違いしてるんじゃねえか？　塩とか煙草とか電話線おさえて、税金みたいにカネ徴収できるとでも思ってんのかよ？」

ひそひそと耳打ち話を始める奴もいる。信藤は、まあまあ、などと言って俺をなだめようとする。

「お前らの『前例』って、そりゃなんの前例なんだよ。一度もビートルズもマイケル・ジャクソンも作れなかったって前例か？　『使える予算はこれだけで』つって、すぐにクズになるレコード出しつづける前例かよ？　パチンコ屋の新台入替みたいによお！　そんな前例守りたいなら――前例だけ守ってりゃ、百年先まで食いっぱぐれないようなもんにでも、商売換えしたほうがいいんじゃねえか？　そんな都合のいい商売があればなあ！」

すこし離れた場所で、コーヒーを乗せたトレイを手に、おにぎりが固まっている。

奴を指さして、俺は信藤に言う。

「あの野郎が、なにか吹き込んだのか？　おにぎりが、俺と契約すんなって言ったのかよ⁉」

「……あのう、『おにぎり』って？」

「あいつの呼び名に、決まっててんだろう！」

この通り名を知ってる奴が、フロアにも何人かいるんだろう。そこらへんから、小さなくすくす笑いが起こる。

おにぎりのでかい顔に、怒気がこみあげてくるのが遠目に見える。俺は大声で奴に訊く。

「よお！　おおかた、てめえがスタッズころがしやりたいからって、きたねえ工作しやがったんだろう。俺より先に予算押さえるために。違うか？」

信藤が弁解する。

「ややや。それは誤解です。まだスタッズの話も、決まったわけじゃないですし」

「そのわりには、俺のプランが棚上げになってるあいだに、いーい感じでそっちの話は進んでるじゃねえか。おい、おにぎり！　てめえ、部長ともカラオケ行ったのかよ？」

カフェじゅうの視線を俺と分け合いながら、感情を押し殺したおにぎりが、トレイを持ってこっちに歩いてくる。ゆっくりと、そのまま、なにごともなかったように席につく。

ほう。ど根性だけはありやがるな、てめえ。

「ジョーちゃんさあ、そういうの、やめたほうがいいわよ」

おにぎりがやさしそうな声音を作って言う。

「ミュージシャンだからさあ、ジョーちゃんは。交渉が上手にできないのは、しょうがないと思うのよね」

「なんだと？」

奴は俺のほうにでかい顔を寄せて、低く抑えた声で言う。

「青芝音工の寺下さんが、この前も言ってたわよ。ジョーちゃんは、ちょっと契約関係にルーズなところがあるって」

……てめえ、そんな話を……

「それで、部長の安原さんって、アヴィエイターの前は、青芝にいたじゃない？　だから、ジョーちゃんの噂を聞いて、ちょっと慎重になっちゃったんじゃないかなあ」

「……俺が、なんだって？」

「わたしはわからないわよ。くわしい話は、ねえ？」

と、おにぎりが信藤のほうに目をやりながら言う。

「でもほら、ミュージシャンの人って、契約どおりにレコード出せなかったりとか、あるみたいじゃない？　そういうのじゃない、きっと。違う？」

くそったれが。

ああ、よくやってるよ、俺は。そんな俺の旧悪が、おにぎりの操作によって、フィードバックしてきたってわけか。最後に残った、この肥えたエサ場にまで。

俺は静かに言う。

「……信藤よお、お前、おにぎりの話聞いて、俺の言うことが信用できなくなったってんなら、それはそれで、しょうがねえが――」

「いやっ、僕はそんなこと、全然っ！」

「じゃあ、部長がこの女にキンタマ握られてるでも、なんでもいいけどよお。音、聴いてくれよ、音を。つぎに持ってくるデモ曲、これはすごいぜ？」

俺もまだ、聴いてもいないが。

「それ聴いて、もう一回、まっさらな気持ちになって、考えてみてくれよ。俺が信用できないくそ野郎でも、音は嘘つかないからさ。それが売れそうか、そうじゃないのか、そこんとこをさあ。判断してくれよ」

判断できるような耳が、お前や部長にも、あるんだったらな。

「はい、それはもちろん。でも、大前提として、契約の方向性は――」

と信藤がまた予防線を張ろうと口を開いたとき、俺の内ポケットから慣れない振動がする。携帯のヴァイブレーション。着信音も鳴り始める。

基本的に、俺の携帯が鳴ることはない。

たったひとりの着信をのぞいては。

伽那子だ！

全身に電気ショックが走る。はじかれたように俺は椅子から立つ。バーは四本。切れるな！　このまま、切れるな！

「もしもし！　もしもし！」

返事はない。俺は呼びつづける。

「もしもし！　おい、なにか言えよ。伽那子だろう？」

信藤とおにぎりが、俺のことを見てやがる。

「なにか言ってくれよ。おい！」

そのまま、俺も沈黙する。携帯の向こうから、いくつもの中継局を経た彼方《かなた》から、かぼそい声が聞こえてくる。

「………丈二さん」

「元気か！　元気だったか？　『さん』なんて、どうしたんだよお前。そんな他人行儀なさあ！」

「…………………」

「ひさしぶりだよなあ！　いつ以来だ？　こうやって話するのは——」

「……メール、送ってくれたみたいだけど………」

ああ。送った送った。毎日送ったよ。

「迷惑なのね。もう、送らないでくれるかな」

ああ。メールはもう送らねえ。

「わかったわかった。話しよう。こうやって、また――」

「それだけ」

電話が切れる。伽那子の声が、無機質な機械音と入れ替わる。

「おいっ、もしもし！　もしもし！」

携帯の画面を見る。通話が切れているサイン。

急いで俺はコールバックする。つながらない。もう一度かけるが、またつながらない。

電波が悪いのか？　携帯を振ってみる。

「もしもしっ！　もしもしっ！」

いい電波をとらえようと、携帯を耳に移動する。

ちきしょう、つながらねえ！

電波をつかまえるためにカフェから出ようとする俺を、信藤が呼び止める。

「あの、丈二さん、駐車券は？」

「クルマなんざ、ねえよ！」

とっくに借金のカタに消えてるよ！

そんなもんは、どうでもいい。

ちきしょう、電話がつながらねえ!!

3

北から南へ、表参道に並ぶブランド・ビルの前を移動しながら、俺は何度もコールバックしつづける。十回、二十回、三十回。つながらねえ。

ぼやけた頭で、考えてみる。

やっぱりこれは、着信拒否に登録されてるってことだろう。あっちからは、かけることもできるが、こっちからコールしても、機械的にはねられる。前からそうだった。あいつから電話がかかってきたもんで、つい舞い上がっちまったんだが、よく思い出してみれば、俺の携帯番号は着信拒否されていたんだった。

だからメールを打ってたんだが。読んだのかな？　俺のメールは？

迷惑だって言ってたのは、一体どういう意味なんだ？

メールの内容が迷惑なのか？　それとも、メールをもらうこと自体が迷惑なのか？

迷惑な内容じゃなければ、俺のメールは迷惑じゃないのか？

そこんとこ、はっきり教えてくれないと、わからないじゃないか。

アルコールと錠剤がまた必要になってきたので、俺はラフォーレ原宿に入ってトイレを目指す。と、その途中の本屋に、伽那子の著作がフィーチャーされているのが目に入る。新刊なんだろう。平台に積まれて、店員の手書きＰＯＰまで添えられている。

「カリスマ・ワイフ、伽那子のすてきなライフスタイル提案！　第三弾！」だそうだ。

ロハスとか、マクロバイオティックとか、そういった類《たぐ》いのことが書いてあるらしい。

どこかのビーチの朝焼けか夕焼けの写真に、手書き文字のタイトルがデザインされた表紙。よく見ると、写真の隅《すみ》っこのほうには、黄金色の遠景のなかに伽那子のシルエットが小さく写っている。俺は平台に積まれた一冊を手に取ると、シャツのなかに隠して万引きする。

トイレに入って、その本を開く。

案の定、巻頭には伽那子自身がうつった写真が何ページかある。

その写真を見ながら、俺はオナニーする。

錠剤を食って、アルコールで流し込む。ニッキ・ニッキ。

トイレから出ると、本屋の店員が俺を呼び止めようとする。俺は走ってビルを出る。

そのまま走りつづける。さっき歩いてきた表参道を逆方向に。南から北へ。キャット・ストリートに入って、最初の角を左に曲がったあたりで、店員をぶっちぎる。

登り坂の細い路地から246を目指して走る。急に吐き気がして、さっき飲んだものを全部もどす。ああ勿体ない。また新たに錠剤を口に放り込むと、競歩のように急ぎ足。

246に出ると、そこでタクシーをつかまえる。びっしょりかいた汗が、カーエアコンで蒸気になる。骨董《こっとう》通りを抜ける手前でクルマの流れが悪くなる。

俺はタクシーを降りると、また走り出す。ハッハッ、と、短い吸気二回。フッフッ、と、短い呼気二回。息を整えて、規則ただしいピッチで、走りつづける。外苑西通りを経て、有栖川公園が見えてくる。

両手を挙げ、見えないテープを切ってゴールインした俺は、ピッチを落として、そのままウィニング・ランのようにゆっくり進む。公園に入り、都立中央図書館まで行くと、そこで歩を止めて呼吸を整える。いろんなところが痙攣《けいれん》しているので、入念なストレッチを十分ほど。

公園脇の出口をでて、スーパーマーケットの前にある電話ボックスに入る。電話ボックスの目の前には、瀟洒《しょうしゃ》なマンションがそびえ立っている。自販機でテレフォン・カードを買って、電話をかける。

四度目のコール音で伽那子が出る。

「毎度、三河屋でぇす！」

と軽快に俺は言う。返事はない。電話は切れていない。だから繰り返して言う。

「お届けものがあるんですが。三河屋です！」

「………どういうつもり？」

「いやあ、お届けものがさあ」

受話器から、大きな大きな伽那子の溜息が聞こえる。

「いまさあ、お前の家の前にいるんだよ」

「…………………………」

「お届けものは、俺のハート。なんつって」

俺はひとりで笑う。

「何年ぶりかなあ。お前の声聞くのは。何年ぶりだっけ？」

ややあって、伽那子が答える。

「………わからない。十年とか。十一年とか」

俺もよくわからない。何十年も経っているようにも、最後にキスをしたのが一週間前のようにも思える。

「いろいろ考えてたんだよ、俺も。あれから、ずっと。自分の悪いところとか。お前に迷惑かけたこととか。それでやっと、やり直せる自信がついたんだよ。ついこのあいだ」

「………やり直すって、なにを……」

「俺らのことさ！　俺にはお前が必要なんだ！　お前がいなきゃ、駄目なんだよ！　こんどはうまくいく。絶対にうまくいく」

伽那子は無言のまま。電話は切れていない。

「いいか、俺には計画があるんだ。いっしょにアメリカに行こう。あのときみたいに。マットって憶えてるだろう？　インディー・レーベルやってた、イタリア系の奴だよ。あいつ、実家が金持ちみたいでさあ。ナパ・ヴァレーに小さな農場買って、引っ越したんだよ。そこに住ませてもらって、ワインを造ろう。そういうの、お前、好きだろう？」

また大きな溜息をついて、伽那子が言う。

「……ビザは、どうする気なの」

ビザ？　そんなこと、考えたこともなかった。

「なんとでもなるさ！　俺、マイルも貯まってるんだよ。メインランドまで、二人分ある。アップグレードして、ビジネスで行ってもいいな！　ジッターバップの旧譜も、マットに出してもらってもいい。それで、健康的にくらすんだよ。毎日、日の出前に起きて――」

そう、早起きするんだ。北カリフォルニアの早朝は最高なんだ。

「そして、野良仕事して。昼は木陰で、自分ちで作った野菜が入ったサンドイッチ食うんだ。夕食のあとは、ワイン飲んで、それから楽器持ってセッションするんだよ。憶えてるだろう？　あのマルチ・テープ」

「………無理よ」

「無理じゃない！」

俺は大きな声で怒鳴る。

「俺とお前がいれば、きっと完成させられる。いい曲が、いっぱい作れるはずなんだ。最初に、あれをやろう。『グレイト・ビッグ・キッス』をやろう。お前も、あれはすごく気に入ってたよな？　シャングリラズの曲だよ。俺がニューヨーク・ドールズっていうか、ジョニー・サンダースみたいな感じでギターを弾いて、お前が歌って。俺も下手くそなコーラスでからんで。楽しかったよなあ！　あのトラックをまず、完成させよう！」

一気にそこまでしゃべって、喉がカラカラになる。

電話線に干渉する、うすいノイズが聞こえる。そのノイズの向こうから、伽那子が俺に言う。

「……そんなの、無理に決まってるじゃない。わたし、結婚してるのよ？」

ああ知ってる。

結婚式につらを出さなかったのは、そのころ俺は二度目のオーヴァードーズでぶっ倒れてたからだ。結婚式の招待状をもらって、それを見ながら射ち過ぎたからだ。

「関係ねえよ。結婚してたって。性欲とかじゃないからさ。俺がいまこう言ってるのは。性欲は俺、ちゃんと処理してるから。これはさあ……純愛なんだよ。純愛！」

電話のむこうで、ひゅうっと息を吸い込む音。

そのまま、また溜息に変わるかと思いきや、伽那子がゆっくりと話し出す。

「……よく、言えるわね。そんなこと。純愛、ですって⁉」

彼女の語気が強くなる。

「わたしの気持ちなんて、一度も考えたこともないくせに！　あなたは、いっつもそうなのよ！　自分のことばっかり！　考えてることは、いつも自分のことだけじゃない！」

「そりゃ違うよ！　俺はいつも、お前を守ろうと――」

「いつ、わたしが、『守ってほしい』なんて言った？　それは全部、あなたの妄想でしょ？　わたしの考えていること、感情なんて、一度だって気にしたこともないくせに！」

そうなのか？　俺は、そんな奴だったのか？

しかしそれにしても、伽那子があの声と口調で、俺を叱りつけていることが、こんなにも心地いいとは。このままずっと、怒鳴られているのもいいな。

「あー、そうかも」

と俺は叱責《しっせき》を受け入れる。

「大丈夫。これからは、気をつけるからさ」

伽那子が俺を諭《さと》すように言う。

「もう全部、終わったことなのよ……あなたは、いつも自分のことだけ考えてて、その上、そんな自分自身のことも嫌いなんでしょう？　そんな人と、いっしょにいられるわけないじゃない？　そのせいで……」

短い沈黙。

「……そのせいで、わたしは傷ついたのよ。だからもう、そんな過去に、二度ととらわれたくはないの」

そのまま伽那子が沈黙する。

おい、なにか喋ってくれよ。声を聞かせてくれよ。

「子供を作ろう」

理由はまったくわからないが、俺は突然そんなこと言い始める。

「子供を作って、アメリカで育てよう。アメリカで生めば、アメリカ人にできるって聞いたから」

電話の向こうで、伽那子が大爆発する。

「いいかげんにして！　なんで、そんなことを平気で言えるのよ⁉　頭のなか、どうなってるの？あなたのせいで、わたしは赤ちゃんを堕《お》ろしたのに‼」

ちょっと待てよ。それは違うだろう。

「あれは、お前が堕ろすっつったから――」

「麻薬中毒患者の赤ちゃんなんか、産めるわけないじゃないの!!」

電話線がジージーいっている。

伽那子はなにも話さない。

沈黙を破ったのは俺だ。

「……そうか」

ちょっと頭がぼやけて、それ以上、なにも言うことを思いつけない。

話したいことが、いっぱいあったはずなのになあ。

「俺のせいか」

このままじゃ、話が終わってしまう。もう二度と、話をすることはないかもしれない。

また電話していいか、聞いてみようか？　でも、答えはわかっている。

どうあっても、俺の電話を受けざるを得ないように、話をもっていくには、えーと――どう言えばいい??


堂々めぐりのようにそんなことを考えていると、電話ボックスの前の道路に、ど派手なクルマが止まる。チタニウム・シルヴァーのアストンマーティン・ヴァンキッシュだ。

「また、電話するよ」

俺は伽那子にそう告げると、受話器をフックに戻す。

ヴァンキッシュのドアが開いて、運転席から男が降りてくる。

このくそ暑いのに、黒ずくめだ。黒のシルクの長袖シャツに黒のレザー・パンツとショート・ブーツ。大きく開いたシャツの胸元からは、太い大胸筋に押し上げられたクローム・ハーツのシルヴァー・チェーンがのぞく。シャツの上からでも、上腕の筋肉がパンパンに張っていることがわかる。ジムで鍛えた結構な筋肉に、高《た》けえだけの服を下品に着こなしたその男が、電話ボックスのガラス扉をノックする。くそったれ。

仕方がないので、俺は電話ボックスを出る。

「めずらしいな、こんなところで」

と、KYOの野郎が言う。

現役のロックスター様らしく、いやらしいミラー・シェードのグラサンをしてやがる。それを外して、奴は俺に言う。

「元気か？」

かつてはバウハウスのピーター・マーフィーを目指してたくせに、いつのころからか、こいつは身体を鍛え始めた。背が低くて、顔がでかいせいだろう。俺にはドニー・イェンみたいに見えるぜ。

「まあまあかな」

と俺は答える。

奴は電話ボックスを見て、俺を見て、マンションのほうに顎《あご》をしゃくる。

「寄ってくか？」

「いや、遠慮しとくよ」

そうか、と奴は、目張りした香港スターのような目を伏せる。

「丈二、お前もたまには、お袋に顔を見せてやれよ」

なんの話だ？

「もう何年も帰ってないだろう？　お袋も、もう年なんだぜ」

なんでお前、そんな話をするんだ？

「ちょっとは考えてやれよ」

「……お前に……お前に、そんなこと言われる、筋合いは……」

おこりのように、全身がガタガタ震える。腹の底から怒りが湧いてくる。

「……ナメた口、たたいてんじゃねえぞ。てめえ」

「どうしたんだよ、おい？」

「兄貴づら、してんじゃねえよ！」

ヴァンキッシュの後ろにトラックが停車する。ドライバーがクラクションを鳴らす。奴は自分のクルマのほうを振り返る。

俺はつづけて言う。

「てめえはもう、狛方恭一じゃねえんだろう？　ローマ字で名前書く、くさったJ－POP野郎なんだろうが？　そんな奴の弟に生まれた覚えは、ねえんだよ！」

やれやれという表情で、奴は大袈裟《おおげさ》に肩をすくめる。

「わかったわかった。じゃあ、またな」

クルマに乗り込んだ奴は、ウィンドウを下げて、また顔を出す。

「丈二、大人になれよ！」

そう言い残すと、ヴァンキッシュは大袈裟な排気音だけを残して、マンションのドライヴウェイに消えていく。伽那子が待つマンションの、伽那子が待つ部屋へと帰っていく。

ついさっきまで、俺が口説いていた、カリスマ・ワイフの住む、すてきなライフスタイルで満ちた部屋に。

食い詰めた野良犬一匹を、路上に残して。

4

俺は混乱している。

昨日から、俺は混乱しつづけている。

こんな頭の日は、暗い部屋でストーンしているにかぎるんだが、なんの因果か、朝っぱらから俺は東京湾の果てにいる。

むかしは十三号地と呼ばれていた地区の端っこ。いまは、潮風公園、だっけ？　なにかあったら、まっさきに液状化しそうな台場の埋め立て地だ。地磁気のせいか、東京湾のここらへんにくるといつも、俺はことのほか体調が悪くなる。

そんな俺の目の前では、ミニスカートを穿《は》いた美宇が、さっきから飛んだり跳ねたりしている。ヴィデオ・カメラを持ったリックが、それをシューティングしている。レフ板を持たされた義人が、アシスタントよろしく、忠実に二人の動きを追っている。


まったく、なにをやってるんだか。

リックの撮影プランを却下すればよかった。都心でやれや、と言うべきだった。なのに義人が、俺もお手伝いするっスよ！なんつって、辰夫がクルマ貸すっつって、俺がほかのことにかまけてるうちに、こんな事態になった。

こうなったのは、そもそもは俺が広げた風呂敷のせいだということはわかってるんだが、いま目の前で嬉々《きき》として働いている連中が、一体なにをやっているのか、どうにもよく理解できない。現実の出来事だと思えない。じつは俺だけがすでに死体で、「都民のたのしい休日」なんてヴィデオをあの世で見せられてるような、そんな気分すらする。

たのしい休日。ゆかいな夏の日。

美宇と義人は、まるで遠足行くみたいに、おやつを山ほど持ってきやがった。フリスビーとか、バドミントンとか、ローラースケートまで持ってきた。それをリックが、いいですねえー、いいですねえー、なんて言うもんだから、さっきから美宇がそれをとっかえひっかえして、走り回ってるって寸法だ。

どういうコンセプトだよ？　リックの野郎、ただの映像おたくだと思ってたんだが、日本のアイドルおたくだったのかもしれねえな。

もっともこれは、アイドル・ヴィデオを撮らせてるんじゃない。

まあ、アイドル・ヴィデオになっても、いいっちゃいいんだが。

本来これは、辰夫に見せるためだけに撮っているものだ。つまり、俺があいつからガメたカネ――その名目は、美宇の歌手デビュー話を進めるためのデモＰＶ制作費、だったんだが――その話の帳尻を合わせるために、なんかしらの映像作品をデッチ上げとかなきゃいけない、というだけのことだった。

だから、モルフォディターのメンバー映像をイメージ・ショット扱いにして、あとは動く美宇を撮っておいて、リックがそれを編集して、一丁あがり――というのが、俺がもともとイメージしていたプランだった。どうせ親の欲目で見るだけなんだから、娘さえ映ってればそれでいいだろう、ぐらいのことを俺は思っていたのだが。

それがなんでこんな、大ごとになったのか。

グラサンを持ってくるべきだった。俺には夏の陽が強すぎる。光で目が眩《くら》む。

木陰を探して地べたに坐り込んだ俺は、昨日万引きした伽那子の本を開く。『サウザンド・ウェイヴス』。写真がふんだんに盛り込まれて、活字が大きくて、行間が空いた、まあ、いまふうのエッセイ本ってやつか。

「バリのングラ・ライ国際空港におりると、うっすらとあまい香りがします。それはどんな島の香りとも違うもの。熱帯に咲くハイビスカス、ブーゲンビリアの華やかな香りだけじゃない。チュンパカの靭《つよ》くすきとおった香りにつつまれたとき、わたしは心のなかで『ただいま』って言うのです」

うわっ正気じゃ読めねえなこりゃ。

「それから」「キンタマーニの高原」「ジンバランのビーチでバリ海峡にしずむ夕日のなかで――」以上。

てことはあれか、表紙の写真もバリってことか。よその島行ってはマナだのニライカナイだの持って帰って、マンションの飾りつけにしたがる女にウケる商売ってやつか。

こないだはたしか、台湾の中国茶ネタで当ててたはずだから、その延長線上なんだろう。旧日本軍が侵攻した土地行ってそんなヨタ飛ばしてくる神経は俺にはないが、まあ、人の商いはそれぞれだ。すくなくとも、俺のしょっぱい詐欺《さぎ》よりは効率よさそうだ。

すぐに活字を追えなくなった俺は、巻頭の伽那子の写真ばかり、なめるように眺めつづける。俺が最後にセックスしたころは二十二歳で、いまは三十三歳か。あのころより、いい女になってるってことは、素直に認めなければならない。

各地のリゾートでダイビングやっているせいか、中国茶のせいか、むかしよりずっと健康的に見える。発達した筋肉と、日灼《ひや》けした肌の質感のせいで、元歌手というよりは、写真週刊誌が大喜びしそうな類いの美人アスリートのようにも見える。以前はどこか腺病質《せんびょうしつ》な印象が強く、それが繊細《せんさい》な雰囲気だと解釈されて、文系の女の子たちに受けていたのだが。

季節は女を変える。時間は美女を育《はぐく》む。

あのころ、伽那子の客だった少女たちも、みんな立派に成長してるんだろう。ロックやアートや変な本に遣ってたカネを、アロマ・キャンドルや、ナチュラル素材の石鹸や、無農薬野菜に遣うようになってるんだろう。適当な男をくわえこんで、持続可能ですてきなライフスタイルを形作ることに没頭しているんだろう。そして、伽那子のエッセイ本を買うんだろう。

よその島の神々は、都市生活の彩《いろど》りに。かつて好きだったロックやらなんやらは、過去の男の想い出といっしょに、ゴミ箱に。いや、いまふうに、リサイクル・ショップに引き取ってもらうのかもしれないな。

そういう店に、俺も引き取ってもらうべきかもしれない。不良在庫になることは間違いないが。


「考えてることは、いつも自分のことだけじゃない！」

昨日の伽那子の言葉が、頭のなかで反響する。

伽那子とKYOは、結婚して、セックスをしている。

俺は万引きした本を片手に、なんだかよくわからない詐欺のつづきをやっている。

信藤は、おにぎりに食われて話を変えやがった。

プランBが、俺には必要だ。

と、伽那子の本に挟まっていたフライヤーが地面に落ちる。拾い上げて見てみると、著者サイン会のお知らせ。全国の書店やらカフェやら、こんな本を買いたがる客が集まりそうな場所で、伽那子が巡業する予定がびっしりと記載されている。明後日は渋谷タワーレコードの七階ブックス・フロア。これは使えるかもしれない。

「なーに読んでるの？」

と、美宇が俺をのぞき込む。

つるつるしたほっぺたあたりの産毛に、細かな汗の粒が光っている。それをなめとりたい衝動に駆られる。

「子供にゃ関係ねえよ」

と俺は本を閉じて隠す。

「すっげえ下品な、おぞましいエロ本だよ」

ふーん、と興味なさそうに応えた美宇は、そのまま俺の脇に腰を下ろす。パンツが見えてんぞ、おい。

「いい天気だねー」

「ああ、やってらんねえよ」

ローラースケートを履かされた義人が、カメラ・テストするリックに付き合わされている。美宇がペットボトルから水を飲む。ゆがんで、泡立つ、水のプリズムをとおして、夏の陽が乱反射する。

突然、俺の頭のなかに、小学生のころに読んだピーナッツ・コミックスのエピソードが甦ってくる。たしか、こんな話だった。

チャーリー・ブラウンとルーシーが並んで立っている。ルーシーがチャーリーに訊く。

「人生で最良の一日が、もう過ぎてしまってたって気づいたら、どうする?」

チャーリー・ブラウンは、なんて答えたんだっけ?

そこんとこが、思い出せない。

俺の隣で、ペットボトルから唇を離した美宇が、ぷはーっと息を吐く。

こいつの歳じゃあ、ピーナッツは読んでねえだろうな。ツル・コミックから出てた、ポケット・ブック版を俺は集めてたんだが。

俺がルーシーみたいな質問をしたら、こいつはなんて答えるんだろう？

「あのさあ」

「んーっ？」

「つまんねえ話なんだけどさ、人生で最良の一日ってのが、あったとして、そんで——」

と、そこまで言ったとき、俺の視界の隅に、ナージャの姿が映ったような気がする。

目を細めて遠くを見ると、たしかにあいつがいる。

金太郎の腹掛けのようなトップスに、尻が半分出ているようなショート・パンツ。厚いソールのサンダルで、大股にこっちへ歩いてくる。

子供連れで公園に来ている若い父親が、その尻の動きを目で追っている。

「なになに？　それで、その話はどうなるのよ？」

「あとにしろ」

なによお、自分で話振ってきたくせに！と言う美宇の声を背に、俺は立ち上がり、木陰から出る。

ナージャの姿を発見した義人が、母犬を慕《した》う子犬のようにはしゃいでいる。こいつはこんなところに、ムダに時間潰しにくるような女じゃねえ。俺の目には、束にした雷を片手に握りしめた怒りの女神様みたいに見えるぜ。

さらにまた、新たなやっかいごとが、わざわざこんなところまで歩いてきやがった。

5

ナージャの主張というのは、だいたいこんな感じだ。

ロサは子供がいて動けないので、彼女の代理で自分はここに来た。

最初に聞いた条件と、ずいぶん話が違ってきているので、不満だ、と彼女は言っている。実働がないときでも、口止め料として週給が支払われるはずだったのが、一度もらったっきりで、そのあとは支払われていない。また、実働があったときのペイメントも安すぎる。

ビザを取ってくれる、という話も信用できない。どういう種類のビザを、いつ取ってくれるのか、それをいますぐ聞かせてほしい。

「わたしは、もうモデル・ビザがあるから、いいんだけど」

とナージャが英語で言う。髪をかき上げて、でかいサングラスをそこに挿《さ》す。細い煙草を唇にくわえると、こっちをじっと見る。俺が火ぃ点けんのかよ。

「どうするつもり？」

ふーっと煙を吐きながら、ナージャが言う。

木陰から、美宇がすごい目でこっちを睨《にら》んでいる。嫉妬《しっと》か？

「もうすこし、小さな声で話しようや」

と、俺は顎で美宇を指す。

「あれは英語できるからさ」

やれやれ。なーにがロサの代理だよ。てめえが水揚げ増やしたいから、ここまで来たんだろうが。

「アヴィエイターって会社、すごく大きなところなんでしょ？　だったら、契約金ですごいおカネが動くに違いないって、ロサは言うのよね。常識的に言って、数千万円はあるんじゃないかって」

おい、だれからそんな入れ知恵——リックの野郎が、向こうでビクビクしてやがる。あいつか！

あの野郎を、小太郎に紹介したのが間違いだったか。

「それなのに、ねえ？　わたしたち、あれっぽっちじゃあ。不公平じゃない？」

「わかった。言いたいことは、わかった。なんとか、カッコつけるからさ」

あてなんか、ねえけどな。

「だけど、考えてもみろよ？　契約が成立しなかったら、払えるカネも湧いてこないんだぜ？　だからひとまず、仲よーくつづけてようや。このチームを」

信藤があの調子のいま、最初の絵図とはかけ離れてきている。

こいつらの利用価値は、もうないのかもしれないな。

しかし、上手に切らないと、滅法《めっぽう》うるさそうなことだけは、よーくわかった。

「じゃあ、一週間後ね？　一週間後に、今日のロサの話に、ちゃんとした答えを用意してちょうだいね？　ありがとう！」

ナージャはそう言うと、大袈裟に俺をハグして、でかい音を立てて俺の両頰にキスをする。俺からは見えないが、俺に抱きついたまま、ナージャと美宇がガン飛ばし合っているのが気配でわかる。

プランBが、俺には必要だ。


埋め立て地のショッピング・モールでメシを食ったあと、例によってリックとナージャをクルマで送っていくと言う義人に、美宇と俺は銀座で降ろしてもらうことにする。ちょっと歩こうか、と俺は美宇に言う。

普段ならこれで放り出すんだが、今日はこいつに話がある。プランBについて、ちょいと当たりをつけておかなければならない。

という俺の思惑をよそに、洋服見たいなー、と美宇は地下鉄で表参道まで行くことを主張する。デートかなんかだと勘違いしてやがるようだ。

「銀座でいいじゃねえか。銀座で。なんか再開発されて、新しいビルが出来てるんだろう？　名所がいろいろ、増えたらしいじゃねえか」

「おっさんくさい！　おっさんくさいよー、その言いかた！」

そんなもんか。

なんにしても、昨日の今日で、しかもこいつを連れて、表参道なんかには行きたくねえ。ここらへんなら、だれかに会う心配はない。俺と銀座には、ほとんど接点がない。生活圏が全然違う。

銀座にはレコード会社はない。まともなクラブも、ライヴハウスもない。気が利いたレコード屋も、クスリの売人もいない。俺と付き合いがあるような奴は、ほとんどいない。ここでは俺は、透明人間と同じだ。

博品館の交差点から中央通りを東へ進む。そのまま二人で歩いていると、美宇が俺の手を握ってくる。いつもなら振り払うんだが、まあ、いいか。今日のところは。

なんだか、通りにブランド・ビルが増えた。それこそ表参道みたいなことになっている。山野楽器を越えて、すこし行って、東京凮月堂《ふうげつ》に入る。窓際の席に坐る。

「しぶいところだねー。よく来るの？」

「ガキのころに、親父と来た」

サーヴされてきた紅茶に、スキットルから大量にウイスキーを注ぐ。美宇はフォークでケーキを突っついている。

「ママと飲んだりするの？」

「なんだって？」

「だから、ママって人がいるお店って、あるんでしょ。お酒のお店で。銀座に」

「ああ。そういう意味か。俺には関係ねえ世界だな、そういうのは。わかんなかったよ、なに言ってんのか」

俺は軽く笑う。

フォークで解体しつつあるケーキを見つめながら、美宇がぼそりと言う。

「ごめんね。美宇、日本語うまくないんだよ」

「そうでもないぜ」

と俺は言う。

カネ持ったヤンキー夫婦の願望のせいで、こいつは英語ベースの学校にしか行っていない。子供のころから英語仕込めば、ネイティヴなみにナントカ、という騙し文句に、親が乗せられたクチだ。もっとも、カモられた側は充実した気分でカネ出してんだから、それはそれで悪くはない、かもしれない。ひでえ目にあうのは、この場合、子供のほうだ。

学校を一歩出たら、英語できねえ奴らが作り上げた日本語社会しかない。電車の中吊《なかづ》り広告一枚とったって、あり得ない英語ばっかりが氾濫《はんらん》している国だ。きわめつけは、家んなかに英語しゃべれる奴がだれもいないってこと。

そんな毎日のなかで、どうやってもの考えろってんだ?

俺は美宇に言う。

「お前は馬鹿じゃねえよ」

「あったりまえじゃん!」

と美宇が笑う。

ああ。馬鹿なのは、お前の親や俺や、こんなくそったれな世の中を作った奴ら全員だ。

「大変だなあ、お前も」

「うーん、そうだねー。大変なんだよ、子供やってくのも!」

そうだ、最初にこいつの口から「子供やってくのも大変なんだよ」ってフレーズ聞いたのは、去年の暮れだった。辰夫の結婚披露パーティで赤んぼ姿を見て以来、ずいぶんひさしぶりの再会がそれだった。

面白い声で、面白いこと言う奴だな、と思ったんだ。そんで俺は美宇に「歌うたってみねえか？」なんて言ったんだった。

俺は本題について話し始める。

「お前さあ、いまんとこは、表向きだけ『歌手デビューする』ってことに、なってんじゃん」

「うんうん、ウチの親父的にはね」

「それをさ、本当にデビューしてみねえか？」

「ん？　わたしが声だけじゃなくって――」

「そう。お前が前面に出て、レコードを作る。どうだ？」

「んー……」

すこし考えてから、美宇が言う。

「うん。ま、いっか」

「よし。じゃあそれで行こう。プランBだ。お前の親父――辰夫の出資で、まず会社を作る」

ここで三千万を引っ張る。そのカネで俺は社長からジッターバップのマスターとマルチ・テープを手に入れる。そして、ジッターバップの作品を香港の業者にライセンスさせる。

「作るのは、インディー・レーベルとマネジメント会社だ。辰夫が社長になってもいい」

「げげっ」

「いやなのか？」

「うーん、まあ、べつにいいけど」

俺は話をつづける。

「レーベル運営とマネジメントの実務は、俺がやる。そして、そこからお前のCDを出す」

このＣＤの原盤は、いま小太郎とフルタの野郎が作業やってるものを流用する。つまり、モルフォディターになるはずだったものを、美宇の名のもとにパッケージし直すわけだ。これなら、原盤はタダ同然で作れる。

そして、香港の業者から得たジッターバップのライセンス料から、美宇のＣＤのプレス代やなんやかんやを捻出《ねんしゅつ》する。

「で、そのＣＤは——そうだな、たぶんまず、海外でのみリリースする」

まずは香港の業者にかつがせるつもりだが、うまくすれば、アメリカ、そしてパリという線もあり得るだろう。

「へえーっ」

「そして、その実績を持って帰って、日本のメジャーと契約をする」

自前で盤を刷るのはリスクが大きいが、その分、リターンも大きい。だから、メジャーとの契約を最終目標とするならば、辰夫ぐらいの資産があるんだったら、三千万程度の投資というのは、悪くないプランのはずだ。

「そういう話を、お前の親父にしてみようと思うんだけど。いいよな？」

「いいけど……」

「けど、なんだよ？」

もはや破片となったケーキを、ぽつぽつと口に運びながら、美宇が言う。

「なんか、まーたパパがおカネ出すのかあ、って。ちょっとかわいそう、かなあ」

「なに言ってんだよ？　こんどのプランは、本当にお前のＣＤ出すんだぜ？　これまでよりも、全然、真っ当じゃねえか」

「まあ、ねー……でも、ウチの親父はさあ、美宇が歌手になりたがってると、思ってるじゃない？

だから、おカネ出してくれるわけじゃん」

「だけじゃねえよ。俺、あいつとは付き合いなげえからさ。あの性格は、よくわかってる。娘が雑誌モデルやったり、歌手やったりすることを、自慢に思うタイプなんだよ。あいつ自身が、お前に歌手になってほしいわけよ。カネ出すことが、嬉しいんだよ」

俺の話を聞きながら、美宇がどうもすっきりしない顔をしている。

気にいらねえな。

「それとも、お前、やりたくないわけ?」

「たくない、わけじゃないんだけど……どっちでも、いいかなー。歌うのはさ、楽しいんだよ。今日みたいな撮影も、楽しかったよ。でも、歌手とかモデルとか、すっごくやりたい!って子、いるじゃない? わたし、あんまり、そういうのじゃないんだよなー……」

「いいじゃねえか。なんも問題ないんだろう?」

うーん、と腕を組んで、美宇は首をかしげる。なにか考えている様子。

「……おカネがいるんだよね、丈二が」

「ん?」

「潮風公園で、あの女の人が言ってたじゃん。おカネの話」

やっぱり、聞こえてやがったか。

「まあな」

「うん。だったら、しょうがないかな。一肌ぬごう! わたしが!」

と、美宇は拳で自分の胸をぽんぽん叩く。

「よっし、合意成立だ。くわしい話は、辰夫と詰めてからお前に言うわ。それまでは、とりあえずお前から親父にはなにも言うなよ。いいな」

と、俺は伝票を持って立ち上がる。

「ちょっと！　わたしまだ、食べてんのよ！」

と美宇が抗議する。

「そんなぼろぼろにして、食うのかよ？　遊んでんのかと思ったぜ」

俺はもう一度、席に坐り直す。

「こうやって食べるのが、好きなの！」

しょうがねえな、まったく。

6

まったくしょうがねえ。

俺は話は終わったから、こいつを放り出して、さっさと帰るつもりだった。新しいプランに沿って、またいろいろ仕込みをやんなきゃいけないから、俺はいそがしいんだ。

ところが、美宇の野郎が、名所に連れてくっつったじゃん！なんて駄々《だだ》をこねやがる。お陰で、俺はいま、マロニエ通りをこいつと歩く羽目《はめ》になっている。

やれやれ。それで連れてった新名所ってのが、これか？　どこにでもあるようなテナント・ビルに、どこにでもあるような店舗が入っている。町田や大宮あたりの駅前となにも変わらないようなもんが、いつの間にか、いくつも生えている。

そんなビルのなか、ちょろちょろと店から店を歩きまわる美宇が、俺を引きずりまわす。

「うわっ、これかわいい!!」

「ねえねえ、これ、わたしに合うと思わない？」

そんなようなことばかり俺に言う。

だからといって、俺にねだっているわけではない。ねだっても、買うわけもねえが。

いいかげん疲れたので、ちょっと電話しなきゃいけないからさ、と言って、俺はビルを出る。そして小太郎に電話する。

「あー、ジョーちゃん？　すっごいよお、フルちゃんって！　もう、つぎからつぎから、いろーんなネタが出てくるよぉー」

「てことは、進んでるってことだよな？」

「ううん、進んでない！　ていうか、アイデアが広がり過ぎ！　もう、リズム・トラックだけでも七本ぐらい、僕つくったよー」

やっぱり。そんなことになってやがったか。

まあ、プランBに向けて準備するには、そんな状態のほうがいいとも言えるが……どうしようもねえな、おたくってやつは。

じゃあ、ひとまずそんな感じで進めといてよ、と俺は小太郎に告げて、電話を切る。新プランをこいつに説明するのはまだ早い。まずは辰夫と話をつけなきゃいけない。

「お待たせっ」

買い物袋をいくつか持った美宇があらわれる。袋のひとつから、ラッピングされた細い箱を取り出して、俺に手渡す。

「なにそれ。俺にくれるの？」

「プーレゼント！　今日はわたしに付き合ってくれたからさ。感謝、感謝！ってね」

やれやれ、十五歳にモノもらってんのかよ、と俺は思う。

「ちょっと！　帰ってから開けてよ！」

「いいじゃねえかよ」

ネクタイか。

一見ふつうのドット柄みたいな模様は、よく見ると、スヌーピーが「ジョー・クール」をやってるときの絵だ。グラサンかけて、赤い長袖Tシャツを着たスヌーピーが、八分音符にもたれかかっている小さな絵柄。あざやかなブルー地のベースに、それが刺繍《ししゅう》で表現されている。

「気に入った？　丈二って、ジャケット着てるのにいつもタイしてないから、いいかなって」

「ちょっと、子供っぽくねえか？　俺には」

「そんなことないよ！　着けてみなって」

と、美宇はタイを俺の首に巻こうとする。箱のなかからカードが落ちる。俺はそれを拾い上げる。

そこには美宇からのメッセージが書かれている。

「フォー・ユア・エヴリシング……XXXXX――」三十六個のX。三十六個のキスってことか。

それとも、俺の歳か。

「ありがとう」

美宇が飛び上がる。

「いやった！　初めてだよっ！」

「なにが？」

「丈二から、お礼言われたのって」

「そんなこた、ねえだろう？」

「いーや、そうだねっ！」

そうか。

それはかなり、愛想がない奴だな。俺も。

「このネクタイでもして、元気出しなよっ！」

「そんなに元気ねえか、俺は？」

「うーん、元気ないっていうか……あぶなっかしいんだよねえ」

まあな。アル中でヤク中で、破産寸前だからな。

「うーん、ていうか、うーん……」

と、美宇は言葉を探しつづける。

そのまま、俺ら二人は、また手をつないで歩き始める。


午前中の晴れ具合から一転して、空に重い雲が垂れ込めてくる。こりゃひと雨くるな。実際、ぽつぽつ始まりやがった。

外堀通りを越えて、高速の高架を抜けると、自分がどこにいるのかわからなくなった。なぜかこんなところに、丸井がある。

雨の密度が高くなったと思ったら、一瞬でそれが土砂降りに変わる。百本のショットガンで浄水槽の底をぶち抜いたような雨。アスファルトではじけたオゾンの臭いが、びしゃびしゃの水流にかき消される。

俺と美宇は、しょうがないので、丸井が入っているビルに逃げ込む。

「ひでえ雨だな」

ハンカチで髪をぬぐっていた美宇が、あっ、と小さく叫ぶ。

「わかった」

「なにが？」

「丈二はさ、子供あつかいしなかったんだよ。わたしを。そこがよかったの」

「なんだそれ、さっきのつづきか？」

「うん。『あぶなっかしい』っていう、そのつづきね」

俺はすこし、いらいらし始める。

なにが言いたいんだ、こいつは？

「俺は二言目には、お前に言ってるぜ。『子供のくせに』とか、いつも」

「そうなんだけどさー」

と言って、美宇がニヤニヤする。

「そう言ってる丈二って、なんていうの……大人げないんだよ！」

「なんだと？」

「あれっ、日本語、合ってるよね？　だから丈二ってさ、そうやって、子供のわたしにも、いっつも対等に怒ったりするじゃん？　そこ。大人げないとこが、いいんだけどさ」

美宇はハンカチで、俺のタイについた水滴を払う。

「でもね。そこが、あぶなっかしいの」

エントランスのドアのむこうで、日々改造されゆく銀座の街が、滝のような豪雨になかばかき消されている。叩きつける雨と、路面からはねる飛沫が、ほぼ同量の勢いで、地上数十センチの地平で膜を作るかのように衝突している。

「このまま、いっしょに逃げよっか？」

と美宇が言う。えへへ、と軽く笑ってから、つづける。

「東京駅まで行ってさ。どこか、遠いところに」

彼女はそう言って、俺のほうを見る。

「なんで、逃げなきゃいけないんだよ？」

「んー…………わかんない！　なんでかな？　でもさっ、おたがい、さびしい者どうし、二人で逃げても、いいのかなって」

俺は外の雨を見ている。このぶんなら、雨もすぐに上がるんじゃないか。こんなに激しく降っているんなら。

「あんまり、勘違いしないほうが、いいんじゃねえか？　てのは——」

「ストーップ!!」

と、美宇が俺を制して言う。

「わかってるよ。『俺はカラダだけが目当てだ』って、言うんでしょ？」

「ああ」

「わかってるけどね」

「わかってねえよ」

やれやれ。わかっちゃいねえよ。

ちゃんと言っとかなきゃいけねえな。この際。俺は話し始める。

「あのさあ」

「なになに？」

「友だちっぽい感じってのは、まあいい。おたがいナイスな感じでいるっていうのは、いいんだけどさ。恋人ごっこってのは、いただけねえな」

美宇の表情から微笑が消える。

俺は息を吸って、言葉をつづける。

「セックスの相性がいいってのは、俺も認めるけどさ」

「……こんなとこで、しないでよ。そんな話」

「ああ、悪い悪い。でもまあ、お前もそれをエンジョイしてるってのは、間違ってねえよな？　ただたんに、それだけのことでさ。そんなもんに、あんまり振り回されんのは、よくねえよ。俺が処女奪ったわけでも、ねえんだしさ」

　美宇の目がまんまるに見開かれる。

「割り切った付き合い、ぐらいのもんだろう。俺らにちょうどいいのは。話も合うわけじゃねえしさ。お前、さっさと同世代の彼氏でも、作ったほうがいいぜ？」

「……そう……かな？……」

「ああ。そうだそうだ。間違いない」

「そうかぁ……」

　美宇は自分の靴先を見る。そして顔を上げる。

「そうだねっ！　じゃっ、雨も小降りになってきたし、そろそろ帰るよ。わたし」

「おい待てよ。まだ降ってるって」

　止める俺に、じゃ〜あねえ、と手を振って、美宇はまだ雨が残るビルの外へと駆け出していく。あとを追った俺は、美宇の肩に手を置いて呼び止める。その肩が震えている。

　俺を振り返った美宇は、顔をくしゃくしゃにしている。笑顔を作ろうとしている。しかしこの雨のなかでも、泣いていることがわかる。

「わたし、好きじゃない人と、セックスなんかしないよ？」

　そう言うなり、俺の手を払って、雨のなかを走り去っていく。

　一度すこし弱くなっていた雨が、またその分量を、確実に増やし始める。

　ひとりになった俺は、まずネクタイを外すと、ジャケットの内ポケットに入れる。シルクは濡らすとやっかいだ。こうやって、背を曲げて歩けば、多少なりとも、ましかもしれない。

そのまま、晴海通りを歩きつづける。これは、靴を駄目にしたかもな。ひっでえ雨だ、ほんとに。

目の前が開けて、水で煙る大きな緑が見えてくる。

ちきしょう、日比谷公園かよ。

日本のバンドには、日比谷公園の野外音楽堂でワンマン張って、それで一人前って伝統がある。俺らはマッドチェスター系だったから、野音ってガラじゃなかったんだが、例の路線変更のときに、ここで演《や》ったことがある。ライヴ中に、ちょうどこんな、馬鹿みたいな雨が降ってきて、俺はギター持って、客席に飛び込んだりした。

それ以来、こんな場所には、近づかないようにしていたんだが。

こんなところに来るつもりじゃなかった。


なんで俺はここにいるんだろう。雨のなか、ひとりで。

7

渋谷タワーレコードの通用口に入った俺は、おつかれさまでーす、と警備員に挨拶する。訪問者帳に、入館時間、訪問先と担当者名、そして俺の名前と適当な社名を書く。訪問の目的は「納品」と書いて、入館バッヂをもらう。そして業務用エレベーターで八階へ。

ここのことなら、だいたいわかっている。

八階のワンフロアはスタッフ専用だ。エレベーターを降りてすぐのところが、納品や検品のための作業場。右手にはスタッフの休憩室や会議室が並ぶ。ミュージシャンやなにかが、トークショウやインストア・ライヴでここを訪れた際は、そこらへんの小部屋がいつも控え室になる。

いま閉まっているドアは二つ。ひとつめのドアをノックせずに開ける。ビンゴ。伽那子が部屋の奥で椅子に坐っている。ＫＹＯと専務の野郎までいる。

なんでだ⁈

部屋じゅうの全員がフリーズする。眼鏡かけた見慣れない女がひとりいるのは、あれは出版社の伽那子の担当かなんかか。

「なんだぁ、お前？」

と、専務が一番先に口を開く。

「いやあ、俺もサインもらおうと、思ってさ」

俺は伽那子の著書を取り出して言う。本を開いて、見返しのページを指す。

「ここにさあ、『丈二へ』ってさあ、書いてほしくってね」

でっかい目を見開いて、伽那子が俺を無言で見ている。

ああ、俺を見ている。

上品なノースリーヴのニット・シャツから伸びた腕。細長い指が、膝に置かれたサマー・カーディガンの上で軽く組まれている。

写真より、実物のほうがずっといい。

開いた本を持って、俺は伽那子のほうへ歩いていく。

「てめっ――」

と、専務がそこに割って入ろうとする。

「丈二さんって、あの丈二さんなんですか⁉」

突然、すっとんきょうな大声がする。俺と専務は、その声の主、眼鏡女のほうを見る。

「うわっ、本物ですか！」

彼女が俺に駆け寄ってくる。

「わたしっ、ファンだったんです！」

過去形かよ。

「シルヴァー・マシーン観に行ってました！　あー、信じられない！　あの、わたし、サインいただいても、いいですか？」

と、自分のバッグをごそごそやる。

「ペン貸そうか？」

「すいませんっ！　じゃあ、この手帳のところに。『フォー・カオリ』って、お願いできますか？」

言われたとおりのことを俺はやる。

俺が百年ぶりに書いたサインを、眼鏡女はしげしげと眺めてから、はっと正気に戻る。部屋じゅうの全員が彼女を見ている。ああっと短く叫んだ彼女は、またバッグをひっかきまわして、名刺を取り出すと、俺に差し出す。

「失礼しました！　ひとりで興奮しちゃって……わたし、伽那子さんの担当をやらせてもらっている者で……」

針でつっつけば血が噴き出しそうなぐらい、真っ赤になっている。

名刺を受け取って、それをポケットに仕舞うと、俺は右手を出す。ああっとまた叫んだ彼女は、両手で俺の手を包んで握手する。

「さて」

と、スターになった俺は言う。

「じゃあ俺も、サインもらおうかな」

と、ふたたび伽那子の本を開く。

こんどはＫＹＯが俺の前に立ちふさがる。本を奪おうとする。

「俺がもらっとくから。サインは」

と奴が俺に言う。

「自分でもらいてえんだよ」

伽那子の本を二人が引っ張り合う。

先に手を離したのはＫＹＯだ。奴は俺に顔を寄せて、小さな声で言う。

「あいつのことは、そっとしといてくれよ」

俺は室内をぐるっと見渡す。

眼鏡女だけが、目が合うと、俺に微笑《ほほえ》み返してくれる。

「わかった、わかった」

俺は伽那子の本を右脇のテーブルに置く。そのテーブルの上に、まだ使われていない灰皿がある。重いガラス製の、大きなやつだ。

ＫＹＯが俺に言う。

「あとでまた、あらためて話しよう」

「あー、話？　うん。話、か」

俺は奴からすこし離れる。三歩ほどバックステップ。

そして右手に持った灰皿を、奴のこめかみに叩きつける。

きゃーっ！と伽那子の悲鳴。ＫＹＯのサングラスが吹っ飛ぶ。はじかれたように専務が飛び出してくる。

その専務を、床に片膝ついたＫＹＯが手で制する。顔を押さえながら奴が言う。

「岡ちゃん、大丈夫。俺は大丈夫だから……」

胸の前で指を組んだ眼鏡女が、硬直しながらこっちを見ている。

どうだ、かっこいいだろう？

「ああ、どうってこと、ねえよ。こんなの」

灰皿を持ったまま、俺は全員に言う。そして、専務に向かって言う。

「こりゃあ、たんなる兄弟喧嘩だからさ。あんたには関係ないから。そこで黙って見てな」

ＫＹＯを助けおこそうとしている伽那子と目が合う。その目が憤怒《ふんぬ》で燃えさかっている。

俺はＫＹＯに言う。

「勝負してやるよ。俺はよお、勝ったことなかったよな？　ガキのころ、お前と喧嘩したときは。でも、もう違うんだよ。負ける気がしねえぜ！　てめえみてえな、芸能業界野郎にはよお！」

ゆっくりとＫＹＯが立ち上がる。顔を押さえながら、奴が言う。

「やり合いたいんだったら、ここじゃ駄目だ。みんな迷惑だ。場所、あらためよう」

「そおかあ？　俺は、いいぜえ？　ここで！」

俺が下手に持った灰皿で奴の股間をねらってスイングすると、それをＫＹＯは片手で止める。そのまますばやく反転して、灰皿と俺を大きく振る。俺は足がもつれる。ＫＹＯは俺の左手小指をつかむと、背中上方に向かってひねり上げる。小指に激痛が走る。腕ごと逆関節でねじり上げられた俺は、両膝を床につく。

「つまんねえことしてんじゃねえ！」

奴の怒鳴り声に、ほう、むかしみたいじゃねえか、と激痛のなか俺は思う。

「どうしちまったんだ、お前は？　なに考えてんだよ！」

それがわかりゃ、苦労しねえよ。俺も。

「ギターも弾いてないんだろう⁉　俺のことを、とやかく言う前に、お前はなんだ？　女の子拾ってきちゃあ、ポップな曲ばっかやりやがって」

女の子、という言葉に伽那子が反応する。さっとKYOのほうを見る。

「プロデューサー気取りだって？　お前が？　悪い噂ばっかり、俺の耳には入ってきてんだぞ！」

「噂じゃねえよ、そりゃたぶん」

痛えよくそったれ。動けねえ。この筋肉野郎が。

「あー、わかったわかった。乗ってやるよ、お前の話に」

奴に組みしかれたまま俺は言う。

「今日は、引き分けってことで、いいや。場所変えてやろうぜ、また」

左手の拘束《こうそく》が解かれる。関節技もジムで習ってんのかよ。

「そんな目つきで、見てんじゃねえよ」

腕をさすりながら、俺は笑う。

KYOの野郎のそれは、あわれみの目ってやつか。伽那子の目は、怒り。眼鏡女は、硬直。そして、専務の野郎がいやな作り笑いをしながら、俺に向かって嬉しそうに口を開く。

「今日の件は、社長に報告しとくからな」

おい、岡ちゃん、と言いかけるKYOを、こんどは専務が制する。

「言わせてください。こりゃあ、言っとかないと。なにしでかすか、わからんですから。おう、丈二、お前、伽那子さんに岡惚《おかぼ》れして、いろいろ妙ちきりんなこと、やっとるらしいな？　しかしそれ全部、どうもならんからな」

なんだと？

「アヴィエイターさんにも、詐欺まがいのややこしい話、持ちかけてるらしいな？　大仁田さんが、言ってたぞ。俺もそうだが、社長はなあ、そういうのが一番嫌いなんだよ」

おにぎりの野郎が、なに言ったって？　そうか、ＫＹＯのインタヴューしたって、たしかあいつは言ってた。その原稿チェックやなんやかやで、おにぎりがこいつらと連絡とってて、そんで……。

「お前はあれだ、ストーカーっちゅうやつだ。そんな動機で、ごそごそやりやがって。お前の企画は、ないから。アヴィエイターさんの話も、社長がお前に、テープ売るって話も」

「なんだって？」

「お前、あの『弁当箱』じゃないんだろう？　本当の目当ては。あのなんつったか――マルチ？　あれがほしいんだろう？」

「……あれを売らないつもりなのか？」

「ああ、売れねえな」

専務がにやりとする。

「あれはなあ、売れねえよ。お前にはな。なんでも、あれには伽那子さんの歌が、入ってるらしいじゃねえか？　だから、駄目だ。大仁田さんの口利きでなあ、こんど、アヴィエイターさんから、サンデイ・ガールのＣＤ、出し直してもらうことになったんだが――」

そうか。だから、おにぎりと信藤が会ってやがったのか。あの日。

だから、あのタイミングで、伽那子から俺の携帯に電話がかかってきたのか。もう二度と、メールしてくるなって。

「なんつったか。ボーナス曲？　そういうので、あのマルチに入ってた、伽那子さんの歌を、こんどの出し直すＣＤには、入れようって話になってな」

眼鏡女が、専務の話をフォローする。

「新作のエッセイも大変好評なので！　伽那子さんの音楽作品は、御本の読者のかたにも、きっと喜ばれると思うんですよ！」

あのマルチに入ってるトラックを、ＴＤしてまとめて、ボートラにして、ＣＤをリイシューするってわけか。

「そんなわけでな。お前に売ってやるって話、あれもう、ないんだわ。この機会に、言っとくが。だからトチ狂うのは、これで終わりだ。わかったな？」


やっと俺は、すべてを理解した。

これ以上なんかやったら、社長がタダじゃおかねえからな、とかなんとか、だらだらと得意気につづく専務の話を聞き流しながら、俺はようやく、順序立てて、じつはなにが起こっていたのか、その全体像を把握することができた。

つまり、この野郎どもは、俺をこけにしてたってことだ。全員で。

そして、いまのいままで、それを全部、隠してやがった。

なぜだ？　俺が「あわれ」だからか？

伽那子は、俺が送った携帯メールを、逐一《ちくいち》ダンナのＫＹＯに見せていたんだろう。

しかしＫＹＯの野郎は、ことを荒立てないように、ひとまず静観してやがったんだろう。

そこにおにぎりが出てきて、俺のアヴィエイターへの仕込みが、専務のほうに逆流した。専務はおにぎりに、俺がジッターバップのマスターをほしがってるって話をした。このとき専務は、きっと俺の動きに、いかがわしいものでも感じとったんだろう。やくざらしい嗅覚で。

そして、サンデイ・ガール以外のジッターバップ音源に、毛ほどの価値もないことぐらい、素人でもわかる。おにぎりでもわかる。

その話をおにぎりから聞いた専務は、俺の真意をさぐるため、売りつけるはずだったマスター全部と、そしてマルチ・テープの内容をチェックしたんだろう。

同時に、ＫＹＯだけじゃなく、伽那子にも接近したかったおにぎりが、サンデイ・ガールの再発話を専務に持ちかけた。寝物語で、信藤にも持ちかけた。

たしかに、この話は、うまく成り立つ。

眼鏡女が言うように、ある程度のセールスも見込めるだろう。レア・トラックさえ入っていれば、古いファンも買うかもしれないし、なにより、サンデイ・ガールを聴いたこともない奴が、いまの伽那子の本のファンの大多数なのだろうから、そこに確実な鉱脈《こうみゃく》はある。

非常にうまく回る話だ。

俺という厄《やく》ネタさえ、はぶいておけば。


どうして、こうなっちまうのかな。いつもいつも。

いつだって、俺さえはぶいておけば、みんな丸くおさまる。

騒いでんのは俺だけで、そのせいで、まわりじゅうに、迷惑をかける。本当に、まわりじゅうだ。世界じゅうだ。

迷惑かけて、災厄をはこぶことでしか、俺はまわりと関われない。逆に言うと、俺さえいなくなれば、みんなニコニコ、すごくうまくいくわけだ。

だからときどき、みんなこうやって、そのことに気づくんだ。縁起の悪い俺さえあらかじめ間引いておけば、地球はうまく回っていく――と。

だから、陰でみんなが話回して、いつの間にか、俺だけが排除される。これまでの人生、何度も何度も、そんなことばかりあった。

まるで俺は、人間から石投げられるために吠えてる馬鹿犬みたいじゃないか。そんなこと、本当は、あるわけないんだが。どんな野良公だって、きっと理由があって、吠えてるに違いないんだが。ちきしょう。なんで、こうなるんだよ。

「きたねえな」

「なんだと？」

得意がってた専務の野郎が気色《けしき》ばむ。

「おいこら、『きたねえ』って、どういう意味だ、てめえ？」

俺は笑う。へらへら笑う。

「言ってもわかんねえよ、お前なんかにゃあ。この、でぶ野郎が！」

目を丸くして、専務が固まる。

「俺がイヌっころなら、お前は『でぶ野郎』だ。今日からな！」

ひゅー、ひゅーと、目を見開いたまま、専務が浅い呼吸を繰り返す。そんなふうに呼ばれたのは、初めてだもんなあ？

俺を排除するメカニズムのことなら、よくわかっている。わかってはいるが、納得できねえ。尻尾巻いて、後ろに下がるわけにはいかない。というか、下がれるような「後ろ」なんて、ねえんだ。ずいぶん前から。

この厄ネタはタチが悪いんだよ。お前らが思ってるより、全然。

「よう、でぶ。いいこと教えてやろうか？　サンデイ・ガールのアルバムは、再発できねえよ。俺が許可しないから」

「なに言ってやがる！　なんでお前の許可が――」

「要るんだよ。プロデューサーの俺の許諾が。なあ、お前ならわかるよな？　この理屈」

と俺はＫＹＯに振る。

「……まあ、な」

と、奴が渋々応じる。

「な？　プロのロック屋ならわかるんだよ。これ」

「一体全体、どういう……」

と、専務がうろたえ始める。

「知りてえか？　それはなあ、ジッターバップのリリース作のすべてについて、俺にプロデューサー印税を発生させたからなんだよ。社長と俺の合意のもとに。つまりあれは、プロデューサーとしての俺の著作物だってことだ。だから俺は、再発を拒否できる権利がある。あのマルチだって、同じだ。発売することは、俺が許可しなきゃ、できない。俺はプレイヤーとして、あのテープのなかでいろんな楽器を弾いている。つまり、そこに演奏者としてのアーティスト印税が発生する」

　さっきまで、ひゅーひゅー言ってた専務が、こんどは、ぜーぜー言い始める。

　俺はつづけて言う。

「アーティスト印税を受け取る権利がある者として、あのマルチの音源をリリースすることは、許可しねえ」

「なに言ってやがる！　お前は、あのころウチの社員だったじゃねえか！」

「アッタマわりぃなあ、てめえは。あのマルチは『曲づくりセッション』を録《と》ったものなんだぜ？　そこまでなら、社員の給料分の働きってやつだ。でもあんた、あそこの音を、売り物のＣＤにしたいんだろう？　だったら、べつの話んなる。著作物への対価っていう新しいカネを、アーティスト様にお支払いしなきゃいけないわけよ。それよりなにより、まず最初にアーティストに対して『レコードにしてもいいですか？』って、お伺い立てが必要になるわけよ。あらかじめ契約書にサインでもさせてないかぎりはな」

「それは……本当なんですか？」

と専務はまたＫＹＯに訊く。

「まあ、一般的に言って、そうだ」

溜息をつきながら、ＫＹＯが認める。

「俺が嘘言ってると思うんだったら、発売してみろよ。プロデューサーで、アーティストでもある俺が『許諾しない』って言ってる音源を強引によお。俺の弁護士が、大喜びで著作権侵害訴訟やるぜ⁉　それでたーっぷり、俺に和解金でも積んでみるか？　ああ？」

いつもならテカテカと赤光りしている専務の顔面が、紙のように白くなってくる。

「それぐらいに、しとけよ」

とＫＹＯが俺に言う。

聞き流して、俺は高笑いする。

「専務――いや、でぶ野郎！　話の順番、間違えたなあ？　俺らは、てめえらがあつかい慣れてる類いのお人形さんじゃねえんだよ。くさった芸能業界人だから、わかってなかったみたいだなあ？著作権商売の根本ってやつを！　社長に言っとけや。ＴＶでも人気の土木田さんに、『東京地裁で会いましょう』ってな。さぞや芸能マスコミが盛り上がるこったろうぜ！」

「いいかげんにしろ！」

とＫＹＯが俺の肩をつかむ。

「触るんじゃねえよ！　俺に触るんじゃねえ！」

その手を俺は振り払う。

「俺に触っていいのはな、素敵なお嬢さんだけなんだよ。なあ、伽那子？」

ひでえ目をして、睨んでやがるよ。

「あ。あと、あんたもね」

と、俺は眼鏡女にも愛想を言う。

「ええっ！」

と彼女が反応する。

「伽那子よお、なんで……お前、俺がこわいのか？」

「…………そうね。それでいいわ」

いかにも、どうでもいい、というふうに伽那子が答える。

「こわい、かあ……そうかあ……」

アル中で、ヤク中だからかなあ。

俺が口を閉じると、部屋じゅうが静まりかえる。

「帰るわ、俺」

「ああ、そのほうがいい」

とKYOが応える。

「あ、最後にひとつだけ」

顔色が悪いままの専務に向かって俺は言う。

「そんなわけだから、この前の話どおりだ。カネはもう、用意してんだ、俺は」

辰夫には、まだ詳細を話してねえがな。

「あのマルチとマスターは、俺が買い取る。それ以外、俺は認めない。そう社長に言っとけ」

「……そんな話を、いまさら社長が、いいと言うと思うのか？」

「言わねえか？　そうか？……」

俺はすこし、考え込む。

「……あのさあ、ちょっと訊いていいかな?」

これは、むかしっから、気になってたことだ。

「あんたらさあ――社長とか、あんたは、いっつも俺に、意地悪すんじゃん? なんでなの?」

「はあ?」

「うん、意地悪だよ、意地悪。さっきも言ってたみたいにさあ、陰でこそこそ、みんなで話回したり。俺のことを悪く言って、さあ。お前とお前は、まあしょうがない。わかるよ、そうするのは」

俺は伽那子とKYOを指さす。

「この二人は、しょうがないよ。当事者だから。でも、あんたら、関係ねえじゃん、本来は」

「なに言ってやがる。KYOさんは、ウチの所属タレントだから――」

「嫌いなんだな? 俺のことが、もともと。そうか。俺と同じか」

「なにを子供みたいな――」

子供みたい、か。そんなこと言われたな、ついこないだも。

「まあ、だったら話は早ええや。あんたらが――あんたらみたいなやりかたが、この世の中で主流ってんなら。それで口裏あわせて、俺を追い立てるってんなら」

俺は専務を指さす。五本の指を開いて、それを野郎に向ける。

「その全部と戦争してやんよ。こっちはなあ、最初にギター握ったときから、ずっとそのつもりだったんだよ! わかんねえか? わかんねえかなあ。それがロックンロールって、やつなんだけどさあ」

「気はすんだか?」

とKYOが俺に言う。

「札束でひっぱたいてやるぜ。社長に報告でも、しといてくれよ。意地悪やめれば、三千万もらえますよってさ。また新しいオモチャ代の、あぶく銭が入りますよ、って。それ以外、選択肢はないって。あと、メガ――ええと、カオリっつったっけ」

「はっはい！」

「言っといてくれよ、伽那子に。どうせ書くんだったら、あんなつまんない旅行記じゃなくて、俺のこと書いたほうが、よっぽど面白い本になるってさ」

「わたしもそう思います！」

と言ってから、カオリがあわてて自分の口を手でふさぐ。

なんの感情もない伽那子の目と、俺の目が合う。

俺はその目に向けて投げキッスをすると、ひとり部屋を出る。

8

呪いと後悔。

「レコード探偵の、フルタです。あれっ、丈二さん？　めずらしいですね、僕に電話してくるなんて。大仁田さんの名刺なら、いただきましたけど、この前。電話番号とメール・アドレスだけですね。自宅の住所なんて書いてないですよ。仕返しする？　一体どういう――まあ、復讐が動機になって作られた、いいレコードは世に多いですけどね。その話、くわしく聞きたいなあ！　ところで僕からもお伝えしたいことが――あれ、丈二さん？　もしもし。丈二さん、もしもし？――」

自分の部屋で頭っからシーツを被って午後の日差しを遮断した俺は、膝をかかえて携帯を握っている。

逡巡《しゅんじゅん》と恐怖。

自分がバラバラに飛び散ってしまいそうな感覚。そうならないように、膝を強く抱く。

昨日、専務に俺が言ったことは、基本的に全部ブラフだ。原盤押さえてる奴が強引にことを進めたいんなら、なんだってできる。この程度のレコード・ディールで訴訟やりたがるような弁護士はいない。専務が無知だから、いやがらせを言っただけだ。著作権法の原則論どおりに世の中が動くわけじゃない。

いまさらカネがあっても、社長はテープを売らないんだろう。俺のことが気に入らないんだから。KYOと伽那子っていう、すてきなセレブ・カップルだけだ。社長が大事にしたいのは。

なにもかも、俺にはもう、どうすることもできない。

飛び散ってしまわないように、こうして丸くなっていること以外は。


玄関の呼び鈴の音に飛び上がる。こんな部屋に訪ねてくる奴はいない。借金取りか？　文化包丁を手にとって、それを背中に隠すと、ドアチェーン越しに訪問者を確認する。

上品な老婦人がそこで微笑んでいる。

「ちょっといいかしら？　今日はね、わたし、すごく生活の役に立つ本のご紹介で、お伺いしたんですよ」

「あー俺、ちょっと、そういうのは興味ないんで……」

「あら、そうなの？」

ええまあ、すんませんね、と俺はドアを閉める。ああーっと声のかぎり吠えると、包丁を投げ捨てる。回転するシーリング・ファンにはじかれた包丁が、破片とともにゴミの山の上に落ちていく。その一部始終がスローモーションのように見える。

不安。思考停止。

冷たいシャワーを頭から浴びると、身支度をする。ありったけのクスリをポケットに詰める。部屋を出て、代々木公園に向かうと、そのままあてもなく歩く。夏の長い一日がオレンジ色に変わり、そして薄紫になるまで、歩きつづける。

もはや辰夫に会って、新会社を作っても意味はない。今日の夜に会うことになっていたんだが、その予定を変更しようと、俺は電話をかける。携帯でつかまらないので、奴の店にかけ直すと、何号だかわからないが、店のロッドが電話口に出る。

「やーっ、社長、今日ずっと出てて、連絡とれないんスよお。予定はそのまんま入っちゃってるはずなんで、申し訳ないっスけど、それ、『イキ』でお願いできませんか？　じゃないと俺ら、怒られちゃうんスよねえ……」

いまウチの会社、決算前でどたばたしているもんで、十時前ぐらいに来てもらうといいなって、社長が言ってました、とロッドがつづける。

それまでにずいぶんまだ時間があるが、俺にはすることもない。

懐《ふところ》がさびしくなっていたことを思い出した俺は、予定より早く池袋に出ると、まるがめ質店を目指す。いそがしさにかまけて、質に入れ直すことをずっと忘れていたパネライのルミノールGMTを、カネに換えておくために。

「いらっしゃい。毎度、どうも」

と挨拶する店主に「これ、また頼む」と、俺は腕に巻いていた質草《しちぐさ》を差し出す。

なにかが、おかしい。

ぼんやりした頭で、考える。目を細めて、鉄格子の向こうにいる店主を見る。

俺のギターがない。店主の背後に、あるはずのものがない。

「おいっ！」

俺は鉄格子に飛びつく。

「なんでないんだ、俺の335が？　どうしてないんだよ？」

老眼鏡をずり上げながら、店主が言う。

「なんのお話ですかね？」

「だから、俺のギターだよ。ギブソンES335だよ。預けてあったろう、ここにたしかに！　どこへやったんだよあれを！」

「あー、あれ。ありましたねぇ」

てめえ、まさか……。

「まさか……流しちまったのか？……」

「はい。期限が来ましたからね」

ああーっと吠えた俺は、鉄格子に開いた窓から両手を突っ込んで店主の襟首《えりくび》を力まかせにつかむ。

「てめえ！　なんてことしやがるんだてめえ!!」

「ひーっ、なんですか。なんなんですか」

騒ぎを聞きつけて、奥から店主の息子が飛び出してくる。

「ちょっと、やめてください！　お客さん！　やめてください！」

「返せっ！　返せよ俺のギター！　あれは俺のものなんだよ！」

「落ち着いてください！　落ち着いて！」

息子が俺を引き離す。首元をさすりながら、店主が荒い息をする。

「………売っちまったのか？　あれを……」

息子が憮然とした表情で言う。

「ここにないなら、そういうことですね。期限が来たら、自動的にそうなりますから。その際、お客さんに、いちいち確認はとりませんからね。お預けいただいたとき、そうご説明したはずだと思いますが？」

「俺はカネ払った！　利子分、ちゃんと払ったぞ！」

「それは何日分、お支払いになったんですか？　質札に、期限はちゃんと書いてあると思いますが。質流れまでの期限を、ご確認されましたか？」

質札だ？　そんなもん、何枚もあって――。

俺は財布のなかから、未整理の領収書やレシート、そのほかの紙っきれとともに、質札の束を引っ張り出す。

「どれのこと言ってんだ？」

店主の息子が、大量の質札のなかから一枚を選び出す。

「これですか、ね。ほら、ここに書いてありますよね。『流質期限・七月七日』って」

そんな日付、見たの初めてだよ。

「カネ払ったんだぞ、俺は……」

「その金額が、計算すると、この日までの利子分にしか、ならなかったんでしょうね」

すべての質札を広げながら、息子が言う。

「まとめてお支払いいただいた場合、とくにご指定がないかぎりは、全部の質草に、均等割りして利子払いにあてますから。このギター、ですか？　これは質札を見るかぎり、高価なものだったようで」

当たり前だ！　すげえ上玉の、いい鳴りする335なんだ！

「そうしますとですね、もっと査定《さてい》の低いお品物と比べると、流質期限は短くなってしまいます。同じ金額を、お支払いいただいたとしても。それはご理解いただけますよね？　たとえば、これならまだ、ありますよ」

と、息子は質札の一枚を指す。女もののヴィトンのキーケース。たんに換金するために俺が以前カードで買って、いつも出し入れしてる玉だ。

「これは、もともとお預けいただいたときに査定しました金額が、あのギターの何十分の一でしたから。ですから逆に、まだありますよ。流質期限は来ていませんね。ここに、その期限が書いてありますが」

息子はそのまま、俺の質札をパラパラやる。

「そのほかにも、まだ残ってるお品はありますね。どうします？　お引き取りになられますか？」

「本当に、ないのか……本当に？」

「ギターですか？　でしたら、ありませんね」

いそがしくて、日付なんて見てなかった。いや違う。クスリと酒のせいで、見てなかったんだ。見たくないものは見ないようにしていたから。

「……いま、どこにあるんだ、俺の335は……」

「それは、お答えできません。お話することはできません、絶対に」

鉄格子を握ったまま、ずるずると俺は床に膝をつく。

いっぱい思い出があったんだ。いっしょにロンドンも、マンチェスターも行ったんだ。ライヴでもレコーディングでも、いっつもいっしょだった。伽那子との旅も、あの335は、ずっと俺のかたわらにあったんだ。

わあわあと子供のように大声を上げて、俺は泣く。

最後の最後に残っていた誇りのひとかけらを、俺は質流れさせちまった。

こんなくそくだらねえ時計と引き替えに。

くそっ！　くそっ！　くそっ！　くそっ！　くそっ！　くそっ！

「それで、どうしましょうかね？」

店主が俺に訊く。

「このお時計は、また質入れされますか？」

そんなもん、どうなったっていいよ！

ちきしょう！　ちきしょう！　ちきしょう！


亡霊のように突っ立った俺は、西口公園の噴水を眺めつづけている。時計を売っぱらったカネのなかから買ったライ・ウイスキーをラッパ飲みしながら、刻々と変化していく水の動きを目で追いつづけている。さっきから二本目のジョイントが唇の端を焦がす。不必要にライトアップされた俺の姿を、「いけふくろう」が遠目に監視していることがわかる。

駅に近いあたりに、若い奴が何人か集まっている。路上バンドのようだ。発電器を置いて、アンプも置いて、モニター・スピーカーまである。だせえ服着たガキが、フェンダーUSAのジャガーなんぞ持ってやがる。バンドの仲間なんだろう、パッとしない女が三人ほど、さっきから通行人にチラシを手渡そうとしている。

「1000人、目標でえす！　もうすこし、でえす！」

千人針か？　これから硫黄島《いおうじま》に玉砕《ぎょくさい》にでも行くのか？

モニターに貼っつけられた紙には「路上ライヴ、動員1000人目標！」と書いてある。意味わかってんのか？　動員って意味が？

どうやら、女のチラシには通し番号が振ってあって、それを手にとれば「動員した」ことになるらしい。下手な新興宗教よりタチが悪い。頭も悪すぎる。それよりも音が悪すぎる。商売だけでやってるJ－POPの猿真似《まね》する前に、楽器練習しろ。いやその前に、チューニングぐらいまともにやれ。

気がつくと俺は、モニター・スピーカーを踏んづけて、ギターの奴の肩に手をかけていた。

「なななんですか？」

俺の顔と左手に持った酒瓶を交互に見ながら、安そうな眼鏡をかけたギタリストが言う。

「俺が弾きかた教えてやる。貸せ」

ギターを取り上げようとすると小僧が抵抗する。めんどくせえ。酒瓶の残りを奴の頭っからかけてやると、女みたいな悲鳴を上げて逃げる。あーくだらねえ、いらねえよ、こんなエフェクター。無意味にシールドに刺さっているそれらを抜くと、ぽいぽい投げ捨てる。そしてチューニング。開放弦を鳴らしてみる。あれっ、おかしいな。酔ってるせいかな。まだ三弦が気持ち悪い。

と、ペグをいじっていると、後頭部に衝撃。ギターごと俺は、前のめりにぶっ倒れる。馬鹿野郎、いままでボディに傷がついたろうが！　俺に楽器振り上げたベースの野郎はそんなことどうでもいいようで、何度も何度も蹴りつけてくる。金属音のような雄叫びを上げながら、チラシ女も俺を蹴る。俺だけがフェンダー・ジャガーに抱きついて、それを守ろうとする。しかし眼鏡小僧がギターを奪う。

「このお、酔っぱらいめっ！」

かぼそい声で叫んだ小僧は、安いスニーカーで俺の顔を踏む。

やれやれ。ギターぐらい、まともに弾きてえなあ。

路上バンドの一味が完全に立ち去るまで、俺はいやがらせとして、仰向《あおむ》けに寝っ転がったまま、よく見えない空の星を数えつづける。

結局、十一時ぐらいに辰夫の店にたどり着く。スーツもシャツもひどいことになっているが、まあ、いまさらあいつ相手に見栄《みえ》を張ってもしょうがない。「ハウジングμ」が入居している五階のフロアだけ煌々《こうこう》と明かりが点いた、それ以外は真っ暗な雑居ビルに入った俺は、エレベーターで上階に。

決算準備中だとは聞いていたが、店内改装も同時にやってるのか。接客カウンターも、床も、工事現場にあるようなブルーシートで覆われている。義人を含め、三人ほどの社員が残業している。そのうちのひとり、ロッド三号が、カウンターにあるキャスター付きの椅子を俺に勧める。

「すいませんね、いま、こんなんなっちゃってるもんで」

あれは決算資料か。いつも俺が坐る応接セットのあたりには、段ボールがいくつも積み上げられている。

カウンターを覆ったブルーシートの上に茶と灰皿が置かれ、すぐに社長が来ますんで、と言って奴は消える。安っちい椅子だなあ、これは。俺はリクライニングを調節しようとする。

そんなことをしていると、辰夫が店の奥からあらわれる。作業着なのか、黒のジャージ上下を着ている。

「おそくまで、大変だな」

と、俺は声をかける。

「やけに今日は、ヤンキーくさいなりしてるじゃねえか」

辰夫は無言で、俺のほうに近づいてくる。カウンターの羽根戸を開けて、俺の前に立つ。死んだ魚みたいな黒目をしている。

突然、俺の顔下半分が爆発する。

折れるように首が後ろに飛ぶ。それに引きずられて、椅子のキャスターが音を立てて回転する。

数メートル吹っ飛んで、椅子の背が壁にぶつかって止まる。

　そこまでいって、ようやく俺は自分が殴られたことに気づく。舌で探るとまだ顎は残っている。口のなかに、血の味と砂利のようなもの。欠けた歯の破片。

「てめ、どういう――」

　と言おうとした俺の口から血があふれ出す。それをぬぐおうとした俺の左手ごと、もう一度顔面を殴られる。さらにもう一発。辰夫のでっかい拳が俺の側頭にめり込む。ごついピンキー・リングのせいで、目の脇が切れる。衝撃波が俺の意識を薄くして、そしてまた、痛みとともに戻ってくる。

「……俺の娘ぇ、傷もんにしやがって」

　低くかすれた、うなるような声で辰夫が言う。

　俺は坐ったまま、辰夫を見上げる。

「晩飯も食わねえで、あれはずっと、部屋で泣いてたんだ。だから、女房が訊いたらよお……あんたが……」

　血と歯を飲み込んで、俺は口を開く。

「お前、美宇を殴ったのか？」

　辰夫の顔に表情が生まれる。目に凶悪な光が宿る。口の右端が引きつったように上にあがる。とっさに俺は両腕で顔を守ろうとする。しかしその腕の上から辰夫の拳が叩きつけられる。

「俺はなあ！　俺は、一度も手ぇ上げたことなかったんだ！　俺の娘には！　美宇には！　それをてめえ、この野郎！」

　重い拳の弾雨が俺の両手と腕と肩と頭と顔の残り全部に降り注ぐ。何度も何度も椅子ごと壁に叩きつけられる。反動で俺は椅子から放り出されて床に転がる。安全靴のスチール・キャップが俺の腹に突き刺さる。丸くなった俺の背骨が蹴り上げられる。背骨を守るために向き直った俺は、こんどは身体が浮くほど脇腹を蹴り上げられる。むかし折ったことがある肋骨《あばらぼね》が、その場所からまた折れる。どろっとした血が、口と鼻からあふれ出して垂れる。ブルーシートの上に俺の血が広がる。

そうか、このためだったのか。準備がいいじゃねえか、ずいぶん。

俺は奴の足首をつかむ。その手首を、安全靴で踏みつけられる。

「抵抗しようってのか、ああ？」

左目のあたりを蹴り上げられる。

俺は、抵抗しようとしているのか？　逃げようとしているのか？　こいつから？

自分でもわからない。

ただ、しょうがねえなあ、とは思っているようだ。しょうがねえ。

俺は泣かしちまったんだ、美宇を。あんないい子を。


芋虫のように床で転がりつづける俺を、辰夫の社員が数人がかりで引き起こす。また俺をさっきの椅子に坐らせようとする。辰夫は肩で大きな息をしている。拳が何カ所か俺の歯で傷ついている。それ以外は返り血だ。

辰夫が俺のネクタイをつかむ。めずらしく俺はタイをしていた。ジョー・クールに扮したスヌーピーの刺繡もろともタイが俺の首に食い込んで、気道と動脈を締め上げる。

「……なんとか言ってみろよ」

と辰夫が言う。

べつに俺には、言うべきことはなにもない。

いや、あった。

「ごめんな、って、言っといてくれ。美宇に」

声にならない声を発した辰夫のでかい拳が、また俺の顔にめり込む。

ボブルヘッド人形のように首がゆれつづける。ゆれがおさまって、意識が戻ってくると、辰夫の社員の何人かが、俺に取り付いている。ガムテープで、椅子の肘掛けに俺の腕を固定しようとしている。

頭の奥でなにかが点滅する。危険信号。俺はもがいて、抵抗しようとする。やばい。なにか、とてつもなくやばい。

俺はじたばたして、ロッドの群れから逃れようとする。業を煮やしたロッド二号が、自分のポケットからなにかを取り出す。火花がスパークする。スタンガン⁉


ふたたび意識が戻ると、俺の両腕は、肘掛けといっしょに、ガムテープで何重にもぐるぐる巻きになっている。腕組みをして、カウンターに腰掛けた辰夫が俺の正面にいる。

「もう一度訊く。なんか、言うことはねえのか？」

奴に殴られたあたりが、ぶくぶくと腫れてきているようだ。左側がほとんど見えない。

言うこと、か。

なんでもいいからあやまってしまえば、こいつは満足するんだろうか。

俺の頭が、べつのことを考え始める。小学生のころのことを思い出す。こんなふうに、無抵抗で殴られたことがあった。よってたかって、追い立てられたことがあった。

「……娘は、お前の、持ちもんじゃねえ……」

俺はそんなことを、腫れてゆがんで歯が折れた口で言い始める。

辰夫が目を見開く。

「あいつには、俺はよくしてやれなかったかもしれない。それは、認める。でもな、未成年だから、お前は保護者だが、俺とあいつのことに関しては、部外者なんだよ。美宇に殴られんなら、まだしも——」

「あれの名前を口にすんじゃねえええっ!!」

辰夫が俺の胸に跳び蹴りする。また壁まで吹っ飛んだ俺は、そのまま椅子ごと床に転がる。こんどは椅子といっしょに辰夫の重い靴で蹴りつづけられる。

「信じてたのに！　俺は信じてたのに！」

蹴りながら辰夫が言う。

「あれの帰りがおそいときも、まさか、そんなこと、陰でこそこそやってるなんて——」

蹴りがどんどん荒くなる。ヒステリックに、気が狂ったかのように俺を蹴りつづける。

「俺はっ！　俺はあんたが……ちきしょうっ！　むかしっから、俺のこと、馬鹿にしてたんだろう！」

辰夫の声がひきつって歪《ゆが》んでいる。その声が裏返る。

「ずっと前から、陰で嗤《わら》ってたんだろう！　いっつも先輩風、吹かせやがって！　騙しやがって！　利用しやがって！　この卑怯者《ひきょうもの》っ！　卑怯者っ！　卑怯者っ！　俺の一家、ぶっ壊したんだてめえは！　返せよ、俺の家族！　返せよおぉっ！」

靴の嵐がやんで、社員がまた俺を引き起こす。辰夫の顔が、涙と鼻水でぐしゃぐしゃになっている。妙な感じに歪んだ表情。なぜかそれが、人なつっこい奴の笑顔を俺に思い出させる。

声を絞り出すように辰夫が言う。

「ほんとうに、なんにも言うことはねえのかよ?」

なにを言ってほしいんだろう。こいつは、なにを聞きたがっているんだろう。俺の口から。いま。

「……わっかんねえよ……」

それだけ言うと、俺は口のなかに溜まった血を、首を曲げて床に吐く。わかんねえ。本当に、なにを言うべきかわからない。

一瞬、辰夫はきょとんとして、そして、うつむく。うつむいたまま、顎で手下に指示を出す。義人がなにかを持ってあらわれる。植木バサミじゃねえか。

どうも、どうも、と、普段と変わらない調子で挨拶する義人。

「はーい、じゃあ、ちょっと指、いっちゃいますね〜」

待てちょっと待て！　なにする気だ？　なんでそんなことまでやるんだ⁉

「左手はやめろ！」

と俺は叫ぶ。

「えっ、右のほうがいいんスかあ？　ほんとに？」

「……じゃあ、右でいっとけ」

「オッケーでーす」

ぷつん、という音がして、俺の右手小指が宙を舞う。顔の前で俺の指が回転する。玉になった血が飛び散る。スローモーションで指と血がバラバラに広がる。

あああああああああああっ、俺の指！　俺の指！　俺の指！

「やっと、いーい声が出たなあ」

とロッド三号が言う。

「うわっ、きたねえ。こいつ、漏らしてやがる」

とロッド二号。

「もう一本、いっときます？」

「やめろ！」

俺は叫ぶ。血と涙と鼻水と涎を撒《ま》き散らしながら懇願《こんがん》する。

「やめてくれよ！　助けてくれっ！　もういいじゃねえか？　やめてくれよ、お願いだよ!!」

辰夫が義人に向かって、静かにうなずく。

ジョッキン、という音がして、俺の右手薬指が床に落ちる。それを俺は見ている。俺の小便がブルーシートに広がった上に、俺の指が転がり落ちる。その上に血の糸が垂れる。さっきまで指があった場所から、いくらでも血が湧いてくる。

気を失いたいが、失えない。指の切り株から、すさまじい激痛がわいてくる。それが身体じゅうの痛みを増幅する。

ロッド二号が、スタンガンを手に、薄笑いを浮かべながら俺に近づいてくる。やめろやめろやめろと、俺はかぶりを振りつづける。電気ショック。まだ意識は飛ばない。しかし身体は動かない。どうやら俺は、椅子から解放されて、床に投げ出されたようだ。だれかが俺のポケットから携帯と財布を抜く。両手と両足が、それぞれ新たにガムテープで固定される。そして自分が垂れ流した汚物といっしょに、ブルーシートで巻かれる。そのまま俺は、まるで肉の塊のようにかついで運ばれる。

エレベーター。一瞬、路上。そして、これはクルマのトランク。暗闇のなか、ずっとゆられつづけながら、俺はどこかに運ばれる。気を失いたいが、失えない。血の臭いとゆれのせいで、何度も何度も俺は反吐《へど》をはく。ブルーシートのなかでありとあらゆる汚物にまみれながら、俺はずっと、小学生のころのことを思い出しつづける。

トランクから出された俺は梱包《こんぽう》を解かれて床に転がされる。見覚えがある汚い床。これは新高円寺にあることになっていた廃屋だ。サーフ・トランクス姿で首にタオルをかけたロッド一号が泥まみれになっている。穴を掘らされていたようだ。

その穴は、和室の畳を上げて、床板を外した下に掘られていた。棺桶《かんおけ》のように四角い形。とてつもなく深そうな穴。

俺の手と足のテープを切ったロッド二号が、服を全部脱ぐように命じる。なんとか起きあがった俺は、膝をついたまま服を脱ぐ。もう痛いのは飽きた。眠りたい。

素っ裸になった俺を見て、何人かがげらげら笑う。それで正気に戻った俺は、よたよたと走って逃げようとする。俺の足をロッド三号が払い、転がった俺の頭に、ロッド一号のシャベルが何度も振り下ろされる。もがいていると、左手のあたりに廃材。それを振り回すと、ロッド一号の裸の胸が深くえぐれる。駆け寄ってきた辰夫が、俺の股間を蹴り上げる。そして廃材を取り上げる。呪いの言葉を吐きながら、ロッド二号が何度も何度もスタンガンを俺に刺す。

ちきしょう。俺はここで死ぬのかよ。

なぜだ？　なんで、こんなことまで、されなきゃいけないんだ？　俺は殺されるのか？　ガキのころから知ってた奴に。ついこないだまで、俺の言うこと聞いてたはずの奴に——。

動けなくなった俺は、穴の横までかかえて運ばれる。大声を上げて助けを呼ぼうとするが、呼吸音しか出てこない。だれも助けにはきてくれない。ヒーローはやってこない。穴の反対側にいた辰夫と目が合う。その辰夫が、俺に背を向けるのと同時に、俺は穴に落とされる。

穴の底で俺は虫のようにもがく。声にならない声を上げているその口に泥が飛び込む。つぎからつぎに土砂が投げ込まれる。その重さに絶えきれず、穴の底で俺は身動きができなくなる。息ができない。俺は死にたくない。俺の上に土が積まれていく。

そしてなにも見えなくなった。なにも聞こえなくなった。なにも考えられなくなった。暗闇のなかで俺の意識が消えてなくなった。

Interlude

彼女はすべてを見ている。しかし、なにも干渉はしない。

彼女はここのところ、体調がすぐれない。毎年この季節は、いつも、こうだ。


熱帯夜が明けてすこしすると、また凶猛《きょうもう》な陽が天頂で燃え始める。彼女のみぞおちの脇のあたり、新宿駅の巨大なターミナルに、大量の通勤客が吐き出される。

男性会社員がひとり、女子大生に追われている。会社員は駅員に取り押さえられる。車中で女子大生の身体を触ったという嫌疑だ。

その騒ぎを横目に、信藤フィリップは電車を乗り換えるため、人混みのなか、ホームを歩いていく。すれ違ったのは、ほんの一瞬。朝のよくあるそんな一幕よりも、信藤は自分が手にしたスポーツ新聞のことが気になっている。いま彼が担当しているアーティストの記事が載っているからだ。

信藤はわかっていない。男性会社員を冤罪《えんざい》から救えるただひとりの人物が自分だということを。満員の埼京線で読めなかった新聞を、山手線なら広げられるだろうか、ということだけを彼は考えている。

都心に向かって大量に移動していく人間と輸送機関が、さらなる熱を空中に放出していく。

大仁田靖子《おおにたやすこ》は、昨夜のことを考えている。にがい精液の味を思い出しながら、洗面台の鏡に向かっている。一瓶五万円もするクリームを目のまわりに塗っている。

いまいましい、と靖子は思う。あんなバンドがこれ以上売れるはずはない。だから、やらせてやる必要はなかった。しかし、あの局アナもどきの小娘が気にくわなかった。負けるわけにはいかなかった。後悔はしない。後悔という感情は、ずっとむかしに捨て去ったから。

それにしても、と靖子は思う。どうしてボトックス注射ってやつは、日持ちがしないのか。そして、なんでだれが射っても、みんなトム・ジョーンズみたいな顔になるのか。八〇年代のパーマ・ヘアみたいに、あとから見れば笑える記号みたいになる流行なのだろうか。

アイラインを引き終わるころには、すべての弱い感情は消えている。コーヒーを飲みながら、メールを打とう。わたしの愛人たち全員に。

ひとりの部屋、ひとりのバスルーム、ひとりで立つ洗面台の前で、靖子はまた、今日一日だけ保つ魔法を自分にかける。

西太平洋じゅうから集まって、湾口から吹き込むはずの海風を、汐留に乱立する人工建造物が見事な連携でブロックする。

東京——と総称される彼女の、全身の温度が上昇する。皮膚に溜まった熱は、冷まされることなく夏空へと昇っていく。

彼女はとても体調が悪い。その彼女の体表の隅々《すみずみ》で、無数の人間が汗をかきながら動きつづけている。彼女にとっては驚異なのだが、これを「日常」と呼んでいる種がいるのだ。

そんな種が、今日の彼女を作り上げた。

彼女が広げた腕の指先あたり、石神井公園のはるかなる上空で、風が衝突する。北から流れてきた湿った空気と、上昇気流がぶつかって、雲が生まれる。急速に成長していく帯電《たいでん》した積乱雲が、彼女の呼吸を変化させていく。

内村ミツ子は、偏頭痛がしている。年齢のせいか、気圧の変化に敏感になっている。しかし、ずっとTV受像機と格闘している連れ合いには、そのことを話さない。冷蔵庫から出した冷えたクマザサ茶を注《つ》いだグラスを盆に載せ、茶の間に運ぶ。

茶の間では、内村武昭がTVのコントローラーをいじっている。届いたばかりの、地上デジタル対応の大きな薄型TV。販売店の若い店員が薦めるがままに、いろんなオプションを付けた。TV用のケーブルも引いた。昨夜おそく、その工事をする者が部屋に来た。

工事の者が言うには、この団地なら、一戸建て用の契約じゃなきゃいけない、とのことだった。また、寝室にもケーブルを引いたほうがいいので、追加料金がかかる、とのことだった。

そのほうがいいなら、しょうがない。ばあさん――ミツ子はなにか言いたそうだったが、こういう場合、武昭がすべてを決定する。もっとも、あとになって、必ずミツ子は小言をいうのだが。効率は悪いが、ここ五十年間、ずっとそうやってきた。

しかしTVが映らない。むかしなら、どんなTVだって、簡単な室内アンテナぐらいで映ったもんだが。ラジオと似たようなものだったんだが。

おそろしく細かい番組表を拡大鏡で見たところ、『秋立ちぬ』が放送されるらしい。それまでにはなんとかして映るようにしようと、武昭はコントローラーを操作しつづけている。

武昭とミツ子は、それぞれ、長男に電話をかけることを考えている。あれの家にも、こんな大きなTVがあった。電話して、訊いてみればいいのかもしれない。

そして二人とも、そのことを口にする前に、やめておこう、とそれぞれ思う。

ここのところ、あれの嫁とは折り合いが悪い。最初はそうでもなかったんだが。孫の学校について、おじいさん――武昭が余計なことを言うからですよ、とミツ子は思う。

TVはなかなか映らない。二人とも、この数時間後に、長男から電話がかかってくることをまだ知らない。三日後に心筋梗塞で倒れる武昭にとって、それが長男との最後の会話となることも。


彼女は大きな溜息をつく。

建ったときはニュータウンと呼ばれた、集合住宅の群生地。棺桶《かんおけ》を並べて積み上げたような、無駄のない箱形が並ぶ。その窓のなかのほとんどには、またべつのTVという名の窓がある。いろんな番組を、いろんな個体が毎日見ている。


いやだ、降ってきたじゃない、とアントナンは小走りになる。もう、歩きにくいわね、この靴ったら。今日は「やまや」で食材を買って、パートナーにタコスを作ってあげるつもりだった。だから早めに部屋に帰ろうとしているところだ。

料理は得意ではないが、ひとりじゃないんだったら、それも楽しい。この前クライアントからもらった、スペイン産のワインも開けてみよう、と彼は考えている。

部屋に戻ると、玄関にレミーの靴がある。仕事に行ってるはずなのに。いやな予感がして、部屋じゅうのドアをつぎつぎに開ける。湯をはったバスタブで、全裸のレミーが、手首から赤黒い煙のような血を水中に広げている。泣き腫らした目でレミーがアントナンを見る。

助け出そうとするアントナンにレミーが抵抗する。やまやのショッピング・バッグが血まみれの湯に沈む。

レミーがアントナンを殴る。アントナンがレミーを殴る。さらに殴る。アントナンは、水びたしになったショッピング・バッグで何度も何度もレミーを叩く。血が止まらないんだよ、とレミーは手首を抑えて言う。アントナンはレミーを叩きつづける。血が止まらないんだよ、血が止まら

叩き疲れたアントナンは浴室の床に坐《すわ》り込む。その肩を後ろからレミーが抱く。二人は静かに、そしてだんだん大きく、声を上げて泣き始める。浴室の窓の外に吊《つ》られた風鈴が雨粒に叩かれて音を鳴らしているのだが、それは二人には聞こえていない。

臨界点に達した積乱雲が、猛烈な雨を吐き出し始める。ガトリング・ガンでタンカーの底を抜いたような豪雨が、地表に襲いかかる。

雨は少年サッカー・チームの全員を追い立てる。駅前でクーポン雑誌を配っているアルバイト学生の着ぐるみが、体重の半分の重さになる。傘をさして自転車に乗っていた主婦がずぶ濡れになって家路を急ぐその四方で、いくつかのどぶ川が決壊する。道路にあふれた汚水に、無数の雨の弾丸が波紋を撃ち込む。北西から南東へ、積乱雲は移動していく。

最高速でワイパーを動かしても数メートル先も見えない豪雨のなか、路肩で手を上げている男がいることを新見秀造は発見する。運転する個人タクシーを寄せて、後部ドアを薄めに開くと、だらしなく伸びた髪をした男が乗り込んでくる。画学生だろうか、大きな四角く薄いカバンを持っている。ちっ、シートが濡れちまったな、と秀造は思う。

港区でも低地のここらへんは、平気で路上にも水が溜まり始めている。ラジオによると、地下鉄と私鉄のいくつかが止まっているらしい。俺もそろそろ、今日は上がろうと思っていたところなんだが。帰り道と同じ方角なら、いいんだがなあ。

と、乗り込んできた男は、志村三丁目まで、と秀造に告げる。ここから？　板橋まで？　彼女の誕生日なんで、早く帰らなきゃいけないんですよ、と訊いてもないことを男は言う。こう見えて余裕がある客なのか？　帰りとは逆方向だが、こいつはついてたな。

メーターを倒すと、秀造はタクシーを発進させる。すぐ前方の坂の下、大きな水溜まりがブレーキに影響することになるのだが、秀造の運転技術なら乗り切れるはずだ。

発熱していた彼女の全身が、急速に冷やされる。地上のいろんなところで大騒ぎが起こっていることは耳に入っているのだが、さして気にはならない。

それよりも、このところずっと悪かった体調が、この雨でとてもすっきりした。機嫌がよくなった彼女は考える。

今夜は星を見せてあげよう。

わたしの身体じゅうに住んでいる、あの小さき者たちにも。

夏の一日は、こうして終わりを告げる。彼女にとっては、いつもと同じ、完璧な一日。星を呼んで、夜の帷《とばり》が下りてくる。窓々の灯りが地上の星となって、彼女を彩《いろど》る。

グッドナイト・スウィートハート。

ゆっくり、おやすみ。

多くの者が眠りにつくなかで、夜の生物が蠢《うごめ》き始める。雲が晴れ、雨で洗い上げられた地表が星々の光を反射する。水のキャンバスをその舞台に、地上と天空の無数の煌《きら》めきが、お互いに干渉し合わないまま、その固有のパルスを闇に向かって投げかけ始める。

Feedback

第四章　ゾーラタ・イ・ヴ・グリズィー・ブリスチート

1

天国の門に着いたとき、なんて言われたいのかは、すでに考えてあった。といっても、その候補はいくつかある。

ＴＶの『アクターズ・スタジオ・インタヴュー』で、司会のジェームズ・リプトンが、ゲストの映画スターにその質問をするたびに、俺もいろいろと考えていたからだ。

「もうカネの心配はないぞよ」――いや違う。そんな低レベルのものは、候補から除外したはずだ。どうも考えがまとまらないのは、いま実際に俺を覗き込んでいる奴の顔のせいだ。

およそパーリィ・ゲートには似つかわしくない、爬虫類《はちゅうるい》を思わせる目をした老人。八十歳になったルー・リードみたいにも見える。天国じゃなくって、地獄なのかもしれない。

「おい、ちょっと」

と老人は横を向いて言う。おい、ちょっと、だあ？　そりゃさえなくねえか？

老人に呼ばれて、派手な顔立ちをした女が俺を覗き込む。こっちのほうがいい。天国っぽい。しかし――これは、ナージャじゃねえか。

一体どこなんだ、ここは？

天井が見えてんだから天上じゃない。常識的にはそうなんだが、情報がすくな過ぎて状況を上手に浄写できない。

首《こうべ》をめぐらせて、あたりを見回してみる。

ベッドに寝ている俺の腕には点滴。見える範囲だけでも、あれやこれやと包帯が巻かれている。治療されていたらしい。

部屋全体を見渡すと、壁には油で汚れたチャン・ドンゴンのポスター。タイルとステンレスが貼られた広い室内は、韓国料理店の厨房みたいだ。一瞬自分がコプチャンチョンゴルの具材にされる！――ような気がしたのだが、まあ、だったらこうして、薬漬けにはされてないだろう。

どうやら、俺は死なずに、助かったようだ。


たぶんロシア語で、ナージャと老人が会話している。俺は老人が白衣を着ていることに気づく。潰れた韓国料理店でもぐりの医者やってるロシア人？　ってことは、ここは大久保か百人町あたりってことか。

ナージャが俺に微笑《ほほえ》みかける。

「気がついたのね」

と日本語で言う。

返事をしようとするが、口がうまく動かない。

「ふああ」とかなんとか、間の抜けた音がしただけだ。

生きている。俺は生きている。

「大変だったよー、泥、いっぱいで」

と、スコップで掘るしぐさをしながらナージャが言う。

そうか。お前が助けてくれたのか。

「ふぁりがほう」

にっこり笑った彼女は、包帯から突き出ているあたりの俺の髪をなでる。相手がこいつだろうが、顔がいい女が俺に笑いかけて、やさしくしてくれているのは悪い気分じゃない。生きてるって、いいなあ。

「うわっホント だ。目ェ覚めるんスね、センセが言ってたとおり！」

耳に飛び込んできたその軽薄な声に全身が硬直する。

義人だ！　血管という血管を恐怖が駆けめぐる。逃れようと身体を動かすと、そこらじゅうから激痛。動けない。点滴を外してしまわないように、両手がベッドに固定されている。ちきしょう！

「いやー、もうホント、駄目かなって思ってましたよお」

へらへら笑いながら、義人が俺を覗き込む。

「……へめえ、へめえ、ほのぉ……」

「あれえ？　センセ、なんか言ってますよ？」

俺はてめえに言ってんだよ。この上、俺をどうするつもりなんだよ！　ここで人肉解体ショーでもやるつもりなのかよ！

「大丈夫よ。大丈夫」

ナージャが俺に言う。

「こわくないから。この人、味方よ。わたしといっしょに、丈二を掘って、助けたんだから」

「…………らに？」

「ひっどいなあ！　俺が仕切ったんスよ。ジョーさん、助けなきゃって。ウチの社長や先輩には、『後始末しときますよ』なんて言って。そんで、みんないなくなってから、すぐにこいつといっしょに、掘り返したんスよぉ？」

義人はナージャの腰を抱く。目を合わせた二人は、小鳥のような軽いキス。

てめえら、いつの間に、そんなんなってやがったんだ？

「まあ、こういうワケで」

と義人は俺を見る。

「俺もまあ、いろいろ考えたんスよ。ロサさんと結婚してね」

「ふぁ？」

「あ、俺がいっしょんなったのは、ナージャですよ。でも、ロサさん、子供もいて、ビザないとマズイじゃないっスか。だからナージャに言われて、籍だけは入れてあげようってことで」

なんだかよくわからねえが……ナージャとロサのあいだに、そんなにも厚い友情があったってことか。

「んで、アレじゃないっすか。俺もこうなった以上、やっぱコロシってのは、マズイっしょ。女たちとの一家があるわけで。それでね」

ナージャが義人の肩にしなだれかかる。胸を張った義人は、ちびのくせに、いつもよりすこし大きく見える。

てめえ。「それでね」じゃねえぞ。この野郎。

俺はうーうー言いながら、動かせる範囲で右手をぱたぱたやる。包帯でぐるぐる巻きになってはいるが、動いているあのあたりが、俺の右手のはずだ。

「ほめぇ、じゃあ、指、きったっへのは、はんなんだよ？」

「あーっ」

と、ようやく義人は俺の主張に気づく。

殺しさえしなければ、リンチして人の指落としても、お咎《とが》めなしだとでも思ってやがんのかよ！

お前の頭んなかでは！

「指はね、問題ないっスよ。俺、すぐに氷で冷やしましたから。したらね、くっつくんスよ。ねえ、センセ?」

「あー、うーむ……」

「センセはアレなんスよ。指ぃ、わりと専門でね。すーぐ元通りに……あれっ、ならないんスか?」

もぐり医者の無表情かつ陰気な目。義人は俺を振り返ると、陽気に言う。

「ま、大丈夫っスよ! だいたい!」

ふざけんな! てめえがマンガだかVシネで得た半チクな知識をもとに、人の指切ってんじゃねえぞコラ!

「怒ってるみたいよ」

「ええっ」

指返せよ俺の指! 小指と薬指だこの野郎!

「駄目っスよ」

と、義人が眉をひそめて言う。

「そんなねえ、最初っからあきらめちゃあ。リハビリっスよ、リハビリ。一応、ちゃんと縫ってもらったんスから。ねえ、センセ?」

「ふうむ」

たしかに、右手のあたりの包帯をよく見てみると、五本揃《そろ》っているようには見える。いまのところ、外見的には。

「それにねえ、チェーンソーって話もあったんスから。生コン東京湾とか。もともとは。それを俺がね、こっちの方向むけたんスよ? ちっとは感謝してもらわないと」

「してるわ、よ。照れてるだけよ」

と、ナージャが義人の頬にキスをする。

「あ、そうお?」

なんだか……こいつらの漫才に付き合うのがつらくなってきた。眠い。指のことは、あと回しだ。自分が死んでなかったという安堵感《あんどかん》からか、俺はすごく眠くなっている。地獄へ堕《お》ちていく昏倒《こんとう》ではなく、細胞を育み、脳をリフレッシュさせる、普通の睡眠。生きているって、いいなあ。眠ることだってできる。

ナージャがまた俺の髪をなでている。たぶんロシア語の子守歌をうたっている。

2

俺は夢を見ている。夢を見ている、という自覚がある類《たぐ》いの夢だ。

だれでも同じかどうかわからないが、俺はよく、そういう種類の夢を見る。まるで俺の頭のなかに品揃えが悪いレンタル・ヴィデオ店があって、そこにある古びたVHSテープを借りてきて、上映しているような夢。つまり、前に見たことがあるストーリーだったり、連続ドラマのつづきみたいな内容だったりするような、そんな夢だ。

またこれかよ、と思いながら、俺はそんななかのひとつを見ている。見飽きた内容の夢を。

小学生のころの俺が、川べりを追い立てられている。

これは、小二のころの記憶にもとづいた夢だ。実際に、こんなことがあった。

俺を追っているのは、同じ小学校のガキどもだ。同学年もいれば、上級生もいる。中一の奴まで、ひとりいた。全部で六人。そいつらが、私立の小学校から区立に転入してきたばかりの俺を袋叩きにしようと、追ってくる。

ことの起こりは、俺が持っていた筆箱について、女みたいだ、と、はやし立てられたことだった。俺のクラスには、腕力のある奴に取り入っている、口だけが達者な猿みたいな男がいた。最初に口火を切ったのは、そいつだ。

その筆箱っていうのは、ピーナッツ・コミックスのキャラクターがプリントされたものだ。小学校に上がる前後ぐらいから、俺はピーナッツ・コミックスを集めていた。だから、そういう筆箱を持つのは、俺にとってはごく普通のことだった。

しかし区立のガキからすると、スヌーピーの絵がついたものを持ってる男子なんて、笑いものにするターゲットとして、恰好《かっこう》の素材だったんだろう。

というよりも、そもそも、とにかく俺をからかいたかったから、それを口実にしたってところか。転校したその瞬間から、その区立小が俺に合っていないことはすぐに自覚できた。つまり俺はひとりで浮いていたわけだ。多数派の側から見れば。

そんなわけで、休み時間の教室で、俺はからかわれていた。

それはおかしいことだ、と俺は「猿」に反論した。自分の意見をきちんと相手に伝えることの重要性は、前の学校でシスターから教わっていたからだ。べつに俺がなにを好きだろうと、お前にとやかく言われる筋合いはない——とかなんとか、そういった内容のことを、小二の語彙《ごい》で言った。それを「猿」が口真似《まね》した。その口真似の輪がどんどん大きくなっていった。不愉快な唱和《しょうわ》が、教室のなかに広がっていく。「猿」の親友でもある、子豚みたいな鼻をした奴が、俺の筆箱を取り上げる。俺は手を伸ばすが、バスケのボールのように、筆箱は奴らのあいだでパスされていく。

やめなさいよ、と常識的なことを口にする女の子もいた。しかしそんなのは、ものの数じゃない。そんな声に耳を傾けるような品のいいガキなど、そこにはいない。奴らのあいだを、パスはいくらでも回る。「奴ら」は、いくらでもいる。つまり、俺以外は基本的に全員が「奴ら」なのだから。

何周か回ったパスが「子豚」のところに戻ってくるタイミングを見計らって、俺は奴に突進した。運悪く窓際にいた「子豚」が、俺の筆箱ごと窓の外に飛ぶ。教室は二階だ。子豚は運良く、窓の外のひさしの上に落ちる。それはどうでもいい。俺の筆箱――カンペンケースは、校庭の地面に落下して、バラバラになった。

この一連の騒ぎは、教師の耳には入らなかった。箝口令《かんこうれい》を敷いたのは、クラスを仕切っていた奴だ。クラスで一番腕力のある男子で、ボスづらをしてやがった。学年のなかでも、上位にランクされる腕力らしい。クラスのほぼ全員が、こいつに媚《こび》へつらっていた。

こういう学校では、学級委員だったり、学力が高かったりする奴よりも、腕力のある奴が教室を支配している、ということを俺は転校して初めて知った。暴力と威圧を、うまく使いこなせる奴が、最も高い人望を集める。狩猟採集生活時代の部族社会と同じだ。

「ボスづら」の野郎が、「子豚」をひさしから救い上げた。「猿」をたしなめて、それから俺にも、無茶なことはするな、かなんか言いやがった。「子豚」と「猿」と俺を集めて、仲直りの握手をさせようとした。もちろん、俺はそれを拒否した。

先に仕掛けてきたのは、そっちだろう。おまけに、こっちは筆箱がバラバラだ。お前らが心を入れ替えて、先に詫びを入れてくるんならまだしも、なんで俺が、いまこんな奴らと和解しなきゃならねえんだ？　日和見《ひよりみ》主義ってやつか、それは？　どっちにしても、わりに合う話じゃねえな――というようなことを、小二の語彙で俺は「ボスづら」に言った。

あっちにしてみると、まさに顔を潰されたってやつだったんだろう。

クラスじゅうが見守るなかで、俺にそんなことを言われた「ボスづら」は、真っ赤になって怒った。奴が俺の胸ぐらをつかもうとする。その手を、俺は払いのける。そして、「ボスづら」の机の上にあった奴のカンペンケースを手に取った俺は、それを窓の外に投げ捨てる。俺に殴りかかろうとする奴を、「猿」と「子豚」が止める。俺はランドセルを片手に、教室をあとにする。

校庭に落ちた俺の筆箱の残骸《ざんがい》を拾い集めてから上を見ると、教室の窓から、「ボスづら」とその取り巻き連中、そしてクラスの残り全員が俺を見ていた。俺は「ボスづら」のバラバラになったペンケースの破片を踏みにじると、一度も振り返らずにそのまま校門を出た。


この翌日、俺は隅田川の川べりで追い立てられることになる。つまり、そこんところが、いつも夢に出てくるシーンだ。

隅田川で時間を潰すのは、それが二日目だった。この前日、「ボスづら」の顔に泥を塗って小学校をあとにした俺は、そんな時間から家に帰るわけにもいかず、下校時刻までひとりで川を眺めていた。ひとりでいるのが楽しかったわけじゃないが、あんなくだらない奴らと同じ空気を吸うよりは、よっぽどいい気分だった。

そこで俺は、翌日は最初っから学校に行かず、川べりに向かい、そこで時間を潰していた。腹が減ると駄菓子屋に行って、そしてまた川べりに戻る。そんなことをやっていると、また下校時刻になって、そして奴らと遭遇《そうぐう》したというわけだ。

奴らはまるで大捜索隊のような陣容で、俺を探していたようだ。もちろん、俺の身を案じていたわけじゃない。俺をとっつかまえて、詫びを入れさせるためだ。

その顔ぶれは、計六人。俺のクラスメイトが三人——「ボスづら」と「猿」と「子豚」。それから二年を「ボスづら」と一緒にシメている奴——蟹《かに》の甲羅《こうら》みたいな顔した奴だ。四年生の奴は、「子豚」の兄。そして中一の奴は、「ボスづら」の兄貴だった。大仰《おおぎょう》な剃《そ》りが入っていて、カバンにエンペラーのステッカーを貼っていた。

つまり、中学ではパッとせずに、誰かから高値で族のステッカーを押しつけられてるような小者だってことだ。そんなだから、小二を脅《おど》し上げるために、こんなところまで来る暇がある。煙草《たばこ》を一口喫っては、地面に唾《つば》を吐いてやがる。

もっとも、こいつらにしたって、最初っから俺を袋叩きにする気はなかったんだろう。それだと、逆に人数をかけ過ぎだ。威圧して、俺に詫びを入れさせるために、人数を集めたんだろう。俺が奴らの要求にしたがわなかったから、大ごとになったわけだ。

その要求ってのは、とにかく俺に「屈服しろ」ということだった。

クラスの輪とか、第七小の伝統とか、なんだかんだ言ってやがったが、とどのつまりは、俺っていう異物が、このままの状態でいることが、奴らにとって目障《めざわ》りだ、ということでしかなかった。最初に俺をからかった、「猿」の動機と、なんら変わりはない。

現在あるヒエラルキーのなかで、与えられただけの立場でいろ。世の中ってのは、そうやって回っているんだから。お前みたいな奴がいると、みんなが迷惑する――。

「ボスづら」の野郎は、小学生のボキャブラリーで、実際に俺にそう言った。そして、奴が言ったことは一抹《いちまつ》の真実でもあった。

この区立小と、その卒業生が通う区立中、そして、そこに子供を通わせている、この地域の大人たち。そいつら全員が作り上げている、ここらへんの「無言の秩序」ってのは、そもそもそういうものだった。

小学生のガキが、自前で突然そんな「無言の秩序」を考えつくわけじゃない。「ボスづら」の言ってることは、こいつの兄貴や、父親や母親、じいさんやばあさん、叔父や叔母や、隣近所のみんながいつも考えて言っていることの、受け売りでしかない。

明文化はされていない、しかし、はっきりと奴らの意識のなかでは合意事項がある「秩序」によって、この地域の治安は維持されていた。俺だって同じ地域で生まれ育っていたんだが、親父のせいで、「奴ら」の意識とは、ここまで無縁でいられた。すくなくとも、区立小に転校するまでは。

だから、そんなよくわからないものに屈服するわけにはいかなかった。

よってたかって、俺の心を折ろうとする奴らの「秩序」に合わせて、当たり障りなく立ち回る気にはなれなかった。

だから、先に殴りかかったのは、俺のほうだ。きっかけは、「猿」の野郎が、余計なことを口走ったことだ。奴は自分の親が言ったことの聞きかじりかなんかで、俺の親父について、つまんねえ噂話を披露しやがった。そこで俺はまず「猿」の口をぶん殴った。

そして俺は、全員から袋叩きにされた。

もっと違う地域に育った奴にわかるのかどうか。俺の意見では、地球上で最も残虐《ざんぎやく》になれる生き物は小学生だ。最初っからうまく仕込んでいれば、そうもならないんだろうが。

いい大人が人を殴ったりすると、警察沙汰だ。しかし、小学生の喧嘩《けんか》ぐらいなら、たいした問題にはならない。小学生程度の肉体だと、暴力を振るっても、相手にたいしたケガをさせるわけじゃない。だから逆にいうと、小学生ってのは、手加減をしない。暴力を振るったり、人をいじめたり、リンチしたりする際に。

そして俺の場合だと、やられているこっち側も小学生なのだから、奴らの暴力は、十分すぎるぐらいの圧力となる。とくに、相手が四年生や中一となると、こっちからしたら、ゴリラと同じだ。

そんなわけで、俺は川に落とされた。あやうく死ぬところだった。

泳ぎに自信がなかったわけじゃないが、背中にランドセルなんて馬鹿なもの背負ってるもんだから、そこにざばさば水が入ってくる。あっという間に俺は川の水を飲み、溺《おぼ》れていった。くそ野郎どもは見ているだけだった。べつの奴がやってきて、助けられなかったら、百パーセント間違いなく俺は溺死《できし》していただろう。

これが俺が生涯初めて受けたリンチってやつの記憶だ。

この記憶が、なにかあると、何度も何度も、夢のなかでリプレイされる。

そういうわけで、夢を見ながら、俺はさっさと川に飛び込むことだけを考えていた。いくら見飽きた夢だからといって、殴られつづけるのはいやなもんだ。さっさと溺れて、助けられて、そんで終わりにしよう。こんな馬鹿馬鹿しい話。

俺はそう思っていたのだが、今日のキャストは、ちょっといつもと雰囲気が違う。

「俺はよお、ネリカン上等だからよお」

殴るのをやめた「中一」の野郎が、唾を吐きながら言う。ぺったんこに潰したカバンから、一体どうやったのか、チェーンソーを引きずり出す。何台も何台も出す。

そのチェーンソーを、「子豚」もその兄も、「猿」も「蟹の甲羅」も「中一」本人も、それぞれ一台ずつ手に取る。ものすごい騒音だ。奴らの背後に立った「ボスづら」が、右手を上げる。そして、最後に俺に訊く。

「まぁだ、頭ぁ下げる気は、ねえのか?」

こりゃあ、まずいな。

さすがに、これは、まずい。

俺のそんな意識をよそに、夢のなかの小学生の俺は、平気で突っ張り通す。

「てめえらに頭下げるくらいなら、便所虫に生まれ変わったほうがよっぽどマシだぜ!」

「ボスづら」が右手を振る。キーッ!と「猿」が猿のように吠えながら、チェーンソーで俺に斬《き》りつけてくる。つづいて全員が襲いかかってくる。俺の手足がぽんぽん飛ぶ。おい、待て。ちょっと待て。夢だっつってもこれは――

びっしょりと汗をかいて俺は目を覚ます。傷口の痛みにくわえて、頭痛までする。

ひでえ夢だ。ひでえヴァージョンだった。体調のせいかもしれない。というよりも、生涯二度目のリンチを受けた直後だから、その影響か。

部屋の彼方《かなた》から、ぶつぶつ言う声が聞こえてくる。広東語か？　意味はわからないが、口調から、なにやら悪態《あくたい》をついているようだ。

俺の病室――もとは、韓国料理店の厨房だった場所――が、衝立《ついたて》で仕切られている。どうやら俺が寝ているあいだに、べつの患者が入院してきたらしい。あれから何日寝ていたのか。両手の拘束《こうそく》は解かれている。入院着がわりの、情けない浴衣を俺は着せられている。

猛烈に喉が渇いている。といっても、普通の病院じゃないので、枕元に水差しのひとつもない。ナースを呼ぶベルもない。仕方ないので、俺はベッドの上で身体を起こそうと試みる。右手をついて起きようとしたもんで、縫われた指のあたりに激痛。そのショックで上半身が飛び起きると、こんどは左脇腹に激痛。鼻も左目の下も、右肩も背中もなにもかもが痛い。

そのまま、脂汗をかきながら十分ほど。こんどは慎重に、できるかぎり痛い箇所に負担をかけないように、小さく動く。片足ずつ、ゆっくりと足を床におろす。ぬるぬるした床だな。大丈夫なのかよ、衛生面は。深呼吸。点滴用のスタンドにつかまりながら、立ち上がってみる。立ちくらみと激痛のキャッチボールを二十秒。よし、立てた。

左足も具合が悪いので、点滴用スタンドを松葉杖《まつばづえ》がわりに、俺はベッドを離れる。ガチャガチャとうるさい音に、お隣さんがまた悪態をついている。

厨房の奥から光が見える。そこに俺は近づいていく。垂れ下がったビニール暖簾《のれん》をくぐると、もとは食料品倉庫だった場所なのか、大きな冷蔵庫が並ぶ部屋に、事務用品やら、カウチやらが無理矢理詰め込まれている。そこにもぐり医師の老人がいる。血がついた手術着はそのまんまで、安っちいテーブルの前に坐って、煙草を片手に炸醬麵《チャジャンミョン》を食っている。煙草か。ずいぶん喫ってねえな。

「一本もらっても、いいかな？」

と俺は彼に声をかける。歯がなくなったところから、空気が漏れやがる。

俺の姿に気づいた老医師は、手招きをする。カウチを薦める。身体じゅうをぎしぎし言わせながら、俺はそこに腰掛ける。

彼は無言で、俺に炸醬麵の鉢を手渡す。いや、それじゃねえんだけど。まあいいか。包帯したまだと、箸の具合がよくねえ。くそっ。

「これ、使いなさい」

と、老医師が白いプラスティック製のフォークを差し出してくれる。

「悪いね」

一口頰張って、喉が火を噴く。むせて、咳が出つづける。場所柄から俺は韓国風のチャジャンミヨンを想像していたのだが、なにをどうやったらこうなるのか、とんでもない激辛麵だ。老医師があわてて湯飲みに水を入れてくれる。それを飲み干して、やっと一息。

ふと見ると、彼の顔のしわがすこし歪《ゆが》んでいる。どうやら笑っている。陰気くさいのは同じだが。

「……あー、まいった。まいった。まだ駄目だな。こういう食いもんは」

「そうですね。駄目ですね」

だったら、食わせせんじゃねえよ。

「……ところで、先生――ええと、お名前は？」

「ゲーニャ、いいます」

「ゲーニャ先生。お世話になってます。で俺、どんな具合なんですかね？　その、壊れっぷりってのは？」

　ゲーニャは口を開いて、すこししてそれを閉じる。指を一本立てると、席を立つ。冷蔵庫の隣にある書類棚をがさがさやって、そこから一枚の紙を持ってくる。一覧表のようだ。俺の壊れた箇所と修理した箇所が、ずらっと並んでいる。

　こりゃまた、ずいぶん派手にぶっ壊されたもんだな。

「大変、ですねえ」

　まったくなあ。よく生きてるもんだわ、俺。

「いいですか？　質問、ありますね」

「いいっすけど？」

「ボウギョソウないですね。ほとんど。なぜですか？」

「ん？　すんません、ちょっと意味わかんないんで……ユー・ワナ・スピーク・イン・イングリッシュ？」

「わたし、英語、できないですね」

「困ったな。えーと、俺はロシア語わかんないし……ボウギョソウ？」

　ゲーニャはうなずく。

「ボウギョのキズですね」

「ああ。『防御創』ってことか」

「そうですね。怪我ひどいです。でも、ボウギョソウ、ほとんどない。あと、手にもないですね。戦ってない」

　俺の拳にも、傷がないってことか。

「なぜですか？」

つまり、死にかけるぐらい痛めつけられてたくせに、ろくに抵抗もしてないのはなぜかって話か。面倒だな。ちゃんと説明すると、なげえ話になるし、そもそも、なんで医者にそんなこと、教えなきゃいけないのか。

「それって、あのー、治療に関係ないよね？」

こくこくとうなずくゲーニャ。

「てことは、先生の個人的興味ってやつ？」

またゲーニャはうなずく。さっきよりも、もうすこしわかりやすく微笑んでいる。深く刻まれた顔のしわが、まるで木の年輪みたいにも見える。

まあ、話しても、いいか。どうせすることもないんだし。

「一本もらっていいかな？　煙草のほうなんだけど」

そして俺は、ロシア人のもぐり医者であるゲーニャ老人を相手に、長い話を始めた。

3

三本目の煙草を灰にしながら、俺はまだ話をつづけている。

辰夫と俺の関係。美宇の話。俺がいたるところで繰り広げようとしていた、詐欺《さぎ》まがいのレコード・プロデュース・プラン……。

ふと気になって、俺は話を中断。ゲーニャに質問する。

「ナージャと先生って、なんか関係あるの？」

「彼女、わたしの、姪ですね」

ありゃりゃりゃ。

「……まあ、あいつにも、ちっと悪いことしたかな。約束やぶっちまったかな。俺は」

「そうですか」

とゲーニャが応える。

まったく、ひでえもんだな。俺がやってきたことってのは。こうして、無関係の人間にいちから説明してみると、その出来の悪さがよくわかる。計画が杜撰《ずさん》すぎる。綿密に準備したつもりが、どうにもこうにも、行きあたりばったりってやつだ。これは。

なんでそんなふうに思うんだろう？

酒とクスリが抜けてるせいか。点滴に入ってる薬品のせいか。それとも、土に埋められてたせいで、脳がゾンビみたいなことんなってるのか。ハイチのブードゥー教の秘術くらっちまったあわれな農民よろしく？

ついこないだまで、必死になってやっていたこと全部に、どうにも現実感がない。

あれは本当に、俺がやったことなのか？　やろうとしていたこと、なのか？

包帯だらけで、そこらじゅうから立ちのぼる鈍痛と、煙草の煙が抜けていく欠けっ歯の隙間だけが、「あれが現実だった」ことを俺に実感させている。

すべては、伽那子のために。俺と伽那子との想い出のために。

俺はずっと、そのことだけを考えて、まわりじゅうを騙しながら、ここまで走りつづけてきた――ようだ。

なんなんだよ、それは？

十年近くも話もしてなかった、昔の女への執着。他人の――生物学的には、俺の兄貴の――女房への妄執。そんなものに、なんで俺は、あそこまでとらわれていたんだろうか。

死ぬのがこわかったんだ、俺は。

実際に死にかけたいま、やっとそのことがわかった。それだけだったんだ。

ずいぶんむかしから、俺は「死亡上等」だと思って生きてきた。イメージ的には、『スカーフェイス』のトニー・モンタナみたいなつもり、だった。

とにかく、カネだ。あればあるほど、いい。ばりばり稼いで、がんがん遣う。野良犬になってからの俺は、ずっとそう思って、やってきた。やばい話でも、なんでもいい。最後は派手に、パッと散ってやりゃあいい。そう腹をくくって生きている、つもりでいた。

なんのこたあない。

口ではそんなことを言いながら、ほんとのところは、死ぬのをこわがっていただけ、だったんだ。カネがあれば、あるぶんだけ、死ぬのを先延ばしにできるような気がしていた。だからいくらあっても足りなかった。それだけの話だったんだ。

そんなだったから、ここ最近、カネが回らなくなってきた途端に俺は頭がどうにかなっちまった。あとがなくなって、それで、逃避することだけを考えるようになった。

ここではない場所へ。これじゃない現実へ。

伽那子さえいれば、それが可能だと思うようになっていた。あいつといれば、タイムマシーンに乗ったみたいに、思い描いた時間と場所にすっ飛んでいけるもんだと信じていた。

俺に向かってシルヴァー・マシーンの話をする奴らのことを、いつもあれほど嫌っていながら、過去に一番とらわれていたのは俺じゃねえか。いま現在の現実ってやつを、直視することに耐えられないってだけの理由で。

なんてかっこ悪い話なんだ。

こんなにも馬鹿だとは思ってなかったよ。自分が。

いい音をさせて、ゲーニャが缶入り発泡酒の飲み口を開ける。

「一口、いいかな？」

と俺は訊くのだが、彼は首を横に振ると、湯飲みに白湯を注《つ》ぐ。

「なるほど。なるほど」

と、ゲーニャは俺の長い話にまとめて相槌《あいづち》を打つ。

「というようなわけでね。まあ、『しょうがねえや』と思っちまったんだな。殴られながら、俺はきっと」

まさか、殺されかけるとまでは、考えてなかったし。

老医師は喉を鳴らして発泡酒を飲む。そして俺をじっと見てから言う。

「安心、しましたね。わたし。クギョウシャ、思いましたから」

またわかんねえよ、という顔をしている俺の表情を見て、ゲーニャはジェスチャーをくわえる。神社の神主が榊《さかき》を振るように、両手を動かす。

「こうやる、ですね。背中に、鞭で」

「あ、それって、苦行者のこと？　中世の？」

「そうそう、そうですね」

たしか、中世のヨーロッパだったよな。カトリックの修道士が、自分の背中を鞭で打ったとかっていう。理由はなんだっけ？　たしか、世の中がくさってるから、自分がその痛みを引き受けるとか……そうやって、社会全体への救いを神に祈るとか、そういうんじゃなかったっけ？　大むかし、教会でそんな話を聞いたことがある、ような気がする。

「クギョウシャ、死にます。兵隊と同じ。治療しても死ぬ。わたし、いやですね」

なるほどね。

「あー、俺。そんなんじゃないから」

たぶん、違う。はずだ。

だって俺、他人のことなんか、考えてなかったもんな。自分が都合よく拝みたいとき以外は、神様のことも考えてなかったし。そんなくされ野郎が、苦行者なわけがない、と思う。

「先生、もしかして、俺が自殺するとか、心配してくれてたの?」

ゲーニャがうなずく。

なんだ、じゃあ、これも治療の一環だったんじゃん。いい医者だな、この人。

老医師の前で、俺はいつになくリラックスしている自分を発見した。俺はなんというか——楽しんでいるようだ。会話を。

すこし前、つまり、埋められちまう前までは、俺の口から出てくるのは、他人を騙すための言葉だけだった。まわりの人間を都合よく操作するための文言だけだった。人呼んでまさに嘘つきジョージ。そんな会話が楽しいわけがない。心休まるわけがない。

だから、こんなのは、ひさしぶりだな。

ふと気になって、俺は彼に訊いてみる。

「ゲーニャ先生ってさあ、何者なの?」

老医師の顔に深く刻まれたしわのなかに、明らかにほかとは違うひだが一本、左頰を縦に走っていることに俺は気づいていた。これはおそらく、ナイフで切られた痕《あと》だ。

そして、このしわっぽさは、ジャンキーあがりのものだ。射ってるときはガリガリに痩せてて、そのあとで肉がついて、歳とると、こうなる場合がある。こういう感じ、外人ミュージシャンには多いから、俺はよく知っている。

「もしかして先生、軍隊にいた？」

「………いましたね。アフガーニスターン、行きました。いっぱい、いっぱい、死にましたね」

ソ連軍の軍医で、野戦病院にいたってことか。だから俺はこの人に、親しみを感じたのか。

ゲーニャはつづける。

「わたし、治す。でも、死ぬ。ソヴィエーツキー、負けました。知ってますか？」

「えー、まあ、一応」

ゲーニャは悲しそうにかぶりを振る。

「ムジャーヒド、もっと死にます。でも、戦います。みんな、笑いました。軍隊、死ぬの駄目」

「そうなんだ？　だって、戦争でしょ？　危険じゃん」

「死ぬの多い。戦争、負けます。死ぬのすくなくて、相手死ぬ。戦争、勝ちます」

まあ、そりゃそうか。言われてみりゃあ。そういうもんなんだろうな。戦争強い国ってのは、普通。

「……笑ってましたね、みんな。ムジャーヒディーン、馬鹿だ、言って。ソヴィエーツキー、神様、いませんね」

「ああ、それは知ってるよ。俺も」

「ジハード！」

老医師は発泡酒の缶を掲げて、大きな声を上げる。まるでその言葉が、「チアーズ！」と同等の意味であるかのように。そして陰気くさい目をすこしだけ大きく見開いて、俺をじっと見る。痙攣《けいれん》したように、しわだらけの頬が動く。皮肉っぽく顔の片側だけでかすかに笑う。

「……ゾロトドゥラカ」

と言って、彼は溜息をつく。

「ん？　それってどういう意味？」

ゲーニャはすこし考え込む。

「みんな、言いましたね。あれ、ゾロトドゥラカだ…………バカノキンだ、言いました」

わかんねえよ、また。そんな俺の顔を見て、老医師はすこしいらだった様子。

「馬鹿、ね。わかりますか？」

「うん、わかるわかる」

「馬鹿な人、金じゃないを、金と思う」

わかった！

「それってさあ、英語で言う『フールズ・ゴールド』のこと？」

「それですね」

と、ゲーニャはすこし嬉しそう。だんだん俺も、この人の表情が読めるようになってきた。


馬鹿の金、フールズ・ゴールドか。

ストーン・ローゼズのヒット曲であったよな、そんなタイトル。シン・リジィの曲にもあった。馬鹿者は馬鹿だから、本物の金じゃないもの、もっと安い金属やなんかを、金だと思い込む。そういう「価値あるものと勘違いされたもの」を指す慣用表現だ。しかし、「馬鹿の金」ってのは、どうもかっこよくないな。もっとこう、いい訳語はないものか。

そう、たとえば、「愚者《ぐしゃ》の黄金」とか——。

悪くない響きだな、そう言い換えてみると。

「ロシアの諺《ことわざ》、ありますね。『ゾーラタ・イ・ヴ・グリズィー・ブリスチート』」

ゲーニャは空を見つめ、言葉を探す。

「金、光りますね。泥のなか。そんな言葉、あっても、わかりませんでしたね。ソヴィエーツキーは」

泥のなかでも、黄金なら光る――って感じか。

「なるほどね。ソ連は宗教なくしちゃったから、イスラム戦士の、そこんとこがわかんなかったってわけか。で先生は、ロシア人として――」

「違いますね。わたし、ウクライナ人！」

「あ、そうなんだ？」

また発泡酒の缶を掲げながら、老医師はすこし胸を張って言う。

「母なるルーシの源、ウクライナ！　わたし、ロシア人、違います」

「そりゃあ……すんませんね。失礼しました」

と俺は詫びる。


ゲーニャ医師によると、ソ連のアフガン撤退のすこし前に退役した彼は、その後、サハリンに渡ったそうだ。最初に日本語を習ったのは、サハリンにいた朝鮮系からだった。ソヴィエト崩壊はその地で迎えて、そこから流れてきて、いまこの東京にいる、ということらしい。

むかし話を終えたゲーニャが、ちびちび飲《や》ってた発泡酒を干して、俺に告げる。

「そろそろ、寝ますね。寝て、起きる。明日、ナージャ、来ます」

と、彼は席を立とうとする。

ダメモトで、ためしに俺は訊いてみる。

「あのー、先生、モルヒネってあるかな？」

「痛いですか？」

「いや、まあ、なんていうか。話してると、頭さえちゃってね。ちょっと、射って、落としたほうがいいのかなって」

きわめて陰気な目。老医師は無言で俺をじっと見る。

駄目なのね。

「あー、じゃあ、いいっすいいっす。おやすみなさい。話せてよかったよ」

すごすごと俺は、点滴スタンドをガチャガチャいわせながら、ベッドへと戻る。

案の定、なかなか寝つけない俺の頭のなかでは、ストーン・ローゼズの古い曲がループしつづける。

4

つぎに俺が目を覚ましたとき、枕元にいたのは鼠《ねずみ》みたいな顔をした男だった。いまどき地上に存在するはずもない、百年前のヴェルサーチ調のプリント・シャツを着ている。

「ちょうど、よかった」

と男は言う。

「起きたっスか?」

と、義人の声もする。ナージャはいない。

「アタシね、いまこれについて、お話してたとこで」

ヴェルサーチ男が俺に書類を見せる。昨日、ゲーニャ先生から見せてもらった一覧表だ。違うところは、それぞれの項目について、料金が書き加えられているところ。

「えー、ざっと計算すると、五百万ぐらいですかね。治療費は。いまのところ」

おい！　いくら保険きかねえっつっても、その金額は――。

「一応、前金として、お財布にあったものと、あと、おクスリ関係はいろいろと、頂いてます。それを引くと――」

「俺のクスリをどうしたって？」

「――と、こんな感じですかね」

と、ヴェルサーチ男が俺に電卓を見せる。

「マグロ船かなあ、やっぱ。マグロ船乗りません？」

と義人が俺に訊く。

「お前なあ、俺にそんなことが、できるわけねえだろうが」

「あーっ、よくないっスよ。仕事の好き嫌いは。楽な仕事なんて、あるわけないんスから！」

ヤンキー理屈をぶっこいてんじゃねえ。俺は右手を上げて、奴に包帯のあたりを見せる。

「あ」と義人は絶句する。

ヴェルサーチ男が俺に訊く。

「どうしますか？　お支払いは？　ちなみにですね。金利はこんな感じで」

と、また電卓を叩く。

なるほどな。もぐり医者が治療費とりっぱぐれないように、闇金が患者に取《と》り憑《つ》くって寸法か。

衝立の向こうから、広東語でぶつぶつ言う声が聞こえる。お隣りさんも、すでに請求されたあとのようだ。彼や俺みたいに、まともな医者に行けない事情ある奴らがここにやってきて、ゲーニャ先生に診《み》てもらっては、このヴェルサーチ男に負債を作るってわけか。

普通の医者に行くと、警察に通報されるような傷を負った奴。警察沙汰になると、自分も困る奴。つまり、不法就労とか、やばい仕事やってるとか、ヤク中だとか――そういったことで、後ろ暗いところがある奴は、なんかあった場合は、こんなところに来るしかない。この世の中、「しかない」ところには、いい商売の目が必ずあるもんだ。

「それから、入院費は、日額で一万円なんで。なるべく早く、退院されたほうがいいですよ」

退院を薦めるってことは、俺を逃がさないって自信が、あるんだろう。

「ホントホント、イさんの言うとおりっスよ」

と義人も尻馬に乗って言う。

ウェルカム・バック・トゥ・ザ・リアル・ワールド！

やれやれ。あの世じゃないかぎり、カネの心配はついて回るってやつか。

「わかった、わかった」

俺は奴らをいなして言う。

「なんとか、するから」

「山かなあ。山のタコ部屋とか、どうスか？　片手でも、なんか仕事、あるかもっスよ」

「考えとくよ」

片手じゃねえよ。まだ指、三本残ってるよ。たぶん。

ホントはマグロ船がいいんだけどなー、と義人はしつこくつぶやいている。

「じゃあ、アタシは、これで」

と、イと呼ばれる男はセカンド・バッグを手に立ち去っていく。

「これ、お返ししときますね。退院するときのために」

と、義人が俺に財布を差し出す。

なかを開いてみると、小銭にいたるまで、カネは全部ない。銀行のキャッシュ・カードもない。

クレジット・カードはそのまんま。もっとも、いま財布に挿しているクレジット・カードは、すべて停止している。見栄《みば》えのために持ってるだけだ。

そこんところは、カネ貸しのイも義人も、すでに確認済みのようだ。どんな信用調査やったところで、すでに俺は真っ黒々の黒焦げ野郎だ。

「ジョーさんって、カネなかったんスね」

「わかんなかっただろう?」

よし。マイレージ・カードには、手がつけられてないようだ。いざとなりゃあ、これで高飛びできるぜ。

「あと、これ」

と、義人が俺にださい携帯を渡そうとする。老人や幼児が持たされるような、GPS機能がついているやつだ。

「こいつには、俺とイさんとゲーニャ先生の番号だけ、入ってますから」

「俺の携帯は、どうしたんだよ?」

「やー、アレは社長が持ってっちゃってて。どうしようもないんスよね。隙をみて、電話帳だけは、俺の携帯にコピーしといたんスけど」

「そのデータを、ここに入れろよ」

「駄目っス! あぶないっスよ! 足つくとやばいんで、知り合いの人には、勝手に連絡とらないでほしいんですよね。全部、俺を通してください。社長的には、ジョーさん、まだ埋まってることになってるんで。俺が掘ったってことが、バレると――」

ああ。また荒れ狂って、わけわかんねえことんなるな。あいつの性格じゃあ。

「だもんで、この携帯、かわりに持っててください。で、退院したら、なるべく早めにカネの当て、つけてもらって。そんで、社長の目の届かないとこに行っちゃってほしいんスよねえ。一生」

じんわり、じわりと、リンチされていたときの、痛みと恐怖が甦ってくる。

なんとか打開策を見つけようと、いまや一家の長となった義人が悩む。

「とりあえず、腎臓と角膜一コずつ、いっときます？」

そんなもん売っても、いくらにもならないだろう。

こいつの頭じゃあ、いい案は出てこないようだ。といっても、俺もいま、同程度なのだが。めっぽう素面《しらふ》のせいか。それとも、点滴から垂らされている薬品のせいなのか。


なにかが、おかしい。

悩みながら義人が病室をあとにしてから、俺はひとりで考えつづけている。

ゾンビなみになっていた俺の脳の奥の奥で、すこしずつ、思考回路が動き始める。

おかしい。話がうまく、まとまり過ぎている。

ゲーニャ先生は、とりっぱぐれがない。カネ貸しのイは、俺を逃がさない自信があるようだ。どうせ、俺があの世に行ってたあいだに、なにからなにまで、調べあげちまったんだろう。義人は、俺にマグロ船乗れだの言う。辰夫は、こんどこそ俺を見つけたら、魚のエサにでもしちまうから、東京を出ていったほうがいい――。

そんなわけで、きっちりカネだけ残して、俺は消えてしまえばいい。

都合よすぎだろう。これは、どう考えても。俺以外の奴らにとってだけ。

そもそも、ナージャと義人は、いつからデキてやがったのか？　そして、なんでそれを、ずっと俺に隠してたのか？　照れくさかったから？

考えながら、俺はベッドから起き上がる。点滴をしたまま、スタンドを持って、隣室まで歩いていく。そしてまた戻ってくる。ベッドに腰を下ろして、錆《さ》びついた脳に血をめぐらせようとする。

そうこうしていると、ナージャがあらわれる。ゲーニャ先生の声もする。二人で買い物でもしていたのか、「韓国広場」のショッピング・バッグを持っている。

今日のナージャは、ラヴェンダー色のミニ・ドレス。いい骨格が映えるカッティングだ。彼女は大きなサングラスを外すと、俺をハグしようと両手を広げる。立ち上がった俺は、やはり両手を広げてそれに応える。

ぎゅっと抱き合って、そして離れぎわ、俺はくるりと彼女の後ろに回る。そのまま右腕をナージャの首に巻きつけると、左手に持ったメスをその頬に突きつける。

老医師が、すこし驚いた表情で、その一部始終を見ている。

「なーに、これ?」

とナージャが英語で俺に訊く。

「動くんじゃねえ」

メスはぴったり、頬骨の下あたり。

「きれいな顔が、俺みたいなことんなるぜ? 下手な真似すると」

ナージャが、ふーっと大きな息を吐く。おびえてるのか、それとも溜息か。

「……どういうつもりなの?」

彼女の耳に顔を寄せ、俺は言う。

「訊きたいのは、こっちだ。お前だよな? この仕込みやったのは全部。俺をぶっ壊して、ここに連れてきて、そんで身ぐるみ剝がすってのは、てめえが全部、絵図描いて指示したんだろう? どうだ、違うか⁉」

ささやくつもりが、どんどん声が大きくなる。

「十三号地——潮風公園に、あの日、てめえは俺にプレッシャーかけに来たと思ったんだが、ありゃあ、様子見に来やがったんだな？　俺が本当に、カネになるのかどうか、最後の値踏みしに来たんだろう。そんで、あのあと、俺は美宇を泣かしちまった。辰夫は美宇から話を聞いて、俺がひとり娘と関係していることを知った。娘をいいように利用した上で、俺が奴を騙してカネ巻き上げてることも知った」

ゲーニャのほうに俺は目をやる。相変わらず、突っ立ったまんま。ひとまず、妨害してくる気配はないな。衝立の隙間から、お隣さんがこっちを見てやがる。

「その翌日、辰夫はどうせ、朝からずっと荒れ狂ってたんだろよ。俺のことを、ぶっ殺してやるとか、仕事場でも言いつづけてたんだろう。そんな奴んとこへ、俺は『プランBの提案』なんていう、大間抜けなメールを送っちまった。火に油を、注ぐだけ注いじまったってわけだ。そして、おかしいのは、ここからだ」

ナージャの髪に向かって、俺は話しつづける。

「いいか。あいつは、こういう場合、まず相手のとこに押しかけて、タイマン張るんだよ。こらえ性がないんだ。シラを切って、店まで俺をおびきよせて、手下といっしょにリンチ——なんて、そんなまどろっこしいこと、やる奴じゃねえ。ぶっ殺すときに店汚さないように、あらかじめブルーシート敷いておくだあ？　あるわきゃないんだよ！　おかげで、ずいぶん驚かされちまったよ。全部お前のせいだよな、これは？　お前が義人に指示して、辰夫を遠隔操作したんだろう！」

俺には証拠がある。この前の義人の発言だ。

「——それを俺がね、こっちの方向むけたんスよ？　ちっとは感謝してもらわないと——」

あの馬鹿野郎、口滑《くちすべ》らせてやがった。そのことにやっと気づいたぜ。

「図星だろう！　まずお前は、義人を使って、荒れ狂う辰夫の口から、聞き出したんだ。奴が怒っている理由と、プランBの内容を。そして、自分が完全にとりっぱぐれることがわかった。だから、『とりっぱぐれが、ないように』ってことで、俺を痛めつけさせたんだろう？　前科もちの単細胞を、あおるだけあおっておいて『きっちり埋めときゃ足はつかない』とかなんとか、そんな馬鹿げた話を信じ込ませたんだよな？　義人に指示して、辰夫に吹き込んだんだよな？　俺をここまで潰してから身柄押さえりゃあ、生かすも殺すも、自由自在だからな。そんで、てめえ、カネ貸しのイから、いくらマージン取るつもりなんだ？　ああ？」

ナージャは静かに、俺の口上を聞きつづけている。

「いくらだか知らねえがよお。よっくもてめえ、そんな小銭のために、俺をこんな目に……こんなに、俺をボロボロに、してくれたなあ！　どうだ、俺が言ったとおりだろうが⁉」

「……だったら、どうするつもり？」

質問に質問で返してんじゃねえ！

「ああ？　どうするもこうするも、俺が――」

と言っている最中に、天地が逆さになる。

左手首を妙な方向にねじられ、ナージャの骨盤《こつばん》に乗せられてはじき上げられた俺は、尾てい骨から床に叩きつけられる。大激痛に悶絶《もんぜつ》。声のかぎり俺は吠える。

痛みの奔流《ほんりゅう》が通り過ぎ、ようやく正気に戻ると、床に仰向《あおむ》けになった俺の右目に女ものの靴の底が逆さに見えている。右の眉毛のほぼ中央に、ナージャのピンヒールが乗っている。じわっと圧力をかけて、俺の眉を踏んでいやがる。

「動かないでね。これ、あと一センチでも動いたら、目の玉を踏み抜いちゃうから」

「――てめっ――」

「フリーズ！」

ナージャがヒールに体重を乗せてくる。いてえっ！

「そうそう。大人しーく、してればいいのよ」

と、彼女はにっこり微笑む。

固まった俺は、ピンヒールごしに、ダーク・チェリー色のTバックを見上げている。

ちきしょう。どうしようもねえ。どこでこんな技覚えやがったんだこの女。アフガンか？　そんな歳じゃねえか。

ひょこひょこと俺に近づいてきたゲーニャが、俺の手からメスを取り上げる。

「注射、うちますか？」

「どうお？　射ってもらいたい？　大人しくなる注射？」

「いや、いいよ」

どんなもん射たれるか、わかったもんじゃねえ。

「じゃあ、大人しくできるのね？」

「ああ、できる」

「よかった！」

一瞬足を上げたナージャは、俺の右鎖骨のすぐ下を強烈に一踏み。うわあっ!!………すっげえ、いてえ……。

完全に戦意を消失して、汚れた床で平べったくなっている俺を、老医師が拾い上げて、ベッドに坐らせる。

ショーツと同じ色の口紅を引いたナージャが俺に笑いかける。

「どう？　もう一回、やってみたい？」

「……遠慮しとくよ……」

ひゅーっ、ひゅーっと指笛が鳴って、拍手の音。隣の香港人だ。見てるぶんには、さぞ面白かったろうな。お代はいらないよ。


慣れないSMプレイの真似事で、身体じゅうがガタガタになる。数えたくもないが、くっつき始めてた傷のいくつかが、再び開いちまったことは間違いない。

ベッドに腰掛けた人間の形のボロ雑巾《ぞうきん》になった俺の目の前で、両手を腰にやって、ナージャが立っている。

「バッカねえ、ほんとに」

と彼女が首を振りながら言う。

「……あ、俺のこと?」

「ほかにだれがいるのよ? いーい、ジョージ。あなた、わたしがなにもしなくても、どっちみちタツオにひどい目にあわされたわけでしょう?」

まあ、そうだろうな。俺は、奴がすべてを知って、怒ってるってことを、一切察知していなかった。だから逃げようがなかっただろう。とすると、タイマンだろうがなんだろうが、頭に血ぃ上っちまったあいつに、俺が対抗できるすべはない。

つまり、こいつの打算がなければ、かなり確実に、俺はぶっ殺されてたはずだ。

「だったら、こう考えるべきでしょ? ジョージの新しいプランを、義人がわたしに教えてくれたから、こうやって、わたしがコーディネートして——」

すーっと右手を広げて、汚れた室内を示す。こいつが偉そうにしていると、潰れた韓国料理店の厨房ですら、映画のセットみたいに見える。

「こーんないい、お医者さんにかかることができて、よかったな！って。死なないで済んだーって。いいお話じゃない？　ちょっとおカネはかかるけど、それがなによ？　命はあるじゃない」

「でもよお……せめて、あらかじめ俺に、ひとこと教えてくれても、よかったんじゃねえか？『辰夫が殺《や》る気だ』とか、『埋めたあとで、助ける手筈《てはず》になってる』とかさ」

それさえ聞いてりゃあ、あんなにこわくなかった――かもしれない、じゃないか。

散歩中に駄々《だだ》こねる駄犬を見つめる飼い主の少女のように、ナージャはじっと俺を見る。

「ほんとに頭悪いわね」

「そうか、な？」

「ジョージ、あなた、あらかじめそんなこと聞いてたら、わたしの筋書きどおりには、動かなかったでしょう？　怒って変な行動とったり、逆にそのまま逃亡しちゃったりして、結局、さらに事態を悪化させてたとか、自分で思わない？」

あー………そうだね。たぶん俺、そうやってるね。よくわかってるね。お前。

「でしょお？」

「……うん」

「だったら、ちょっと痛い思いしても、こうやってやり過ごせたんだから、悪くないはずよ？　わたしが黙ってたとか、そんなことで怒るのは、変よ？」

「けど、お前、一番の理由は、自分がカネとるためだったんだろう？　この絵図を考えついたってのは」

ナージャは笑って言う。

「当たり前じゃない！　わたしがおカネをとって、ジョージは助かる。よく出来てるでしょ？」

たしかに、そうだ。よっく出来てやがる。

俺はナージャに右手を差し出す。

「さっきは、悪かった。仲直りだ」

「もう、バッカねえ……」

ナージャは俺の手をやさしくどける。

「こっちは、怪我してるほうの手でしょ」

俺の首に両腕を回すと、左膝をまたいで、その上に坐る。ナージャの唇が俺のそれに重なる。彼女の舌が俺のなかに入ってくる。見た目よりボリュームのある柔らかい唇がやさしく動く。ナージャの舌が俺の舌にからまってこすりあげ、情熱的なダンスを踊る。

ぽんっ、と音をたてて彼女が唇を離す。すっっげえキスに頭がくらくらする。圧搾空気ぶち込まれたみたいに俺は勃起している。

「義人には、ないしょね」

と、俺の目を見ながらナージャが言う。

最後は、色仕掛けかよ。やれやれ。負けた。お前にゃあ、負けたわ。

「すげえな、お前」

「なに？　わたしが？　それとも、わたしのキスが？」

「両方」

ニコッと笑ったナージャが、また俺の唇にキス。尻を抱いて唇をむさぼろうとした俺の手をするりと逃れると、ベッド脇に立つ。俺の両手がださく空を切る。

「エニシング・エルス？」

「……あー、最後に一コだけ。義人の野郎は、なんも知らねえんだよな？　今回の一件に関して、お前の目論見《もくろみ》やら、なにやらってのは、一切聞かされないまま、動かされたってことなんだよな？」

「ええ、もちろん。わたしが彼に質問して、必要なことを聞いてから、『こうしたらどう？』って、提案しただけ。『人殺しなんて、こわーい』って、わたしが言ったら、あの人、すぐにわたしの提案に乗ってくれたわ」

なーにが、「こわーい」だよ。ついさっき、平気でひとの目ん玉踏み潰そうとしてた奴の科白《せりふ》かよ。

「で、あれか？　もしなんかやばいことんなったら、お前は義人捨てて逃げるって寸法か。あいつと籍入れたロサと子供を重石《おもし》がわりにして」

ナージャは、ちょっと驚いた表情。それとも、驚いたふりなのか。

「考えてなかったわ！　そんなこと。ジョージ、あなた、冷た過ぎよ」

「そうかな？」

「そうよ！　義人はねえ、すっごい、いい人なのよ。明るくて、やさしくて」

そんで、馬鹿野郎だよな。俺と同程度の。

「利用価値があるから、あいつの女んなってやったのかと思ったよ」

「ひどいわねえ。わたし、大好きよ。義人のことが」

とナージャは微笑む。

一体全体、どうなんだか。ほんとのところは。しかし……よく考えてみると、この女に一番利用されてんのは俺だよな。こっちが利用してるつもりだったんだが。

そんな俺の表情を読んだのか、ナージャは俺に言う。

「もちろん、大好きよ。お馬鹿なジョージ・ボーイのことも」

たしかに悪い気はしない。こんな女に、そう言われると。

そうして俺は、新しい負債を引き受けて、また新しい逃げかたを考えなきゃいけないことになった。生きている肉塊には、つねにカネの悩みがのしかかってくるってわけだ。

何色かはわからないが、また俺の後頭部あたりに矢印が立つ。

「ウェエエールカム・バック！　トゥ・ザ・リアル・ワーーールド！」

俺の頭のなかのTV画面で、ボウタイをした蘭洞が叫んでいる。奴が手を振ると、若いころのポール・ウェラーがジャンプ一閃《いっせん》！　リッケンバッカーをかき鳴らす。１９７７年のザ・ジャムが「ザ・モダーン・ワールド」を演奏し始める。

俺は地下にもぐってしまいたいよ。

5

靖国通りを目の前にして、俺は立ちすくんでいる。

百人町から歌舞伎町。ここまでは、問題なかった。ここまで来て、そして、ここから先に進むことができない。靖国通りを渡ることができない。

新宿駅まで歩いてって、小田急か京王を使うつもりだったんだが、こんなことなら、新大久保からＪＲに乗ればよかった。駅のすぐ近くまで行ったのだが、どうしても構内に入る気がしなかった。それで、すこし無理をして歩くほうを選んだのだが、いますごく気分が悪い。靖国通りの脇でうずくまって、さっきから何度も、ここで青信号をやり過ごしている。

ナージャに投げ飛ばされた翌日――つまり今日、俺は強引にゲーニャ先生のもぐり病院から退院した。傷の具合から、ゲーニャは俺を止めたのだが、こっちはこれ以上、借金の雪ダルマをでかくするわけにはいかない。そこで押し問答をして、出てきたのだが。

具合がよくない。最悪だ。

街を行く奴らの視線が気に入らない。みんな横目でこっちを見て、俺が見返すと、急いで目をそらしているように感じる。こんな姿も、夜なら目立たないと思ったんだが。

顔じゅうにぐるぐる巻いて、片目と口元しか出てない包帯。首から吊《つ》った三角巾。そのなかにある右手も、指のありかがわからないぐらいの包帯――いやそれよりも、この服のせいか。ゲーニャ医院では、クリーニング・サービスはやってないみたいで、血と尿と反吐《へど》と、あといろんな自分の体液で、砂漠仕様のカモフラージュ柄のように染まったシャツとリネン・スーツを俺は着ている。

そりゃ気持ち悪いだろう、こんな奴。俺だって気持ち悪いが、がんばって家に帰ろうとしてるとこじゃねえか。

気付けのために、また煙草を喫う。うずくまったまま、煙を吸い込む。そして、自分に言い聞かせる。ここは、辰夫のシマじゃない。あいつのテリトリーはブクロだ。ここらへんで、奴らに滅多に見つかるもんじゃねえ。

しかし俺は、この通りの向こう側が、こわくってしょうがない。

そう、こわいんだ。それで足がすくんでいる。

慣れ親しんだ新宿が俺に襲いかかってくる。新宿ロフトが遊び場だった俺が、ここで坐り小便しそうになっている。

正気に戻った途端、まっ先にやってきたのは、恐怖だ。

生き延びたと思ったら、なんでこんなことんなっているのか。いまの俺は、おっそろしい根性なしになってやがる。

そこにいるコンパ帰りの大学生が、いまにも俺をとり囲んで、身ぐるみ剝がしていきそうな気がする。もっとも、すでに俺は、剝がされたあとの文無し野郎なんだが。

退院するとき、ゲーニャ先生から五千円を借りた。それが俺の全財産だ。いや、煙草とライターを買ったので、いま四千と数百円てとこか。本当は一万円借りたかったのだが、ゲーニャいわく、それにも金利が付くということだったので、五千円にした。

カネ貸しのイが俺に設定した金利は、年利で三百五十パーセント。闇金にしては、良心的だ。それだけ俺が上客だったってことだ。警察に知られたくない怪我をして、意識不明でかつぎ込まれた野郎が、上玉でないわけがない。金利どころか、元金分の治療費の設定すら、やりたい放題やれるのだから。

というわけで、いま現在の俺は、イに対して、四百三十二万二千七百五十円の負債がある。ゲーニャから借りた分も合わせると、四百と三十二万七千と七百五十円。返せるあては、まったくない。

闇金てのは、まずい。俺が堅気《かたぎ》のサラリーマンだってんなら、べつにどうってことはないんだが。いざとなれば、警察でも法テラスでも泣きつけば、なんとでもできる。

しかし、俺のような素性の者だと、そうもいかない。闇金から逃れた途端、こんどは自分の手が後ろに回ることもあり得る。だから、これまで俺は、闇にだけは手を出さないようにしてきた。

借金の鉄則ってのは、ただひとつ。「消せない負債は作らない」ことだ。真面目に返済するって意味だけじゃない。「踏み倒せない借金は作らない」ってことが一番大事だ。

しかし、外人のもぐり医者とつるんでる闇金業者なんて、常識的に言って、踏み倒せる相手ではない。

死にかける前に俺にのしかかっていた負債のほうが金額的にははるかに大きいんだが、いま現在の、たかだか四百万ちょっとのほうが全然重い。

これは俺の、命の値段だ。

イから借りたカネで、俺は自分の命を買い戻した。そして、この借金の担保は、俺の命そのもの。地獄の底でやる取り引きってのは、こんなもんなんだろう。

これまでの計画が全部ご破算《はさん》になって、俺を殺したがってる奴がいる。生き延びて、息をひそめて、そして俺には、なんの展望もない。つまり取り戻した命に、なんの価値もない。

いまの俺は、本当にゾンビと同じなのかもしれない。マスターに言われたとおりに、体重から換算したキロあたりいくらかのカネを支払いつづけるだけのロボット。そのためだけに掘り起こされた死人。

しかしそれは、普通のことなんだろう。正気っていうのは、きっとそういうもんだ。

いい歳した社会人としては、アルコールとクスリと妄執とかを全部抜いて、負債についてまともに考えたほうがいい。さっきから横目で俺を見ている奴らは、みんな、そうやって生きているはずだ。

問題は、そんな状態に耐えられるほど、俺の精神が強くないってことだ。

この街でいま俺は最弱で、だからこうして、道路脇で縮こまっている。

身体の芯《しん》がふにゃふにゃする。気力というものがない。最低だ。

時間にして、一時間半ぐらい。いいかげん、いやになった。

電車はあきらめた。タクシーを拾って、それに乗り込む。行き先を告げると、バックミラーのなかで運転手が露骨《ろこつ》にいやな顔。こんな不気味な客、乗車拒否をすべきだった、という表情だ。俺は俺で、カネが気になってしょうがない。初台あたりまでだから、気にするような金額じゃないんだが。普通だったら。

カーラジオから、耳障《みみざわ》りなものが流れてくる。「から騒ぎの恋」――そんなひどいタイトルを、イントロに乗ってDJが紹介する。出来の悪いネオGSみたいな歌詞と、ピントがずれたガレージ・サウンド。こんな気分じゃなくっても最低な曲。シルヴァー・マシーンの最後のアルバムに入ってた曲だ。どこのだれが、こんなくだらないもん選曲したんだ？　ボックス・セットが出たせいか？　ギター・ソロが始まる直前に、我慢の限界に達した俺は、べつのラジオ局に変えてもらう。

目当てのコンビニエンス・ストアのサインが見えてきたあたりで、俺は運転手に声をかける。ちょっといま、持ち合わせがなかったみたいなんで、ATMで下ろしてくるよ、前で待っててよ。そう告げて、店内へ。ここのレジは入口から死角になる。トイレ借りるね、と店員に告げて、カウンター奥のバックヤードに。そして商品搬入口から、店の裏手へ。路地から通りに出てみると、そこにさっきのタクシーが停まっている。クルマにもたれかかった運転手が、腕組みをしながら、俺を睨《にら》みつけている。

なんでだ？　どうやって、こんなに早く、こっちに回り込めたんだ？

タクシーの行灯《あんどん》を見て、初めて俺は、これが個人タクシーだということに気がつく。ベテランか。相手が悪かった。いやあ、出口間違っちゃったよ、などと言い訳して、俺は料金を支払う。残りは三千円弱になる。

とにかく俺は眠りたい。寝ちまえば、気分も変わるかもしれない。

ようやくマンションの自室にたどり着く。しかし、こんどは鍵が入らない。どういうことだ？　上下を逆にして挿してみる。駄目。大家か？　家賃溜め込んだせいで、鍵換えやがったのか？　それとも辰夫？　いや、普通に考えると、これはイの野郎の仕業だろう。

理由その1：俺をロックアウトしておいて、なかのカネめのものを全部押さえる。

理由その2：俺をロックアウトしておけば、いずれ泣きが入るから、さらにカタにハメて、マグ口船。

マンションの裏手に回って、自分の部屋を見上げてみる。どう考えても、四階までよじ登れるわけがない。ゴミの集積場脇で途方に暮れる。「野良猫にエサをやらないでください！」と大書きされた貼り紙のすぐ下に、なにも気にしていない猫が何匹かいる。そのなかの一匹、一番毛並みのいい奴がじっと俺を見る。見てんじゃねえよ。

地べたに散らばった紙皿をどかせて、ひとまずそこに腰を下ろして休む。そんな奴からは、なにも食いものをもらえそうにないことを悟った猫は、俺に興味を失う。つまらなさそうに毛づくろいを始める。俺は禁断症状が始まったことを自覚する。

身体じゅうを小さな虫が這い回るような、ざわざわした不快感が高まってくる。俺とクスリの関係について、精神的依存だけで、肉体的には大丈夫ですねー、とゲーニャは言っていたのだが、見立て違いだったんじゃねえか。おいお前、マタタビでも持ってねえか?と猫どもに訊いてみるかと思っていたところ、すこし向こうで人の声がする。女と男。痴話喧嘩のようだ。

「僕はね、僕は、そういう意味で言ってんじゃないの。行き違いも含めてね、ちゃんとお互いね、話し合わないと。おかしいじゃないですか」

「知りません。わたしはなにもお話すること、ありませんから」

「それが駄目なんだよ！　いっつも、キミはそうなんだ。どうしてそんなに、聞き分けがないのかなあ？　僕はもう別居しているんだって、そう言ったでしょ、この前も」

なんだ不倫かよ。四十がらみの部長と、一般職の女子社員って感じか。猫も食わねえような話だな。

「離してください！　大きな声、出しますよ。ヤマザキさん、変ですよ?」

「なにが変なものか。冷静になりなさい、キミぃ」

「わたし、わかってるんです！　郵便受けに入っていた、あの変な手紙。あれ、ヤマザキさんが書いたんでしょう？　わたしの部屋のドアにも、変なことを書いたり……」

「な、なんの話を——」

それって……あー、もしかして、俺が包丁で「死ね」って書いたやつ？　隣の部屋のドアに。てことは、この女か。ジェームズ・ブラントを目覚ましがわりにしてた、お隣さんのＯＬってのは。

「ひっ！」

と女が息を呑む。

「うわっ、なんだ。なんなんだ、おたくは！」

と男が言う。

二人が凍りつきながら、俺を凝視している。

どうやら俺は、ふらふらと立ち上がって、声がするほうに歩いていってたらしい。いやほんと、ふらふらだ。退院はまだ無理だったみたいだな。寝たきりだったのが、急に新宿歩き回ったのも、よくなかったのかもしれない。

「眠い」

と俺はだれに言うでもなくつぶやく。

「えっ？　えっ？」

「下がりなさい！　ほら、こっちに！」

と男はＯＬをかばって、いいところを見せようとする。携帯を取り出して、電話をかけようとする。

「警察は、呼ぶな！」

俺は男の手をつかんで怒鳴る。顔を寄せてさらに言う。

「救急車も、呼ばなくていい。いいか。俺は、あぶないもんじゃねえ。なんにもしねえよ、あんたらにゃあ」

目の焦点まで、合わなくなってきた。

「……あんたら堅気の衆ほど、おりゃあ丈夫じゃない、みたいでね……眠いんだ。それだけ……」

そのまま俺は、尻餅をつく。上半身も後ろに倒れて、男をつかんでいた手が離れる。意識がなくなる前に、すでにガーガー、俺はいびきをかき始めている。

6

見たこともない部屋で俺は目を覚ます。いや正確に言うと、間取りは俺の部屋と同じだ。しかし、「フランフラン」で売ってそうなインテリアってのは、いただけないな。

てことは、ここはあのＯＬの部屋？　通報しないで、俺を泊めてくれたってことか？

床に敷かれた布団の上で、俺は身体を起こす。そのすこし向こうには、ベッドがある。徐々に記憶が甦ってくる。あそこで昨夜、部長がＯＬにねちっこいセックスをしていたはずだ。夜中に軽く目を覚ましたときに、そんなような光景を見た気がする。

どうやら、あの男が、この部屋に上がり込むための口実として俺を利用したってところなんだろう。

「この人もね、きっとなんか事情あるんだろうから、助けてあげましょうよ。今夜だけでも。大丈夫大丈夫、僕が運んであげるし。ついててあげるよ、この男が、気になるんならね。僕が横に、いっしょに、ね――」

聞いたわけじゃないが、たぶんそんなことを女に言って、俺がここに連れてこられたんだろう。

ありがとう、部長！　と、その性欲！

あの男用の寝間着なのだろうか、俺は無印良品のパジャマを着せられている。枕元には、保温ポットとグラスが載った盆。そこに女のメモもある。

「八時までには帰ってきます。お腹がすいたら、冷凍庫にマフィンがあるので、レンジで温めて、食べてください。お大事に」

気が利くなあ。

もそもそと布団を這い出した俺は、言われたとおりにする。

マフィンを食いながら考える。この女、自分がいないあいだに、俺が預金通帳と印鑑パクッて逃げるとか、思わなかったんだろうか。やれるんだけど、俺。いま。

流しに皿を置いてから、俺は室内を物色する。下の段から箪笥《たんす》を開ける。どうしてこう、女ってのは、安いもんでも下着の数を揃えたがるのか。そして、下着の下に通帳を隠したがるのか。あんまり貯めてねえな。家賃が高すぎるのかな。まあいいや。

どうも気乗りがしないので、通帳をそのまま戻すと、俺はまた布団のなかへ。ポットに入っていた冷たいジャスミン茶を飲みながら、女の部屋にあった『レタスクラブ』を読む。


午後二時ごろ、隣から物音がする。隣の部屋——つまり、俺の部屋だ。茶を飲み干したグラスを壁に当てて音を聞く。スペイン語？　いや、ポルトガル語のようだ。二人分の男の声。がたがたと、ものをひっくり返している様子。カネ目のものを探しているんだろう。もっとも、そんなもんは、ほとんど残ってないはずだが。

俺は想像する。

隣に行って、まずドアを開け放つ。驚いてこっちを見るひとり目に跳び膝蹴り。そいつがスローモーションで倒れるあいだに、二人目の首筋に手刀。倒れた両者を蹴りまくって見栄を切る。入ったところが、悪かったなあ！　オブリガード！　そして俺は、拘束した二人組をエサに、イと交渉して、借金棒引き——。

悪くない。唯一の問題は、俺がカンフー・マスターじゃないってことだ。イの野郎も、それをよくわかってる。だから白昼堂々、こんなことやらせてるんだろう。もし俺が邪魔しようとしたら、二、三発だけ殴らせておいて、それから三倍返しにした上で、手下が怪我したとか言って、俺に慰謝料でも請求するってところなんだろう。もちろん、それにもしっかり金利を乗せて。

想像するだけに、しておいたほうがよさそうだ。

ウ・キ・エ・イスト？　エスチ・エ・メウ！　エスチ・エ・メウ！——などと言いながら、隣で部屋を引っかき回している音をＢＧＭに、俺は『オレンジページ』を読んで時間を潰す。

きっちり八時前に、女が帰ってくる。エコバッグから葱《ねぎ》の頭が見えている。お粥《かゆ》を作ってくれるらしい。

「ご飯にします？　先にお風呂にします？」なんて、本当に男に訊いてくる女がこの世にいるとは思わなかった。しかも、寝てただけの俺に向かって、仕事から帰ってきた女が、そんなことを訊くんだぜ⁇

そういうこと言う女ってのは、男に媚《こ》びているんだろう、と俺は思っていた。いい奥さんっぽい演出してりゃあ、男をつなぎとめていられる、とか。そんな意識でやってんだろうな、ぐらいのことを俺は思っていた。

この女——尚子《なおこ》という名前だ——は、とくにそういう意識でいたわけでは、ないようだ。つまり、俺の気を引きたいわけではない、らしい。その証拠に、お礼のつもりでクンニリングスをしてやろうとしたところ、あまり嬉しそうではなかった。まあ、途中で俺が吐いちまったのが、いけなかったのかもしれないが。体調が悪いせいだったのだが、失礼なことをした。

　要するに、彼女としては、慈善の精神ってやつだったのだろう。ゴミ集積場脇の猫どもにエサをやっているグループのひとりも尚子らしい。猫は恩返ししない。つまり、そういう行為そのものに喜びを覚えるタイプということだ。見返りのない善行というやつに。


　尚子は福島県の出身で、進学のために東京に出てきた。短大卒業後、一度就職して、退職。その後は派遣ＯＬとして、いろんな会社で働いて、いまは生命保険会社にいるそうだ。あの「部長」は、本当は課長補佐で、妻子がありながら、尚子に手を出した。ここ一年ぐらい、付いたり離れたりしながら、ずるずると関係がつづいているそうだ。

　この部屋では、尚子は一度、べつの男と半同棲していたことがあって、俺が着ている寝間着は、そのときの残置物らしい。趣味は読書と音楽鑑賞、そして温泉めぐり。

　地味な顔つきだが、たしかにオヤジ好きするような立派な乳房をしている。髪の色がすこし明る過ぎるのが野暮《やぼ》ったいのだが、そういうバランスの悪さが、逆に劣情をもよおさせるっていうの？　そういうところも、あるんだろう。

　もちろん、これまで未婚で——歳は教えてくれなかったが、見たところ、二十七、八ってところか。

　俺自身については、こんなストーリーを話しておいた。

　北九州のとある鉄鋼王の家系に生まれた俺は、父親の仕事の関係で、米国のボストン近郊で育った。ついこのあいだ、遺伝子工学を研究していた父が失脚。表向きは大学内の勢力争いに破れて下野した、とのことだったのだが、その裏には、超多国籍巨大企業がからんだ陰謀があった。日本に帰国してジャーナリストとして活躍していた俺にも、謎の組織の魔の手が伸びる。黒いスーツに黒いグラサンをして黒いクルマに乗った連中が俺をつねに監視して、追跡し、そして――。

信じるわきゃないがね、こんな話。まあ、彼女はそれなりに楽しそうに、聞いてくれてたようには、思うよ。


なにも起こらないことのよさってのが、この世にあることを俺は発見した。

いや、起こってんだけどさ、本当は。ここの隣の部屋だって、真っ昼間っから荒らされてんだし。俺が言いたいのは、「なにも起こってない」と思い込めるような、静かな生活ってのが、まだあったってことだ。

戦争も、暴力も、飢餓も、環境破壊も、経済的不安からも、一切無縁でいられるようなイメージ。地球はうまい具合に回っていて、お父さんは固定給がある仕事へ、お母さんは毎日子供にご飯を作る。そんな、不滅の光景。

その光景は、ずっとつづいていく。イメージ上は、永遠につづく。自分が死ぬ瞬間まで、そのイメージが不滅だと思っていられりゃあ、これはもう、ほぼ永遠だと言っていい。自分が生きているあいだに、自分の子供が子供でもこさえてくれていれば、さらに完璧だ。

悪くないじゃないか。それは。

それでうまくいけば、よかったのにな。みんな。

善人だって、この世の中にはいっぱい生きているのだから。俺みたいな、ヨゴレだけじゃなくってさ。

だって、おかしいじゃないか？　正直者が馬鹿を見るってのは。だれかから言われたとおりに、善良に生きているはずの者が、矢印ささった肉として、切り刻まれるなんて。切り刻まれていたことも気づかないまま、死んでいくなんて。どこにもない永遠なるものを夢見ながら。

そんなに遠くない将来、尚子も子供を生むんだろう。生まないかもしれないが、こういうタイプは、生んだほうがいい。課長補佐の精子じゃなく、もちろん俺の精子じゃなく、もっとまともな奴、遺伝子のなかに幸運引き寄せるラッキー・チャームが仕込まれてるような男のがいい。彼女なら、きっといいお母さんになる。

いいお母さんは、いたほうがいい。いいお母さんが、いい子供を生んだほうがいい。子供はちゃんと成長して、いい大人になったほうがいい。いい大人じゃない俺がそう思うんだから間違いない。世の中、そのほうがいい。猫どもだって異論はないはずだ。


俺はカリフォルニアのサンフェルナンド・ヴァレーに生まれて、少年野球のチームに入りたかった。『がんばれ！　ベアーズ』のテイタム・オニールと、一緒に野球をしたかった。

ニュージャージーに生まれるのもいい。ジャージーだったら、アズベリー・パークのあたりで、五〇年代の終わりか、六〇年代の最初に生まれて、そして、ビールっ腹のオヤジになって、ブルース・スプリングスティーンのコンサートに行く。ボスが地元で演《や》るときは、いつもお祭り騒ぎだ。スタジアムの駐車場では、みんなでバーベキューをして、歌をうたって、コンサートが始まる前から盛り上がる。女房は来ないかもしれないが、子供が男の子だったら、絶対的に強制参加だ。町内のオッサン連中といっしょに、肉を焼いて、いっしょに「サンダーロード」を歌うんだ。

そんな人生を、俺は体験したわけじゃない。だから実際問題、それがいいもんなのかどうか、わかるわけはない。わかるわけがないもののイメージが、まるでそれが完璧な人生であるかのように、俺の頭のなかにずっとある。

手が届くわけがない、無害な妄想だ。たぶん、無害だ。すくなくとも、俺以外には。

異星の異空間にも、俺のと似たような種類の妄想が息づいていることを、俺は初めて実感した。その妄想をひそやかに信じつづける、静かなくらしがあることを知った。

結局俺は、尚子の部屋に三泊した。そのあいだ、課長補佐は一度もやってこなかったから、もしかしたら、この点だけは具体的に彼女に恩返しできたのかもしれない。すくなくとも俺は、ねちっこいセックスを強要しなかったわけだし。

ポルトガル語の連中は、あの翌日以降は、あらわれなかった。俺の体調のひどさも、徐々になんとかなってきた。一日のうち、虫が這い回る頻度《ひんど》が減ってきた。

そろそろ、おいとまする潮時だ。

ここにずっと、居つづけるわけにはいかない。もう十分に面倒は見てもらった。行くあては、ないと言えばないが、あると言えばある。というか、もはや選べる立場じゃねえ。

地上で一番行きたくなかった場所へ向かう決心を、俺はし始めていた。

布団を畳んで、その上に坐って、ゆっくりストレッチする。痛みで飛び跳ねない範囲で、腕や足を伸ばしてみる。スリッパを履いて、保温ポットを手に、俺はベランダへ。尚子の部屋と、俺の部屋のあいだにある、隔て板を蹴り破る。俺の部屋のベランダへ移ると、保温ポットで窓ガラスを叩き割る。ひっでえ部屋が、もっとひでえことになってやがんな。

散らかり放題だったのは前からだが、物盗り野郎のせいで、なにもかもひっくり返されている。盗るものもないだろうと思っていたのだが、冷蔵庫以外の家電を全部、床に敷いていた大きなラグ、シーリング・ファンまで持ってってやがる。俺のスーツも靴も、ほとんどいかれたな。革張りのソファが残ってるのは、後日、でかいクルマで運ぶつもりか。

大混乱の部屋のなかから、俺は当面必要なものをいろいろ掘り起こす。ろくな服が残ってねえな。きっつい柄のアロハ・シャツを俺は手にとる。ミッキー・マウスをパチッたキャラクターが、腕にシャブを打ちながら、いろんな動物を後背位で責めている絵柄が、ラット・フィンクみたいなタッチで表現されている。マイアミに初めて行ったとき、いろいろキメて、あまりに楽しくて、つい買っちまったくだらないもののひとつだ。まあ、前開きのシャツだから、いいか。いま腕がこんな具合だし。

そのアロハに膝丈のチーノ・ショーツ。ビーサン。どっからどう見ても、八〇年代初頭の田舎ヤンキーがバイクで転んだあとの図だな。それから俺は、CDを一枚探し出す。尚子の部屋にもう一度戻ると、畳んで積んだ寝間着の上に、それを置く。

ジョー・コッカーの七四年のアルバム、『アイ・キャン・スタンド・ア・リトル・レイン』のCDだ。こういうのは、あんまり俺のテイストじゃないんだが、以前、アレンジの参考にするために買った。これを尚子に残していく。

荷物かついで部屋を出てから、すこし気になる。ジャケの表面に「M7」と付箋《ふせん》を貼っておいたのだが、それが七曲目を指してるってことに、彼女は気づくだろうか。ジェームズ・ブラントのあんなくそ歌よりも、ジョー・コッカーの「ユー・アー・ソー・ビューティフル」が、一万六千倍以上はいい曲だってことに、気がついてくれるかな?

7

子豚のような鼻をした中年男がだらだらと汗をかいている。空調は効いてるんだから、どっか悪いんじゃねえか。それとも、俺が目の前に坐っているせいか。

「やっ、いや、それは、俺が決められることじゃないっていうか――」

「決めろよ」

と、俺はそれだけ言う。

「いやぁ……」

と奴はまた汗を一垂らしする。

本とCDの中古品販売チェーン「BOOK　KNOCK」の王子駅前店に俺はいる。テーブルの上には、俺が持参したくだらないCDの山。そして、白紙の履歴書が一枚。

「俺らぁ、同じ地元じゃん？　第七小の仲間じゃん」

「あ、ああ。そうだよね」

むかし、俺に「子豚」と呼ばれてた男、八田《はった》が、いまここの店の店長をしている。

「だっからさあ、融通してくれても、いいんじゃないのぉ？」

「うん、うん。俺もさあ、ジョーちゃんの頼みは、聞いてあげたいんだけど――」

「聞いてあげる、だぁ？」

俺は動くほうの眉を上げる。

「やっ、違う違う。ぜひ、やらせてもらいたいんだけど……でも……」

八田はうつむいて悩む。

「よお、なーに、暗い顔、してんだよ！」

俺は動くほうの手で、奴の肉付きのいい肩を叩く。汗でぬるっと手が滑る。

「むずかしいことは、俺、なーんも言ってないだろ？」

地球上で一番行きたくない場所、北区の片隅《かたすみ》に俺はいる。そこで俺は、むかしの知り合いを恐喝している。

義人の忠告を聞くまでもなく、辰夫とあんな具合にモメた以上、ここのところ俺が利用していた人脈に近づくのは危険だ。生前の俺のテリトリーにも、無闇に立ち寄るわけにいかない。

そんなわけで、溜池山王から南北線に乗り換えて、わざわざこんなところまでやってきた。辰夫もここが地元だったんだが、奴は悪行を積み過ぎたせいで、逆にこのあたりが鬼門になっていて、滅多なことでは帰ってこない。

いまの俺、全財産が二千円のゾンビ野郎が目先のカネをガメるには、こんな場所しか残ってなかったってわけだ。


俺はもう一度最初から説明を始める。

「いいか。俺は、レコード制作のプロで、音楽にもくわしい。素人じゃねえんだ。これは、わかるよな?」

「わかるよ、もちろん。わかるわかる」

と八田は機械的に笑顔を作ろうとする。

「その俺がだよ、お前の店で中古CDの買付けと値付けを担当するバイヤーになってやる、つってんだよ。いい話だろうが?」

「いやー、でも、ウチは……」

「『BOOK　KNOCK』ってさあ、どんなCDでも、同じ値段付けてんじゃん? 仕入れのときも、盤やジャケの状態だけで、買い値決めてんだろ? そりゃないって。ソフトの内容が一番重要なんだから。俺が立て直してやるよ、お前んとこ」

「……でも、本部が決めた方針っていうのが、あるから……」

「それを、お前が変えるんだよ！」

また俺は、八田の肩を叩く。

「ここの店、フランチャイズだろ？　お前の力量で、面白い店にしてやりゃいいじゃん？」

「うーん……」

と、八田は悩みつづける。さえねえな。

「まあ、その『本社の地区ディレクター』って奴に、うまいこと言っといてくれよ。年俸は勉強してやるからさ。ただし、前金でな」

そう言って俺は、アロハの胸ポケットから出したゴロワーズに火を点《つ》ける。

白紙の履歴書を見ながら八田が言う。

「ジョーちゃん、これ、書いてないけど？」

「ああ、お前、適当に書いといてよ。なんか都合よく。俺、そんなん書いたことないからさ。お前のほうがうまいだろ、そういうのは」

八田は油圧式の微妙な笑顔。

「ま、それはそれとして。今日はこのＣＤ、八八二円通しでいいや、全部。それでまとめて、買ってくれよ。五十枚あるから、四万五千円ってとこかな。色つけてもらって」

折れてなくなった歯の隙間から、俺はふーっと煙を吹く。

「その値段って、一体……」

「ん？　お前んちの店頭価格の上限って、いま一枚千二百六十円じゃん。だからその七掛けで卸してやるってこと」

「……あの、ウチの買い値って、通常は一枚百五十円とかで――」

「百五十円だあっ！」

と、俺はわざと声を荒げる。ひいっ、と八田が縮む。

「ややや、もっと高く買えるものもあるんだけど……でも、このCD『サンプル盤／当社貸与品ご使用後はご返却ください』って、ステッカーが貼られてるじゃない？……ウチ、サンプル盤とか見本盤とかは、扱えないんだ。それ、違法なんだよ」

「大丈夫大丈夫。このステッカー、すぐに剝がれるから。やりかたは、前に一回、教えてやったろう？　剝がせば商品になるって。盤面の印字も、すぐに消せる。もう忘れたのかよお前？」

「覚えてるけど……」

八田は溜息をつく。そして「ちょっと、係の子を呼ぶね」と、内線で買付け担当のバイトを呼びつける。さえねえな、まったく。

この程度の交渉が、どうにも具合がよくねえ。俺のラッキー・チャームがなんだったのか全然記憶にないが、きっとそれだけが、どっかの山んなかで、まだ埋まったままになってるに違いない。

部屋の向こうでバイトとこそこそと話をしていた八田が、俺のところに戻ってくる。

「……ジョーちゃん、申し訳ないんだけど……」

と、びくびくしながら、俺にカネを渡そうとする。八千円か。売り物にならないCDが大半なことは俺も自覚しているから、実際は二、三千円のものを、こいつがポケット・マネーで色つけてくれたってところか。

ついこないだまで、表参道で何千万の話してた奴が、北区の王子で八千円かよ。落ちたもんだな一気に俺も。

ま、しょうがねえ。

怒った顔を作ったまま、俺は八田のカネを受け取って言う。

「じゃあ、これは貸しってことで、いいや。そのかわり、バイヤーの件、よろしく頼むぜえ？」

「えっ、ああ、うん。でも——」

こいつの話はこれ以上聞かないほうがいい。

「じゃっ、そういうことで。色よい返事だけ、待ってるからさ！」

突然の災難におそわれて汗をかきつづける八田を残して、俺は店を出る。予想はしていたが、こんな金額にしかならないんだったら、本当に選択の余地はない。しょうがねえ。王子の駅前を歩きながら、俺は腹をくくる。


都電荒川線に乗って、東王子駅まで行く。三分の一の店がシャッターを閉めている商店街を歩く。残りの三分の二は、地権者が趣味で開けているような店。そのなかのひとつ、「コマガタ電器」と看板が上がった店の前に俺は立つ。

しょぼくれた店の前に、しょぼくれた俺がいる。

どこかから、ぶっとい声明《しょうみょう》の音が聞こえてくる。ディジュリドゥみたいに、低域と倍音がものすごい。寺なんか、近くになかったはずなんだけどな。

深呼吸して、店のドアをくぐる。いらっしゃいませ、と俺を迎えたのは育代《いくよ》という名の馬鹿女。店番をしていたこいつと俺は、互いに小さく「ちっ」と舌打ちする。どこの坊主だかしらねえが、うるせえな。店のなかまで響いてやがる。

「晃三《こうぞう》、いねえんだ？」

と俺が訊くと、目も合わせずに「エアコンの設置」と育代が答える。義兄さんおひさしぶりねとか、外は暑かったでしょうとか、その程度の口も利けねえのかこの女。

「そうか。じゃあ待つわ」と俺は店の奥に行こうとして、そこでお袋と鉢合わせする。じろっと俺を一瞥《いちべつ》した彼女は、なにか口のなかでぶつぶつ言って、そのまま脇を通り過ぎる。そして店内のミニコンポのところに歩いていって、ヴォリュームをいじる。声明の音が大きくなる。なんだこれ？　CDだったのか？　へんな倍音のせいで、音の出所がわからなかった。

「一体こりゃあ、なにかけてんの？」

と俺は母親に訊く。

じろりとこっちを見た彼女は、CDのケースを俺に手渡す。あやしいデザインのカバーには、『チベタン・インフィネイト・プレイヤーズ』と記されている。どこで売りつけられたんだよこんなもん。

「有り難いお坊さんのな、有り難いご声明なんよ」

うちは真言だったんじゃねえのかよ？　よく集中してみれば、ぶおぉぉぉん、ぶおぉぉぉん、という響きの奥から聞こえてくるのは、母音とハミングだけだ。うなりつづけるミニコンポの脇には、秋川雅史の「千の風になって」のCDシングルもある。

奥へ行こうとする俺に母親が言う。

「お前！　お父さんに――」

「あーわかったわかった。挨拶するよ」

倉庫がわりに段ボール箱が積まれた土間を抜けて、上《あ》がり框《かまち》に腰掛け、ビーサンを脱ぐ。ガラス障子を開けて、奥の間に。この四畳半は、もともとは店の者の休憩スペースだったのだが、いまはここで一息つく者はいない。近所のばあさんが電球か電池買いにくる以外、売ってるのは暇だけって店になってるのだから。

四畳半の中央、いつのだかわからない茶菓子が盛られた鉢が、卓袱《ちゃぶ》台《だい》の上で埃《ほこり》をかぶっている。それを見下ろしている仏壇、そこにある親父とじいさんの位牌《いはい》に手を合わせる。そして畳の上で横になる。

仏壇の脇に見慣れないものを発見する。いやらしいエアブラシで描かれたイラスト・ポスター。ラッセンみたいなタッチで、二頭のホワイト・タイガーが、なんかスペーシーな背景の前にいる。ポスターの四隅に、きたない字で文言が書きつけられている。

「だいじょうぶ！　これから、良くなる！」

「太陽はおともだち」

「兄弟みんないい子」

「かわいい孫！」

といったようなことが、書いてある。お袋の字だ。願掛けのつもりか。どっかの占い師だか、拝み屋だか、スピリチュアル・アドバイザーだかに教わったやりかたなんだろう。

畳の上をごろごろ転がりながら部屋の端まで行った俺は、襖《ふすま》を開けて台所へ。足で冷蔵庫を開ける。牛乳しかないってのは、なんなんだ。起き上がって、水屋から湯飲みを出して注ぐ。それを片手に、裏庭に面した縁側に腰掛ける。煙草を喫う。どこかで蝉が鳴いている。

かつては、じいさんが鯉を飼っていた小さな池で、青みどろの汚水がくさっている。そのまわりには、いくつもの切り株がある。あのくそ女、嫁に来たと思ったら、庭が暗いとかぬかして、木を全部切っちまいやがった。人間のほうが木よりも偉いと思ってやがんだろう。そのことについて俺が罵倒《ばとう》して以来、育代は俺を敵視している。

じいさんの自慢だった庭は、いまや唯一の使い道として、壊れたエアコンやらＴＶが雨ざらしで積み上げられたジャンクヤードに成り果てている。

「あれっ、来てたんだ?」と、台所のほうから声がする。がっしりした体格に、短い髪。実直を実体化したような実弟が、作業着の首にタオルをかけて、こっちを覗いている。

俺の姿を見て、眉をひそめる。

「丈兄ちゃん、どうしたの？　その怪我？」

いやあ、やっとまともな人間がいたねえ。

「ん？　まあ、ちょっとね」

「医者、行った？」

「一応ね」

「ふうん」

これで話が終わるのが、こいつのいいところだ。面倒くさくなくていい。

やっぱり、こいつに頼んでみるしかねえな。

「あのさあ、ちょっと何日か、ここに泊まってこうと思うんだよ。事情があってね。で、お前から、うまいこと言っといてほしいんだわ。女性チームには」

「俺が言うの？」

「そう、そう。どうせ、使ってねえんだろ。ここの二階って」

「わかった」

よしオッケー。これでなんとかなる。雨露《あめつゆ》をしのげる場所は確保できた。精神衛生上は最悪だが、さすがに路上で寝るよりは肉体的にましだろう。

「じゃ、言ってくるよ」

と店に向かおうとする晃三を、ちょっと待った、と俺は呼び止める。

「あと、カネ貸してほしいんだけどさ」

「いくら？」

そうねえ、どれぐらいかかねえ。海外逃亡には、いくらかかるかな。行く国にもよるな。マイルが貯まってるから、たいていのところへはそれで飛べるはずだ。あとは当座の生活費。俺が今日、八田の野郎に提案した話は、当てにしていいもんなのか、悪いもんなのか。それしだいってとこはあるんだが。

「百から二百ってところかな、最低、必要なのは」

晃三はなにも応えない。黒目がちな目で、見つめ返すだけ。

「あー、いや、駄目ってんなら、しょうがないんだけどね」

「俺、おカネないよ」

「わかってる、わかってる。まあちょっと、考えといてくれよ」

と、俺は話を終わらせようとする。しかし、晃三は立ち去らない。

「丈兄ちゃん、よそでもおカネ借りてるの?」

「うーん、ま、借りてるっつうか……なんつうか」

「この前、店に電話あったんだよ。イさんっていう人から」

さすが、手がはええな。闇業者は。

「母ちゃんが電話とったんだけどさ、最初」

「気にしないでいいよ、あれは」

イの奴は、たんに俺にプレッシャーかけるために電話しただけで、こいつらをどうこうできるわけじゃないはずだ。たぶん……そう思う。

晃三は俺の話にうなずく。そして、立ち去っていく。

ここに帰ってくると、俺はいつも、『悪魔のいけにえ』を思い出す。レザーフェイスがチェーンソーで人を殺しまくる、あの映画だ。ここがあのテキサスの狂人一家の屋敷のような気がしてくる。晃三なんか、典型的にレザーフェイス化しそうなタイプだね。そしてこの場合、まっさきに刺されんのは、絶対に俺。そこんとこは、自信ある。

数年前、まだ俺のビジネスが完全な死に筋になり切る前に、ここの土地を担保にカネを借りてくれと、お袋に頼んだことがある。もちろん即座に断られた上で、前より一層、蛇蝎《だかつ》のように忌《い》み嫌《きら》われることになった。

かくして俺は、レザーフェイス一家からも邪悪あつかいされる、お話にならない化け物となった。一家の素晴らしい拠り所を、存在基盤をおびやかした不届き者として。

そんなわけで、俺はここ数年、なにがあっても、ここにだけは寄りつかないようにしていた。しかし因果なことに、いまここ以外に、枕を落ち着けられるあてもない。

煙草を喫い終わるころ、夏の長い日が暮れてくる。湯飲みを台所の流しに戻して、土間脇の細い階段で二階へ上がる。そして俺の部屋だった場所へ。段ボールがいくつも投げ込まれている以外は、まるでむかしどおりだ。

俺が家を出たのは、バンドがメジャー・デビューしたときだった。しかし、高校のころから、ダチの家やら女の家やら泊まり歩いてたから、ここにはたまに帰ってくるだけだった。だもんで、まったくもって、長年にわたって、オーガナイズされていない。ガキのころから溜め込んだものが、なんやかんや、いろんなところに積み重なったままになっている。

「じゃあ、俺ら、帰るねえ！」

と、階段の下から晃三の声がする。

店を仕舞って、いま住んでいるところに移動するようだ。

数年前、恭一の野郎がＫＹＯで稼いだカネで、ここの近場で、お袋にマンションを買ってやった。晃三と育代とお袋は、いまはそこで、水入らずでくらしている。ここは店として使っているだけで、それ以外の部屋は、基本的に物置きになっているだけだ。

壁に貼られたジーザス＆メリー・チェインのポスターが剝がれかかっている。

カビくさいベッドに腰掛けて、俺は意識のなかでタイムスリップする。

古いロック雑誌のバックナンバーを引っ張り出すと、俺はベッドに寝っ転がる。アマゾン先住民の長老を連れたスティングが、熱帯雨林の保護を訴えている記事を読んでいるうちに、俺は眠りに落ちる。

8

深夜に目が覚めたその瞬間、天井の美少女と目が合う。ベッドに仰向けに寝ると、ちょうど目がいくあたりの位置で、ポスターのなかのジェニファー・コネリーが俺を見下ろしている。『フェノミナ』のときのやつだ。中学のころの俺の仕業だ。

そんなもん見つけたせいで、目がさえてしまう。冷蔵庫にはなにもなかったから、ビールでも買いに行くことにする。階段を降りて、暗い店のなかを抜ける。シャッターを開けて、寝静まった商店街へ出る。ウチの四軒先に「蟹の甲羅」んちの店があったんだが、閉まっている。酒屋から、酒も置いているコンビニ調の店に商売替えしたはずなんだが、潰れたのか。

もうすこし歩いて、大手チェーンのコンビニエンス・ストアまで行く。頭悪そうな店員がひとりレジにいて、頭悪そうな客がひとり、梱包《こんぽう》を解かれたばかりのマンガ雑誌をしゃがんで読んでいる。発泡酒の五百ミリ缶六本パックをひとつと、安いウォッカを一瓶買って、店を出る。そしてまた、無人の商店街をひとり歩く。

俺は潰れた店というのが嫌いだ。ひどく悲しい気持ちになる。

都心の大きな繁華街じゃあ、貸しビルの店舗なんて、あっという間に入れ替わってしまう。ひとつの商売がとんで、つぎのだれかが入居する。新しい店になったら、その前がなんだったか、思い出せない。そんなことをみんな、普通に受け止めている。

どんな商売だって、その裏には、いろんな泣き笑いがあったはずなのに、そのことはだれも想像しようとしない。

いや、もしかしたら最近じゃあ、泣き笑いもないまま、大資本が出店しては、具合が悪けりゃ従業員解雇してすぐに撤退っていう、そんなシステムが普通なのかもしれない。

街は賭場と同じになっちまった。街で働いている人間は、トランプのカードと同じだ。場にカネを張って、それを動かして勝負するときに、山から引いたり、テーブルに捨てたりするための絵札と同じだ。人間なんて、そんなもんだってことに、なっちまった。

そんな博打《ばくち》のとばっちりは、こんな小さな商店街まで押し寄せてくる。

「出たっ！　出たよー。ジョーちゃんの『ぼやき節』っ！」

頭のなかで、屈託ない笑顔の小太郎が俺を囃《はや》し立《た》てる。


きっと俺は、幼稚なんだろう。

十三歳のころまでに知ったこと。体験したこと。そして「いいな」と思ったこと以上に、この世に大事なことはなにもない、と思っている——ようなところがある。

幼稚な俺は、時間が止まった俺の部屋のなかで、過去のがらくたを掘り出しては、いろんなことを思い出している。あったね、ブルー・ロンド・ア・ラ・ターク。結構そろえてやがんな。アナログだから、レコファンに持ってけばいいのか。ディスクユニオンのほうが、値段付けてくれるかな。ああいうところは、音楽雑誌も買ってくれるはずだ。まとめて持っていけば、いくらかにはなるだろう。スミスはキープ。コステロは、部分的に売ってもいいな。スクリーミング・ターゲットだぁ？　よくそんなもんまで買ってんな俺。

発泡酒を飲みながら、発掘作業をつづける。忘れきっていた過去の自分と、モノを通じて対話する。

押入れの左奥、中学以前の地層と思われるところに、スニーカーの空き箱が積まれている。箱のなかには、カセット・テープがぎっしり詰まっている。下手くそな字で、インデックスに曲名が書かれている。そんな箱が、いくつも、いくつもある。その下に、なにか大きなものがある。でかいラジカセ。

ソニーの「ジルバップ」じゃねえか！


頭のなかで、なにかがはじけ飛ぶ。

ちっしょう、こんなとこに埋もれてたのか！　俺のレーベル、「ジッターバップ」って名前は、この「ジルバップ」にちなんで付けたものだったんだ。忘れてたよ、そんなこと。

親父が買ってくれたこのラジカセで、恭一と俺は、ＦＭラジオをエアチェックしたんだ。ラジオでかかる洋楽ロックを、カセット・テープに録音しつづけていた。

ウチは「ナショナルショップ」だったから、ソニーの商品は売ってなかった。でも恭一が、どうしてもこのジルバップがほしい、と親父にねだったんだ。

それは初代の「ＣＦ－６５００」。でっかいウーファーが二発、ツイーターも二発。それがカセット・プレイヤーの両側に配置された２ウェイ／４スピーカーのブームボックス。すっげえかっこいい、と俺も思った。

親父は見栄っ張りなところがあったから、きっと彼自身、最新鋭のラジカセに興味もあったんだろう。それを息子たちに買ってやれる、という自分の姿も気に入っていたんだと思う。箱をかかえて、誇らしげに家に帰ってきた親父を覚えている。兄弟仲よく、大事に使うんだぞー、と彼は言った。

そうなんだ。すべてはこのラジカセから、始まったんだったよ。

俺はこいつから、最初にロックを学んだんだった。

親父がビルから飛び降りて死んだのは、その二年後だった。

9

親父が自殺した理由は、よくわからなかった。わかるわけがない。その当時、恭一は十歳で、俺は八歳だった。

あとから聞いた話では、店の状態そのものは悪くなかったらしい。問題は、本業以外に親父がいろいろやっていたことだった。土地がらみの、ややこしいなんやかんや。売り買いするほど、親父は土地を持っていた。それを全部手に入れたのは、俺のじいさんだった。

王子には、野戦病院があった。米軍のやつだ。

もっとも、俺はそんなもの、覚えてはいない。俺が生まれた年、七一年にそこの土地は日本に返還されたからだ。六八年、ヴェトナム戦争の傷病兵を収容するために作られたその病院は、地元住民のはげしい反対運動にあっていたらしい。

そのころちょうど店主になっていた親父は、もちろん反対運動には加わったんだが、その裏で、いろいろとごそごそやっていた、そうだ。じいさんが、そう言っていた。

北区には、旧日本軍のころから、でかい軍用地や施設があった。だから東京が空襲されたときは、ひどいことになったそうだ。そして敗戦後は、その軍用地のほとんどを、進駐軍が使用することになった。

群馬の農家の四男坊だったじいさんは、早くから東京に丁稚奉公《でっちぼうこう》に出ていた。彼がひと財産作れるチャンスこそ、この終戦後のどさくさだった。王子の進駐軍施設から仕入れた横流し品を、上野の闇市に持っていって商売したそうだ。そこで作ったカネで、じいさんは北区の土地をいくつか買った。そして、そこで電器屋を始めた。

戦後に伸びた商売はいろいろあるが、じいさん曰《いわ》く、化粧品屋、薬屋がとにかく安定してよかった、らしい。国が復興していくなかで日本人がほしがるものがそれだった、ということがひとつ。もうひとつは、それらの商品は「再販売価格維持制度」で守られた指定再販商品だったからだ。本屋もこれで守られていて、よかった。

それらほどではないにせよ、電器屋もよかった。じいさんが店を「ナショナルショップ」にした直後、皇太子のご成婚パレードがあって、とにかくだれもかれもがＴＶをほしがった。

東王子にあるこの店がコマガタ電器の本店だったんだが、王子の駅前にひとつ、赤羽と十条にもひとつずつ、じいさんは店を持つにいたった。すべて土地を買って、そこで店を経営した。電化製品は売れつづけ、地価は上がっていった。

当たり前のようにカネがもうかって、じいさんは成功した。じいさんの口ぐせは、「戦争に負けて、よかった」だった。彼はアメリカが大好きだった。

じいさんが作った基盤の上で、派手好みの親父は調子よくやった。よくカネも遣った。兄貴と俺が私立の幼稚園から私立の小学校に行かされたのも、その一環だった。それがそのままつづいてりゃあ、こっちも問題なかったんだが。

なんでそんな場所を選んだのか。有楽町の日劇ビルから親父は飛び降りた。東芝の広告サインがあったあたりから飛んだそうだ。そんなことするもんだから、当時、新聞ダネにもなったらしい。残されたお袋や、息子に先立たれたじいさんにとって、それからが大変だったらしい。親父がこさえた負債やらなにやら、一気に表に出てきたりしたそうだ。親戚もからんで、いろいろあったらしい。

しかし俺には、そんなことに気を回している余裕なんかなかった。私立から区立の小学校に転校させられて、そしてすぐに、溺死しかけることになったわけなのだから。なによりもまず、自分自身がサヴァイヴァルしていくことが最優先事項だった。

第七小の連中に追われ、隅田川で溺れかけていた俺を救ったのは、恭一だった。

俺の二コ年上だった奴は、俺と同時に転校させられたにもかかわらず、自力でサヴァイヴァルを始めていた。それはつまり、暴力にはそれ以上の暴力で対抗する、という意味にほかならない。

川から救われた俺は、恭一の指導にしたがって、闘いへと向かっていった。俺のデビュー戦は、俺をリンチした奴らへのお礼参りシリーズだった。まず最初に、恭一と俺で「ボスづら」をシメた。二対一で卑怯《ひきょう》だとか、面白いことをほざきやがったので、徹底的に殴ってやった。文句あんなら、何人でも連れてこいやあ！と恭一は吠えた。

そして俺らは、「猿」「蟹の甲羅」「子豚」の順でシメていった。「ボスづら」をシメた翌日に、スピーディーに、全部まとめてやるつもりだった。

学校の休み時間や、放課後、それから「宿題いっしょにやろう」なんつって、家までおしかけて、シメあげようとした——ところ、「ボスづら」の兄貴、「中一」の野郎が介入してきやがった。「子豚」——つまり八田の目の前で、恭一も俺も、こいつにひどい目にあわされた。野郎が小者であることはわかってるんだが、さすがに相手が中学一年じゃあ、小四と小二のチームには荷が重かった。

とはいえ、そこでイモ引くわけにはいかない。

下がれるような「後ろ」なんて、俺らにはなかった。

お礼参りに対するお礼参りで、ひどい目にあった恭一と俺は、さらにそのお礼参りをすることにした。こっちがやられたより、もっとひどい目にあわせてやればいい。

土産物屋で売ってる木刀と、少年野球用の金属バットを持った俺ら兄弟は、「中一」の奴の寝込みを襲った。子供部屋のガラスを叩き割って、布団の上から得物で殴りまくって、そして逃げた。

ここから、「中二」の奴が通う東王子中の連中と、俺らのあいだで抗争が始まった。いくら「中一」がイモ野郎だろうが、小学生にシメられっぱなしじゃあ、あっちも示しがつかない。つぎからつぎから、ややこしい奴らが出てきやがった。恭一も俺も、これには手こずった。

抗争は長期化した。何回かの停止期や再燃期を経て、一歩も引かずに暴れ回っていた俺ら兄弟は、その武名がどんどん高まっていった。いつの間にか、第七小で俺らに逆らう奴はいなくなっていた。

抗争を生き抜いて、恭一が東王子中に上がるころには、ワル軍団の幹部の椅子が用意されていた。その二年後、俺も鳴り物入りでその中学に上がった。恭一と俺は、なにしでかすかわからない狂犬コンビ「狛犬ブラザーズ」と呼ばれて、地域一帯のガキのあいだで、ちょっとした有名人になっていた。やさしくしてくれていた商店街の大人たちは、しだいに俺たちを煙たがるようになっていた。

それを俺は男の勲章《くんしょう》だと思っていた。

そんな俺のヒーローは恭一だった。ああ、いまとなっては認めたくないが、俺は奴のけつっぺたにくっついて、血の嵐のなかをくぐり抜けていったんだった。

10

そんな時代の日々の記録が、これらのカセット・テープにはおさめられている。

といっても、喧嘩の実況生録りテープだってわけじゃない。俺ら兄弟は、外で暴れまくる一方で、いつも定時に家に帰ってきては、ラジオのエアチェックだけは欠かさずつづけていた。FM雑誌の番組表にマーカーで線引いて、兄弟で交代して、当番制で、聴きたい曲、知りたい曲を録音しつづけていた。そんなテープだ。

そうやって、俺はロックを学んでいった。だから、よくいる「音楽好きなんです」とか自称するような奴とは、俺はちょっと感覚が違うように思う。

自分が音楽好きかどうかなんて、俺にはよくわからない。ただ、サヴァイヴァルしていく日々のなかで、ロックが必要だった。絶対に必要だった。それだけだ。

一般的にはロンドン発の最新鋭ロックだったようなものが、俺にとっては、生き残るための抗争劇のBGMだった。ザ・クラッシュがなにについて怒っているのか、当時の俺はまったくわかってなかったが、赤羽のゲームセンターで東王子中の奴らと込み合ったとき、俺の頭のなかでは「白い暴動」がずっと鳴りつづけていた。

間違った解釈だろうが、なんだろうが、自分の前に立ちはだかってくる「世間」てやつと衝突するとき、絶対に欠かせないものが、俺にとってのロックだった。俺を導くガイディング・スターであり、魂の燃料であり、最後の最後まで、絶対に手放せない武器。それが俺にとってのロックというものだった。

それは、たんなる音楽じゃあない。ご趣味や教養なんて、ぬるいもんじゃない。旧家の蔵から出てきた刀剣は美術品かもしれないが、狩猟民にとってのナイフは、いま現在、生きていくためのすべてをつかさどるものだ。それと同じだ。

でまあ、そんなわけだから、当然、生きていける場所がすくないんだ。いまどき狩猟民なんて、どこかのジャングルか、北極圏ぐらいにしか居場所はないだろう。

「ロック観の相違」なんて、よく言われるんだな。むかしっから、それも、業界の連中から、とくに。

「ジョーちゃんが言ってる『ロック』ってさあ、いまどき、そんなの、あり得なくない?」——なんて、これまでに何回言われたか、数え切れない。立派な大学出てレコード会社に就職した奴らとか、なんかカラオケで人気の曲書いてるような奴らから、何度も何度も、そんなようなことを言われた。

だから俺は、しだいに、そんな話はだれともしなくなった。「俺にとってのロック」がどういうものかなんて、俺だけが知ってりゃいい。そして、口をつぐんで、音楽でカネを稼ぐことをつづけようとした。そうやって俺は、「プロのミュージシャン」になっていった。

ロック観、なんて話を真顔ですることができたのは、基本的にシルヴァー・マシーンのメンバーとだけだった。より正確に言うと、バンドの初期のころだけは、そんな話題もオーケーだった。恭一も含めて、みんなで、ああでもない、こうでもないと、自分が好きなロックや、自分たちがやるべきロックについて、熱心に議論ばかりしていた。そのせいで殴り合いの喧嘩になったことも何度かある。B級バンドにこだわりがある奴ってのは、切れやすいんだ。俺なんだが。

対バン連中のメンバーにも、ある種の「匂い」を感じさせる奴はいた。そういうのはだいたい、目つきを見ればわかる。だからといって、俺は馴れ合うことはなかった。目礼ぐらいって感じだ。自分のバンドが、固い結束でむすばれたギャング・チームかなんかだと、俺は勘違いしていたらしい。まあたしかに、そういう側面もあったんだが。最初のころだけは。

俺はジルバップの電源コードを、コンセントに挿してみる。まだ生きているようだ。カセット・プレイヤーにテープが入りっぱなしになってるな。プレイ・ボタンを押す。ヒスノイズ。

「こんばんは、渋谷陽一です——」

NHK-FMの『サウンド・ストリート』か。

と、不自然にDJの喋《しゃべ》りが消える。そのかわりに、頼りなげにコード・カッティングするギターの音。なんだこれ？　すっげえ下手……俺じゃん！

反射的に俺はテープを止める。ひとりで赤面。つまり、エアチェック失敗したテープかなんかを潰して、ギターの練習を録音してたってことなのだろう。それにしても下手だ。まあ、その後もたいしたこと、ないっちゃないんだが……。

どこかにあるはずだと思い、俺は押入れの奥を探索する。

ほどなくして、細長いものが毛布にくるまれているのを発見する。引きずり出して、毛布を剝ぐ。やはり、あった。グレコのTL500。ナチュラル・カラーのボディに、黒いピックガード。グレコが作ったフェンダー・テレキャスターのコピー・モデルだ。弦は錆びている。ネックも反《そ》っている——というよりも、ねじれているな。買ったときから中古で、しかもあまり具合はよくなかった。とはいえ、初めて買ったギターがこれだった。当時の俺は気に入っていた。

俺はTL500を拾い上げる。

野獣地帯に放り出されて、十三歳までなんとか生き延びた俺は、恭一といっしょに最初のバンドを始めた。そのころまで、エアチェックの日々はつづいていた。中学に上がってからは、上納金《じょうのうきん》っていうの？　ステッカーやら、パー券やら売らせたカネが、俺ら兄弟のところには集まってくるようになった。俺はそのカネで、せっせと現物のレコードを買うようになった。このギターも、そんなカネで買ったものだ。

たしか、練習用のピグノーズ・アンプは、ここの部屋に一コ置いてってたはずだ。くそみそになっている勉強机らしき場所にそれは埋もれていた。シールドとピックもある。音叉《おんさ》はないので、雰囲気で五弦をAに。ハーモニックスは——うわっ気持ちわりぃ。ネックのせいだな。開放弦を鳴らして音を合わせていく。

何年ぶりだ？　ギターなんて。335を質に入れてから、かなり経ってた。そのずっと前から、すでにギターを触らなくなっていた。

「ギターも弾いてないんだろう⁉」

タワーレコードで、俺の腕をねじり上げながらKYOの野郎が放った言葉が、頭のなかでこだまする。

ああそうだ。弾いちゃいなかったよ、ずいぶん前から。

最初はE。

そして、A！　B！　E！　三本指の右手を、風車のように回す。ピート・タウンゼントのストローク！

アンプのヴォリュームを上げる。ペンタトニックでスケールをひと回し。まだ動くじゃねえか、俺の指。右手は三本しか使えないが、ジャンゴ・ラインハルトは左手の指が二本駄目になってたんだ。あんな天才と自分を比べたら口がくさるが、でも俺は左手は無事なんだから、下手なロック・ギター弾くぶんにはなにも問題ない。

立ち上がって、腰だめにしたギターでチャック・ベリー。そしてキース・リチャーズ。デフ・レパードの「フォトグラフ」。パワーコードが、ピグノーズの5インチ・スピーカーを震わせる。つぎに16ビートでカッティング。これみよがしなテンション・ノートをつぎからつぎへ。シルヴァー・マシーンのファーストの曲だ。どうだ中学の俺？　こんなんは弾けなかったろう？　自分がにやついていることに気づく。まずいね、どうも。楽しいじゃねえか。ギターってのは。

ウォッカを喇叭《らつぱ》飲《の》みして、さらに弾きつづける。


いつの間にか、夏の短い夜の底の色が薄くなってくる。

どうせ時間に追われる身じゃない俺は、ひとりギターを弾きつづける。

どれくらい経ったのか、階下から俺を怒鳴る声。お客さん来てるんだよ！　うるさいんだよ！と母ちゃんの声。嘘つけ、あんな暇な店のくせしやがって。

まるでガキのころみたいだな。ロックを始めたころみたいだな。

11

得意先まで修理品を配達に行くという晃三の軽トラックに便乗して、赤羽まで送ってもらう。一晩じゅうギター弾いてた俺は、昼間ずっと寝てて、もうすぐ夕方。弦があんなだったせいで、左手が錆だらけだ。赤羽の楽器屋で新しい弦を買って、それを今夜、張り直そうと思っている。

夜中に俺が感じたものは、すべて消えてしまっている。

これは当たり前のことだ。俺がギター弾いて楽しかったからって、世の中どうなるもんでもない。それこそ中学のころから慣れ親しんだ感覚。慣れ親しんだ小スケールの絶望感。早く夜になればいいのにな、とだけ思っている幼稚な中年男がいまの俺。

「恭兄ちゃんとこも、大変みたいだよ」

ぽつりと晃三が言う。

もともと口数が多くない男なので、道中、ほとんど会話はなかったのだが、奴はなにを思ったのか、突然そんなことを俺に言う。

「あ、そう?」

ハンドルを握ったまま、うなずく晃三。

「ほんとは独立して、伽那子さんと会社やりたいんだって」

なるほどね。そういうことだったのか。

あのタワーレコードに、なんで専務の野郎がいやがったのか、なんであいつが、サンデイ・ガールの再発について、ああだこうだ言ってやがったのか、謎だったんだ。

さらに言うと、その場に恭一までいたのはなんでだ?とか思ってたんだ。これで謎が解けたよ。

稼げるアーティストほど、他人に飼われることを良しとはしない。金額がでかくなればなるほど、搾取《さくしゅ》されるのが馬鹿らしくなる。実力のあるアーティストは、たいていの場合、自分で会社を設立する。自分自身や、身内を経営者にして、稼いだカネを他人にかすめとられないようにする。恭一あたりが、そんな考えになったとしても不思議はない。おそ過ぎるぐらいだ。

しかし、社長の側からすると、たまったもんじゃないはずだ。恭一の野郎は、あの事務所の稼ぎ頭なのだから。

頭の痛い話だろう、社長にとっては。俺みたいなチンピラなら、脅すなり騙すなり、どうとでもできるかもしれないが、なにしろ相手は、天下のKYO様だ。スタジアム公演だってやれるタマだ。慰留のためのオペレーションに失敗して、ヘソ曲げられたりしたら、それこそ目も当てられない。

そんなこんなで、社長サイドとしては、サンデイ・ガールのCDを出し直したりして、伽那子も抱え込んで、恭一にゴマでも擂《す》ろうとしたんだろう。夫婦まとめて面倒みることで、なんつうの？　家族的な付き合いっていうの？　そういうことを、演出でもしたかったのかね。

俺には平気で破門回状と脅迫。ＫＹＯと伽那子のロイヤル・カップルには、下にも置かぬおもてなし。

たしかに、筋は通ってる。くさった芸能事務所的には。

そんな筋の一環で、伽那子のサイン会にまで専務がやってきた。そんな専務の動きを警戒したＫＹＯまでが、現場にあらわれて牽制《けんせい》していた、というわけか。

しかし、そこにふらふらあらわれた俺って、すごいね。すげえタイミングの悪さだね。

晃三にわかるわけはないが、一応、訊いてみる。

「で、どうなの？　独立できそうなの？　恭一は」

「うん。『絶対に、独立する』って、この前言ってたよ」

つまり、まったくもって、目処《めど》は立ってないってとこか。

あの社長の人脈ってのは、強大だ。芸能業界でうまく立ち回って生きていきたいんだったら、大変だろう。友好的に独立まで持っていくしかないが、それは難しいだろうな。おまけに俺が、なんか悶着《もんちゃく》おこしちまったような気もするし。

「大変だよなあ。売れたら売れたで」

フロントガラスの前方を見つめながら、晃三がうなずく。

目的地に着いたので、クルマを降りようとすると、晃三が俺にカネを差し出す。

「なに、これ？」

「買い物するんでしょ？　貸すよ」

ああ悪いな、と俺が受け取ろうとすると、晃三は手を引っ込める。

「丈兄ちゃん、俺と約束してよ」

「ああ？」

「ちゃんと、定職に就くって。約束してほしいんだ」

黒目がちな目で俺を見ながら晃三が言う。

「母ちゃん、安心させてやろうよ」

べつにさあ、いまさら俺がどうなろうが、あの人は気にしないと思うが……まあこれも、跡取り息子らしい、こいつの立派な心遣いってやつなんだろうな。

だったら、俺も気を遣おう。

「あー大丈夫。いま、古い知り合いに声かけてっからさ。そろそろ決まるころだから、仕事。決まったら、教えるよ」

晃三はうなずく。そしてふたたび、俺にカネを手渡す。二万円。また嘘ついちまったなカネのために。

弦を買って、電車で王子まで。ＢＯＯＫ ＫＮＯＣＫの店内にずかずかと入って行くと、真っ青な顔に脂汗をかいた八田がいる。あっあの、あの、その、と、なにか言おうとして言えないが、まあ聞かなくてもわかるよその顔見りゃあ。

「駄目だったんだぁ、俺のプラン？」

「ああっ、いやあ、駄目っていうか、その――」

こいつをいじめてもしょうがない。

「いいからいいから。気にすんなよ。お前のせいじゃないよ」

「えっ、ああ、うん」

「そこでさあ、そのかわりっちゃなんだけど、これで雇ってくれよ。俺を」

と、俺は什器《じゅうき》に貼られたアルバイト募集ポスターを指さす。

時給八百円からスタート。午前十時半から午後十一時半までの交代制。一日四時間以上、週三日以上勤務できる人を希望。明るい職場。交通費も支給。

「家近いからさ、俺。交通費は安いよ、きっと」

「ジョーちゃんが、バイトするの？　ここで？」

「やるよ」

八田はパンク穴から徐々に空気が抜けている自転車のタイヤのような弱々しい笑顔になる。

「それも駄目なのか？」

「……申し訳ないんだけど、その、年齢が……」

俺はもう一度ポスターを見る。たしかに。十八歳から三十歳まで、と書いてある。時給八百円のバイト募集すら、落とされる身の上になっちまったのかよ俺は。

「きっとね、ジョーちゃんだったら、いいスタッフになると思うんだけどね。でも、本部の方針で、募集要項が――」

俺はそのまま、黙って突っ立っている。

八田は口を開けて、そしてまた閉じる。

「迷惑かけたな」

と俺は言う。

「いやっ、迷惑なんて、そんなことないよ」

また、なんかあったら、いつでも言ってよ、と心にもないことを、心から安心しきったように言う八田の声を聞き流しながら、俺はＢＯＯＫ　ＫＮＯＣＫ王子駅前店をあとにしようとする。

自動ドアを出ようとしたところで俺は立ち止まる。八田の野郎が、歩き去ろうとする俺の背中になにか言った。なにか、不用意なことを言った。

「あれっ、ジョーちゃん、どうしたの？」

奴はつとめて愛らしさを醸《かも》し出《だ》そうとしてか、つぶらな瞳を精一杯見開いて、きびすを返して戻ってきた俺に媚を売ろうとする。

「てめ、いま、なんつった？　おお？」

「えっ、えっ」

「つーい安心しちゃったかあ？　疫病神《やくびょうがみ》がいなくなるってことで気が緩んで、不規則発言しちゃいましたってやつかあ？　八田ちゃんよお」

「お俺はなにか、い言いましたっけ？」

「あーあ言った。言ったよ言った。自分の胸に訊いてみろや！」

俺に胸ぐらをとられている八田は、店内じゅうの視線を集めながら、むっちりした胸部の心臓のあたりをエプロンの上から押さえる。目を閉じる。狭心症《きょうしんしょう》だというわけじゃなくて、いま本当に自分の胸に訊いているんだろう。

「あっ、俺が言った、あれ」

「そうだ、あれだよ」

「あーっ。『ジョーちゃんは、バンドが一番よかったよ』って言ったんだよ」

「なに？」

「うんうん、俺そう言った。バンドやってるとき、ジョーちゃん最高だったもの」

「嘘をつくな」

「えー嘘じゃないよお」

すぐ脇にいた地味そうな学生バイトも八田に同調して俺に言う。

「嘘じゃないですよ。店長はたしかにそう言ってましたよ」

「そうなのか？」

「そうですよ」とバイトが、「そうだよー」と八田が言う。

てっきり俺は、この野郎に軽口叩かれたんだと思ったんだが。

「バイトするのが一番だよ」なんて言われたように聞こえたんだが、するってえと、「バンド」と「バイト」を聞き間違えたってわけか。

「ジョーちゃんは、才能あるじゃない。俺らみたいな凡人とは違って。みんな尊敬してたんだよ、そこんとこは」

「脅されてチケット売りつけられてたのにか？」

「最初はそうだったよね」

と八田は笑う。

「でもさあ、ジョーちゃんのバンド、デビューするときにファンクラブの募集があったじゃない？　あのとき最初に会員になった奴らって、俺ら第七小と、あと東王子中の連中だったんだよ？　ジョーちゃん、憶えてないだろうけど」

あれは俺のバンドじゃねえ。恭一の野郎がリーダーのバンドだ。

「ジョーちゃんが地元の有名人になったのってさあ、喧嘩だけじゃないよ。バンドでかっこよかったのもあったんだよ。だからジョーちゃん、どこかでバイトはしてもいいけどさ、でも絶対、音楽をやるべきだよ。やめないでよ」

俺のそんな時代のことは知っているはずもない学生バイトも、八田の言葉にうんうんうなずいている。

俺は東王子まで歩いて帰る。電車賃を節約したいわけじゃなくって、それぐらいの時間をかけて、移動してみたい気分だったんだ。

歩きながら、八田の言葉を反芻《はんすう》する。そしていろいろなことを思う。心のなかの各所に散らばっていた感情が、たぐり寄せられて、ひとつの確たるものとして像を結び始める。

ちっきしょう。

やっぱり俺は、あのマルチ・テープがほしい。あれがほしい。必要なんだ。

八田の野郎は、正しい。第七小の同窓生は、正しかった。音楽と関係していない俺なんて、まったくなんの価値もないどころか、生きて動くマイナスでしかない。

あのマルチ・テープ、すくなくともあそこにはなにか、意味あるものがあったはずなんだ。

いまの俺には、なにもない。カネもなければ職も自宅もなく、恋人や友人なんかいるわけがない。未来への展望もない。

だからこそ、俺はもう一度、音楽を作ってみたいんだ。伽那子のことは関係ない。たったひとり、俺ひとりの問題として、あのテープを聴き直してみたいんだ。

だれはばかることなく、商売っ気も抜きで、最後に俺が正面から音楽と向き合った時間。最後にまともに、音楽を作ろうとしていたころの記録――それをいま、確認してみたいんだ。その音を聴きながら、ギターを弾いてみたいんだ。

どれほど後ろ向きだって構わない。あのとき作っていた音、あそこの地点から、もう一度俺は音楽を作り始めたい。

あのテープは、未完成なんだ。ミックス・ダウンされていないトラックってのは、途中経過でしかない。あれを完成させて、このくだらない人生を、本当の意味でほんのすこしでも前に進めたいんだ。

そう。再生されていたテープレコーダーが、まるで一時停止ボタンを押されたみたいな——あの旅以降の俺の人生なんて、そんなものだったんだ。だからもう一度、「プレイ」のボタンを押さなきゃいけない。

でも一体全体、どうすればいいのか。社長が抱え込んじまってる、あのテープを手に入れるには、どうすりゃいいんだろうか。

くそっ！　まったくわからねえ。どんな「手」があるっていうんだ⁉


完全に陽が沈んだころ、コマガタ電器に帰り着く。めずらしく客がいる。俺も使っていた小型液晶ＴＶの修理をしたいらしい。接客していた母ちゃんから俺は通訳を頼まれる。ウチではこのＴＶの修理はできません、と伝えようとするのだが、男は英語も日本語も不自由な様子。ややあって、また来まーすね、と客は俺らに告げると、壊れたＴＶを手に店を出ていく。母ちゃんの手前、ひと呼吸おいてから、できるだけさりげない調子で俺は店を出て、そして二軒隣の店の脇にある細い路地に。やはり男はそこにいる。俺の靴を履いてやがる。

「なんの用だ？」

つとめて冷静に、俺は男に訊く。

男はへらへら笑って、答えない。均整《きんせい》がとれた長身に褐色の肌。きれいに編まれたコーンロウが頭の後ろでたばねられている。こんなブラジルから帰化したサッカー日本代表選手みたいな奴が、用事もなくこのあたりをうろつくわけはない。しかも、俺のモノを身につけながら。

「イの野郎が指示したのかよ？　俺に圧力かけてこいって？」

やはり男は答えない。かっとした俺は、奴の両肩をつかむ。ぼろいトタン貼りの壁に男を押しつける。男の表情が、ほんのすこしだけ変わる。へらへらしている顔全体はそのまんま、目のまわりだけ、一瞬すーっと温度が下がるような感じ。俺の首の後ろのあたりに電流が走る。恐怖感。手を離した俺は奴から飛びのいて離れる。なんだ、これは？

男は壁に肩をあずけたまま、腰だけは軽く浮かせていた。その腰の後ろに右手を回していた。手を回しているんだから、そこになにかあるんだろう。あるということを、俺に伝えたいんだろう。すくなくとも、いまは。ついさっき、なにをしようとしていたのかは、考えたくもないが。

男が着ている細身のシャツは胸元が大きく開かれている。胸から首の付け根まで、単色のタトゥーが蛇のように伸びている。その蛇の上でへらへら笑っている顔が、とてつもなく忌まわしく薄気味悪く思える。おそらくひどい顔色をしている俺の表情をじっくりと眺めてから、男は空の右手をゆっくりと引き出して、ベルトのバックルに置く。早撃ちみたいに、いつでも抜けるっていうアピールなんだろう。

「また、来まーすね」

男はそう言うと、石みたいになっている俺のすぐ脇をすり抜けて、商店街の本通りへと出ていく。路地に捨て置かれたままの小型液晶ＴＶを拾い上げた俺は、急いで奴を追う。しかし本通りの右にも左にも、もう男の姿はない。幽霊みたいに消えている。

12

隅田川べりに坐った俺は、川風に煙草のけむりを吹き流させている。小学生のころ溺れかけたあたりなんだが、べつにトラウマはない。トラウマになる前に、敵を倒すことで解消したからだ。

いや、それとも、あるのか。トラウマが。わっかんねえや。

なんにしても、俺は川の風景が好きだ。川の上には、なんにも建っていない空間がある。そこを風が流れていく。それを感じているだけで気分がいい。いつもだったら。

昨日の幽霊男のことを、俺は思い出している。あいつの腰の後ろにあったものは、なんだったのか。

お袋のことも思い出す。俺が拾って帰った小型液晶TVを運悪く発見されて、なんだかんだ、うるさく訊かれた。またお前は変な人と付き合っているから、とかなんとか、あることないこと文句も言われた。まあ今回は、「あること」だったんだが。

無駄だとは思いつつ、イに電話もしてみた。あの幽霊男——たぶん、ブラジル人——を寄越したことについて、ふざけんなこの野郎と俺は言ったのだが、軽く聞き流された。その上で、イは昨日までの利息分の金額を俺に告げた。

思い出すだけで胸くそが悪い。

喫いさしの煙草を川に向かって投げる。


手の打ちようがない。

イに返済できるカネなんて、どっからも湧いてこない。実家にまで押しかけられているのだから、俺だけが逃げるわけにもいかない。あの家では、俺以外は全員堅気だ。恭一ですら、ただの世渡り上手な歌手だ。あいつらをこれ以上、俺のせいでもめごとに巻き込みたくはない。

くそっ。信藤のところで契約がとれてれば、この程度のカネ、どうにでもできたんだが。あのプランは、いまさら動かせるわけがない。

俺がこの先どうなるにせよ、コマガタ電器の二階からは、できるかぎり早めに立ち去ったほうがいい。ただし、絶対にあとくされがないように、仕込みをしておかなきゃいけない。そうしておけば、そこからあとは、全部俺ひとりの問題で済む。

しかし、そりゃあ、どんな「仕込み」だっていうんだ？　そんなアクロバティックな作業、どうやったらできるのか？　いい手なんて、なにも思いつかない。

殴り込み？　土下座？　それとも言いなりになって、マグロ船かタコ部屋？　世をはかなんで飛び降り自殺？――冗談じゃねえ。親子二代つづけて、そんなもん。

俺は今年、親父が死んだ歳になった。

そして、なにもかもなくしてしまった。これまでの人生で積み上げてきたものは、同じく積み上げてきた悪行のせいで、すべてどこかへ消えていった。残された裸の俺一匹が、ガキのころのガラクタが積まれた部屋のなかにぽつねんといるだけだ。そしてその部屋の階段のすぐ下まで、ややこしい連中が追い込みをかけている。

することもないので、俺は煙草を喫いつづける。俺の後方を、自転車に乗った小学生たちが通り過ぎていく。

なんだか俺は、ビリヤードの球みたいだな、と思う。

自分では、ハスラーのつもりだったんだ。球を撞《つ》いている奴のつもりだった。しかしなんのこたあない、だれかに撞かれて、いろんなところにぶち当たって、転がっていく球の一コでしかなかったみたいだ。その証拠に、自分がどこに転がっていこうとしているのか、全然わかっていない。白い手球ですらなく、ブレイク・ショットで散らされて、意味もわからず、そこらじゅうで衝突しつづけているだけの色球みたいな男がこの俺だ。

ここまできて、さすがに目の前にテーブルのポケットが見えてきた。このくだらない球が最後に落ちる先だ。

俺は煙草を地面に投げ捨てると、バラバラになるまで踏みしだく。なにもかも気に入らない。小太郎のお気に入りの、あの漫才師なら、なんて言うんだっけか？　そうだ、「責任者、出てこい！」だ。ああ責任者は俺だよたぶん。俺の人生の責任者は俺で、だからこんなひどいことになっている。

あの夜の小太郎のように、ぶつぶつ、ぶつぶつ言いながら、川べりを離れ、東王子商店街まで戻った俺は、蕎麦屋に入る。もりそばとポン酒で現実逃避するためだ。「猿」の実家だったから、仲間うちで「猿そば」と呼ばれてた店だ。「猿」の野郎は店に立ってないな。バイト募集の貼り紙もない。使えねえな。蕎麦茶を飲みながら、スポーツ新聞を広げる。

一条の細い蜘蛛《くも》の糸が見える。地獄から上に行くんじゃなくて、その逆方向に向かうような細い糸。

「土木田さん、トレーニング順調！　完走に自信たっぷり！」

スポーツ新聞の芸能面に大きく、何段かぶち抜きで記事が載っている。

トレーニング・ウェアを着て、河原で走り込みをしている社長の写真がフィーチャーされている。これか。土木田のオヤジが言ってた「打倒、欽ちゃん」てのは。

記事によると、大日テレビが毎年夏の終わりにやってる一大チャリティー・イベント「25時間テレビ」最大の売り物、百キロ・マラソンを走るランナーが、今年は土木田のオヤジなんだそうだ。高齢だが、しっかりトレーニングを積んで、愛と地球のために走るんだそうだ。今年は八月十九日にマラソン・スタート。ゴールは日本武道館。

蕎麦もうゆでちまった？　まだなら、いいや。悪いね、急用思い出してさ、と俺は店を出る。そして発信番号を非通知にして、携帯で電話。

「ホテル・オーサワ東京でございます」

「お世話様です。土木田事務所の者なんですが」

「こちらこそ、いつもお世話になっております」

「えーと、こんどのケータリング・サービス、十九日の件なんだけど」

「はい。承っております」

やっぱりそうか。

なんかあったときは、自慢の自宅でガーデン・パーティ。それが社長のお決まりだ。一世一代のTV大フィーチャーの機会に、それをやらないわけがない。

「ちょっと予定より来客数が増えそうなんだけど、そこんとこの調整って、まだ可能なのかな、と思って」

「何名様ほど、お増えになるのでしょうか?」

「まだ、はっきりとはわからないんだけどね。調整は可能だよね?」

「もちろんでございます。前々日までにご連絡いただければ、こちらは問題ございません。いつもは、岡伏様よりご指示いただいているのですが?」

ああ、専務の仕切りだもんな。こういったことは普通。

「あ、俺はアシスタントの――八田って言います」

「八田様。わたくし、吉沢と申します。では今後は、八田様からご連絡をいただける、ということでよろしいのでしょうか?」

「いや、そこんとこは、専務――岡伏のほうが、引きつづきやるんで。俺は今日、この点だけ確認しろって、言われただけなんで」

「左様でございますか」

「ありがとうね」

「どういたしまして。今後とも、よろしくお願いいたします」

俺は電話を切る。やれるか？　日にちは少ない。準備期間は、ほとんどない。

しかしおそらく、俺に残された「手」はこれだけだ。問題を全部、一気に解決してしまえる乱暴な方法。これしかないんだから、やるしかないんだろう。

俺は自分が笑っていることに気づく。たぶんそれは、昨日の幽霊男みたいな笑いだったんだろう。頭の後ろに立ってた矢印をむしりとって地べたに投げ捨てる。

そうして俺は、へらへら笑いながら、人生最大の、最悪の選択ってやつをおこなった。

13

それからの三日間、俺はめまぐるしく動いた。そしてあっという間に墓参りの日。恭一と伽那子が東王子にやってくる。呼んだのは俺だ。

あとくされは、なるべくないほうがいい。俺のせいでこじらせたものは全部、きれいにしといたほうがいい。

俺は晃三にまた頼み事をした。

いや俺、仕事決まったんだわ。それでね、まあ、これまでいろいろあったからさ、みんなにお詫びっつうか、けじめつけときたいなって思ってさ。とくに恭一と伽那子にゃあ、迷惑かけたから。それでさあ、お前から声かけてくんないかな？　家族みんなで、集まってメシでも食おうって——。

俺の提案はそんな感じだったのだが、晃三からその話を聞かされた母ちゃんが、だったらお盆なんだから、家族揃ってお墓に行こう、と言い出した。墓のことはまったく考えていなかったんだが、まあ俺がとやかく言うことではない。というわけで、晃三が運転する軽トラに俺が乗って、母ちゃんと育代は、恭一と伽那子が乗るアウディQ7に同乗。そんでお寺に。

伽那子は最初俺を見た瞬間、ぎょっとした様子。包帯やら絆創膏《ばんそうこう》のせいだな。笑いかけた俺を睨むと、それからあとは無視。俺からずっと目をそらしている。

恭一と伽那子は、きっちり喪服を着用。お花まで買ってきた。どうやら育代はこの夫婦が大好きみたいで、二人にずっと話しかけつづけている。晃三と母ちゃんは、いつもと変わらず。そして、間抜けなアロハを着た俺が最後につづいて、墓参り。

当初、母ちゃんはお寺の近くにある料亭を予約しようとしたんだが、それを俺は却下した。家族みんなで、手作りの料理つくって、食うほうがいい。彼女はちょっと驚いたみたいだったが、晃三のあと押しで、その方向に決まった。俺は晃三に言った。恭一にも、伝えといてくれよ。みんなそれぞれ、必ず一品作ってくることね、と。それをみんなで食うんだから。

食事会の場所は、人数が多いということで、晃三たちのマンションじゃなく、店の奥座敷を使うことになった。縁側に面した十畳の部屋に座卓を用意して、そこに全員が集う。

恭一と伽那子は、これはバリ料理シリーズってのかな？　いろいろ持ってきた。サテ。インドネシア風の焼き鳥。チキン・スープ。海老のココナッツ煮。チャーハンは、ナシゴレンってやつだな。それから、サテ。インドネシア風の焼き鳥。

晃三と育代は、Tボーン・ステーキを焼くと言う。メニューの組み立て的に、それは最後にしろよ、と俺は言ったのだが、すでに庭にバーベキュー・グリルがセッティングされている。年代もののグリルは、親父がよく使ってたやつだな。晃三もよくやってるのか、手慣れた感じで炭をおこして、野菜などを焼き始める。縁側に面したガラス戸が取っ払われて、俺は座卓の前に坐って、晃三と育代が働くのを見ている。

「グラス出せよ」

と、恭一が俺にビールを注ごうとする。

「ああ、悪いね」

注いでもらった俺は、奴のグラスに注ぎかえす。ついでに伽那子のグラスにも注ぐ。

「ありがとう」

と伽那子が地味に言う。

母ちゃんが持参した糠漬けのキュウリをぽりぽり噛みながら、俺はビールを飲む。

「お前、それ、なんなんだよ？」

と恭一が訊く。

「ん？」

「その包帯」

「ああ、これね……」

さあて、どういう話にしようか。

「あのさあ、タワーでお前とモメた日、あったじゃん？　あのあと、専務が俺の部屋に乗り込んできてさ。殴るわ蹴るわナイフにチェーンソーで、最後は簀巻《すま》きにされて荒川だぜぇ？」

「なんだと⁉」

恭一の顔色が変わる。伽那子の目が見開かれる。

「嘘なんだけどね」

恭一は破顔して言う「くだらねえ」。伽那子の目に怒気が色をつける。

「まあ、ほんとのとこは、どうでもいいじゃん？」

「まあな」

サテをつまむ。おっ、うまいね、これ。

「うまいね、これ」

と俺は口に出して言う。

「そう」

と伽那子。

「うまいだろう？　俺が作ったんだよ。こいつに教えてもらって」

と恭一が嬉しそうに言う。

いい夫婦じゃねえか。

台所でごそごそやってた母ちゃんが、取り分け皿やらなにやらを持って座敷にあらわれる。それを座卓に置いたと思ったら、庭のほうへ行く。晃三の手つきが気にくわないらしい。この世代の主婦ってのは、坐らないね、こういう場合。

その母ちゃんのあとを追って、伽那子が立ち上がろうとする。長男の嫁として、いいところを見せようとする。

「ちょっと待った」

と、俺は伽那子をまた坐らせる。

「お前らに、話があるんだよ」

不審そうな目で伽那子が俺を見る。

俺は恭一に言う。

「お前さあ、独立しようと思ってるんでしょ？」

「晃三か……」

「うん。あいつから聞いた。いい案があるんだよ、俺。これにはね、伽那子の動きが重要になってくるんだけどさ」

「どういう案だ？」

伽那子は坐り直し、感情のない目で俺を見る。俺は伽那子に訊く。

「お前さあ、マネジメント・オフィスの『ＢｅＢｅ』って、仲いいよね。相変わらず」

「……ええ」

やっぱり。あのエッセイ本でもスタイリングと写真でクレジットされてたもんな。

「あそこの社長に話してさ、ひと芝居打ってもらうんだよ。あのオフィスに、伽那子が所属することんなりそうだ、ってさ。ＢｅＢｅって、基本的にはファッション系で、スタイリストやカメラマンとか、モデルが所属する会社じゃん。だから、土木田のオヤジとはまったくカラミがないじゃん？　すっと、社長としては、あせるはずなんだ。止めようがないからさ、伽那子を。芸能筋がらみの、影響力を行使できないから」

「それで、どうなるんだ？」

と恭一が訊く。

「簡単だよ。あとはお前から、社長にブラフかませばいいだけだよ。『いやあ、ウチのカミさん、ＢｅＢｅの所属になりそうで。俺もこんど、ＢｅＢｅの仕切りで、夫婦でモデル仕事が入りそうなんですよ』なんつってさ。社長としては、びびると思うよ。ＢｅＢｅと言やあ、ファッション界では一流だからさ。伽那子が所属して、そして、ダンナもそこに引っ張られるんじゃないか、とかさ」

俺は手酌でビールを注ぐ。

「で、びびらせておいて、つぎに、こんどは本当に、お前ら二人だけで事務所を作るの。土木田事務所と、業務提携かなんか、形上の付き合いは残しつつ、ね」

「なるほど。完全によその畑に行かれるよりは――」

「そう。独立するほうを、選ばざるを得なくなる。だから最初は、コンサート制作とかさ、そういった仕事を、相変わらず、土木田事務所通しでやらせてやればいいんだよ。年契で、一年か二年ぐらいは。そして、関係性をだんだんフェードアウトしていく」

俺はグラスを干す。

「どうよ？」

にやりと笑った恭一は、自分のグラスを干す。そして、ビール瓶を手に、俺のグラスに注ごうとするが、途中でなくなる。伽那子が新しい瓶を恭一に手渡す。

「お前、こういうことには、頭回るよなあ」

と恭一が感心したように言う。

「だろ？　まあこんなのは、小技のうちにも入らないけどね」

恭一の手から瓶を受け取ると、俺は伽那子のグラスに注ぐ。

「このプランなら、うまくいかなくても被害はとくに出ないはずだからさ。やってみても、いいんじゃないか」

伽那子は無言。ああそうだな、悪いプランじゃないな、と恭一は応える。

俺は二人に言う。

「ま、これは俺からのお詫びってことで。お前ら二人には、迷惑かけたよ、ほんと」

瓶を卓上に置いて、俺は頭を下げる。

「悪かった。いい夫婦だよ、お前らは。結婚おめでとう」

なんだよ急に、気持ち悪いな、と恭一。

相変わらず伽那子は無言で俺を見ている。安心感は、あるね、その表情に。寂しげに見えるのは、俺の気のせいだろう。買いかぶっちゃいけない。自分自身を。素面なんだから、俺はいま。ストーン・コールド・ソーバーなんだから。

俺は恭一に言う。

「きっと俺はさあ、裏切られたと思った、みたいなんだよな。お前がソロんなって、シルヴァー・マシーン解散したときにさ」

「……ああ」

「ガキのころからさ、なんつうの、いつも俺は、お前のあとついてってたからね。喧嘩も、エアチェックも、バンドもさ。自分で始めたことなんて、なにもない。全部お前にしたがってただけで。それが、ひとりで放り出されたように、捨てられちまったように、感じたんだろうな」

恭一は無言で、俺の話を聞いている。

「それがくやしくって、ムキになってさ。まあそんなところから、そもそも、いろいろと変な具合に、なっちゃってたみたいなんだな、俺、分析すると。お前に――」

俺は伽那子に向かって言う。

「お前にさあ、しつこくその……つきまとってたってのは、ひとつには、お前が恭一と結婚したからってのも、あったんだと思う。俺が自分の思い出にとらわれてたってだけじゃなくてね。こう言うと、なんか悪いような気もするんだけどさ」

「いいえ、べつに」

と伽那子が応える。

「まあ、そんなわけでさ。自立してない次男坊の自暴自棄な人生が、みなさんにご迷惑かけてましたってことでね……終わり」

俺の話を最後まで無言で聞いていた恭一は、首を振って、大きな溜息をつく。そして、口を開く。

「……お前なあ。ほんっっとうに、馬鹿だな」

「なんだと?」

「馬鹿だから、馬鹿つってんだよ。なにが『全部したがってた』だよ？　エアチェック率先してやってたのは、いつもお前だったろうが？」

「そうだっけ？」

憶えてねえや。そんなこと。

「レコードだって、そうだ。どこのだれが、後輩に族のステッカー売らせたカネ持って輸入盤屋に走るんだよ？　それは全部、お前がやったことだ。ギターもそうだ。ギターに関しては、俺は絶対にお前にかなわなかった。いつもそうだったから、俺は練習やめたんだよ。ギターは適当にあきらめて、ヴォーカリストに専念することにしたんだぞ？」

「そうだったんだ？」

「わかってなかったのか、お前？」

腕を組んで、すこし考えてみる。そんなこと、意識したこともなかった。

「たしかに、全然うまくならなかったよね。お前。ギターは」

「悪かったな！　まあ、お前のほうが、才能も情熱もあったってことなんだよ。ギターにも、ロックにも」

そうだったんだ？　いやあ、話してみるもんだねえ。自分のことでも、わかってないことが、いっぱいあるみたいだよ。

俺は庭にいる晃三たちを見る。切り株だらけのジャンクヤードのなかで、炭火からうまそうな煙が上がっている。肉汁が真っ赤に焼けた炭に落ちて、煙になっている。

「たぶん俺は、自分たちが植えた木を、ぜんぶ切り倒されたような気分になってたんだろうな」

「木？　なんだそれ。俺が切ったってのか？　それは？」

「いいや。お前は、見てただけだよ。切り倒されるのを。お前が植えたのも、いっしょに切られてたんだけどね。切ったのは、だれか……だれだかは、わかんない。ただ、根こそぎいかれちゃったってことは、間違いないんだ」

いまとなっては、もうどうでもいいことだ。というか、どうしようもない、ことだ。

あの庭には、立派な松の木が植わってた。じいさんみたいに、木を植える人がいる。そして、いつもいつも、だれかにそれは切り倒される。

ずっと保護されつづける樹木ってのもある。国や自治体から指定受けて、でっかく生い茂ってるようなのが、世田谷のはずれなんかには、よくある。

逆に言うと、そんな指定を受けてない木ってのは、いつだれが切ってもいい、てことなんだろう。

そして、そのとおりになる。

「……そんなことを、いろいろ思っているうちに、まあ、とち狂っちゃったんだろうな。俺は」

「なるほど。大変だな、お前も」

ああ、きっとお前には、一生わかんないところでな。

「ところで、丈二」

と、恭一が話題を変える。

「お前、こんど俺といっしょに、ちょっと演ってみないか?」

「ん？　お前と?」

「ああ。俺、蘭洞の番組に呼ばれてるんだよ。そこでシルヴァー・マシーン時代の曲を演ってほしいって言われてるんだ。アコースティック・セットになると思うんだが。それに、お前もいっしょに出ないか?」

なんだよ、そりゃあ？　ボックス・セットが出たご祝儀ってやつか？

恭一はつづける。

「一応俺は、シークレット・ゲストあつかいなんだけどな。番宣には名前出さないで、生放送のスタジオで、蘭洞に呼ばれて登場するってわけだ。友情出演ってことで」

「なるほどね。正式に社長んとこ通すと、たっけえ出演料ふんだくられるもんな」

「そう、そう。それに今回は、ソロの曲はやらないから。まあ、むかしのファン・サービスっていうか……蘭洞から『せっかくだから』ってことで、呼ばれたんだよ。だから、俺は演るつもりなんだが、蘭洞のピアノと俺の歌だけってのも、さえないだろう?」

「そうか?」

「ああ。お前のギターは、絶対なきゃだめだ」

ふうん。そのわりにゃあ、いまのいままで、そんな番組の話、振られた覚えはないが。

「でもさあ、お前の直受け仕事に、俺までつら揃えちゃあ、社長はいやがるんじゃないの?」

恭一はにやっと笑う。

「それが、狙いなんだよ」

「ああ、そうか。なるほどね」

「ひさしぶりに、演ってみようぜ!」

前向きだよなあ、お前はいつも。

「まあ、考えとくよ」

と俺は生返事。

「くわしいことは、お前の携帯にメールしとくよ」

その携帯、どこにあるかわかんねえけどな。もう。

庭のグリルから、焼き上がったものの第一便が届く。そのいくつかをつまみながら、俺は台所へ。

自分の料理を作らなきゃいけない。

大きめの寸胴鍋《ずんどうなべ》を火にかける。湯が沸くあいだに、まずシメジとパプリカを刻む。イタリアン・パセリとニンニク二かけをそれぞれみじん切りにする。中華鍋でシメジとパプリカをオリーブ・オイルで炒める。塩胡椒振ってそれらを取り出してから一度鍋を雑に拭く。こんどは中華鍋にオリーブ・オイルをたっぷり入れる。お玉杓子《たまじゃくし》に八分目ぐらい。油がまだ冷たい段階でニンニクを投入、弱火でじっくりと揚げる。ニンニクがきつね色になったらタカノツメを三本ほど投入。鍋をゆすって辛みを出す。揚がったニンニクの半分量ほどを網杓子ですくい取り、ペーパータオルの上に広げて油を切っておく。

寸胴鍋が沸いたら、塩を入れる。カリフォルニアの海の塩分濃度の三分の一ぐらいか。そしてスパゲッティを四百グラム投入する。

パスタを茹《ゆ》でながら、中華鍋でそのつづき。タカノツメが焦げてきたら取り出してパセリの半量を投入。油温を一度下げる。ここで寸胴のパスタをかきまぜて、茹で具合の確認。もうすこしだな。寸胴の茹で汁をお玉にとって、中華鍋に入れる。俺の場合、オイルと同量ぐらい。中華鍋を中火にかけて、お玉から、すこしずつ茹で汁を垂らす。そのあいだ、中華鍋をはげしくゆすりつづける。そして木べらで攪拌《かくはん》。オイルと茹で汁が万遍《まんべん》なく混ざって、白く濁って、とろっとしてきたら乳化が完了。ここでシメジとパプリカを戻し入れる。

パスタの茹で具合を確認して、火を止めて、湯を切る。中華鍋にパスタを投入。弱火にしてかき混ぜる。乳化したオイルがからんだところで、塩と胡椒で味を整える。最後に取り出していた揚げニンニクとパセリの残りを乗せて完成。スパゲッティ・ペペロンチーノ、北区の元ロックスター風？ってやつかな。

大皿にスパゲッティを盛って、座敷に戻る。庭のグリルから肉も届いているが、まあいいだろう。

これも食ってくれ。

「お前が作ったのかい？」

と、母ちゃんが驚いたように言う。

まあこれでもね。それなりにひとりぐらしは長いからね。

「おいしいね」と晃三が言い、「悪くない」と恭一が言う。

「オイルの乳化がポイントなんだよ。『乳化させない』って人も、日本には多いんだけどね。俺のはアメリカ仕込みだから。友だちのイタリア系アメリカ人のマットって奴に教えてもらったんだ。このレシピ」

その名前に、ぴくっと伽那子が反応する。悪いねトラウマ与えて。

「どう、出来ばえは？」

と俺は伽那子に訊く。

「おいしい」

と彼女は言う。

そうだろう？　よかった、よかった。

伽那子が誉《ほ》めるのを聞いて、育代ももりもり食い始める。悪い奴が作ってもね、うまいもんはうまいんだよ。料理も、音楽も。

いやあ、いい一日じゃねえか。

「俺はさあ、言っとくことがあるんだよ。お前ら夫婦に」

と俺は、恭一ペアと、晃三ペアに話を始める。

「お前ら、子供作りなよ」

ぶっと育代がパスタを吐いてむせる。伽那子がすごい目で俺を見る。

「できない事情があるってんなら、べつだけど。じゃないんだったら、夫婦なんだから、つぎにやることは、それだぜ？　ちゃんと考えてんの？　スケジュールとか？」

男チームの反応は、かぎりなく白い。しかし俺は気にせずつづける。

「大人としてさあ、しっかりキメてやんなよ？」

「お前はどうなんだよ」

と恭一が俺に訊く。

「あ、俺？　俺はまあ、相手探すのが、先かな。俺のことはいい。話そらすんじゃない。いいか。今日この日に、母ちゃんの前で約束するんだ。この――」

俺は自分の座布団の後ろをごそごそやる。

「この、ホワイト・タイガーに誓うんだよ！」

と、四畳半から剝がしてきた、お袋の願掛けつきのポスターを広げる。

「それ、お前！　なに勝手なことを！」

と母ちゃんが怒る。

「わかってる。わかってる。このスピリチュアルな絵に誓ったら、あれだよ？　もう絶対、約束やぶれないからね？　さあ、どうよ？」

恭一は、人差し指で鼻の横をごしごしこする。晃三は育代と顔を見合わせる。

母ちゃんは、俺を見て、ポスターの虎を見て、それからほかの連中を順に見る。

「うん、わかったよ」

と、最初に晃三が答える。

「しょうがないな」と恭一。「どうする？」と奴は伽那子に訊く。

「ええ、もちろん。考えてます」

と彼女はお袋に言う。

「そうなんだ？」

と恭一が驚いて訊く。

「当たり前でしょ？」

「いいね！　子育てエッセイとか、きっとまた売れるぜ？」

と俺が囃《はや》し立てたところ、

「そうかもね」

と伽那子が微笑む。やっと笑ってくれる。

「そんなお前、おカネのことなんて」

と母ちゃんは俺に言うんだが、あれは嬉しいときの顔だ。いいね。いい感じだね。

いい一日だった。本当に。


食事が終わり、酔っぱらった恭一が、あまり飲んでなかった伽那子の運転で帰路に着く。母ちゃんも眠そうだ。晃三たちも家に帰っていく。

ひとり残った俺は、まずシャワーを浴びる。かなり少なくなってきた包帯を濡らさないように、気をつけながら。

タオルを腰に巻いて、鏡の前で髭《ひげ》を剃る。コンビニエンス・ストアで買ってきた整髪料を髪に塗る。あれだね、日本の整髪料って、進化したね。むかしは、洗濯糊《せんたくのり》なんじゃねえかってもんしかなかったが。おかげで、どうやってもUKミュージシャンみたいな髪型には、ならなくってさ。髪質が違うんだと思って、なかばあきらめてたもんだよ。技術革新だね。イメージどおりに逆毛を立てられるぜ。

二階の自分の部屋に上がって、押入れから引っ張り出した服を着る。黒い長袖シャツに黒いパンツ。どっちも極細。そして、レイバンのウェイファーラーもどきの、真っ黒なグラサン。これらは全部、中三のころに買った。ジーザス&メリー・チェインのウィリアム・リードの真似だ。

しっかりクスリで痩せてたおかげで、大昔の服もきちんと着れるね。ギターやレコードは残していこう。晃三の子供が、将来有効利用してくれるかもしれない。グラサンはめて、天井のジェニファー・コネリーに投げキッスすると、ジルバップを片手に部屋を出る。

暗い店のなかで、なにかにけつまずく。グラサンをずりあげて、シャッターを開けて、外に出る。夜中にグラサンするなんて、ひさしぶりだ。八〇年代初期のニューヨークのチンピラみたいに、でっかいラジカセを片手に東王子を歩く。

コンビニエンス・ストアに入って、店員に宅配便の手配を頼む。箱だぁ？　そんなもん、お前が用意しろよ。緩衝材《かんしょうざい》もな。ヴィンテージなんだからな、これは。そしてフルタの名刺にあった住所を、宅配便の送り状に書く。あいつなら、これの価値がわかるだろう。きっと、大事にあつかってくれるだろう。

店を出て、さびれた商店街をひとり行く。ここにはもう、二度と戻ってくることはないだろう。

王子から地下鉄に乗って移動する。地上にはもう、俺と関係あるものはなにもない。俺のことを覚えている奴も、もう忘れてもいいはずだ。俺のことは、もうだれも気にかける必要はない。網の目のように張り巡らされた鉄道網。その駅名と地名の、どんな場所にも俺の居場所はない。

最後にひとつだけ、片づけておかなきゃいけないことがある。

地獄なら四丁目あたり、新宿百人町の闇社会を目指して、俺は高速で地下を移動する。

Verse 3

第五章　人生最大の、そして二番目の最悪の選択

1

百人町の南西の端にひなびたミャンマー料理店がある。外観からは窺い知れない、意外なほどの奥行きがあるその店内の一番奥には、内側から鍵がかかる八角形の小さな個室がある。店主の女房が盆に載せたポットと茶器を持ってやってきて、それを配って去っていく。

俺は無言のまま、目だけで室内を見渡す。待っていた面々が揃《そろ》ったところで話を始めようと思っていたのだが、すでにここになぜか、ナージャがいる。義人もいやがる。

「なんでいるんだよ、お前らが？」

「いいじゃなーい？　面白そうな話だから、わたしも興味あるのよ」

「いいのかよ？」

と、俺は義人に訊く。

あー、うー、と義人はうなる。

そのほかの顔ぶれは、アルジェ系らしきフランス人がひとり。いまどきPVのなかにしかあり得ないような、こてこてのヒップホップ・ファッションをしている奴だ。坊主頭に稲妻《いなづま》状の剃《そ》りまで入っている。「AK」というのが、奴の通り名だそうだ。

もうひとりは、ウーゴ・キタムラと名乗った。どうせ偽名《ぎめい》だ。こんな七〇年代のセルジオ・メンデスみたいな顔した奴が、日系ペルー人のわけはない。おおかた、ニセのパスポートで来日した、ややこしい奴なんだろう。みっしり生《は》えた濃い髭面《ひげづら》に真っ白い歯。でっかい口あけてニカッと笑うその顔が人なつっこい——だけに、そのぶんだけ逆に滅法《めっぽう》うさんくさい。

「お茶、飲むぅ？」

とＡＫがみんなに訊く。こいつは喋《しゃべ》るたびに変なハンドサインをする。クリップスとブラッズのが混じってるようなやつだ。

「もらいーますね」

とウーゴが応《こた》える。

この男が英語からきし駄目なんで、自然と公用語は日本語になっている。とはいえ、外人チームはみんな日本語が完璧なわけはないから、それはそれでやりにくい。

茶を飲んでいると、カネ貸しのイがあらわれる。

「みなさん、お揃いで」

「ああ、待ってたよ」

これで役者が揃った。

「で、どうだった？　リストの内容は、見てくれたかな？」

椅子に坐《すわ》ったイは、ブリーフケースから書類を取り出し、テーブルの上に置く。

「はい。見ましたよ。しかし、これで二千万になりますかねえ？」

「なるよ！　ちゃんと見なって！」

俺はイの書類を手にとると、ページをめくって奴に示す。

「ここらへんとか、ここらへんとかね」

「アメリカン・コミックスの初版本。あとはオモチャですか」

「ヴィンテージ・トイだよ。これは高い値がつくよ。あとＳＦ映画の撮影用プロップも忘れちゃいけない。ネットでいくらでも売れるはずだ」

「そうなんですか?」

と、イはじろりとAKを見て、彼に訊く。

すばやくハンドサインを決めて、手話のように奴は答える。ノー・プロブレムってことらしい。イが連れてきたAKは、ネットのオークション・サイトにくわしい。とくにアンダーグラウンドのそれならお手のもので、ロシアあたりのサイトから、どんなものでも流してしまえるらしい。

「あとは……ほう。このリーヴァイスは、いいですねえ。第一次大戦前のモノですか」

「わかるんだ?」

「まあアタシもね、洋品店はやってましたから。アタシのビルでね」

なるほど。渋谷や原宿でアメリカのストリート・ファッションのニセモノを売っている店は、韓国人が持ってるビルによくテナントが入ってるって、聞いたことがある。

店員はアフリカ人。奴らがニューヨークの黒人のフリをして、修学旅行で東京にやってきた気の弱い中学生にニセ商品売りつけるって商売だ。韓国の工場に縫製を発注していたアメリカのアパレル企業が、型紙まで軒並みパクられたって噂がすこし前に流れたんだが、その裏には、こういう奴がいたってことか。

「しかし、こういうモノがどこにあるのか、探すのに時間がかかるでしょう?」

「大丈夫。リストに赤丸ついてるのは、部屋んなかに飾ってるものだから。額縁に入れたり、ガラス・ケースに入れたりして、見せびらかしてるんだよ。だからすぐに特定できる」

そう。土木田のオヤジは、それが最大の趣味だからな。蒐集《しゅうしゅう》するのが、趣味じゃねえ。カネに飽かした蒐集力を、不特定多数に誇示するのが、趣味なんだ。

そいつを、根こそぎいただいちまおうってのが、俺が立てた新しいプランだ。問題を全部、一気に解決しちまうための、最後の手がこれだ。

イの目的は、たんにカネ儲《もう》けだ。だったら、俺なんかより、もっとぶん取れる相手を教えてやりゃあいい。手引きしてやりゃあいい。

カネめのものは、社長の自宅――「土木田ベース」に、いくらでもある。俺には、あのオヤジに貸しがある。計算できないぐらい、山ほどある。くさった芸能業界の重鎮《じゅうちん》のひとりとして、くだらねえ東京の「強者のゲーム」の代理人のひとりとして、あの野郎に俺は、これまでぶったくられまくりだった。そいつを最後に、一気にペイバックしてもらう。それを右から左に、イに引き渡して、俺の負債を帳消《ちょうけ》しにする。

そして俺は、マルチ・テープを手に入れる。

もう頭なんか下げない。力づくで、強奪《ごうだつ》してやる。あれはもともと、俺のものなんだ。俺が作ったものなんだ。

リストの信頼性について、イがしつこく確認してくるので、俺はそれに答える。

「九八パーセント、この内容は間違いないね。このリスト、社長にモノ売った連中から、情報集めたもんだから。リストに入ってる売価は、そんときのもんだ」

もともとの俺の人脈プラス、渋谷のもぐりクラブでミヤつかまえて、原宿バイヤー筋の裏の裏まで当たって仕上げたのが、このリストだ。

「あと実際、ついこないだ、俺自身が現場を見てるからさ。モノがある状態ってのは、確認ずみだ。ここのロレックスとカルティエのコレクションだけは、社長の寝室。いつでも眺められるように、クローゼットのガラス付き引き出しに入ってる」

「まあ、これだけでも、結構なものですね」

とイが感心する。

芸能業界人らしく、社長はロレックス、その嫁さんはカルティエのコレクションにご執心だ。限定品はもちろん、誕生日や記念日には、別注品を贈り合ったりしている。タレントから搾取《さくしゅ》したり、脱税したりしたカネで。

「そんなこんなで、ざっくり二千。そして、これを人質――モノ質っていうのかな？　それにして、社長から身代金をゆすり取る。これで一千五百。合わせて三千五百。どうだ？　いい話だろう？」

イが首をかしげる。

「身代金はねえ、受け渡しがひと苦労でねえ」

「だーいじょうぶ。乗ってくるって。わっかんねえかなあ？　コレクター心理ってやつが。いくらかかったって、いいんだよ。カネなんて。大事な『モノ』が返ってくりゃあ。それが自分の買い値の何割かの金額で、泥棒さんが返してくれるって言うんだぜ？　絶対に乗るね。あの男なら」

ふう、と息を吐いてイが言う。

「まあねえ……オークションが不調な場合の、押さえにはなりますけどねえ」

「だろ？」

「それで、お宅さんは、いくらほしいんですかね？」

「俺？　俺は二百もあれば、いいや」

「そんなにすこしで？」

「うん。借金棒引きしてもらって、あとは逃亡資金があればいいからさ。なんつうの、俺の動機は、べつにあって……仕返しっていうか」

そういうことにしておこう。

うん、うん、とイは無言でうなずく。

「でしょうね。ビジネスで考えたにしては、雑ですからね」

「そう、かな?」

「ええ。素人さんですから、しょうがないんですがね」

気にくわねえな。

「これ見てから言ってくれよ」

と俺は、擬装用のプレス・パス見本をテーブルに投げ出す。AKがそれに反応する。

「お前なら、わかるよな? これはフランスのインターネット・ニュース・サイト『FIBN』の公式プレス・パスの完コピ品だ。これに写真貼っつけて、取材クルーに化ける。土木田のオヤジのガーデン・パーティの模様を撮影するってことで、敷地に侵入するわけだ」

社長の自宅は、普段ならかなり高度なセキュリティ・システムで守られている。しかし、この日はガーデン・パーティだ。ホテル・オーサワからシェフ入れて、芸能筋やら成金やら、下っ端の政治屋やらを呼んで、見事マラソン完走した「土木田さん」を祝うための準備ってのが、朝早くからおこなわれている。通常のセキュリティは、解除されてるってわけだ。

「そして、これ」

と俺は、右上がりのくせ字で「取材許可書」と書かれた一枚のペラ紙を取り出して見せる。仰々《ぎょうぎょう》しい書体の「岡伏」というハンコが押されている。

「これは俺らのあいだじゃあ『血判状』って呼ばれてたもんだ。土木田事務所では、現場の実権は全部、専務の岡伏が掌握《しょうあく》してる。だから急な取材とか、なにかの予定変更があった場合、奴がその是非を判断して、指示をあたえる。自分のハンコついたペラ紙一枚でね。それを完コピしたのが、これだ。この紙には、土木田の手下は、だれも逆らえない。この『血判状』とプレス・パスが、通行許可証になるってわけだ」

日本の芸能業界の古い体質というのは、やくざと基本的に全部同じだ。オヤジがいて、若頭がいて、子がいる。完全なる上意下達《じょういかたつ》。それに逆らうことは、部外者であっても許されない。てめえのタレントの処遇に不満があって、事務所のこわもて連中がレコード会社に乗り込んで、ディレクターを床に正座させて焼き入れるとか、この世界では普通の話だ。

だから、内部事情を知る俺が作ったこの「血判状」には、絶大な効力がある。

また、今回さらに有利なのが、オヤジの一世一代の晴れ姿というわけで、土木田一家の重鎮連中はみんなマラソンの現場に馳《は》せ参《さん》じているはずだ、ということだ。つまり、専務は土木田ベースにいない。中継車にでも乗って、社長に併走《へいそう》してるに違いない。

だからこの日、土木田邸に残っているのは、パーティ準備を進めている下っ端と、社長の家族だけになる。つまり、この「血判状」に逆らったり、あるいは、疑ったりできる奴はだれもいない。お宝のまわりに、羊の群れがいるだけだ。

「どうだ、完璧だろうが？　素人あつかい、してんじゃねえよ」

「クルマは、どうしますか？」

「ん？　クルマ？」

「モノ動かすんですから、クルマが必要になりますが？」

考えてなかった。

「あー、そりゃ、レンタカー……てのは、まずいよね。えーっと……」

苦笑しながら、イが首を振る。

「まあ、そこのところは、キタムラさんがプロなんで、お任せしましょう」

「プロなんだ？　クルマの？」

俺の問いに、ウーゴはニカッとセルメン笑い。

「わたーし、タターキのプロですね」

タターキ？　スペイン語か？

イが俺に解説する。

「タタキというのは、武装強盗ですかね。キタムラさんは、もともとのお国がチリで。そこで銀行と、郵便局をいくつか、ね。それからペルーを経由して、日本に来られたわけですよ。いままで一度も、足がついたことがないっていうおかたでね。プロです」

「犯罪者じゃん？」

イはおかしそうに言う。

「お宅さんもね、すぐにそうなりますよ」

まあそうか。

「じゃあ、このあとの詳細は、キタムラさんにおまかせしましょう。さほど難しいお話じゃあないみたいですからね」

「てことは、やるってことでいいのかな？　このプラン？」

「そうですね。やりましょう」

やったね！　これで借金帳消しで——犯罪者だね。俺も。

「あとは、現場の顔ぶれですねえ。キタムラさんと狛方さんは、絶対に行ってもらわなきゃいけないですね」

「ああ、もちろん。俺はそのつもりだよ」

「AKさんも、目利きとして、行かれたほうがいいですね」

奴は顔を輝かせてハンドサイン。

「クルマには四人乗るとして、あとひとり——」

というイの言葉に反応して、手を挙げている奴がいる。

「わたし！」

とナージャが主張している。

「ちょっ、ちょっと」

と義人が彼女を止めようとする。

「なんでお前が来るんだよ。荒っぽい仕事だぞ、これは」

と俺も言う。

「わたし、ジョージよりも強いわよ」

そりゃまあ、そうなんだが。

「それに、放送局だったら、美人レポーターがいたほうが、雰囲気でるでしょ？　違う？」

ナージャは偉そうに言って、俺ら全員を見回す。

まあ、たしかに。俺は絆創膏《ばんそうこう》と包帯で、そのほかはフレンチ・ヒップホップ小僧と、英語も喋れないラテン男だけってのは……いいキャストとは言えない。どう考えても。

義人がナージャの主張に抵抗する。

「駄目だよ、そんなの。犯罪だよ、これは？」

「ああら、わたしが犯罪やったことないって、思ってたの？　かーわいいわねえ」

にっこり笑ったナージャは、義人の唇を奪う。目を白黒させていた義人が、しだいにその目を閉じて、恍惚《こうこつ》の表情になって、墜ちる。

唇を離したナージャは、イに向かって言う。

「わたしも入れて。お願い」

ナージャの顔が電光掲示板になって、そこに三段組みの横スクロールでカルティエ・カルティ

エ・カルティエと文字が流れているのが見える。

「やっぱ俺は反対──」

という俺の声をさえぎって、イが決定を下す。

「わかりました。まあ、ナージャさんなら、大丈夫でしょう」

しょうがねえ。プラン立てたのは俺だが、この件、黒幕になるのはイだ。曲書いてギター弾くのは俺かもしれないが、エグゼクティヴ・プロデューサーは奴だってことだ。

これでメンツが揃った。あとはウーゴが細かいところさえ詰めれば決行できる。この顔ぶれで、土木田ベースを襲う。

俺を追いつめていた奴らを兵隊にして、俺のマルチ・テープを取り戻してやるんだ。

2

「US Tokita Air Base」と書かれた看板の左脇、ゲートの支柱に据えつけられたインターフォンをナージャが押す。うまいもんだ。わざとたどたどしくしている日本語と、英語フレーズのチャンポンで話す。プレス・パスと「血判状」をインターフォンのカメラに示しながら、強い押しで入場を迫っている。

ナージャが着ているのは、身体にぴったりした茶色いエナメルのジャンプ・スーツ。ノースリーヴで、パンツはショート丈だ。スーツ前面のジッパーは股間まで伸びていて、いまは胸元までが大きく開かれ、そこにプレス・パスが吊《つ》るされている。でかいバックルのついたベルトとブーツ、でかいグラサンも着用。髪はいつもと違ってブルネットだ。突拍子《とっぴょうし》もないこの服装に、そもそものこいつの容姿ってのは、外人コンプレックスが強いタイプの日本人には、効力高いはずだ。

フェンスの向こうでは、すでに丸テーブルが並べられていて、ケータリングのクルーがパーティの準備を進めている。テーブルの奥に巨大なスクリーンが設置されているのは、あれで社長が愛と地球のために走る模様を、来客のみんなが生中継で観るということなんだろう。すでに走り始めている社長の姿が、スクリーンには投影されている。中継アナウンサーの語りをBGMに、スタッフたちは作業を進めている。

まだ日が高いから映りはよくないが、暗くなってきて、三々五々、お客が入ってきたころには、迫力ある映像が堪能《たんのう》できるんだろう。

ナージャがインターフォンで交渉しているあいだ、俺はクルマのシートに深く身を沈めている。ウェイファーラーもどきはかけているものの、土木田ベースのなかには、俺の顔を知っている奴が残っている可能性もある。なるべく俺は、目立たないほうがいい。

このクルマ――トヨタのステーション・ワゴンは、「プロ」のウーゴが用立ててきた。成田空港近くの駐車場から、持ってきたそうだ。

こいつの協力者ってのがその駐車場にいて、日本を離れているお客のクルマから、都合いいものをチョイスしてくれるらしい。持ち主が留守のあいだに、クルマを持ち出して、ニセのナンバー・プレートをつけて、「仕事」に使う。使用後は、ナンバーを戻して、ガスも入れてから返却する。この場合、クルマのオドメーターを細工して、走行距離を誤魔化せる車種の選択が重要らしい。すべてが滞《とどこお》りなく進めば、クルマの持ち主は、自分の留守中に無断使用されたことすら気づかない。だから、足がつきにくい。盗難車を使うよりも、何重にも安全な方法がこれだ、とのこと。

どの世界にもプロはいるもんだ。

そういった意味では、ナージャの派手な存在感と、押しの強さは、役柄によく合っていたようだ。

ほどなくして、土木田ベースのゲートが開く。

レコード・プロデューサーとして、バンド・マスターとしての経験から言うと、具合がいいときってのは、俺がなにもしなくっても、物事がスムーズに進んでいくものだ。ミュージシャンやエンジニアの連中が、嬉々《きき》として自分の仕事をこなしていくかたわらで、俺はぼーっとしてりゃいい。

いままさに、そんな感じだ。開いたゲートのなかへ、滑るようにクルマが入っていく。その脇を、大股でナージャが闊歩《かっぽ》していく。土木田ベースの大きな庭にいるスタッフたちの目は、男も女も、この派手なウクライナ女に釘《くぎ》づけになっている。男と女で、見てるところは違うみたいだが。

つぎなるシナリオは、パーティを準備中のスタッフを集めて、集合ショットの撮影。全員ショットを撮っておいて、そのあと、個別にコメントも取っていく。この場の責任者である社長の嫁さんをつかまえたナージャが、その交渉をし始める。クルマから降りたウーゴが、ヴィデオ・カメラを覗きながら、ナージャの後ろでカット割りを考えている演技。こうしてみると、あのニセ日系人もまんざらでもない。役に合ってる。

そのあいだ、役柄「AD」の俺とAKは、クルマの後ろから機材を下ろす。照明やらなにやらが入っていることになっているコンテナ多数。それを台車に載せると、何回かにわけて建物に運ぶ。

作業をしていると、ひとりの男が声をかけてくる。土木田事務所の下っ端だ。俺と面識はないはずだが、念のためにAKに対応させる。

「トキタサーンのコレクション、イッツ・インクレディブル！　撮影マスト、じゃなーい?!」

そして謎のハンドサイン。

「あぁ、そうなんですか？　じゃあ僕が、付き添いますんで」

と下っ端が言うのだが、ヘイ・ユー！と、彼方《かなた》からナージャのでかい声。大袈裟《おおげさ》に手招きして、奴を呼びつけている。

「えっ、えっ、僕？」

と下っ端は、ナージャに呼ばれるがままに、集合ショットの場所へと向かう。

その隙に、俺とAKは建物内部に。一階が特大のガレージで、二階のワンフロアが、趣味の博物館めいた部屋の数々と、社長の生活スペースとなっている。

コンテナを二階に運ぶと、照明スタンドを立て、意味のないケーブル類を広げて、メイン階段上がり口からのバリケードにする。「撮影中・立ち入り禁止」と書いたパイロンも何本か立てておく。

そして空のコンテナが十数個。あとは大型のバッグが同数ほど。ここからは、時間との勝負。

「ファァック！」

とAKが叫ぶ。俺は人差し指を唇に当てる。

声を落としたAKは、すげえですねぇっ！と俺に言う。

「だろ？　さあ、ちゃっちゃっと、やってくれよ」

アメリカ映画でよくあるよな？　閉店後の百貨店に取り残された子供が、モノというモノに取り囲まれて、目ェ輝かしてるような図。まさにそんな状態になったAKが、ファーック、ファーックと無声音で叫びながら、つぎからつぎへと獲物をさらっては、コンテナに詰めていく。俺のリストと、建物の見取り図をガイドに、ばりばりと侵攻していく。

奴を残して、俺は別の部屋へ。倉庫がわりになっている一室の、大きなスチール戸棚を開ける。うずたかく積み上げられた、社長にとっては無用の長物。芸能業界的には、どうでもいい、不燃ゴミの数々。そのなかに、ジッターバップのマスターとマルチ・テープがおさめられた、古びた段ボール箱が――――ない。

どういうことだ？

なんで、ないんだよ⁉

もう一度俺は、戸棚の上から下まで引っかきまわす。ない。本当に、ない。戸棚のなかには、社長がTV出演した映像の同録VTRや、ゴルフ・コンペのださい記念品、そのほか、ガラクタばかりが並んでいるだけ。

それらすべてを叩き出して、戸棚の隅《すみ》から隅まで眺めてみても、どこにもない。

あの段ボールがない。段ボールのなかに入っているはずの、ハーフ・インチ、オープン・リールのマルチ・トラック・テープもない。

なんだよ、そりゃあ。

なんのために俺は、ここで、こんなこと、やってんだよ。

そんな馬鹿な話ってあるのかよ?!

急いで俺は倉庫部屋を出ると、応接室へ。AKはいない。寝室のほうも見てみたが、いない。すでに早々と、おもだった獲物はさらわれたあとだ。どちらの部屋にも、当然マルチ・テープはない。

俺は社長の仕事部屋へと向かう。すでにそこもAKが荒らしたあとで、やはりお宝は見事に掘りつくされている。ここにも、マルチ・テープやあの段ボールの、影も形もない。そしてAKの野郎は、お宝を仕舞う作業もそこそこに、黄色い顔した巨大な人形に抱きついている。

俺に気づいたAKは、すこしばつが悪そうな表情をする。そして「オーーーマーーッ！」と、人形に抱きついたまま俺に言う。

ああ、わかったわかった。ホーマーね。アメリカの人気TVアニメのキャラクターね。この前、映画版があって、土木田のオッサンがからんでたから、日本の配給元からプレゼントされたんだろう。実物大、非売品のホーマー人形ってやつだな。

「オーマー！　オーマー！」

「わかったからさ。仕事しろよ」

奴は人形に抱きついたまま、離れようとしない。

「オレ、オーマー、連れてく」

「はあ？　なに言ってんだお前？　こんなでかいもん、クルマに乗るわきゃないだろうが？」

俺の言葉に、ＡＫはぶんぶんかぶりを振る。

「オレの、オレのっ！」

「馬鹿言ってんじゃねえよ、離れろ！　その間抜けな人形から離れろっ！」

無理に引き剝がそうとするが、人形にしがみついたＡＫはてこでも動かない。くそっ、どういうつもりだこの野郎！

キャーッ！という悲鳴が、ＡＫと俺を凍らせる。

俺は忍び足で、悲鳴が聞こえた方角へ。戸口に身を隠して、その場所を覗き見る。

最初に荒らしていた部屋、応接室の中央でナージャが倒れている。身体を丸めて、髪で顔が隠れている。その向こう側に、ゴルフ・クラブを握った小太りの男が仁王立ちしている。社長の馬鹿息子だ。親がカネ持ってることだけが自慢の豚野郎。くそっ、後ろから、女ぁ殴りやがったな！

やられたところが悪かったのか、ナージャに動く気配はない。俺はこの馬鹿息子には、面が割れている。ＡＫはついてきていない。どうする？　ほっといて逃げちまうか？　ちきしょう！

「なんだあ、お前は？」

と、クラブを握った馬鹿息子が俺に言う。

「アイム・ダァァアーーク・ロォォォーードーー」

すぐそこにあったダース・ベイダーの面を、俺はとっさにひっかぶっている。ボイス・チェンジャーで、声が変わるオモチャのやつだ。

「フローム・アウタァァァ・スペェェエース！」

俺は馬鹿息子に突進する。奴はクラブを振り上げる。けっ、素人が。振り上げたその肘を下から突くと、跳ね上げられたクラブが天井の照明を割る。バランス崩して後ろに倒れかけた奴の股間を俺は踏みつける。尻から床に落ちた馬鹿息子は、両手で股間を守ろうとする。はいご苦労さん。無防備になった顔面を、俺は利き足の右でサッカー・キック。奴の首ががくんと折れて、そのまま床に伸びる。踏んだ喧嘩《けんか》の場数なら、お前の小遣い銭より全然多いんだよこっちは。ざまあみやがれ。

「助けてくれたの？」

上半身を起こしたナージャが、俺のほうを向いて言う。頭の打たれたあたりから、血の筋が湧いてきてやがる。

「大丈夫かよ？」

と、電気ボイスで俺が訊く。

「当たり前じゃない？」

ナージャは意外そうに言う。

「気絶したふりをして、わたし、隙をうかがってただけなんだけどな」

嘘つけ。負け惜しみが強い女だな。

「なにしに上がってきたんだよ、お前。庭で仕切ってるはずじゃないのかよ？」

「ウーゴがいれば、大丈夫よ。わたしも、ショッピングしようかなーって」

かなー、じゃねえよ。その我欲《がよく》のつっぱりのせいで、あやうく計画ご破算《はさん》になるとこだったんじゃねえか。

起き上がったナージャは、撮影機材のなかから拾い出した粘着テープで、手際よく馬鹿息子を縛り上げる。目と口もふさぐ。まあ、のばしちまったんだから、縛り上げるのは、しょうがないんだが……もっとこう、クールに、スムーズにいかないもんなのか。

それに、あのマルチ・テープは、どこにあるんだ？

いまからまた、全部屋を探し直せば、出てくるのか？　そんな時間、あるのか？

庭のほうが騒がしい。面を取った俺は、窓の端っこからパーティ会場を見下ろす。

「土木田さん！　土木田さん！　どうしたんでしょうか？」

興奮したＴＶアナウンサーが絶叫している。

庭に設置された大きなスクリーンのなかで、社長がうずくまっている。ランニング・ショーツとタンクトップを身につけたオッサンが、道路脇に転がっている。撮影クルーが、そこに駆け寄ろうとしている。足やっちまったとか、そういうのか？　なんにしても、こりゃあ、大ごとだ。

どうしたんでしょうか！　どうしたんでしょうか！と、事態をまったく把握できていないアナウンサーが同じ文言で騒ぐ。もうすこししたら、現地からレポートでも入ってくる予定なのか。スタジオ・ショットが完全にオフられて、ぶっ倒れた土木田のオッサンと、そこに群がるスタッフをとらえた映像だけが流されつづけている。

まっずいな、これは。

庭でパーティの準備を進めていた連中は、手を止めて、みんな呆然《ぼうぜん》としてスクリーンを見ている。何人かは、携帯を取り出して、どこかへ電話をかけ始めた。すっげえ、まずい。

そんな混乱のなかを、ウーゴが走り抜ける。だれにも気づかれないうちに、すばやく、俺らがいる建物のほうに駆け寄ってくる。

息も切らせないで、ウーゴが応接室にあらわれる。

「行きまーしょう。すぐーに」

俺とナージャを見て、つぎに床に転がった馬鹿息子を見るウーゴ。無言ですばやく、縛られた奴をソファの背後に投げ入れる。うらめしそうにうめく馬鹿息子。

機材を片づけようとしている俺をウーゴが手で制して言う。

「それ、そのまま、いい」

「そうなのか？」

うなずいて、ニカッと笑うウーゴ。ナージャの奴は、盗品が詰まったコンテナをさっさと集めている。手際いいな。

「ＡＫは、どこでーすか？」

「ああ、それがさあ……」

俺がウーゴを連れて社長室に入ると、ＡＫの野郎、ホーマー人形にロープを巻いて、自分の背中に担ごうとしてやがる。オモチャ屋の店先で駄々《だだ》こねてるガキみたいに、泣きそうな顔してこっちを睨《にら》んでやがる。

「お前からも、ビシッと言ってやってくれよ。それは置いてけって――」

「トラック、ありまーすか？」

「へっ？」

「この部屋の下、ガレージ、言いましたーね」

「ああ。たぶんまあ、あると思うけどね。社長のアメ車コレクションのなかに」

「行くーましょう！」

ウーゴはそう言うと、社長室脇の階段からガレージに向かう。

「待てよ。そっちはまずいって！」

と俺は奴を追う。

パーティ時にクルマ見せびらかす目的で、ガレージのシャッターはいま全開になっている。さいわい、庭の奴らの目はスクリーンに釘づけになっているが……クルマの陰に隠れながらチョロチョロとウーゴを追う俺とは裏腹に、奴は堂々とガレージのなかを闊歩する。そして、俺を振り返って歯を見せる。

「ウィ・デリヴァー・フォー・ユー」とボディに書かれた、アメリカ郵政公社「USPS」のトラックがある。こんなもんまでわざわざ輸入してやがったのか、あのオッサン。

「これーに、載せますね。全部」

「これ乗ってくの？　そりゃ無茶だろう？」

首を振ってウーゴが言う。

「早く。早く。ここ、離れーるが、いいね」

いつの間にか、人形背負ったAKが、よたよたとガレージのなかをこっちに歩いてきている。両手には一応、コンテナを持てるだけ抱えながら。

ウーゴはトラックの運転席にもぐり込む。直結でもやるんだろう。ああしょうがねえ！　まったく、どこがクールでスムーズなんだよ！　おまけに、プランを立てたはずの俺だけが、一番大事な目的を達成できていない。

しかしこうなった以上、「プロ」の指示にしたがって動くしかねえ。逃げろってんなら、逃げるしかない。

「お前も、さっさと荷を運べよ！」

と俺はAKに言い残して走る。二階へ上がった俺は、ナージャといっしょに、コンテナやでかいバッグをつぎつぎとガレージに運び下ろす。まあたしかに、この量じゃあ、あの人形がなくってもステーション・ワゴンにすべて積み込むのは大変だったかもしれない。プロらしい、ウーゴのすばやい判断ってやつか。

「ちょっと、あなた、なにしてるんですか⁉」

社長の嫁さんが、大きく開いたガレージの入り口からこっちを見ている。

あー……どうしようか。俺とナージャは、機材かたしてるってことで、言い逃れできる？　なんとなく、ガレージから荷物下ろしましたってことで。駄目？

俺がそんなことを考えて逡巡《しゅんじゅん》しているあいだに、ウーゴが彼女のほうに駆けていく。人なつっこく、白い歯を見せながら、両手を広げて社長の嫁さんに近づいていく。

えっ、えっ、なんなの？と虚をつかれた彼女の腰に左手を回したウーゴは、ズボンに差していたものを右手で抜いて、社長の嫁の顎《あご》に突きつける。拳銃じゃねえか！

「シーッ！」

とウーゴは彼女に言うと、そのままクルマの陰に連れていく。

「おいっ！」

と俺はウーゴに詰め寄る。

「お前、なんなんだよ、それは！」

「これーは、タウルス、ですね」

ブランド名なんて聞いちゃいねえよ！　なんだってお前、拳銃なんて持ってんだよ！

縮み上がっている社長の嫁さんを、ウーゴはスペイン語で脅《おど》し上げている。わからない言葉でも効果は上がる。奴の陽気な表情が、いまは逆に底知れぬ不気味なものとして彼女を威圧している。

「にもーつ、終わりーましたか？」

女から目を離さずに、ウーゴが俺たちに訊く。

「終わったわ」

と、ナージャは答えるが早いか、トラックの運転席に乗り込む。

うなずくウーゴ。社長の嫁さんの背後に回ると、彼女のこめかみに銃口を当てて、そのままガレージの外へ、庭の中央へと歩み出ていく。

「はい！　はい！　ちゅもーく！」

ウーゴの声に、何人かが彼を振り返る。ニカッと笑った彼は、右手を天に向けて、引き金をひく。

キャーッ、うわっ、という声が湧く。とっさに頭を抱えて、しゃがみこむ奴もいる。社長の嫁さんを突き放したウーゴは、左手を大きく広げる。そして拳銃を握った右手を、ゆーっくりと左右に大きく振る。ブラジル77を指揮するセルジオ・メンデスみたいに、その場の空気すべてを制圧する。

「携帯！　携帯！　出す！」

とウーゴが言う。

気を呑まれた庭の奴らが、もそもそとそれにしたがう。ここでウーゴは、もう一発、地面に向けて発砲。また悲鳴。そして、電気ショックを受けたかのように、ほぼ全員が自分の携帯を手に持って、それを頭上に掲げる。

「携帯、捨てる！」

銃口がその場にいる奴ら全員をなめる。ばらばらと投げ捨てられる携帯電話。それらの携帯を拾うでもなく、拳銃を振りながら、ウーゴはゆっくりとトヨタのステーション・ワゴンへと進んでいく。オォー、アリアー、ライオー――と俺の頭のなかで「マシュ・ケ・ナダ」が流れ始める。

ぶおん、と後方でエンジン音。ＵＳＰＳのトラックが俺を轢《ひ》きそうになる。

「なにやってんだよ！」

と俺は運転席のナージャに言うのだが、彼女はこっちを見ていない。血走った目をして、前方を凝視している。年代もののマスタングにトラックがぶつかる。ナージャがトラックをバックさせて、ハンドルを切り直している隙に、俺は助手席に飛び乗る。

「落ち着けって！」

と俺は言うが、ナージャはこっちを見ない。

「わたし？　落ち着いてるわよ。いつもねっ！」

言い終わるやいなや、トラックを急発進させる。やはりマスタングは右ボディを深くえぐられる。さっきぶん殴られた仕返しのつもりなのか、ナージャは火を吐きそうな口を大きく開けて高笑い。ガレージから飛び出したトラックは、そのまま丸テーブルをいくつも跳ね飛ばす。そのうちのひとつがスクリーンを突き破る。悲鳴を上げながら庭の奴らが逃げまどう。オバー、オバー、オバー。はるか前方で、優雅《ゆうが》な身のこなしでトヨタに乗り込んだウーゴは、気違い女が運転するトラックのために道を空ける。

「つかまってるのよ！」

ギアを上げたナージャは、あらゆるものを跳ね飛ばし、踏み潰しながらゲートに突進する。衝撃。ひんまがって吹っ飛ぶゲート。宙を舞う「US Tokita Air Base」のサイン。後方についたトヨタのなかで、ウーゴが楽しそうに笑っている。

3

いまの東京で一番嫌いな街の、一番嫌いな場所に俺はいる。できるかぎりの侮蔑をこめて、俺が「ポンヒル」と呼んでいる再開発地域だ。

いるだけで気分が悪くなる、空気吸うだけで運気が落ちてきそうな場所の、最もくだらないビルのなかにある、くだらないカフェに俺はいる。そこで長っ尻をして、悪趣味なでっかい蜘蛛《くも》のオブジェを見下ろしているところだ。

　初めて知ったことなのだが、あれは「ママン」という名前なんだそうだ。どう考えても景観を壊しているんだが、きっとあれは、土建屋が雇った白魔術師に呪文で拘束《こうそく》された太古の偉大な種族の末裔《まつえい》で、一朝ことあれば動き出して、俺みたいな不届き者を糸で縛り上げ、毒針で刺すようにプログラミングされているんだろう。もともとは、そんなことをするような奴じゃなかった。俺にのしかかったその上で、奴の眼のなかに哀《かな》しみの色があることは隠せない。高貴で自由な闇の狩人が、なんの因果か、こんな珍奇《ちんき》な場所で使役されている哀しみ。世が世なら、俺らは友だちになれたかもしれないのに。

　もっとも、いまはママンに動く気配はない。その八本の足の下に、しょぼくれた初老の男をひとり抱いているだけだ。土木田のオヤジだ。ハンチングに眼鏡をかけて、TV用の陽気なキャラクターは消している。一気に老け込《ふこ》んだようにも見える。抱えているバナナ・リパブリックの紙袋には、札束を詰めてあるんだろう。俺に指示されたとおりに。

　土木田のオヤジを呼び出したのは、俺だ。正体隠して、ネット喫茶から奴のプライベート・アドレスにメールを打って、身代金受け渡しの指示をした。

　強奪してきたお宝が、予想したほどの儲けにならないと踏んだイは、身代金略取を強く主張した。これで埋め合わせしないと、俺への報酬《ほうしゅう》どころか、借金棒引きすらできない、と奴は言い放った。そこで俺は、AKを手先として、この件を進めた。土木田ベース襲撃時の行動を大いに恥じていたAKは――つってもまあ、反省して人形手放すわけじゃないから、結局は身に染みてないんだが――率先して俺についてきた。

　俺のプランというのは、こうだ。

まず俺が、見晴らしのいい場所に陣取って、社長があらわれるのを待つ。そして、警官やら、土木田事務所の手下やらが、社長をガードしていないかどうか、じっくり観察して確認する。その間、ＡＫはポンヒル内のべつの場所で待機している。十分安全だと確認できた段階で、俺はＡＫに携帯メールを打って、社長のところに向かわせる。ＡＫは、封筒をひとつ持っている。それと引き替えに、カネが入った紙袋を受け取る。

封筒のなかには、とあるＢＢＳのアドレスが書かれた紙が入っている。一時間後、そこに情報が書き込まれる。社長から奪ったブツが保管されている「ことになっている」レンタル倉庫の住所とアクセス方法。もっとも、そこに行っても、なにもありはしないのだが。

というのが俺の筋書きだ。

この場所を選んだのは、まず第一に、隣にＴＶ局があること。つぎに、人通りが多い、目立つ場所だということ。ＴＶの有名人である「土木田さん」にとって、ここでことを荒立てたくはないはずだ。こんなとこで妙な騒ぎになったとしたら、それこそお宝買ったカネの出どころまで含めて、なにもかも満天下に知らしめてしまうことになるやもしれない。

あっちがもし、そこまでやる気なのだったら、なにごともなく俺はここを立ち去ればいい。そうじゃないんだったら、俺の勝ちだ。

この前の襲撃については、新聞報道などでは、ほぼ完全に伏せられていた。ウーゴの発砲も、馬鹿息子への暴行も、お宝の大量強奪も、本当のところは一切なにも報道されなかった。

マラソン途中で倒れた社長の姿に動転した馬鹿息子が、クルマの運転をあやまって、土木田ベースのゲートを壊しちまった――というのが、すべての報道で一貫したストーリーだった。あとは、「土木田さんの回復順調」とか「また来年も挑戦したいね！と土木田節」とか。

いくらあの日、土木田邸にいたのが自分の身内と、懇意《こんい》にしている出入り業者だけだったからといって、よくもまあこれほど見事に箝口令《かんこうれい》を敷けたものだと思う。つまりそれぐらい、社長にとっては、隠しておきたかったことなんだろう。あの襲撃の詳細ってのは。

ひととおりの報道が出そろうのを待ってから、俺は身代金要求のメールを打った。あっちがあくまで襲撃の件を伏せつづけているならば、カネなら払うから、モノを返してくれ——というサインだというふうに判断できなくもないからだ。

もちろん、通常の人質事件のように、報道管制を敷いておいて身代金受け渡し時に犯人パクる、という線もあり得る。しかし俺らは、人間を誘拐したわけじゃない。コレクターにしか価値がわからない「モノ」を奪ったって話だ。

どうしても「モノ」を取り戻したい社長ならいざしらず、日本の警察が「身代金の要求があるはず」だの「あってほしい」だのいった話に乗って、俺らをとっつかまえるために、いまポンヒルのどこかに潜んでいるとは、ちょっと考えにくい。

そんなわけで、社長がカネ持ってママンの下にやってきた時点で、基本的にはチェックメイト。警官や手下の姿ってのは、念のために確認しているだけだ。

指定した時間の十分前に、社長はあらわれた。そこから俺は、すでに二十分以上、社長とママンを見下ろしている。社長には、不審な動きはなにもない。

耳にイヤホンも挿さってないし、裸の胸に貼った隠しマイクに向けてつぶやいてもいない。近くの植え込みにSATやSITが隠れている気配はないし、いま社長の脇を歩いていった二人連れのOLが、じつは変装した警官のようには見えない。

たんなるポンヒルの日常のなかに、たったひとり、羞恥《しゅうち》プレイ中であるかのように、土木田のオヤジだけが突っ立っている。

俺の勝ちのようだ。どうやら。

しかし、それがなんで、こんなにも後味が悪いのか。

「かわいそうだな」という気分に、俺はなっている。あんなにも憎かった社長のことが、いまは、無力で、老いさらばえて、あわれな、風采《ふうさい》のあがらない小男に見えている。

やれやれ。一体なに言ってやがんだ、この俺は。

気分を変えて勝利の踊りだ！　なんかよくわからない太鼓叩いて、ポリネシアン文化センターの出し物みたいに火の点《つ》いた棒まわしてリンボー・ダンス！

全っ然、そんな気分にならねえや。

つうか、逆に、気分が滅入ってしょうがない。おかげで、今日は朝から飲みつづけている。ぬるくなったコーヒーに、スキットルからまた酒を足す。


どうやら俺は、絶対的な勝利の味ってのには、馴染《なじ》めないようだ。

なんて中途半端な人間なんだろう。

「やさしいのね、ジョージ！」

頭のなかで幻想のナージャが俺に言う。

まあたしかに、お前ほど、俺は強くないみたいなんだけどよ。


土木田ベースのゲートぶち破って逃走した俺らは、そのまま調布方面に抜けて、野川沿いにあるジャンクヤードのひとつに入った。打ち捨てられた廃車の山の陰に、あらかじめウーゴが用意してあったクルマが二台。人畜無害《じんちくむがい》なスズキと、トヨタのミニバン。それぞれ、ステーション・ワゴンと同じ方法で、ウーゴが用立ててきたものだ。

これらの二台に俺らは乗り換えて、荷物も移す。ジャンクヤードにはウーゴの手下がひとり待機していて、ナンバー・プレートをまた付け替えたステーション・ワゴンを、そいつが陸送していく。USPSのトラックは、ウーゴがカネつかませたジャンクヤードの主人が解体して、潰しておくことになった。

クルマを換えるように、ウーゴは容姿も換えた。濃い髭をむしりとると、髪も剝がす。付け髭とヘアピースをとったら、白髪まじりの地味な中年男になる。きっと胸毛もニセモノなんだろう。同じようにヘアピースをとったナージャは、ジッパーを下げてジャンプスーツを脱ぎ捨てる。必要最小限度のビキニ姿に、汗が光っている。だらだらと鼻血を垂らしているAKが口笛を吹く。もっともその鼻血は興奮したせいじゃなくって、トラックの荷台でホーマー人形を守ろうとして、振り回されたあげく顔面を強打した名誉の負傷だ。タンクトップとショートパンツを身につけたナージャの胸元に、カルティエが光っているのを俺は発見する。いつのまにちょろまかしたんだか。

無言でさくさく作業を終わらせたウーゴとナージャは、それぞれべつのクルマに乗る。ナージャは助手席に。まあ、俺がそれを運転して、自分は女の子ぶるという、そんな感じの偽装なんだろう。ウーゴが葉巻に火を点ける。ナージャは葉巻を二本くわえると、火を点けて、一本を俺に薦める。十五分の時間差をつけて、それぞれのクルマはジャンクヤードをあとにする。

クルマのなかで、俺はナージャに訊いた。あの野郎、本当に人撃つ気、あったのかね？　まさか！　そんなこと、あるわけないじゃなーい？というのがナージャの答え。

あったのか。そんで、そんな野暮《やぼ》なこと訊くなってことか。

新宿西口でナージャを落とした俺は、イの所有するビルに荷を落とすため富ヶ谷までひとり旅。まずい葉巻を灰皿でもみ消す。

やってみて初めてわかったんだが、俺は武装強盗には向いてないようだ。

そして今日気づいたのは、身代金略取にも向いてない。そういえば、詐欺《さぎ》もうまくなかった。向いてないのかもしれない。

なにか向いていることがあるのかどうかすら、わからない。

くだらねえ！

あのマルチ・テープ、一番ほしかったものも手に入れられないで。なにやってんだよ、まったく。

勝ったの負けたの、そんなのは、どうでもいいんだ。俺は。

やれやれ。

携帯を取り出すと、俺は社長に電話する。着信音に飛び上がった彼は、大あわてで携帯に出る。

「もしもしっ！　もしもしっ！」

ママンの足元で、あたりをきょろきょろ見回している。

「そっちじゃねえよ。地上じゃない。上だよ、上」

社長はこんどは上方を見渡す。俺の姿が見えるかどうか。一応、窓から手を振ってやる。

「ちょっと、話があるんだけど。いいかな？」

ようやく社長は、俺の声に気づいた様子。

「……コマちゃん？」

「ああ。俺だよ。あんたとさあ、交渉したいことがあるんだ」

「……お前が……お前が、やったのか？」

「まあね。俺だけじゃないけどね。そんなことより、話する気があるのかねえのかっ！」

「あるっ！　あるある、あるよおっ！」

「よし。じゃあ、サシで話しよう。ここらへんで、どっか静かなとこ知ってるよな？　あんたなら」

ああ、ああ、と社長がうなずく姿を俺は見下ろしている。

これがつまり、生涯二番目の最悪の選択ってやつだった。

4

たしかにこれは静かな場所だ。さっきと同じポンヒルのビルのはるか上階にある会員制のレストラン、その奥まった場所にある個室。見晴らしのいい窓の外の風景のほかは、客を窒息させるのがコンセプトの内装。

そこに俺は、社長といる。無駄に長い長方形のテーブル、その短辺と短辺にお互いが坐って、向き合ってはいるのだが、さっきからずっと無言のままだ。

ここにもあったんだな、こんな場所。アークヒルズにある似たような店だったら、社長の見栄張り要員の頭数のひとりとして、かつて一度だけ連れて行かれたことがある。料理の味は覚えていない。ジャケット着用じゃないと入店できないということで、ださいブレザーみたいなのを店に押しつけられたことは覚えている。会員制の高級クラブとうたっておきながら、それだけじゃカネが回らないのか、結婚式場として一般貸ししてるとこまで、あっちと同じだ。

うやうやしく部屋に入ってきたウェイターに、なんか適当な昼メシと、店で一番高いワインを俺は注文する。社長はコーヒーだけでいいらしい。

「お前、あんなことして、いいと思ってるのか？」

ウェイターが部屋を出るなり、社長が言う。「そもそも――」と奴がつづけるのを手でさえぎった俺は、ベルを押して、さっきのウェイターを呼ぶ。

「あ、悪い悪い。灰皿ひとつ、持ってきてくれるかな?」

「かしこまりました」

「悪いね」

そのやりとりを見ながら、社長は開けていた口を、ふたたびつぐむ。そのまんま、ウェイターが灰皿を届けて、そして消えるまで、黙っている。そのあいだに社長のはらわたがぐつぐつ煮えたぎってくるのが音に聞こえる。

俺はゴロワーズに火を点けて、胸いっぱいに煙を喫ってから、社長に訊く。

「で、なんだっけ? なんか言いかけてた?」

「貴様っ!!」

社長が大声を出す。俺をさしたその指が、怒りのためかぶるぶると震えている。

「なんの恨みがあって、あんな真似《まね》を! あんなことして、どうなるかわかってるのかっ!」

ぷかーっと俺は大きな煙の輪を吐く。ほっぺたを叩いて、小さな輪っかを二コ、三コ、四コと出してみる。

「なんとか言ってみろ! ウチの者に、怪我までさせおって! どうするつもりだ、ああっ?」

なるほどね。ママンの下じゃあ縮こまってたくせに、ここに着いたら、こうなったか。まずは出方を見てたんだが。やっぱり俺が相手だと、威圧すればなんとかなる、と思ってしまうようだ。身に染み付いたむかしの習慣ってやつか。

「で、どうすんの?」

「ああっ?」

「だから、どうするつもりか、訊いてんだよ。ムカつくんだろう? 俺のしでかしたことが。だったらあんた、どうするつもりなんだ？　この俺を？」

「どうするも、こうするも――」

「まーた、出してみるかい？　破門回状でも？　それとも、ここにポリでも呼んでみるか？　袋の鼠《ねずみ》だもんなあ、俺はいま？　やれるもんなら、やってみろ！」

奴は無言になる。ウェイターがトレイを手に入ってくる。構わず俺はつづける。

「わかってない、みたいだけどさ」

注《つ》がれたワインの匂いをかいで、ウェイターにうなずきながら俺は言う。

「手ぇ出したのは、そっちが先なんだぜ？　俺をいじめたのはさあ」

「なにを……」

ワインをがぶりと一口。

「『そんな覚えはない』って、言いたいんだろう？　必ずそう言うんだよ。いじめっ子ってやつは。でもさあ、小学校のとき、先生から言われただろう？　『いじめたつもりはなくても、相手が傷ついたら、それは同じことなんですよ』って。聞かなかったか？　俺は聞いたよ。シスターから、小一んときに」

スープがあるね。ビシソワーズか。まあまあだな。

「まあ、そういう意味で言うと、これでおあいこってとこかな。先に手ぇ出したのは、そっち。そんで、やり返したのが俺。それだけの話」

ウェイターがまた部屋から消えると、社長が口を開く。

「……お前、そんな話が、通ると思ってるのか？」

「通らねえか？」

「当たり前だっ！」

社長が烈火《れっか》のごとく怒り始める。

「恩を仇《あだ》で返されるとは、このことだ！　この卑劣漢《ひれつかん》が！」

「飼い犬に手ぇ嚙まれたとか、そういう感じ？」

「ああそうだ！　お前みたいな者を拾って、面倒みてやったこの俺を……貴様のような恩知らずの半端者、どんな世界だって、やってけるはずがないんだ！　世の中甘く見おって！」

なんで世の中の話になんだよ。

「つら汚しだ！　お前のような人間、業界のつら汚しだ！　社会のはみだし者だ！　みんな、毎日毎日、額《ひたい》に汗して、真面目に働いているんだぞ?!　俺だって、そうやって、コツコツ働いて――」

「スープ飲む？」

「馬鹿にしとるのか俺をっ!!」

という怒鳴り声を合図に、俺はスープ皿を窓とは逆の壁に叩きつける。でかい音をたてて皿が木《こ》っ端微塵《ぱみじん》に。飲み残しが壁に模様を描く。

一瞬の空白。

「ああ、悪い悪い。手ぇ滑っちゃったよ」

俺はまたベルでウェイターを呼ぶ。

「悪いね、お皿割って。この人の勘定につけといて」

「……お召し物は汚れませんでしたか？」

とウェイターが訊く。

「大丈夫大丈夫」

と俺は答える。

「つぎのお料理は、お持ちしたほうが――」

ウェイターが社長の顔色を窺いながら俺に訊く。

「うん。どんどん持ってきて。ワインもおかわりね」

「は？」

「同じのをもう一本。余ったら、持って帰るからさ」

「……はい」

ウェイターが下がっても、社長は口を開かない。眉間《みけん》にしわをよせて俺を睨みつけているだけだ。脅しているつもりなんだろう。

「で、終わった？　社会科の話は？」

社長は答えない。ずっと俺を睨んでいる。そろそろだな。

新しいおしぼりで手をふいて、顔をぬぐう。煙草《たばこ》に火を点けて、手酌でワインを数杯あおる。空になったグラスいっぱいにワインを注いで、最後にそれをテーブルに置く。

「終わったんだったら、こんどは俺が話しよう。聞きたいか？」

相変わらず、社長は返事をしない。

「まずは――そうそう。ときに、フランクは元気？」

「……あぁ？」

つられて社長が口を開く。

「フランクだよ、元気なの？」

「なんだって？」

「忘れたのかよ。フランク・マーティン。あんたの運転手。あの喧嘩強いイギリス人」

「あ⁇　そんな奴、雇ってないぞ？　俺は」

「雇ってないっ⁉」

俺はわざと大袈裟に驚く。

「そりゃあ、いけないねえ。フランクは、雇わなきゃ」

「一体なんの話を――」

「フランクを、雇ってないんだあ」

かぶりを振りながら俺は言う。

「あきれたねえ」

「なんの話をしているんだっ！」

「じゃあさあ、社長、あんた、まだ自分で運転してんの？」

「当たり前だ」

「あちゃー。そーりゃ、よくないって！　駄目だそりゃ。事故るよ」

「なんだと？　俺はこれまで事故なんか――」

「知ってる知ってる。ゴールド免許が自慢なんだよな。アメ車マニアのくせに安全運転ってのが、『みんなが大好きなTVの土木田さん』だもんな。それがね、事故るんだよ。睡眠不足のせいで」

「……どういう意味だ。それは」

ウェイターが料理を運んでくる。もうこの部屋には呼ばれたくない、という気持ちからか、サラダとメインの皿がいっしょに来たな。まあいいか。白身魚とビーンズのクスクス。さっきのスープよりはましだな。

黙々と食いつづける俺に業《ごう》を煮《に》やして、社長が怒鳴る。

「どういう意味かと訊いているんだっ！」

「ん？　ああ、意味ね」

ワインで口のなかを洗う。

「そんなの、簡単なことだよ。睡眠不足ってのは、安全運転の大敵だろ？」

「だから、それとこれとが――」

「関係あんだよ。いいか」

俺はぐっと身を乗り出す。

「あんたは、大事な大事なお城を、土木田ベースを、どこかの悪者に襲撃されちまった。そうだよな？　だから今後は、より一層、厳重なセキュリティで自宅を守ろうとするんだろう。引っ越しもするかもな。ホームパーティなんか、金輪際もう、こりごりかもしれない。そうやって、とにかく『安全第一』にして――そして、安心ってのを、買おうとするはずだ。そうだろう？」

社長は黙って俺の話を聞いている。

「しかし、もう駄目なんだ。なにをやっても、絶対にもう、あんたには、『安心』ってやつだけは買うことができない。心休まる夜は、もう二度と訪れない。悪夢も見るだろう。夜中にうなされて、目が覚めて、野球のバット片手に、家じゅうの窓という窓をチェックするかもしれない。それからベッドに戻るんだが、これが眠れないんだ。眠ったとしても、浅い眠り。そんな夜が、ずーっと、ずーっとつづく」

「…………貴様……」

「ぐっすり眠ったような気になっても、じつは違う。そんなふうには、もう眠ることはできない。どこかに恐怖を抱えたまま、これから先ずっと、あんたはすべての夜を過ごさなきゃいけない。けだものじみた犯罪者に目ぇつけられちまったってのは、そういうことなんだ。その事実は、決して消せない。あんたがいくら頭から振り払おうとしても、あんたの身体は、潜在意識は、決して忘れてはくれない。そうやって、蓄積《ちくせき》していくんだ。慢性的な睡眠不足。ストレス。そしてある日――」

バンッ！と大きな音をたてて俺は手を叩く。その音に、社長が椅子の上で飛び上がる。

「――と、事故っちまうんだな、これが。ガソリン満載したタンクローリーにオカマ掘っちゃうとか、通学途中の小学生の列に突っ込むとか、舗道で乳母車押してた買い物帰りの妊婦をはね飛ばすとか――そんなことをするに違いない。それは、明日かもしれないし、明後日かもしれない。来週かも、来月かも、来年かも、再来年かも、その翌年かも、もっと先の――」

「やめろっ！」

「――五年先、十年先かも――」

「やめろと言っとるんだ！」

両手を軽く上げて、俺は話を止める。社長の禿《は》げ上《あが》った額に汗の粒が見える。

「まあ、そんなわけでね。運転はあきらめて、フランクを雇ったほうがいいって話。以上」

話を終えた俺は、また食事に戻る。

「………なにが目的なんだ」

と社長が小さく言う。

俺は応えない。そのまま、食べつづける。

「これ以上なにがほしいんだ！　言ってみろ！」

すこし顔を上げて、じろりと俺は社長のほうを見る。

「ん？　なんかくれるの？　俺に？」

どん！と大きな音を立てて、社長がテーブルの上に紙袋を置く。札束が詰まった、バナナ・リパブリックのショッピング・バッグ。力いっぱい社長に押されたそれは、テーブルの上を滑って、俺の皿のすこし手前で止まる。俺は左手で、その紙袋を横に払う。払われた袋は、床に落ちる。

愕然《がくぜん》とした表情で社長が言う。

「な、なにが不満なんだ？　言われたとおり、ちゃんとカネは用意してきたんだぞ？」

「気が変わった」

俺はそう言うと、紙袋を蹴る。袋は床の上を滑って、社長のもとへ。

「それは、持って帰んなよ」

「なんだと？」

「やっぱりさあ、悪事ってのは、よくないよね。うん。この機会に、心入れ替えるよ俺」

「……丈二、お前？」

さあて、嘘本番だ。

「そのかわりと言っちゃなんだけど、ほしいもんがあるんだよ、俺。あのマルチ・テープだ。あのオープン・リールのマルチ・テープをくれ」

ポケットから取り出した鍵をテーブルに置く。

「これが、あんたんちから盗られたモノが入っている倉庫の鍵だ」

ブツを輸送させられた際、ひとりになってから、念のためにコピーしておいたものだ。

「やっぱりさあ、同じ釜のメシ食った仲間でしょ？　社長と俺はさあ。裏切れないよね。どうしてもね。だから、盗ったものは全部返すよ。カネもいらない。あのマルチ・テープだけ、あれだけを俺にくれ」

5

俺が社長に話した嘘は、だいたいこんな内容だ。

身持ちがわりぃ人生送ってた俺は、そのせいで、タチの悪い奴らに取《と》り憑《つ》かれちまった。フランスの外人部隊あがり、コロンビアで麻薬カルテル幹部の用心棒やってた男、趣味が食人の猟奇女、そんな奴らだ。ふとしたことから、俺が例のマルチ・テープをほしがっている、という話を耳にした奴らは、じゃあかわりにそれを盗ってきてやろう、なんて言う。その口車に乗せられた俺は、土木田ベースへの案内係に仕立て上げられる。はっと気づいたときはすでにとき遅し。やりたくもない犯罪の片棒を担がされていた。なんてこった。社長の馬鹿息子殴ったりクルマ壊したのは全部その「けだものじみた」悪人たち。もちろん俺は抵抗したんだが、社長の嫁さんを撃とうとする用心棒あがりを制止するので精一杯。今日も脅されてここまで来たんだが、もういやだ。もうこれ以上、奴らの絵図に乗せられて悪の片棒かつぐのは――というふうに目が醒めた。ワイン飲んでたら。

「というわけでね」

と俺は社長に言う。

「あのテープさえ俺にくれたら、倉庫の場所教えるよ。その鍵があれば、入れるから。セキュリティはない。シンプルな盗品倉庫」

「でもお前、カネ持って帰らなかったら、まずいんじゃないのか？」

「ありがとう！　うれしいっすよ、オヤジ！　俺の身を気遣ってくれて！」

「いや、そういうわけじゃ――」

「あ、そこんとこは大丈夫。『社長は来なかったみたいよ』と奴らには伝えるから。だから、カネがないほうが、辻褄《つじつま》が合うんだよ。そんで、どこかのだれかが、泥棒さんの倉庫から、モノかっぱらうわけ。俺も社長も全然知らないところでね。そういう筋書き」

社長は無言。

「悪くない話だろ？　そんで悪人たちはさあ、このヤマは無駄骨に終わるわけだから、あ～あアホらし！ってなって、二度と襲わないって、社長んとこは。そんな感じ。だからくれよ、テープ」

そんな俺の嘘が通じたのか、通じなかったのか。社長が溜息をつきながら、首を振る。そして口を開く。

「……あんなテープ、あんなものが……ほしいのか。そんなに」

「ああ。ほしいね」

「また、演奏すれば、いいじゃないか⁉」

「わかってねえな」

俺は舌打ちをする。

「あのなあ、同じ演奏なんて、二度とできないんだよ」

「そうなのか？」

「そりゃあ、『いつでも同じ音出せる』ってことになってるさ、プロの世界では。でもそれは、同じ譜面弾いてるってだけのことで、『なにもかも全部同じ音』になんて、絶対にならない。一回こっきりなんだよ。プレイってのは。毎回毎回、鳴らしてる音には、いろんなものが乗っかってるんだ。あんただって、毎日毎日、いろんなことがあるだろう？　いいこともあれば、いやなこともある」

社長は俺の話をじっと聞いている。

「毎日、いろんなことを感じる。考える。それが音にあらわれる。あのテープに入っている音は、そこんとこが特別なんだ。あれは、曲を作ろうとしたときのセッションだ。最初にそのフレーズを思いついたときの感覚とか、最初にそれをうまく弾きこなしたときの感情とか……」

あのときの風景。あのときの、いい感じ。俺の頭のなか。隣にいた女。まだ残ってた友だち。ガレージの残響音。そして335。質流れしちまった俺のギター――。

ほとんどなんの不純物も含まない音。ただただ「音楽を作ろう」として、音楽に浸りきっていただけの日々のなかで、鳴らしたはずの音。

「……あんな音、あのときの音は、もう二度とは、出せねえんだよ。それが録音されてる、世界でたった一本だけのテープなんだ、あれは」

俺の話を聞いていた社長が、ぼそりと言う。

「お前、好きなんだなあ、音楽が」

「ああ」

と俺は認める。

「たぶん、そうなんだろうな」

そうなんだろう。あんたみたいな奴まで、そう思うんだったら。

しばらく黙ったあとで社長が口を開く。

「……よしわかった！　コマちゃんの、気持ちはよぉぉぉくわかった！」

「ほんとかよ？」

「あ？　わかったよ、もう！　こりごりだ、あんなテープのために、ごたごたするのは！」

まあ、そりゃそうか。

「そのかわり、あの、あれだ……その、『連中』には二度と……」

「ああ、あんたの家や持ち物、襲わないように、操作しとくよ」

「それだ、それ！」

社長の顔が輝く。ようやく、ＴＶでお馴染みの「土木田さん」に戻りつつある。

「それは大丈夫。うまくやるから」

というか、もともと、もう二度と襲うわけもないんだが。すでにお宝がなくなった家なんて。獲物もないのに、同じ場所ねらうリスクおかす理由なんてない。

ま、それが俺のお陰とでも思ってもらえりゃ、越したことはないんだが。

「で、どこにあんの？　あのテープ」

「あれはいま、岡ちゃん――専務が管理してるんだが……」

「電話しなよ」

テーブルの上の倉庫の鍵を拾うと、それを社長からよく見えるように、手にかざしながら俺は言う。

「送り先は、あとで伝えるから。まずいまは、あのマルチ・テープを、俺んところに届ける手はずを整えてくれ」

ああ、わかったわかった、と応えた社長は、携帯を取り出して専務に電話をかけようとする。つながらない様子。

「めずらしいな。別行動なんだ、今日は？」

「ああ。今日はあれだ。ウチの『ＣＨＯＬＯ』ちゃんが――」

あのいかがわしいタレント、あんたが抱えてたのかよ？　おじいちゃんが日本人だから日本の心を歌いたいとか自称してるヒスパニックの演歌歌手。

「――あれが、名古屋で収録があるから、それについてってるんだが――」

話しながら、社長は何度かコールするんだが、専務は出ない。

「……出ないな。なーにをやっとるんだ、あいつは⁉」

「スタジオ入ってんじゃないの？」

「そうだとしても！　俺の電話に出ないなんて、どういうつもりだ？　緊急の用件だったら、どうするつもりなんだ！」

「この件は緊急だぜ」

「そうだ、そうだ！　まったくもう、あの男は！」

しょうがねえな。

「じゃあ、あとで確実に手配しといてくれよ。それが確認できしだい、俺は倉庫の場所教えるから。間違いなく、約束守ってくれよ？」

「ああ！　何度も言わせるんじゃないよ！　あのテープは、お前に譲る。男に二言はない！」

「わかった。信用しよう」

俺が投げた鍵を、テーブルの向こうで社長の両手がキャッチする。


ふーーーーーーーーーーっ。

やったよ。

まだ、完全に終わったわけじゃない。しかし、ここまで詰めれば、まず間違いないだろう。

あのマルチ・テープが、ついに俺のもとに届く。俺のものになる。

長かった。なっげえ道のりだった。たどり着いたよ。ようやく。

これで俺は明らかにイの野郎を裏切っちまったんだが、そんなもん、どうとでも誤魔化せるだろう。俺に闇金利おっかぶせて、実家にまでちょっかい出したような奴なんだから、それこそこれでお互い様ってやつだ。

そして、そのおかげで、やっと手に入る。あのマルチ・テープが、ついに。


「……まったく、どうにもならんな。あれは」

しつこく電話をかけ直しながら、社長がぶつぶつ言う。すぐに専務が電話に出ないことが、よほど気に入らないらしい。

「あーれは、もう、困ったもんだな。昨日だって、あれだぞ？　銀行いこうとしたら、『身代金払

なあ？」

ー。やくざかっつうの！　ほんとにあれは、馬力ばっかの単細胞で、短気で、乱暴で……そうだろ、

がどう遣おうが、勝手なんだよ！　『一家の看板に泥塗った奴らに、頭下げるんですか』とかさあ

うのは弱腰だ』だのなんだの、俺に意見するんだよ俺に。なーにが、弱腰だっ！　俺のカネを、俺

　と社長は俺に同意を求めてくる。

「……さあ、ね」

「なーにが『さあ、ね』だよっ！　お前なんか、いっつもいつも、あれに怒鳴られて、ひどい目に

あわされてたじゃないか」

　そんなことも、あった。

「腹立たないのか、お前は？　あれはもう、ほんっと駄目なんだよ。駄目駄目駄目の、駄ー目人間。

センスが古いっていうのかなあー」

　なんで、そんなこと、言うんだよ。俺は気分が悪くなってくる。

「……いいからさ、あとでまた、電話しといてくれよ」

「よかない！　よかないんだよ！　さっきから、こーの俺が、電話かけてるんだよ？　それをあの

男は！　自分がなんだと思ってるんだ⁉　だれに食わせてもらってると、思ってるんだ！　普段い

っくら偉そうなこと言ってても、こういう筋目できちんとできない奴は、半端者だ。半人前のでき

そこないだ！　苦労してるのは俺ばっかりで、親の心子知らずで――ほんっと、俺がいなきゃ、な

んにもできない、できそこないばっかりが――」

「そんな話はするな‼」

　突然の俺の大声に、社長が静止する。きょとんとした表情で俺を見る。

「……そんな話は、聞きたくない。やめろ」

「どうしたんだよー、コマちゃーん？　お前だって、さんざんっぱら専務には、いやな思いを——」

「ああ、させられたさ！　俺はあいつが、大っ嫌いだよ。でも……あんたはあいつの『オヤジ』じゃねえのかよ？　みんな仲間で、家族なんじゃないのかよ⁉　それがなんで……」

くそっ、いっつもいつも、こうなんだ。こいつらは、いつも、こうなんだ。

「……なんで、陰口なんか、叩くんだよ。いっつも陰で、悪いこと、言うんだよ。あんたたちは一家で、ファミリーで、身内どうしなんじゃないのかよ？」

「なにを言ってるんだ、突然？」

わからないんだろう。本当に。

とぼけてるわけじゃなくって、このオッサンには、俺がいま言ってることは、全然わからないんだろう。宇宙人の宇宙言語みたいなもんなんだろう。

これが一家ってやつなのか。日本伝来の、オヤジがいて、子がいてっていう、家族的集団ってやつなのかよ。頼りになる家長がいて、その顔色うかがう子供がいてっていう、みんなが大好きな、永遠不滅の家父長制ってものなのかよ。

「……社長さあ、なに聴いてんの、最近？」

なぜかそんなことを俺は話し始める。

「はあ？　またお前、話が急に——」

「CDでも、ダウンロードでもいいや。アルバムでも、曲でもいい。新譜も旧譜も可だ。なに聴いてる？　どんなのが好きなんだ？」

「……いろいろ聴いてるよ、そりゃ」

「たとえば？」

「いろいろだ！」

と社長は怒ったような声を出す。

「ふうん」

しばしの沈黙。社長もそのまま黙っている。

「じゃあさあ、社長のフェイヴァリット・ミュージシャンって、だれなの？」

「ああ？」

「GSあがりなんでしょ、社長って。あのころの日本のミュージシャンって、ストーンズとかアニマルズとか、みんなカヴァーしてたらしいじゃん。そこらへん？」

「……そんなのはお前――」

「いろいろ？」

「……ああ、いろいろだ。忘れた。そんな古い話」

「そうかあ、忘れたのかあ」

窓の外に広がる風景が初めて俺の目に入ってくる。くそくだらないビルばかり生えた東京の都心の街が夏の陽にあぶられている。

「俺はね――ま、ジザメリってのは、俺の病気だから、ちょっと横に置いとくとして。一番尊敬するのは、やっぱジョー・ストラマーかな。ジョー・ストラマーのことを考えるだけで、泣けてくるんだ。チェ・ゲバラと同じぐらいの聖人だと思うんだ。でもね、自分はどっちかっていうと、ミック・ジョーンズなのかなって、思うんだよな。タイプ的にはね。フォリナーのミック・ジョーンズじゃないよ。念のため。ザ・クラッシュのミックだから。そこんとこ、間違えないようにしてほしいんだけど」

社長は黙っている。

「ポール・ウェラーも、もちろんいいんだけどね。八五年までかな。俺の場合は。人気絶頂のザ・ジャム解散して、レスポンド・レコード始めた瞬間ってのが、最高かっこよかった」

「……肝心の話が終わったんだったら、俺は帰って――」

「肝心の話！　肝心の話、かあ……」

もう一度俺は、窓の外を眺めてみる。変わりばえしない夏の街を見やる。

「あんたらさあ、なんで、こんなふうにしちゃったの？　東京を」

「あ？　こんどはなにを――」

「肝心の話だよ、これは。東京をこんな――小学生向けの組み立て電子ブロックみたいにしちまって、さあ。いつでもまた、建て替えられるようにってことなんだろうけど。そんなことしても、儲かるのは、土建屋と銀行だけじゃん？　なんでなのかな？」

「そんなこと、俺にわかるわけない！　俺には関係ないぞ！」

「そうかな？　そうか……」

わからないのか。そうか。

「……六本木にはね、『ウィナーズ』っていう、いいレコード屋があったんだよ。深夜までやってて、出勤前とか、勤務中のＤＪが、レコード買いにきたりしてたんだ。『六本木ＷＡＶＥ』も、好きな奴多かったな。馬鹿なミュージシャンがいてさ。そいつ、結構人気ある奴だったんだけど、六本木ＷＡＶＥが好きだからって理由だけで、店のすぐ裏のマンションに部屋借りてさ、住んでたんだよ。毎日毎日、レコード買いに行ってさ。でも、そうすっと、店んなかでワンフに発見されるじゃない？　そいつらがマンションまでつけてきて、自宅がバレちゃってさ。写真撮られるとか、大変だったんだよ。馬っ鹿だよな！　そう思わねえ？」

「……そうだな」

「わかるの？」

「ああ……わかる、わかる」

ふーっと社長は溜息をつく。

「じゃっ、話終わったんなら、これで——」

「あ、ちょっと待った！」

「まだ、なにかあるのか⁉」

あきれたように社長が言う。

「やっぱ、すこしカネもらうわ。五百ばかしくれ」

「ああっ？」

よく考えたら、イの借金だけは、清算しておいたほうがいい。競馬で当てた母ちゃんに借りたことにでもして。

「いやなのか？」

「それは、お前……」

社長はすこし迷ったあげく、また大きな溜息をひとつ。そして、もそもそと紙袋を探って札束を取り出すと、テーブルの上に投げる。聞きたくもない長話の中断料金ってニュアンスかな。

「これで、文句はないいな？」

「ああ」

札束をポケットにねじ込みながら俺は答える。

そういえば、デザートもコーヒーも来なかったな。この店、サービスいまいちだな。まあいいか。

「ワイン、なんかいまいちだったから、残りはあんたが持って帰っていいや。じゃあ、そういうことで。あとで電話するから、テープの件、頼むぜえ？」

と席を立とうとした俺を、こんどは社長が止める。なにか思い出した様子。

「そうだ！　お前が言ってた『フランク』ってのは、だれなんだ？　お前の仲間――その、悪い一味のだれかだとか……」

なんだ、そんな話か。

「それは、俺の口から言うこっちゃない。ヒントはヴィデオ屋だ。洋画コーナー、頭文字が『T』の棚を見ろ」

「そうしたら、わかるのか？」

うなずきながら、俺は言う。

「そこに答えはある」

『トランスポーター』って馬鹿映画で、ジェイソン・ステイサムがやってた役名だよ。フランク・マーティンってのは。

「きっと、あんたの役に立つはずだ」

それだけ言い残すと、グラスに残ったワインを飲み干して、俺は席を立つ。

6

レストランを先に出た俺は、ひとりビルの外へと向かう。そして社長に立ちんぼさせてたあたりを歩く。これであとは、「今日は来なかったみたいよ」と、AKにメールを書けば一件落着。百人町に戻ったら、もうすこしましな酒でも飲んで、お祝いしよう。してもいいはずだ、お祝いぐらい。

さえない気分だ。相変わらずだ。

なぜだ？　テープが手に入ることは、もちろん嬉しい。満足だ。なのに、なんでだ？　社長と話したことが、そんなに気分悪いのか？　こんな場所に長居し過ぎたから、悪い波動でも溜め込んじまったのか？

くさった沼の汚泥からぽこぽこ泡が湧いてくるように、俺の足元から瘴気《しょうき》が立ち上ってくる。一足ごとに、それが俺の靴先を経て、身体全体にまとわりついてくるように感じる。

ガキのころから慣れ親しんだ感覚。慣れ親しんだ小スケールの絶望感。

俺が音楽を好きだろうが、世の中どうなるもんでもない——。

ぶんぶん頭を振って、陰気な考えを払いのけようとする。自分の立ち小便が引っかかっちまった酔っぱらいみたいに、片足を上げて振る。そうやって湧いてくる瘴気を散らそうとする。精一杯やってようやく確たる成果も出たのに、なんの不満があるんだよこの俺は！

「意外ぃ、こんなとこ、来るんだあ？」

きわめて不快な声が、後方から俺をとらえる。

「どうしたの、ジョーちゃあん。レイバンなんか、しちゃってえ。シルヴァー・マシーンの初期のころ、みたいじゃなーい？」

てめえ見たのかよ？　そのころの俺らをよお。

この、くそ「おにぎり」が。お前こそ、なんでこんなとこ、いやがるんだよ！

あーん待って待って、と奴は後ろで俺を呼びつづける。なんの用があるってんだこの俺に。話しかけんじゃねえよ縁起悪い。

地下鉄に向かうエスカレーター目指して俺は早足で歩く。そんな俺を、たぶん小走りになっておにぎりが追ってくる。もちろん俺は一度も振り返らないし、返事もしない。人違いだって、おばさん。

あのねえ、なんか誤解があるかなって、わたし、思うわけぇ。ほらあ、ジョーちゃんの契約を、わたしが邪魔したとかね。そんなのって、あるわけないじゃゃーん？　長い付き合いなんだしっ！

ああうるせえ。動けよママン。いまこそお前の出番だよ。

それでねっ、ちゃんとお話したいなって、思ってたんだけど——ジョーちゃん、ジョーちゃん！

もーう、ヒールが。ちょっと待ってよ！　人違いだ、つってんだろ俺は。ひっどーい、なんで無視するのお。ぷんぷん！　吐きそうだ、やめてくれ。なによもう、岡ちゃんもさっき、わたしが声かけても無視して歩いてくし。どうしたのよみんな。わたしたち、同じ業界の、仲間じゃなーい？

「おい」

俺は初めて、後ろのおにぎりを振り返る。

「なーに？」

と、奴は気色悪く小首をかしげる。

「お前いま、なんつった？　専務がどうしたとか、言ったか？」

「えーっ、なになに？」

くそっ、手遅れだ。

たしか「メトロハット」とか、そういった名前だった場所。大仰《おおぎょう》な吹き抜けに上り下りのエスカレーターが並んだそのエリア。

地下鉄に乗るため、俺が向かっていたその先から、専務の野郎が、ゆっくりとこっちに上昇してくるのが見える。遠目にも、奴の両眼がぎらぎらした光を発していることがわかる。口の両側が妙な具合に吊り上がる。やっぱり、てめえか、とその口が動く。

俺はとっさに、おにぎりの腰を両手で抱く。

「えっ、なに？」

と色気づいた声を出す奴を、上りエスカレーターの最上部から、専務めがけて突き落とす。あーれー、と声を上げ、横に回転しながら落下するおにぎりの、その全体重をものともせずに、専務は

くそっ！

俺は全速力で走って逃げる。最高速度で脳を回転させる。これはなんなんだ？　社長にはめられたのか？　いや違う。こんなところで専務に俺をぶん殴らせても、社長が得することはなにもない。てことは、この野郎の独断ってことか？　名古屋行ってるなんて、社長に嘘ついてまで、家名に泥塗った泥棒を独力でサーチ＆デストロイ？　なんてこった！　そんなのは、計算外だ。

ちきしょう！　台無しじゃねえか！　さっきまでの仕込みが、全部台無しだ。

やっと社長が首を縦に振ったのに！

やっとマルチ・テープが、俺んところにくるはずだったのに！

よりにもよって、そのテープを管理してる張本人が、いま血に狂って、すさまじい勢いで俺を追ってきてやがる！

普段まともに喧嘩しても勝ち目がない俺が、あんな目ぇした状態のあいつに、かなうわけがない。

走りながら振り返ると、でかい図体が、気持ち悪いほどの速さで迫ってくる。

通行人は突っ走る俺らを月並みにつられ見ているだけで、追跡かわす衝立《ついたて》にはならない。俺はさっき出てきたビルの入口を目指す。あそこには、わかりやすい場所に警備員がいる。ビルのエントランス・ホールでウェイファァーラーもどきを外した俺は専務に向き直る。

「いまからここで、タイマンじゃぁあああ！」

と、わざと俺は大声で叫ぶ。案の定、警備員が二人、俺のほうに向かってくる。

そいつらを利用して、専務を止める――つもりが、奴はさらに加速して、左肩から俺に突っ込んでくる。ＮＦＬプレイヤーに衝突された小学生みたいに俺は吹っ飛ばされる。磨き抜かれた床の上を、ホッケー・パックのように身体が滑っていく。一発くらっただけで、また肋骨がイッちまったようだ。滑りながら、警備員二人が専務に組みつく様を見る。

しかし、ぽんっ、ぽんっ、と警備員は軽くはじき飛ばされる。なんの役にも立ちゃしねえ。専務が右手になにか握っている。ひゅっと手を振ると、その棒のようなものが三倍の長さになる。警備員から奪った特殊警棒。

嬉しそうに舌なめずりしながら、専務がこっちに迫ってくる。急いで立ち上がった俺は、真横でペーパーカップ持って突っ立ってたスーツ男の陰に隠れる。四角い入館パスを首から下げたスーツ男は、ちょっと、あなた、と専務の前に立ちはだかろうとする。ばこん！といやな音がして、スーツ男が床に崩れ落ちる。カフェラテと血が混じって床に広がる。特殊警棒の柄で、頭頂部を割られたようだ。

「なにをしとるんだ、お前は！」

大声がしたほうを専務と俺は振り返る。エレベーターのドアの前に社長がいる。この惨状《さんじょう》を目の当《ま》《あ》たりにして、頭のてっぺんから湯気を立てている。

「この、できそこないが！」

大股でこっちに向かって歩きながら、社長が専務をなじる。

「暴力団か、お前は？　ああっ？」

専務は静止している。得物を持った手はだらりと下がり、すこし驚いたような顔をして、目を大きく見開いて社長を見ている。

「コマちゃんと俺はなあ、もーう話、ついたんだよっ！　それをお前は――まったくもって、お門《かど》違《ちが》いもはなはだしいんだよっ！」

専務のでかい両肩が大きくゆれ始める。最初はゆっくり、そして、より速く、その震動が小刻みになっていく。

「こんなひどいこと、しでかしおって……お前みたいな馬鹿者、もう金輪際《こんりんざい》、親でもなければ子でもない！　クビだあっ！」

なにもかもが一瞬凍りつく。

だれもが動きを止めたそのなかで、ひゅーっ、ひゅーっといういやな音がしていることに俺は気がつく。壊れかけたエアコンの室外機みたいな音、呼吸音としては異常なそれが、専務の太い首のどこかから漏れている。音はどんどん大きくなってくる。

社長はその様子を眺めている。首をかしげて、専務の目を覗き込んでいるようだ。目のなかの表情に、満足もしたようだ。社長はうすら笑いを浮かべながら、もう一度繰り返す。

「クビだよ。消えちまえよ？」

言葉が終わってちょうど一拍半。ぷおおおぉぉぉぉぉぉっ！と巨象の咆哮《ほうこう》のような音を発して、専務がぶっとい両腕を振り上げる。

「逃げろっ！　社長っ！」

と俺は叫ぶがもう間に合わない。泣き叫ぶ子供が両腕を振り回すようにして、専務が社長に襲いかかる。

社長がその場で腰を抜かしたせいで、専務の両腕が空を切る。奴の背中に、ふたたび警備員が飛びつく。後方から肩をとらえて、制止しようとする。両者がもつれ合う。

その隙に、俺は社長を救い出す。彼は両手で頭を抱えて、おびえきっている。

「いいから、さっさとあんたはこの場を離れるんだよ！　猛《たけ》り狂《くる》ってるあの野郎に、火に油注いで、どうすんだよ？　さっさ尻上げて――」

と、そこまで言って俺は固まる。

専務に何度目かのタックルをしようとしていた警備員が、奴が横に振った警棒に顔をさらわれる。

首がねじれて、唾液と血が飛び散る。

さっきまでの、錯乱《さくらん》した子供じみた打撃じゃない。人体を破壊する際に最適な、無駄のない冷静な一撃ってやつだ。崩れ落ちた警備員Aを足元に見ながら、警備員Bは、時代劇の三下《さんした》が脇差持ってるみたいに、警棒を体の前方に構えて、ぶるぶる震えながら無線で応援を呼ぼうとしている。

得物を振って血を飛ばした専務が、すたすたと堅実な足どりでこっちに近づいてくる。

「ひいっ！」

社長は短く叫ぶと、尻餅をついたままの姿勢で、わたわたと後方へと下がっていく。

俺はそのまま、専務を待ち受ける。奴は俺の前に立つ。自然体で、ゆったりと立って、俺をじっと見据える。殺《や》る気だな。ここで、完全に。十分に間合いが詰まる。

目を動かすな。奴の目を見据えろ。俺の目で、奴の視線を捕らえろ。

うがっ！と悲鳴を上げて、専務が数歩後ろに引く。左目を押さえる。

さっき頭割られたスーツ男の入館パスを握った俺は、カードの角で専務の目を狙った。しかし不十分。右手の指二本が役に立たないせいで、握りが甘かった。両目を狙ったんだが、左瞼をカットしただけで終わったようだ。間髪容れず、奴の軸足の膝を正面から蹴る。潰せたかどうかは微妙だが、専務は片膝を床につく。低くなった顔に渾身のサッカー・キック——をしたんだが、片手でやすやすと止められる。

足を引かれて倒れた俺の股間を狙って、専務が警棒を何度も振り下ろす。逆の足を犠牲にして、俺は攻撃を防ぐ。専務の背に新たな警備員が数人とりつく。奴が動きを封じられた隙に、俺はもう一度、さっきと同じ膝を蹴り抜いて、その手から離れる。

三人かよ！　駄目だ。それじゃ足りない。

完全に頭イッちまった専務に、そんな人数じゃ対抗できない。ひとり、またひとりと、奴の警棒の餌食《えじき》となって、きれいな床に血の模様を増やしていく。

足を引きずりながら、俺はエスカレーターで下の階へ逃げる。

たしか下には、タクシー乗り場があったはずだ。警備員が全員倒される前に、そこから脱出することを俺は考える。携帯が鳴る。ＡＫか。出てる余裕ねえよ。ビルを出て俺が車寄せに近づいていくと、そこに携帯をかけつづけているＡＫがいる。顔がぼこぼこになっている。なんでだ？　奴の後ろに、見覚えのある巨体がひとつ。薄暗がりのなかでも目立つ、白いジャージ姿。辰夫だ。

頭んなかが真空状態になった俺は足が止まる。

どういうことなんだ？　なんで奴が、ここにいるんだ？

暗い目をした辰夫は、片手でＡＫを突き飛ばすと、俺に向かって歩いてくる。きびすを返した俺は、またビルのなかへ。左足が言うことをきかない。走ろうとしても、走れない。エスカレーターまでの距離をかせごうと、俺は前方へ片足でジャンプ。思いっきり身体を伸ばして、カーリングのストーンのように前に滑ろうとする。起き上がったところにエスカレーター。しかしその手前に、返り血で血まみれになった専務がいる。

飛びのいた俺は、痛む足でバックステップ。振り返ると、辰夫がすぐそこまで迫っている。前門も後門も駄目。ああくそっ！

最後に俺は専務を見る。なごやか、とすら言えるような、満ち足りた表情を奴はしている。専務は足を引きずりながら俺の前に立つ。左手で俺の小技を警戒しつつ、右の警棒を倒して腰だめに構える。左足に衝撃が走って、また俺は床に転がる。

警戒されたもんだ。得物でくると思わせておいて、ローキックで転がしたか。みぞおちを踏まれ、動きを封じられた上方で、専務は警棒を大きく振りかぶる。歓喜の表情が顔いっぱいに広がる。

「終わりだあ。イヌっころ」

奴はそう言う。俺は目を閉じる。

そのまま、なにも起こらない。俺の顔面は粉々にならない。

上方で獣が嚙み合っているような音がする。薄目を開けてみると、俺の真上でスーパーヘヴィ級の化け物二匹が、両手を組み合っている。辰夫が専務と争っている。

どういうことかわからないが、逃げるが勝ちだ。俺は両手で専務の足を払うと、そのまま転がって奴らの手足が届かない場所へ。

俺が逃げたせいで、専務のバランスが崩れる。ごっ！とにぶい音をさせて辰夫の頭突きが一発、専務の額にヒットする。衝撃を受け止めた専務は、こんどは自ら辰夫に頭突き。がっ！　どっ！と音を発しながら、両者が頭突きを打ち合う。割れた額から血と皮膚の破片が周囲に飛び散る。

なんなんだ、これは？　なんでこいつらが、潰し合ってんだ？　理由はわかんねえが――チャンスなのか？　俺はどうすればいい？　とりあえず、後ろからこいつら二人の頭割っとくか？

建物の奥から、半ダースほどの警備員がばらばらと駆けてきて、無限に頭突きを打ち合う二人を取り囲む。警備員のなかの数人が二人を引き剝がそうと、後方から肩に手をかける。最初は辰夫。無言で振った左手が警備員の喉仏にめり込む。専務の警棒がべつの警備員の口に縦に突き刺さる。桜吹雪のように折れた歯が散る。組み合いをほどいた二体の怪物が、回転する暴力の風車となって周囲の警備員をなぎ倒していく。運悪く二人に両側から殴られた警備員は、片足で立ったままゆーっくりと回ると、前衛舞踏《ぜんえいぶとう》のようなポーズで床に沈んでいく。

近づくのはやめておこう。

辰夫と専務は、お互いを殴り、警備員を殴り、組み合い、別れて、自分以外の者を吹き飛ばそうとする。体重が軽そうな警備員がひとり、はじき飛ばされたガラス壁にカエルのようにはりついて、ずるっと下に滑り落ちる。へばりついた血が、ひび割れたガラスに毛細管現象で広がっていく。怒声と衝突音、肉を殴る重い音が響くなか、まだ動いている警備員を身体じゅうにぶら下げた二人は、そのまま、もつれるように上りエスカレーターのステップに倒れ込む。そして暴力の渦は上階へ。


ふうーーーーーーーっ。

助かった、ようだ。どうやら、俺は。

大きな息をつくと、あたりを見回してみる。

辰夫と専務が去ったフロアは、馬鹿学生の乱痴気《らんちき》パーティが明けたあとのナイス・ハウスみたいになっている。ただしここは酒とハッパとお楽しみのせいで散らかったわけじゃなく、メインコースは人体破壊。アーバンなポンヒルの内装が、地獄の便所みたいなことんなってる。

なんにせよ、俺はここを離れたほうがいい。いつなんどき、またあいつらが上から降ってこないとも限らない。床に転がった警備員のひとりが、もぞもぞ動き始めている。普通に考えると、俺もとっつかまえておくべきだろう。いくらなんでも、そろそろ警官も到着するはずだ。

床の血溜まりをなるべく避けながら、俺はふたたびビルの外を目指す。車寄せの手前で、しゃがみこんで両耳をふさいでいるAKを拾う。根性ねえなあ、こいつ。こんななりしてやがるくせに。タクシー乗り場に向かって歩く俺の目の前に、見覚えがあるレクサスが滑り込んでくる。

「ジョーさん！　こっちれふ！」

運転席から顔を出した男が俺を呼ぶ。義人だ。たぶん、そのようなんだが——ひん曲がって腫《は》れ上《あ》がった顔じゅうに、絆創膏やらなにやら、まるで前衛アート作品みたいに多彩にいろいろ貼っつけられている。自慢のロッドふうヘアが一厘刈《いちりんが》りになっている。

AK同様、辰夫にぼこられて、俺の居場所を吐かされたってところか。

「早く、早く」

と義人は俺らを急《せ》かす。

後部座席にＡＫを放り込んだ俺は助手席に。俺がドアを閉める前に義人がクルマを発進させる。

怪しまれない程度に飛ばす。地下道をぐるっと回って、けやき坂に向かう。

「なんでお前、辰夫にバレたんだよ？　俺を助けて、かくまってたって」

「いやあ……」

それで終わり。それ以上、なにも説明はなし。

まあ、こいつ粗忽《そこつ》だからなあ。辰夫の前でなにかいらないことでも言っちまったのか。

クルマはけやき坂に出る。左折して、すこしスピードを上げて、坂を下っていく。

「あれなんスよ。それよりもね、大変なんス」

「なにが？」

義人が俺のほうを向いて言う。

「美宇ちゃんが、いなくなっちゃったんスよ。それでね」

「なんだと？　そりゃ一体、どういう――うわっ！」

突然でかい影が二体、左方向からクルマの前に飛び出してくる。義人がブレーキを踏む間もなく、丈夫なレクサスのバンパーが辰夫と専務の巨体をはね上げる。組み合っていた二人は空中で別れ、どおんどおん！とボンネットとフロントガラスでそれぞれバウンド。そしてアスファルトの上にびしゃりと落ちる。

急停止したクルマのなかで、俺ら三人は口を開けて、それぞれ固まる。やっちゃったよ。フロントガラスに蜘蛛の巣みたいなひびが走っている。そんなに速度、出てたっけ？　スラッシャー映画だと化け物倒すときはクルマでゴーってのは定石《じょうせき》なんだが、あれって、もっとスピード出してただろう。俺らそんな飛ばしてねえじゃん。なあ義人？

そんなことを俺が考えているあいだに、クルマを飛び出したＡＫが、機敏な動きではね飛ばされた奴らのところに走る。頭の上で両腕丸くしてＯＫサイン。それは生きてるって意味か、それともノックアウトしたって意味か。わっかんねえよ馬鹿野郎！　おまけにあいつ、専務を助け起こして、クルマに連れてこようとしてやがる。

「違う！　違う！　それじゃねえよ！」

と俺は窓から顔出して叫ぶんだがＡＫが逆らう。

「なんで、違う？　白いジャージ、俺、殴った！　あれ、敵！」

ああうっとうしい！　クルマを降りた俺は、路肩のオブジェに抱きつくようにしてのびている辰夫を担《かつ》ぎ上《あ》げる。重いぜちきしょう。

「手伝えよこの野郎！」

俺が怒鳴ると、なにかぶつぶつ言いながらＡＫがこっちに来る。二人がかりで、どうにか辰夫をレクサスの後部座席に押し込む。義人はまだ前方を凝視したまま運転席で固まっている。

「もういいぞ。出せ」

返事はない。自分がしでかしたことの恐ろしさにフリーズしたまま戻ってこない。

ああしょうがねえ！　車外に出た俺は義人を蹴り飛ばして助手席にどかせると、自分でハンドルを握る。タイヤを鳴らして急発進。はるか彼方でサイレンの音が聞こえるような気もするがきっと気のせいだ。俺の荒い運転に、義人とＡＫと気絶した辰夫が車内を転がる。いいサスしてるよこのクルマ。きっと逃げ切れるに違いない。それにしてもひでえ有様だ。だから六本木は嫌いなんだ。

第六章　とむらいの曲

1

結局俺らは、百人町のゲーニャ医院に辰夫をかつぎ込んだ。根が頑丈なせいか、派手な骨折箇所はレクサスのバンパーが直接めりこんだ大腿部のみ。あとは脳震盪《のうしんとう》と、専務とやり合った際に出来た裂傷《れっしょう》や打撲《だぼく》や捻挫《ねんざ》など。じきに意識も戻るだろう、というのがゲーニャの見立て。まあCTスキャンしたわけじゃないんだが。とりあえず、義人が辰夫をぶっ殺したことにはならなそうだ。

俺は肋骨と、やっぱり指。どこでぶっつけたか、鼻と目の下も、回復が逆方向に。あと左足の脛に新しいひび。ゲーニャが悲しそうな顔をしている。

当たり前だが、イの機嫌が悪い。

裏切りのことは、ひとまず感づかれてはいない。それ以外の理由で、機嫌が悪い。俺はひととおりことの顛末《てんまつ》を――都合がいいところだけ――報告したのだが、話の途中で奴が頭を抱え始める。あのですね、ああいうビルには、常設の監視カメラがいっぱい……俺にそう言うなり、内臓の底から吐き出したような深い溜息をひとつ。

まあまあ、と俺はイの機嫌をとる。新しい患者も来たんだしさ、と、俺は寝ている辰夫を指さす。こいつカネはあるよ。迷惑料だと思ってさ、がっつりとってやんなよ、と言ってやる。

「お宅さんねえ！」

と、イはすこし切れる。

闇金といっても、そうそう都合よく、だれからでもかっぱげるわけではない、らしい。辰夫は辰夫でブクロのやくざと、いろいろな関係がある。イはイで、そんな筋とは力関係もあるので、滅多なことで波風は立てたくない――とかまあ、そういったようなことが、あるそうだ。

大変なんだな。闇社会もいろいろと。

そんなわけで、俺とAKとついでに義人は、イから禁足令を言い渡される。明日以降の報道をチェックして、イが状況を判断するという。同時に奴は、パイプがある警察筋からも、探りを入れてみるという。

「なんにしても」

とイは俺に言う。

「お宅さんは、さっさと、日本離れてください。マイレージでも使って」

「知ってたんだ？　俺のマイル、貯まってたって」

イはそれに答えず、セカンド・バッグから札束を出す。

「ここに二百、ありますから。これ持って、逃げてくださいな」

「もらっていいの、俺？　だって、身代金は取れてないし――」

「いいです！　もう、ね。お貸ししたぶんも、忘れます。アタシは、お宅さんとお付き合いするのは、こりごりなんですよ。これっきりにしてください」

あ、そう。

やったね。闇業者からも厄《やく》ネタあつかいだよ、俺。

「ここ数日内には、六本木の件で、どれぐらいお宅さんの面が割れてるか、わかってくるでしょうから、それが見えたら、出てってください。すぐにね」

俺に所払いのお達しを告げると、イは頭を振りながら治療室を出ていく。そのイと入れ替わりに、義人が部屋に入ってくる。暗い目で、眠っている辰夫を見る。そして溜息。俺以外の全員が溜息ついてるみたいだ。

「……これ、お返ししときますね」

と義人は俺に携帯を差し出す。なつかしい俺の携帯。血まみれだが。たぶん俺の血で。

「ところで、お前、言ってたよな？　辰夫はね飛ばす直前に。美宇がどうかしたって。なんなんだよ、それは？」

「……それなんスけど……」

義人は暗い顔のまま、説明を始める。

義人によると、俺のこの携帯が、引き金になったらしい。

まず、美宇は俺の携帯に、何度も電話やメールをしていたらしい。俺が埋められちまって、音信不通になってから、ずっと。

そんなある日の午後。居間に謎の着信音が鳴り響いたそうだ。辰夫は仕事に出て留守で、家には女房の聖美と、美宇しかいなかった。不審に思った二人が、音の出所を探る。床の間の掛け軸の裏にある金庫から、音は聞こえてくる。聖美が金庫を開けると、そこにあったのは、血まみれの携帯。着信履歴には、美宇からのコールとメールがいっぱい。

「それって、いつのことだ？」

と俺は義人に訊く。

「……二週間前とか、それぐらいっスかねえ」

俺の携帯で、着信音を鳴らせるのは、伽那子だけだ。やっぱり、あいつからの着信履歴がある。

俺は留守番電話をチェックしてみる。

「昨日は無事に、自宅に着きました。パスタ、ごちそうさま。彼が電話するようにって言うので、かけました。それじゃ」

なるほど。狛方家でメシ会やった、翌日か。恭一の心遣いで、伽那子に礼の電話させたってわけか。俺の携帯に。そのときの着信音が、運悪く響き渡ったってことか。基本的に俺の携帯は鳴らなくしてあったので、つい辰夫は、電源を入れっぱなしにしていたんだろう。

あいつがこの携帯をキープしてた理由は、事後の情報チェックってところか。

事件になるのか、ならないのか。故人の知人が、尋常じゃない状態になって、俺の携帯にばんばん連絡とってきたり、してはいないか――さすがに辰夫も、そこらへんは気にしてたんだろう。

もっとも、実際は借金取りからの督促《とくそく》ばっかで、さぞや奴も驚いたことだと思うが。

まあそんなわけで、伽那子からのコールが、俺の携帯の存在を、聖美と美宇に知らしめることになった。一体どういうことだ、と母娘は辰夫を問いつめる。辰夫は答えに窮《きゅう》して切れる。切れちまって、あろうことか、洗いざらいぶちまけてしまう。

聖美と美宇は激怒する。この人殺し野郎！と聖美は辰夫を罵《ののし》って、殴る蹴るの暴行をくわえたあげく、そのまま実家に帰っちまう。

「聖美さんって、怒るとこわいじゃないスか。辰夫さん以上に」

「ああ。かなりなヤンキーだったらしいぜ、若いころ」

「やっぱり?! そうだと思ったっスよ！」

美宇は美宇で、部屋にあるものすべてを辰夫に投げつけたあげく、あんたなんかもう、親でもないし子でもない！と父親に三行半《みくだりはん》。泣き叫んで自室に閉じこもる。辰夫が鍵を壊して部屋に入り、土下座して詫びようとしたところ、美宇はすでにいなくなっていた。

書き置きもなし。なにもなし。煙のように消え失せて家出。

それから三日三晩、辰夫は不眠不休で美宇を探した。どうやら親友のサッチーを誘って、いっしょに消えちまったらしい。心あたりはすべて当たったものの、その足どりはまったくつかめない。憔悴《しょうすい》しきった辰夫は、実家に帰っている聖美に電話する。電話口でおいおい泣いて、自らの非を詫びたそうだ。俺はどうなってもいい、でも美宇は、美宇だけは、まともに幸せになってほしかったんだよお……辰夫の血の叫びが、ふたたび夫婦の心をひとつにした。自らも落涙しつつ電話を受けた聖美は、辰夫と合流する。

夫婦で美宇を探しつづけるが、やはり全然見つからない。どこにもいない。

そこで聖美は、亭主にこう諭《さと》したそうだ。

これはね、きっと、ジョーさんの祟《たた》りなんだよ。よってたかって、ひどい目にあわされて、埋められちまったんだから。そりゃあ無念だったろうさ。だから、あんた、ジョーさんの霊に、あやまりな！

あやまる——って、どうやりゃいいんだよ?と辰夫が訊く。

ちゃんとお墓に入れたげて、供養すんだよ！　そんなさびしいとこに、埋めたなりにしとくんじゃなくって!!

という聖美の声に突き動かされた辰夫は、女房をともなって、俺を埋めた廃屋まで向かう。スコップ持ったヤンキー夫婦が、手を合わせて念仏唱えてから、腐乱死体の俺を掘り起こそうとしたところ——当然、俺はそこにはいない。

そのとき、辰夫の頭にはぴんとくるものがあった。「後始末しときますよ」なんて言って、ひとり残った社員がいた。ありゃあ、だれだった？　そいつの仕業か！

「まあ、そんな感じで」

と義人は、坊主頭をくりくり撫《な》でながら溜息をつく。

その顔の怪我は、辰夫だけじゃなくって、聖美にも痛めつけられたってわけか。

「で、まだ見つからないのかよ、美宇は？」

暗い顔で、義人がうなずく。

つまり、かれこれ二週間ほど、行方不明ってわけか。ガキの家出にしては長いな、ちょっと。

「もう、頼れるのは、ジョーさんしかいないんスよ！　ウチの社長も、聖美さんも、心当たりはもう残ってないって。ほかの行き先がわかるのは、ジョーさんしかいないって言ってるんスよお！」

と義人は泣き顔になる。


それにしても。

こんな俺のことを、気にかけてくれてたってことか。あいつは、そんなにも。

俺が死んじまったってことに、そんなにも、あいつは傷ついたんだ。傷ついてくれたんだ。泣いてくれたんだ。

そんな奴がいるなんて、想像したこともなかったよ。そんなに俺のことを気にかけてくれる奴が、この世のどこかにいるなんて。

くそっ。慣れてない。こんな気分になるのは、慣れてない。

だれかに必要とされていた、ってことに気づくって気分に、俺は慣れていない。しかも、俺が都合よく利用して、ものの見事にその心を踏みにじってたその相手から、そんなふうに想われていたなんて。

美宇は俺を愛してくれてたんだ。こんなくそったれな俺を。

2

夜半過ぎに、隣のベッドで辰夫が目を覚ます。

まったく眠れない俺は、天井を見上げながら煙草《たばこ》ばかり喫っていた。左手の甲を顔の上にかざして、指のあいだを縫って煙が立ち上っていく様子を眺めていた。

俺の手のなかには、なにもない。

あれから専務はどうなっちまったのか。パクられたのか。社長は？　何度か携帯に連絡してみたんだが、一切つながらない。

なぜかいま、七百万の現ナマが俺の手元にある。こんなにカネ持ちになったのはひさしぶりなんだが、一番ほしかったものがない。

マルチ・テープが手に入ったはずなのに。それがもう、しっちゃかめっちゃかじゃないか。俺がなにかやろうとするたびに、事態はどんどん悪化する。

しょせんは球の身の上ってやつなのか。考えて行動したつもりが、これだ。もはや、どう転がっているのかすらわからない。自分がビリヤードの色球だと思っていたんだが、違うのかもしれない。ピンボールの球なのかもしれない。バンパーに叩かれ、はじかれて、複雑にバウンドして、どこに飛んでいくのかさっぱりわからない金属球。


そして俺は、美宇のことを考える。あいつの親父の隣のベッドで考える。

どこへ行っちまったんだろう。無事なんだろうか。あいつは気のいいところがあるから、それが隙になって、変なことに巻き込まれてなきゃいいんだが。

美宇に会って、俺はあやまりたい。傷つけたことについてあやまりたい。

お前は傷ついちゃいけない。お前は汚れちゃいけない。お前は生き延びなきゃいけないんだ。このくさった世界のなかで、だれよりも強く、美しく。


隣の辰夫が、うーうーうなる。もぞもぞと動く。

「どうだぁ、具合は?」

と俺は奴に声をかける。

辰夫は俺のほうを横目で見る。つぎに上から吊られている自分の足を見る。そして、自力で起き上がろうとする。

あわてて俺は奴を止める。

「無理すんなよ、まだ寝てなって」

辰夫は凶暴な目で俺を見る。

「ほっといてくれ! 行かなきゃならないんだよ。俺あ」

「そんな足で、どこ行くってんだよ!」

二人でもめていると、ゲーニャが部屋に入ってくる。

「なんだぁ、てめえは?」

「お医者の先生だよ」

「あぁ……そうなんだ?」

俺らのもめごとは意《い》に介《かい》さず、辰夫の点滴やらなにやらを粛々《しゅくしゅく》とゲーニャがチェックする。

「ふうむ」

とゲーニャはうなずく。

「行ける、ますね。足、固めてますから、それ、気をつけて」

「ほら見ろ！」

と辰夫が勝ち誇ったように俺に言う。

退院が早くなったんだ、ここ。俺のせいか？

「つってもお前、運転もできねえだろ？　その足じゃあ」

「そんなのはねえ……そんなのは」

と、辰夫は自分の携帯電話を探している様子。治療中に脱がされていたジャージを拾った俺は、それを奴に投げてやる。

「あ、どうも」

と、ついむかしの口調で辰夫は俺に礼を言う。気まずい沈黙。そのまま奴は携帯を操作する。

「おう、俺だ。ああ？　無事に決まってんだろ。駿也、おめえいまどこだ？　ウチの営業車で、すぐこっち来い。ここは――」

辰夫が言いよどむ。

「百人町」と、俺とゲーニャがいっしょに言う。

「――ジュクの百人町だ。近くに来たら、また電話しろ。わかったな」

電話を切ると、辰夫はまた、どうも、と俺とゲーニャのどっちともなく礼を言う。血まみれの白ジャージに袖を通そうとする。さすがの奴も、全身いたるところからの激痛に、顔をゆがめている。

「大人になれよ」

俺の言葉に、びくっとして、辰夫が固まる。すこしして、奴の背中から憤怒《ふんぬ》のオーラ。そしてゆっくりと俺に向き直る。

「そりゃあ、どういう――」

「知るか」

「ああっ?!」

「そんなことがわかってりゃ、苦労しねえよ。俺だってよくわかんねえや。でも」

こっちのことはまったく気にせずに、辰夫の点滴を片づけているゲーニャの姿を俺は見る。そしてひと呼吸置いて、言葉をつづける。

「でもたぶん、大人にならなきゃいけないんだよ。お前も、俺も」

いい大人になんなきゃいけない野郎どもが、ろくでもないくそ馬鹿野郎だから、子供が迷惑すんだよ。たぶん、そういうことなんだ。

俺が言ってることが、わかるのかわからないのか。ゲーニャは薄笑いを浮かべ、うなずきつつ、作業を進めている。

「辰夫よお、悪かったな。お前には、いろいろとつらい思い、さしちまったみたいだ」

「……なんすか、そりゃ。いきなり……」

「あやまるよ。まずお前に。すまん」

俺は頭を下げる。

しばしの沈黙。そして奴が言う。

「……まあ、こっちもね。ちょっと、やり過ぎたってのはね……頭ぁ、上げてよ」

そのままの姿勢で俺は言う。

「じゃあ、お前もちゃんとあやまれ」

「あぁっ?!」という反応。ぼりぼりぼりぼり、という音。たぶん辰夫が頭でも掻《か》いているんだろう。

「……悪かったよ、俺も。そう思うっすよ」

「よーしっ！」

と俺は顔を上げる。

「これで遺恨《いこん》はなしだな？　じゃあ作戦会議だ」

「なんの？」

「馬っ鹿野郎！　美宇の居所、あぶり出すんだよ！」

俺はそう言うと、奴の手からジャージを取り上げる。

「着替えなんざ、あとだ。そんなことより、情報をくれ。お前がこれまでに当たったところ、連絡をとった奴の情報。全部だ」

「全部ったって、そんなの急に……」

と辰夫はもごもご言う。

「なんだお前、控えてないのかよ？　一覧表にして、チェックしてくとか、やってないのか？」

「やってるわけ、ねえよ！」

「偉そうに言うこっちゃない。じゃあまず、カネだ。美宇はいくらカネ持ってる？　ていうかお前、美宇にクレジット・カード持たせてたりすんのか？」

「ああ。俺のやつ、家族カードってのをね」

あちゃあ。この馬鹿親が。そんなんやってっから、平気で子供が家出できるんだよ。

「でもあれだよ？　カード会社に連絡して、もう止めたぜ。そのカード」

「使用状況は追ったか？」

「いや、ほとんど使ってなかったたって。止めた時点で」

「キャッシングは？」

「ああ、それはあったかな」

利口な娘だぜ。親には似ないで。

「それはいくらで、引き出した場所はどこだ？」

「ちょっ、ちょっと待ってよ。そんな急に、ばんばん訊かれてもよお」

使えねえ男だな。こういうことんなると。

「お前、探す気あんのかよ？　美宇を」

「ちょっ、てめえ！　言っていいことと悪いことが――」

「ジョーさんじゃない！」

という大声が辰夫をさえぎる。

聖美だ。その後ろには、義人。なるほどね、考えたな。目が覚めた辰夫にまたシメ上げられる前に、先んじてこわい女房呼んでくるってのは、いいアイデアだ。義人も賢くなってきたね。

「いま、でっかい声出してたのは、あんたかい？」

と聖美が辰夫に訊く。

「話ぃ、してただけだよ」

辰夫の声のトーンが下がる。

亭主をキッと睨《にら》んだ上で、聖美が俺の前に膝をつく。

「ジョーさん、ほんっとにもう、ウチの馬鹿亭主が、ひどいことしちまって。どうやってお詫びしたらいいか……」

まいったな。これには俺が困る。

「やっ、頭上げて頭。聖美ちゃんから、そんなんしてもらわなくってもさ」

「いやっ、そんなことないですよ。あの呆《ぼ》け茄子《なす》！」

と辰夫を指さす。

「よりにもよって、ジョーさんを殺《あや》めかけるなんて、なに考えてんだか本当に。ちょっとあんた！

ちゃんとお詫びしたのかい？　ジョーさんに？」

「……あやまったよ。さっき」

「そのわりにゃあ、指ぃ揃《そろ》ってんじゃないか？　あんた、男だ男だ、男の話に女ぁ口出すなとか普段偉そうなことばっか言ってるくせに、根性ないもんだねえ？　指飛ばしたお人相手に、てめえのエンコ詰めてお詫びのひとつも入れられないのかい！　笑っちゃうね！　それでけじめつけたつもりなのかい？」

辰夫が黙ってうつむく。聖美のあまりの剣幕《けんまく》に、俺のほうがあわててその場をとりなそうとする。

「あー、いやいや。いいってそんな。ほら、俺もいま指あるからさ、一応。そんな、おたがい、指の切り合いしても、しょうがないって」

「そうですかあ？」

「そう、そう。なあ、ゲーニャ先生？」

と俺は話をよそに振る。

「ふむ。そう、ですねえ」

と治療器具を抱えた彼が相槌《あいづち》を打つ。

聖美が俺に耳打ちしてくる。

「ねえジョーさん、あの外人さんが、ウチのを診《み》てくださったのかい？」

「そうだよ」

と俺も小声で答える。

ああら先生、ほんっとにお世話になってます、気がつきませんで！と聖美の矛先がゲーニャに代わる。辰夫も俺も、ほーっと息をつく。

先生のお口に合うかどうか、なんつって、聖美が手土産をゲーニャに手渡そうとしているときに、つぎのお客がやってくる。

なんだ、駿也って、ロッド二号ことスタンガン野郎のことか。こいつも絆創膏と坊主頭になってるよ。こわいねえ、聖美の仕置きって。

しっかり人はねて、人目についたレクサスは、さっき義人が、辰夫が懇意《こんい》にしている修理工場に入れてきた。だから新しい足として、駿也が店の営業車をここに持ってきたらしい。

駿也がおそるおそる俺に訊いてくる。

「あのー、ジョーさん？」

「なんだ？」

「すごいっスよね。ジョーさんって、あんなボロボロだったじゃないっスか？」

なにが言いてえんだよ、こいつは。

「それがアレでしょ？　ポンギで、ウチの社長とかと、コレもんで大暴れしてたって、さっき義人が言ってたっスよ！」

あの馬鹿。口が軽いのは、相変わらずかよ。

「ウチらぁ、それで、言ってたんスよ。『不死身のジョーさん』って。しぶいっスよ！」

「あ、そう？」

「まじっス！　なんでそんな不死身なんスか？」

「なんでって……あれだ。気功、かな」

「そうなんスか⁉」

嘘に決まってんだろ馬鹿野郎。

「俺は割り箸で名刺切れるぜ」

「ええっ、それって逆じゃないスか？」

「あれっ？　まあ……ウチの流派では、そうなんだよ！」

「しぶいっス！」

そんな軽口を叩いているあいだも、俺の頭んなかでは東京じゅうの地図がスクロールしている。めぼしい地点にはマーキング。そして高々度から鳥瞰図《ちょうかんず》を眺める。美宇がいそうな場所について、俺は猛速度で考えをめぐらせている。

3

駿也が運転するクルマには、辰夫と俺が乗り込んだ。俺の考えで、聖美には残ってもらうことにした。男のけじめだ、つったら、一瞬俺も聖美にぶん殴られそうになったのだが、彼女はこらえて、引いてくれた。

これには計算もある。いまの美宇は、辰夫に対して怒り狂っている、はずだ。そして、俺の死に動揺している、らしい。この両者が、揃って顔見せて、頭下げてあやまる——これがまず、第一幕。しかし、これが不調に終わることもあるだろう。さらに逃げちゃうとかね。そうなった場合に、最後の必殺技として、母ちゃんのソロ。そんな感じで攻めるのが、きっといい。

一応、俺には禁足令が出てるので、ゲーニャに頼んで、イのところに電話して、事情を説明してもらう。直接話を聞いたわけじゃないのだが、受話器の向こうでイがまた頭を抱えている姿がテレパシーで伝わってくる。

「暴れないように、言ってましたね」

というのが、ゲーニャがイから頼まれた伝言だ。

聖美によると、美宇のキャッシングは、家出した翌日の午前中に一回こっきり。金額は十万円で、場所は原宿。だとすると、俺は居場所を特定する自信がある。かなりの確率で、俺は美宇をとっつかまえることができるだろう。

「エリアは大体、わかった」

俺は運転する駿也に言う。時刻は午前一時半。

「いまならまず、表参道あたりを流してもらおうか。確認するポイントに来たら、言うから。神宮前をナメたら、そのあとで、宇田川町あたりに移る」

了解っス、と駿也が応える。助手席の辰夫は、無言で車外を眺めている。

クルマは職安通りから明治通りに入る。表参道まで出ると、俺はクルマを停めさせる。心あたりのあるカフェ、ファミレスの場所などを駿也に教えると、ひとっ走りさせる。

もっとも、そんなところに、美宇が都合よくいる可能性は低い。いまは、「低い可能性」というのを順に潰していってるだけだ。

それにしても、かつて女の子と行った場所を、その父親といっしょにめぐるってのは、居心地悪いもんだな。まあ俺なんかより、辰夫のほうがよっぽど気分悪いんだろうが。


十五歳の女の子二人が、何泊もホテルにとまれるもんじゃない。絶対にあやしまれる。

ごく普通に考えると、最初は友だちの家に何泊かするもんだろう。この点は、辰夫と聖美も調べたそうだ。しかし、空振りだった。

つぎに考えられるのは、カラオケ・ボックスとか。ネット喫茶とか。どっちにしても、仮眠以上の長時間、居坐《すわ》れるような環境じゃない。とすると、夜のこれぐらいの時間だったら、まだ街のどっかで、時間潰してたりしているはずだ——というのが、俺の読み。

「いなかったっスよお、どっこも！」

息を切らせながら、駿也が戻ってくる。

「よし、つぎはじゃあ、宇田川町のネット喫茶とカラオケ屋、百本ノックだ！」

「まじっスかあ？」

じろり、と辰夫が駿也を睨む。

「てめ、文句あんのか？　おう？」

「やめなよ。まあ、気長にいこうや。夜はまだ長いぜえ？」

長いっスかあ……とがっくりしながら、駿也がクルマを出す。かわいそうだが、これも計算のうちだ。もし美宇がいたとして、辰夫や俺が突然つら出しちゃあ、取り逃がしてしまう可能性もある。駿也だったら、まるめ込もうとして、逆に隙ができるかもしれない。そういう読みもある。あとはまあ——怪我人なんだよ、俺も辰夫も。こう見えて、不死身じゃないもんでね。じつは。

あわれな駿也の奔走《ほんそう》むなしく、やはり宇田川町も空振り。まあ、それも読みのなかにあった。そろそろ午前三時前か。寝ぐらがあるなら、戻ってるころだな。

じゃあ、本丸に、行ってみようか。

俺は駿也に道順の指示をする。渋谷のど真ん中にして、だれからも忘れ去られた場所にある、とてつもなく変なスペースへと向かう。

外から見てもひんまがった古い木造家屋の玄関前に立った俺は、携帯で電話をかける。コール音二回で、相手は電話に出る。寝てるわきゃないよな、こんな浅い時間に。

「あれえ、えっ、この番号って、ジョーちゃん？　ジョーちゃんなの？」

なつかしい小太郎の声。

「ああ。地獄の底から、舞い戻ってきたって感じかな」

「そうなんだっ！　あー、でも、いまちょっと――」

ビンゴォ。当たったね、俺の読み。

「わかってる、わかってる。具合悪いんだろ、いまお前が。まあそれはいいとして、美宇出してくれよ」

俺の脇に立っている辰夫が、ぎょっとしてこっちを見る。

えっ、えっ、とあせって取り乱す小太郎。

「いるんだろ？　べつに、お前責めるわけじゃないからさ。ちっと呼んで、玄関まで出てくるように、言ってくれよ。じゃないと――」

と俺は、辰夫に目くばせをする。

「暴れるかもよ？　だれかが、さあ」

「えーっ……それって、どういうこと？」

「この平和な東京にもさあ、いろいろあんだよ、こわいことって」

「……こわい、こと？……」

「そうっ！　お前の家、出入り口って、ここだけだったよな？　逃げ道ないわけだから、夜の夜中のこんな時間に、大騒ぎになったりしたら、まっじいよなあ？　ほかの住人も大迷惑だよ。広い世の中には、怪獣みたいな人間も、いるからさ」

また俺は辰夫に目をやる。こいつみたいな奴とかね。

「こーんなひんまがった家、ぶっ壊れちゃうかもよ？　したら、家はいいとしても、機材がなあ。お前のさあ。それが俺は心配で心配で」

「うんうんうん。わかったわかった。ジョーちゃんの言うこと、わかるよお！」

「あ、そうお?」

「うんっ! ちょっとさあ、ちょっと……待っててねっ!」

どたどたどた、と走る音。内容が聞き取れない会話。すこし大きな声。そしてまた、会話。そんな物音が、昭和の彼方《かなた》に建築された「家」という名のバラックから、スースースースー漏れてくる。ここで音楽作ってんだから、小太郎もかなりなもんだ。環境破壊だな。

待つこと十分とか、十五分とか。ゴロワーズを一本抜いた俺は、辰夫にも薦めてみる。それを手を振って断った奴の顔は、真っ赤に充血している。呼んでもいないのに、一本もらっていいスか? と駿也がその煙草を横から奪う。


天の岩のがたがたいう引き戸が開いて、そこから天使みたいに罪のない少女の顔があらわれる。月の光がほの白く照らし出すその横顔は、すこし緊張している。

その目が、俺を見る。すこし大きく、目が見開かれる。近眼だから、その目が一度、細くなる。俺がここに、生きて立っているってことがわかると、白い肌が上気する。きれいな顔立ちが、見事なまでにくしゃくしゃになる。玄関の扉が全開になる。ローライズで、腰まわりがぴったりしたスウェット・パンツにTシャツ。その上に、袖なしのスウェットパーカーっていう、気が利いた部屋着。美宇だ。

美宇がそこにいる。

おおん、おおん、おおおん、という奇怪な大音声が、俺の耳に飛び込んでくる。俺の隣で、辰夫が号泣している。どうやったらこんな大量の涙と鼻水が一度に出るのか。わけわかんない量のそれらを振り撒《ま》きながら、辰夫が突っ立ったまま、天を仰《あお》いで泣きつづける。

美宇は父親のその姿を見て、俺を見る。俺は片方の眉毛——動くほうのやつだ——を上げる。美宇はふたたび辰夫を見ると、裸足のまま父親に駆け寄る。そして、仁王立ちで泣きつづける父親にそっと抱きつく。

めでたし、めでたし。

4

じゃねえよ。めでたし、めでたし、じゃあ。

まあ俺も、いろいろ思うところあって、大人になろうとしたわけよ。辰夫よりもね。あの場合、俺のほうが、大人になんないと、しょうがないじゃん？

でもさあ、本音で言うと、俺はこう思ってたわけよ。

美宇は父親を見る。俺を見る。もう一回ぐらい、父親を見てもいいや。それから俺に駆けてくる。ぎゅーーーっと俺は、あの細い背中を抱きしめる。

死んだって、思ってたんだよ？

ああ、死んでたよ。でもな、お前のことが、心残りでさあ。地獄の鬼はったおして、戻ってきたんだぜ！　そしてキス。父親が歯ぎしりする前で、天下御免のあっついグレート・ビッグ・キッス！……まあ、そんなことを、想像したりも、してたわけさ。

それが結局、親父かい。泣いてるパパには、勝てないって、かあ？

なんなんだろうね、俺って。

「生きてたんだ？　びっくり！」

こんな感じだぜ？　実際の美宇は。泣くだけ泣いた親父をなぐさめたあとで、俺に向かっての第一声が。

「なーんだ、損しちゃったなー」

とかさ。

そうすっと俺は、用意してた名科白《めいぜりふ》とか、もう駄目なわけよ。

「なんだぁお前、嬉しくないのかよ、俺が生きてて？」

とか、こんなふうんなる。

「嬉しいとか、言ってほしいんだあ？　かっわいー」

そう言われると、まあ、照れるじゃん。

「わりぃのかよ？」

「うーん、悪くない、悪くないっ！　美宇は嬉しいよっ！　丈二も生きてて。パパも生きててっ！」

なんだよ。「も」ってのは、よお……。

まあ、そんな感じだったんだな。実際のとこは。


父ちゃんと俺が仲直りしたってことで、美宇は家出する理由がなくなった。彼女の家出に付き合ってたサッチーも、じゃあ家に帰ろうかってことになって、みんなを駿也が送ってくことになった。俺はちょっと野暮用《やぼよう》があるってことで、そのまま居残り。じゃーあねー、とクルマに手を振って、そして玄関まで出てきてた小太郎の肩に手を回すと、ちっと話しようや、と室内へ。

「死んだと思ってたんだよ？」

と小太郎が無邪気に言う。

お前に言われたって、しょうがねえや。俺にはもっと重要な話がある。

「ヤったのか?」

「えっ?　なにが?」

「とぼけてんじゃ、ねえよ。自分の胸に訊いてみろや」

「………もしかして、美宇ちゃんのこと?」

「お前がそう思うんなら、そうなんだろうなあ」

俺はぷかーっと煙の輪を吐く。

「やだなっ。なんで、そんな?　ええっ?」

「どうなんだよっ!」

俺は小太郎の両肩をつかむと、その顔を正面から凝視する。

「……そんなの、ジョーちゃんに、関係ないことじゃん」

「ああ?」

「僕たちね、趣味が合うんだよっ!　いっしょに、お買い物行ったり。ケーキ食べたり。ジョーちゃん、興味ないじゃんっ!」

「なにが?　ケーキがか?」

「とか、いろいろだよっ!」

小太郎は俺の手を振りほどくと、あさっての方角をむいてぶんむくれ。女の子かよ。ちっきしょう、この野郎。

「お前、ホモじゃなかったのかよ?」

「ええっ、なんで僕が?　なんで僕が、ホモなんだよう!」

小太郎は女の子みたいに、両手で俺をポカポカ叩く。全っ然、痛くねえ。とくにいまは、殺人マシーンにさんざん追い回されたあとだしなあ。

なんだか、なあ。

数日間、街んなかをふらふらしてた美宇とサッチーは、クラブで会ったこいつのことを思い出して、連絡をとってきたらしい。一応ここは、外人向けのゲスト・ハウスだ。その空き部屋に、二人して滞在してたそうだ。

滞在中、美宇と小太郎は、いろいろレコーディングしたりして、遊んでいたらしい。サッチーもコーラスで参加したそうだ。

そんなこんなやってて、女の子チームとは、仲よくやってたみたいよ、小太郎は。メトロセクシャルがモテるって、ほんとなんだね。関係ないか。

「ジョーちゃんに捧《ささ》げる曲も、作ったんだよー」

「なんだそりゃ?」

「タイトルはね、『とむらいの曲』って言うの。まだ、仮タイトルなんだけど——ねっ、ちょっといっしょに、聴いてみない?」

小太郎がいたずらっぽく笑う。

「……いや、いいよ」

「えー、どうしてえ?」

どうしてもこうしても……そんな気分じゃねえんだよ! こんなひどい一日の終わりに、そんな得体の知れないもん聴けるかよ。

「どうせあれだろ? ハンマー・ビートでゴスっぽい変ちくりんな曲なんだろう?」

「ええっ、なんで? そういうんじゃないよー」

「いやそうに違いない。きっと陰気な『モスラのテーマ』みたいなのを、美宇とサッチーがユニゾンで歌ってるような、ひっでえ曲なんだよ。図星だろう」

「——えっ、ち、違うよー」

まあどうでもいいや。なんだかすべてがアホらしくなってきたので、俺は寝る。今日はあまりにも、いろんなことがあった。疲れた。

まったく、いつになく懐《ふところ》があったかいから、いいホテルでシャンパンでも開けて、たっけえ羽毛とシルクにでも包まれて眠りたいもんだったよ。それがこんな、機材だらけの古い部屋で、ニセホモ野郎と並んで畳の上だ。ひどい一日だった。

美宇が無事で、よかった。

5

見渡すかぎりに広がる白砂のビーチを俺は歩いている。

歩いている自分の姿が見えるのだから、これは夢なんだろう。裸足で、スボンの裾をまくり上げて、波打ち際を歩いている。どこのビーチのつもりなんだろうか、これは。以前に実際見たことがあるような、ないような。

砂の感触と足を洗う波を楽しみながら歩いていると、はるか彼方になにかいる。ズームアップ。ウミガメだ。前足——というのか、それとも、前ヒレ？——を俺に振って、なにか伝えようとしている。距離が近くなると、さらにウミガメははしゃいでいる様子。俺が浦島太郎だとでも思っているのか。

そのまま無視して通り過ぎると、ウミガメは後ろから俺を追ってくる。砂浜の上を意外な速さで這って、俺を追い抜いていく。そして前方をヒレで指す。ふと見ると、そこに丸テーブルと数脚の椅子がある。白塗りのスチール製で、プールサイドなんかにあるようなやつ。それが波打ち際にある。ブルーと白のパラソルが一本、テーブルの中央に挿《さ》さってて、そこに涼しそうな日陰を作っている。カメがうるさく言うので、そこの椅子のひとつに坐ってみる。たしかにこれは具合がいい。右手にはどこまでもつづく海、左手には大砂丘のような砂浜。俺の前方にも、後方にも、波と砂がたわむれている様子しか見えない。

機嫌がよくなった俺は、頭頂《とうちょう》のパナマ帽をとってリラックスする。いつの間にか、ウミガメが俺の隣の席にいる。その隣には、背中に羽根が生えたライオンのような動物。そいつが太い前足を、とん、とん、とテーブルに二度打ちつけると、俺の目の前にカクテルがひとつあらわれる。鮮やかなブルーの液体に、フルーツがいろいろ乗っかって、螺旋状《らせんじょう》になったストローとミニチュアのパラソルが挿さってるトロピカル・ドリンク。薦められるままにそれを一口。悪くない。俺の表情を見て、カメも嬉しそうにしている。いいね。ロバート・パーマーになった気分。

つぎにライオンがテーブルを叩くと、奴の隣の席にいろんな動物があらわれる。チップマンクスみたいなリスが三匹、子鹿、インコ、カモメ、はちみつをなめている子熊。それぞれが妙な楽器を持っている。ドングリをボディにしたバンジョーみたいなもの、麦わらの笛がひとそろい、鹿が蹄《ひづめ》で弾けるキーボード、子熊だけは食事に夢中。俺のために、演奏してくれるっていうのか？　おああ、とライオンが応える。カメが前ヒレをばたばたさせて盛り上がる。そして、演奏が始まる。

いい曲じゃねえか。こりゃあ、いい曲だ。

いい曲ってのは、鳴り出した瞬間からわかる。

極端に言えば、鳴り出す前からわかる——場合もある。アナログ・レコードで無音のところを針がトレースしているときに、「そのつぎに鳴るべき音」が感じとれるような気が、することもある。

バンドの佇《たたず》まい見ただけで、そいつらが「やる奴」かどうかわかるような、そんな感覚と同じだ。

動物バンドには似つかわしくない、せつない曲調のロック。といっても、過度にべたべたするようなセンチメンタリズムは皆無で、クールなユーモアすら感じさせる。曲想のコアにあるはずの激情を紐解《ひもと》いていく際に、一度すべてを対象化して、天空の高みから長い両手をぐぐっと伸ばして、自分自身の存在も含めてこねまわし、薄く広げてピザ釜で焼いたような——つまり、強靭《きょうじん》で、まっとうなロック・ソングの息吹がするイントロ。それだけでもう、これが名曲だってことがわかる。

どこかで聴いたことがある気もする。

夢のなかのせいなのか。それとも、本当に聴いたことがあるのか。曲はどんどん展開していく。強い陽の光がすこし翳《かげ》ったので、その方角を見てみると、半透明のウジェーヌ・グラッセの女神たちがいる。ハーモニーを奏《かな》でながら、水平線の向こうから、つぎからつぎへと湧いてくる。アシッドな光景！　おい、つぎはどうなるんだよ、と曲展開にわくわくする——。

と、演奏が突然中断。どうしたんだよ、と俺が言おうとしたところ、きゅるるるるるるっ！とリワインド音がして、固まってた動物バンドがさっきまでの演奏動作を早回しで逆に。そして子熊から順番に消えていく。俺がライオンを見ると、奴はまた「おああ」と言う。カメが盛り上がる。そして動物たちがまたつぎつぎにあらわれて、最初っから演奏が始まる——が、さっきより手前で、またしても中断。なにやってんだよ！

「駄目だよう。そんなのはー」

「面白い！　面白いよ、ここから使ったほうが。まとまると思うなあ、最終的には」

薄ぼんやりと俺が目を覚ますと、PCモニタを前に、小太郎とフルタの野郎が、話しながらなにか作業をしている。床じゅうに這い回っているケーブルにまみれて熟睡していた俺は、おしゃぶりのように口にくわえていた電源タップを涎《よだれ》とともにぷっと吐く。うるせえんだよ。まだ寝させろよ。

曲のつづきが聴きてえんだ。もしかしたらネタとしてパクれるかもしれないんだから。

目を閉じると、こんどは夢のビーチがあらわれる前に音が鳴り始める。そうか。聞き覚えがあると思ったのは、ギター・サウンドのせいか。何本か重なってるな。さっきまでなかった音もある。これは……335と、TL500じゃねえか！　俺の！

「おいおいっ！」

俺ははじかれたように跳ね起きる。はずみで身体じゅうに巻きついていたケーブル類の何本かが機材を引きずって、そこらじゅうでどすんがたんいう。

「あああっ！」

と小太郎の悲鳴がして音が止まる。

「ほら、だから僕は『起こしちゃわないように』って、言ってたんだよね。あらかじめ」

「なんだよ、これは？」

無数の線を垂らしながら俺は立ち上がって言う。

「いまお前ら、なに鳴らしてたんだよ？　それって、一体全体……」

にやにやしながら、フルタの野郎が俺を見てやがる。

「もしかして、聴いちゃいましたか？」

ちゃいましたか、じゃねえよ！　なんなんだよその曲は一体⁉　そこで使われている音ってのは！——俺の目の端に、ジルバップがある。フルタが持ってきたのか。なにやら、ケーブルがいろいろ挿さっている。そして、にやにや笑ってる野郎の背後には、ずっしりと重そうな古びた機材がひとつ。ハーフ・インチのオープン・リール・テープレコーダー。昨日は暗くて気がつかなかった。左側のリールに、巻き取られたテープがある。見覚えがあるリール。

俺のテープだ。

なんで、ここにあるんだよ。あのマルチ・テープが。俺がさがしつづけていた、あのテープがここに⁉

「もーう、ジョーちゃん。この部屋はねえ、動くときに、注意してもらわないとー」

ぶつぶつ言いながら、小太郎が俺の身体からケーブル類を引き剝がそうとする。

「……そんなことは、どうでもいい」

そうか。あのマルチの音だったのか、335の音は。ほかにも、あのサンフランのガレージで録《と》った音が鳴っていたはずだ。どんどん記憶が蘇ってくる。しかし、あのTL500の音ってのは、一体――。

「僕としては、率直な反応をお聞きしたいですね。丈二さんの」

とフルタが言う。

「これが、『とむらいの曲』なんだよー」

と、俺から剝がしたケーブルを巻きながら小太郎が言う。

「……どういうことなんだよ、一体全体？　なんであれが、ここにあるんだ？　あのマルチ・テープがここに」

俺はテープレコーダーを指さして言う。

「フルちゃんが、持ってきたんだよー。僕はねー、最初、マルチの音、勝手にいじるのは、どうかなーって思ってたんだけど、フルちゃんが――」

俺は小太郎の両肩をつかむと脇にどかせて、フルタのほうに三歩進む。ついクセで両手の親指を腰のベルトにかけて、首を左側に傾けてガンつけながら言う。

「おい。なんでお前が、俺のテープを持ってやがるんだよ。おう？」

「仕事ですけど?」

「なんの仕事だこらあっ！」

「大きな声、出さないでくださいよ。どうしちゃったんですか?　やだなあ」

やだなあ、じゃねえぞこの小僧！

「大仁田さんに、頼まれたんですよね。このマルチ・テープに、なんの音が入っているのか、どんな曲が収録されてるのか、特定してほしいっていうことで。アヴィエイター・エンタテインメントのリリースに関係してるから、早めに内容を知りたい、というご依頼でしたね」

おにぎりだあ?　てことは、例のサンデイ・ガール再発にからんでの話か?

考えてみれば、たしかに、専務にマルチ・テープの内容を把握できるような頭はない。そこにつけこんだおにぎりが、「テープの収録曲を特定する」って仕事を請け負って——しかし実際問題、あいつにもそんなことできる能力はないから——その実作業を、このフルタに孫請けに出したってところか……。

「大仁田さんが仰《おっしゃ》るには、どの曲がカヴァーで、どれがオリジナルで、とか、そういった点をまず特定しておかないと、著作権的にややこしいから——とのお話で。そういうご依頼とあらば、やはり僕としては、お引き受けせざるを得ないわけで。レコード探偵の名のもとに！」

フルタは得意そうに、人差し指で鼻の下をごしごしやる。

「——といっても、さすがにオープン・リールのマルチ・トラックが聴けるプレイヤーは、僕も持ってませんから。それで小太郎くんのところにテープを持ってきて、調べ上げたんですよね」

「いつのことだ」

「この作業のために、用意したんだよー、このテレコ」

「はい?」

「だから、いつだって訊いてるんだよ！　お前がそのマルチ持って、ここにやって来たってのは！」

　フルタは腕組みをして考える。

「そんなことを、急に訊かれてもですね。僕も毎日、いろいろいそがしくしているわけで……先月、七月の上旬ぐらいですか。十日すぎかな？」

「うんうん、そんなもんだよー」

　なんてこった。

「だよね？　まあ、曲の特定は、一日で終わったんですけど。ちょっと、ここに入ってる音が、面白いじゃないですか。いろんな意味で。あ、もちろん『いい意味』での、『いろんな意味』ってことなんですけどね。それは誤解なく。で、僕と小太郎くんとで、悪だくみしたんですよね」

　フルタは楽しそうに、くっくっと笑う。

「……ジョーちゃん、怒ってる？　もしかして……」

　小太郎の動揺を意に介さず、フルタはつづける。

「小太郎くんに頼んで、マルチ・トラックの音源を、ハードディスクに取り込んでもらって、それで、いろいろいじってたんですよ。楽曲として、まとまらないかなー、と思って。ちょうどモルフォディターの音源用に、作業してたじゃないですか、僕ら。その延長線上で、ちょっとやってみたいなあ、という感じで」

「……お前さあ、そのテープで演《や》ってんのが、俺だってことは、わかってたんだよな？」

「ええ、もちろん。それは最初から」

「だったら、勝手にいじってんじゃねえぞこら！　まず俺に挨拶しろ俺にっ！」

　ちきしょう、こいつが持ってやがったのかよ俺のテープ！　俺が切った張ったやって大騒ぎしてたあいだ、じつはこの馬鹿が、ここで回してやがったのかよ！　なめてんじゃねえぞ！

「俺のテープ、俺の音いじってんなら、最初に俺に言えぇっ！」

小太郎が首をすくめている。

フルタは、鳩が豆鉄砲くらったような表情。そして、不快そうに眉間《みけん》にしわ。

「だから僕は、お伝えしようとしたじゃないですか、丈二さんに」

「ああっ？　そんな憶えねえぞ俺は！　いつの話だよそりゃあ！」

ふううーっと、フルタは溜息をついて、やれやれと首を振る。

「いつでしたっけ？　丈二さんから、めずらしく僕にお電話いただいたときですよ。たしか、『復讐したいから』って、大仁田さんのご自宅の住所を、僕にご質問されたときに――」

……ちっきしょう。あの日かよ……

「――あのとき、僕がお話ししようとしているのに、丈二さん、お電話切っちゃったじゃないですか、一方的に。あれはないなあ。あれはちょっと、失礼っていうか――」

「なんてこった」

「あれっ、どうかしました？」

なんて、こった。


あまりのことに、俺はその場にへたり込む。内股で坐り込む。

あの日、のこのこ俺はブクロに行って埋められた。そこから、地獄の底でフルコースが載ったディナー・テーブルひっくり返しながら昨日まで走りつづけてきた。

なにもかも無駄だったたってわけか。あれは。

ここに来てれば、よかったのか。フルタの野郎の話を、最後まで聞いてれば、あんなひでえことに、ならなかったたってわけなのか。

「それで、丈二さん、僕にラジカセ送ってくださったじゃないですか。これを。あっ、お礼申し上げなきゃ、ですね。どうもありがとうございました。いやあ、貴重ですよ！　いまどき、完動品のソニー・ジルバップなんて！　でですね、ここに入ってたカセット・テープに、いくつか面白いギター・フレーズがあってですね。あのマルチ音源にも、合うんじゃないかな――と僕は思ったんですよね。それを今日、僕はここに持ってきたんですよ。小太郎くんと、作業しようと思って」

そうか。俺が酔っぱらって、実家の部屋でＴＬ５００弾きまくってたとき、フレーズをいくつか録音したんだった。そのカセット・テープが、こいつに送ったジルバップのなかに入りっぱなしになってたってことか。

「もーう、いっつも、急なんだからー。フルちゃんって急にアイデア思いつくから」

「いやあ、面白いですよ。これは面白い！」

そんなことが、あったのか。そんなことを、やってやがったのか。こいつらは。

「……フルタよお、それって、驚かせようと思ったのか、俺を？」

「えっ？　というと？」

「だから、俺は死にかけて、それから、いろいろあって――」

「死にかけてたですって!!」

フルタは大声を上げる。

「本当ですかっ！」

「……お前、知らないの？　ことの経緯を？」

フルタはぶんぶんかぶりを振る。

「マルチ・テープを持ってきてから、僕はずいぶん、小太郎くんとはご無沙汰してましたから。入稿が重なって、身動きとれなくって。今日はひさしぶりに、身体が空いたんですよね」

「ほんとに知らねえんだ、こいつ?」

と俺は小太郎にも訊く。

「うん。知らないよー」

フルタはひとりで興奮し始める。

「死にかけてた? そんなことがあったんだ! そうかあ、だからこれは『とむらいの曲』なんだ⁉ 小太郎くんからタイトル聞いたとき、どういう意味かと思ったんだけど——」

「仮タイトルだよー、まだ」

「うんうん。それは聞いたけどね。それで丈二さん、なんで死にかけたんですか?」

「なんでって、そりゃあ……」

と説明しかけた俺は、あまりに長くなりそうなのでやめる。しかしフルタは興味津々《きょうみしんしん》の様子。

「一体なにがあったんですか? 聞きたいなあ」と、いつもの調子で、野郎の顔が輝いてやがる。

いっくら俺が小さな脳と小さな意識を全開にしてたって、決して届かないようなもの。俺には決してうかがい知ることができないような、全体を見渡すことなんて、絶対にできないような、大きな計画のようなものが、この宇宙では進行してたっていうことなのか。

「ジョーちゃん、ジョーちゃん、大丈夫?」

「ん? ああ、大丈夫大丈夫。つうか……」

あまりのことに、俺は笑い始めている。笑い声はどんどん大きくなって、止まらない。いつ以来だ? こんなに腹かかえて、腹の底から笑うなんてのは?

あっけにとられる二人を前に、ひとしきり大笑いした俺は、涙をぬぐいながら言う。

「……もう一回、聴かせてくれよ。さっきの曲を、俺にもう一度」

6

たしかにこれは、いい曲だ。

フレッシュで、内容があって、キャッチーなんだが、尖ったエッジもある。ダンサブルなグルーヴと、サウンド全体のラフな手触りが、いいバランスで両立したギター・オリエンテッド・ロック。そして、美宇のヴォーカル。

あいつ、やるじゃねえか。展開が多くて、スケールが大きな曲なんだが、その看板背負って、十分に保《も》たせてやがる。いまとなっちゃあ、声の存在感だけじゃない。奥行きが深いリッチな表情すら歌全体に漂《ただよ》っている。表現力が格段に高まっている。

俺が関係している曲だから、身びいきしてるってわけじゃない。普通にフラットな耳で聴いてみて、じつによく出来ている。典型的な「いい曲」の条件ってのが、いくつかあるんだが、それが見事にそなわっている。

いい曲というのは、記憶と関係がある。

初めて聴いたのに、どこかなつかしいような感じがする曲。どこかで聴いたことがあるような――てのは、評論家が悪い意味で言うだけじゃない。パクリを指摘して、そう言われている場合だけ、じゃない。

新鮮なんだが、同時に、なつかしい記憶が呼び覚まされるような曲。そういうのがある。

個人的な体験。恋の想い出。甘酸っぱいような、こっぱずかしいような体験……初めて聴いた曲でも、そんなものを思い出させられることがある。そんなのが「いい曲」の条件のひとつだと、俺は思っている。

また逆に、「記憶と結びつく」ような曲こそがいい曲だ、というのもある。

その曲を、初めて聴いたときのこと。あるいは、その曲を聴いていたり、その曲を思い浮かべたりしたときの意識と、その瞬間の実際の出来事の記憶とが、不可分に結びついてしまうような曲。好きだった女に、別れ話を切り出されたとき、頭のなかにあった曲。いまは音信不通になっている悪友どもと、酒を飲みながら合唱したような曲……こういった曲は、「記憶」と分かちがたく結びつく。

音楽の最大の弱点は、聴いても腹が膨《ふく》れないことだ。どんなに熱心に聴いたところで、筋肉がついたり、おっぱいが大きくなったり、骨が強くなったりはしない。近視が直ったり、髪の毛が増えたりもしない。フィジカルな面では、とくに人間の役には立たない、はずだ。マイナス面はあるかもしれない。乳牛にディストーション・ギターの音を聴かせると、ミルクの出が悪くなるとか、まことしやかに言う奴もいる。

しかし、多くの人が、自分だけの「大事な曲」というのを持っている。自分の人生と切り離すことができない、自分だけの「いい曲」ってのを、持っている。

俺らは他人になることはできない。他人の意識を生きることはできない。好きだろうが嫌いだろうが、いっつもいつも、生きてるあいだは、見慣れたこの顔のなかで生きていくしかない。自分の人生っていう、限定条件のなかで生きていくしかない。

だからこそ、その人生の「記憶」と結びつくものを強く愛する。人生に愛を感じた瞬間、人生の手触りを実感した瞬間に、その伴奏《ばんそう》となった音楽を「いい曲だな」と感じる。

この点、音楽はとても有利なんだ。

メシ食いながら、聴ける。クルマ運転しながら、聴ける。すっげえ美女とキスしながら、景気のいいナンバーを、頭のなかで思い浮かべることすらできる。しみったれた世界観なんて、一瞬で塗り変わる。コストは、ほとんどかからない。

音楽ってのは、人間の意識に、直接的に作用する。そして、「記憶」と結びついて、長らく人生をごいっしょするような「いい曲」と出会うこともある。

しかしそうすると、今後俺がこの曲について考えるときには、必ずこの機材だらけの異様な部屋を思い出さなきゃいけないってことか。この変人どもと雁首そろえて、モニター・スピーカーの前で聞き耳たてたてる自分ってのを、思い出すのか？

さえねえな。でもまあ、しょうがねえか。

全編を聴き終わって、ふと気づくと、フルタの野郎が俺のほうを見て、うずうずしている様子。感想が聞きたくて聞きたくて、しょうがない——そんな顔だ。小太郎はいつもどおりなんだが。まあ、フルタにとっては、これが初の音楽制作っぽいもの、なんだろう。わかるよ、その気持ち。自分が制作に関わったものが、どんなふうに受け取られたのか、気になって気になって、しょうがないっていう感覚のことは。

「まあ、そうだな……いい曲、なんじゃねえか。わりと」

「どういうふうに、『いい』んですか？　聞きたいなあ！　丈二さんの言葉で、ちゃんと説明してくださいよ？」

あーうっとうしい！　インタヴューしてんじゃねえよ！

フルタの声を無視して、俺は小太郎に告げる。

「もう一回、最初から聴かせてくれ」

　イントロはまず、俺のＴＬ５００のアルペジオだけ。酔っぱらってたせいで見事にヨタッてるな。ディストーションも強すぎる。まあ意外性ってことで、アリか。

　そこに派手なフィルインからドラムが入って、ほかの音も鳴り始める。ドラムは、サンプリングから組み立てたな。たぶん二、三種類のサンプル・ソースから持ってきたものを、イコライジングしてからひとつのリズム・パターンに組み直したものだろう。胴が深いフロアタムの低音が、効果的なアクセントになっている。スネアの破裂音も景気いい。推進力が高いアッパーなビート感だ。ギターは基本的に三本。メインは３３５のコード・カッティング。軽くファズっぽい音。そこにさっきのアルペジオが鳴りつづけ、背後に薄く生ギターがミックスされている。

　３３５と生ギターは、サンフランのセッション時に録った。古い記憶がどんどん蘇ってくる。このときセッションでは、最初、ヴェルヴェット・アンダーグラウンドの「サンデイ・モーニング」のコードを弾いてみることから始めたはずだ。それがテンポ・アップして、構成が変わった。いくつかのコードを差し替えて、まったくべつの歌メロをつけた。歌メロは伽那子が鼻歌で作曲、歌詞はなかった。そのほか、蘭洞のフェンダー・ローズ。ガンちゃんが叩く、ゆるいコンガ。あとガレージに転がってたダンエレクトロを俺が弾いた、いい加減なベース——もともと録ったトラックは、そんな構成だった。

　そのなかから、俺のギターとガンちゃんのコンガが、この曲では全面ベタで使用されている。ローズは要所のみ、入れたり出したり。伽那子の鼻歌はコーラスあつかいで、これもサビでのみ使用。リズム隊は、基本的に小太郎の独擅場。いや、公平に言うと、フルタがアイデアやネタを提供して、小太郎が組み上げたっていう方式か。

ドラムとベースは、モルフォディターのデモ曲用に作っていたものからの流用だそうだ。そのほか、上モノもいろいろ、あっちから持ってきているな。サビと間奏では、ハモンド・オルガン&レスリー・スピーカー、ホーン、なんとストリングスまで、サンプリング&再構成されて登場する。

そしてメロディ。歌メロだ。美宇のヴォーカルは、Aメロ、Bメロではトーキング・スタイル。まずここがいい。本来、こういう歌いかたで場をさらうのは、すっげえ難しいんだ。それを見事にこなしている。いろんなイメージの断片がつぎつぎにスケッチされていく歌詞もユニークだ。アブストラクトに「喪失感」を描き出そうとしている感じか。フランス人が書いた英詞みたいだな。全体的に、モルフォディターのときよりも大人っぽい。ブリッジからサビのメロディには、伽那子が作ってたやつが多少生きている。エモーショナルに盛り上がる感じ。

そのサビと間奏では、335が大フィードバック・サウンドを鳴らす。これは俺の病気。

——とまあ、そんな曲だ。

例のTL500のフレーズを今日つけ加えて、現時点で、ラフ・ミックスまで仕上がっている、といったところか。

不思議なもんだな。じつに、不思議な気分だ。

十年以上前に俺が弾いた音と、ついこないだ、酔っぱらって弾いた音が、ひとつの曲の中で、同時に鳴っている。ミックスされて、ひとつの曲を形成している。

べつの時間、べつの場所で、べつの意識だったものが、ここでいま、ひとつのものとして溶け合っている。ひとつの「いい曲」として、成立しようとしている。

美宇がいる。伽那子も、蘭洞も、ガンちゃんもいる。むかしの俺といまの俺と、ともにいる。みんないっしょにいる。音になって、ここにいる。

「それで、どうなんですか？　具体的な感想を、お聞きしたいんですけども？」

とフルタが俺に言う。

「……お前さあ、なんでこんな……なんで、俺にこんなこと、してくれるんだ？」

「はい？」

「だから！　なんで、俺のために、こんな……」

くそっ。こんないいことを、してくれるんだよ。なんの得があって、こんな、くそ野郎を喜ばせようとするんだ？

「仰ってることが、わかりかねるんですけども」

フルタは腕組みする。

「マルチの音源と、そのほかのものから、この曲――『とむらいの曲』ですか――これが出来上がったってことを指して『こんなこと』って、仰ってるんでしょうかね？」

「ああ、そうだ」

「あ、そんなことなんだ？　それだったら、答えなんか、言うまでもないですよ。きっかけは『いい音楽だから』に、決まってるじゃないですか」

そうか。そういうことなのか。

「目の前に、『いい曲になりそうな』音楽の断片があって、だから僕なんか、盛り上がっちゃって！　つまり丈二さんのために、というよりも、自分のためめっていうか――うわっ、な、なんなんですか！」

日本人くせえな、じたばたすんなよ。ハグしてるだけだよ。そんな反応されると逆に恥ずかしいじゃねえかこっちが。

「……まあ、そうやって、感謝していただけると、僕としても悪い気はしないですけどもね」

赤くなった顔でフルタが言う。


悪い奴が作っても、うまいものはうまいんだ。

いい音楽は、人をつなぐんだろう。いい料理が、人をつなぐように。そして音楽なら、時間も空間も超越できる。

「いい音楽」が、いま、いろんな人間と、想い出と、そして世界と俺を結んでくれようとしている。

しかもその「いい音楽」ってのが、俺の曲なんだ。驚くべきことに。

おかしなもんだ。この曲では、俺の役割ってのは、部分的なものでしかない。だけど、間違いなくこれは「俺の曲」だって気がしている。

そうか。これが「他人にプロデュースされる」って感覚なのか。俺はプロデュースされたってわけか。こいつらに。

知らなかったよ。それが、こんなにいい気分がするもんだったとは。


ここにいたるまでの経緯は、こんな感じだったそうだ。

まず、フルタの説明どおり、あいつがここにマルチ・テープを置いてった。テープの音をいじりかけて、中断して、そのままになっていた。モルフォディターのほうも、俺の指示が一切ないもんで、作業は途中で止まっていたらしい。

そこに美宇とサッチーが転がり込んできた。最初はモルフォディター用の音で遊んでいたんだが、美宇がマルチの音に興味を示したそうだ。そして、そこから先、実質的なリーダーとなったのは、美宇だったらしい。

ハードディスクに入った「いじりかけ」のそれと、同じく「準備中」だったモルフォディター用の素材を組み合わせて一曲にする、というアイデアを出したのは、美宇だった。小太郎に駄目出しをしながら、あいつはどんどん曲をまとめていったらしい。うなりながら歌詞を書きつづけたらしい。俺を「とむらう」ための歌詞を。

ロックと「死」というのは、切っても切れない関係がある。ロック・ミュージシャンってのは、よく死ぬんだ。俺のまわりでも、俺と同時期にシーンにいた奴らですら、すでに何人もいなくなった。クスリとか自殺とか、そういうのだけじゃない。病気とか、交通事故もある。なんでそんなことが多いのか。若くして、そんなことに出くわす奴が、この業界に多いのか、俺にはわからない。

とはいえ、ビジネス的にいうと、「追悼盤」とかってのは、稼《かせ》ぎ頭《がしら》でもある。ロックスターが急死したなら、レーベルだけじゃなく、ロック雑誌から店頭にいたるまで、特需到来《とくじゅとうらい》みたいなもんだ。死が最大のビジネス・チャンスになる。

そうやって業界に大儲けさせるほど、このときのロック・ファンの感情は強い。一所懸命、折り合いをつけようとするんだ。「いなくなった」ということについて。自分が愛したミュージシャン、「音を通じて」知り合って、まるで親友みたいな気分になっていた相手の、突然の不在、永遠の別離について。それはすごくタフなことだ。タフだからこそ、その痛みを受け止めて一歩でも前に進むためには、強い意志でもって、死者への想いを結晶化させることがまず最初に必要となる。

美宇はそれを、たったひとりでやってのけたってことだ。真のプロデューサーは、あいつだったってことだ。

あいつのその意志が、この曲をいいものにしたんだろう。一本芯《しん》が通った曲にしたんだろう。

フルタなんか、ハグするんじゃなかったぜ。一番重要なのは、美宇だ。

「まあ……よく出来てる曲なんじゃねえか」

と俺は、フルタに言う。

「まったく、ファスト・ミュージックどころじゃねえな、こりゃあ。寝かして、寝かして、それから練り上げた、超スロー・ミュージックって感じか。作りかたでいうと。曲調は、スローじゃないけどな」

「まあそんなもんですかね。その表現は悪くないですね」

と偉そうにフルタが言う。

ふと気づくと、部屋の入り口から、何人かがこっちを覗いている。ほかの部屋の住人か。留学生っぽい、東南アジア系の若い男が三名ほど。うるさくしちまってたから、それで覗きにきたんだろう。そうだ。せっかくだから、こいつらの感想も訊いてみよう。

「ちょっとさあ、もう一回、最初っから、鳴らしてもらえるかな？」

「またあ？　僕、お腹すいちゃったよー」

「いいじゃねえか。ちょっと俺、アイデアがあってさ」

「ほう。どういうアイデアですか？」

とフルタが乗ってくる。

「まだすこし、改善の余地がある。間奏なんかも、思い切っていまの倍の尺にして、明確なリード楽器のソロを立てたほうがいい。それが曲全体に影響して、結果的に、楽曲の焦点ってのを、よりシャープに浮かび上がらせることになるはずだ」

「なるほど、なるほど」

「だろ？」

「いいなあ。いいですね！　じゃあ、弾いてくださいよ。ギター・ソロ！」

「えっ俺が？　やんの？　ギター・ソロを？」

フルタがこくこくとうなずく。しょうがないなあ、とあきれ顔の小太郎。

ギター・ソロのレコーディングね。ひっさしぶりだな。まあ、こいつらを前に、構える必要もない。やってやろうじゃないの。

俺は留学生たちに手招きする。小太郎に指示をして、また最初っから曲をプレイさせる。古い木造家屋が、またふたたび、びりびり、びりびりと震動し始める。

7

言うは易《やす》し、実行は難《かた》し。

俺の何十回めかの「もう一回」に、ついに小太郎が音を上げたので、レコーディングを中断してメシを食いに行くことに。

さっさと一発で決められない俺が悪いともいえるが、小太郎が持ってるギターがZO－3だけってのが、まず問題なんだよ。あれはあれで面白いとも言えるんだが、どうも俺は気分が出ないっていうか……あと、アンプ・シュミレーターってのも気にくわない。やっぱギターってのは、モノホンのアンプぶち鳴らしてなんぼだ。

まあ実際のところは、俺の調子が戻ってないせいなんだが。

そりゃそうだ。ここんとこ、かれこれ四、五年は、まともにギター触ったこともなかった。それが一気に現役状態になるわきゃない。リハビリが必要だ。

小太郎とフルタがカフェメシを食っている脇で、コーヒーと煙草で脳を冷ました俺は、奴らと別れて楽器屋へ。

カネはあるんだから、思いっきり散財してやるつもりで行ったのだが、どうもしっくりくる一本がない。貧乏根性が身に染みてるせいか、ろくに弾かねえようなギター買うってのが、俺はすごくいやなんだ。恭一の野郎は、そんなことは気にしないんだが。アクセサリーのようにつぎつぎと、高いギターばっかり、あいつは買うんだが。

何軒かの楽器屋をめぐってから、結局今日はあきらめることにする。

どうも、ギター選びすら、調子が戻ってない。

ギターのかわりに、よく冷えたテカテを半ダースほど買って、飲みながら歩く。

小太郎の家を出てから、ずっと耳に挿しっぱなしにしているインナー・イヤー・ヘッドフォンから、「とむらいの曲」のラフ・ミックスが流れつづけている。

このiPodはフルタから借りた。あの曲を、ちょっと外で聴いてみたかったんだ。元来俺はMP3否定派だったので、こうやって音楽を聴くことは普通ない。大むかし、カセット・ウォークマンが流行《はや》ったとき以来だな。こんなふうにして街を歩くのは。

街の風景が、いつもと違うものに見える。いつもなら、あれほどいらいらさせられるだけの渋谷が、違ったものに見える——ような気がする。

ビールを飲みながら、俺は公園通りの坂を上る。暑い一日がようやく終わって、空には月が目立ち始めている。区役所前の交差点から、代々木公園へ。いつもなら、ここらあたりで、真新しいライヴ・ヴェニューがいくつか見えてきて腹が立つんだ。代々木競技場の見事な稜線《りょうせん》をぶち壊しにしてる、くっだらねえハコモノの群にいらいらさせられるんだ。しかし、今日はそれも気にならない。

両耳のなかで鳴る音が、俺の脳を「いつもとは違う」状態にしているんだろう。ベンチに坐って、月を肴《さかな》にテカテを一杯。こうやっていれば、いかしたギター・フレーズが降りてくるかもな——とか他力本願に思いながら。

突然、俺の携帯電話が鳴る。もともとの俺の携帯じゃないほうのやつ。前に義人から手渡された、百人町限定仕様の携帯だ。着信はイから。

電話をとると、すごい剣幕《けんまく》でイがまくしたてる。奴の頭上で湯気が沸き立っているのがテレパシーでわかる。

「いますぐ！　すぐに成田に向かってくださいな、下道《したみち》で！」

なんだよ、そりゃあ？

「なにあせってんだよ？　突然そんなこと言われたって――」

「都内にいちゃいけません！　すぐにチケットを手配して、成田周辺で潜伏しててください！　もう時間、ないですから！」

そうなのか？　そんなにあぶないの、俺？　昨日の六本木の件が、そんな大ごとになってやがんのか？　警察が追ってきてんのか？

なんか、ぴんとこないな。いま左耳の奥で鳴ってる曲のせいかな。

「ちょっとさあ、急すぎるっていうかさ。大袈裟《おおげさ》なんじゃないの？」

という俺の意見に、イがぶち切れる。

「いいかげんにしろっ！　お宅のせいで、アタシはねえ！　アタシんところは、えらい損害をっ！」

「ごめんね」

「そんな、あやまられたって、いまさら――」

奴が叫んでいるあいだ、俺は携帯を耳から離す。ややあって、もしもーし、もしもし？と正気に戻ったイの声が小さく聞こえてくる。

「落ち着いた？」

「……アタシはね、最初っから、落ち着いてますけどね。とにかく、お宅さんは、逃げてくださいな。このとおりですよ。お願い、しますよ……」

「なに言ってんだ、こいつ？　いま俺は、ギター・ソロのフレーズ考えてんだよ。いそがしいんだよ。なんで逃げなきゃいけないんだよ？　冗談じゃねえ。

「わかったよ。オーケー。そうするわ」

と俺は心にもないことを言う。

「そうですか、そうですか！」

イの頭上の湯気がすっと消えていくのがわかる。

「じゃあ、クルマ回しますから。いま、どこですか？」

「俺？　いま湘南」

「――ナメてんのか？　てめえ、いま渋谷だろうが！」

「あ、ごめん、GPSついてんだったな。この携帯。桜丘のカフェにいるよ俺」

イはしばし無言。大きく息をついて、話をつづける。

「ゲーニャ先生のところにあった、お宅さんの私物も、クルマに積んどきますから。くれぐれも、アタシの指示どおりに、するように。さもないと――」

「あー、わかった、わかった。言われたようにするよ。じゃあね」

電話を切った俺は、そのまま携帯を二つにねじ切って、ベンチ脇のゴミ箱に捨てる。なにが「逃げてください」だ、馬っ鹿野郎。知ったこっちゃねえや。

験直《げんなお》しに、原宿で一杯飲ろう。とんちゃん通りのロック・バーは、まだあるのかな。あそこが開いてたら、店のスピーカーでこの曲を鳴らさせてもらおう。違う環境で聴けば、また違うアイデアが浮かぶかもしれない。

テカテを飲みながら、公園を抜けていく。

もともとの俺の携帯に、バーの電話番号が入ってたことを思い出す。番号を調べようとしたところ、信藤からの着歴をいくつか発見する。留守電も残しているな。昨日はなかったんだが。いまさら一体、なんの用事なんだ？　録音されたメッセージを聞いてみると、死体のような信藤の声。

「……丈二、さん……お訊きしたいことが……いやぁ、すいません。すいません。丈二さん、に、お訊きする……ことじゃないんですけど。ふうーっ……ごめんなさい。また、お電話しても——」

そこでブツッと、メッセージは切れている。


そのまま、無視してもよかったんだ。

「いつもの俺」だったら、きっと無視してたんだろう。でも今日は、俺の頭のなかで——いや、俺のつむじのあたりから、北極星の方向にずーっと伸ばしてった直線のかなり上空のほうで、なにか虫みたいなものが、ざわざわしているような気がしたんだ。

歩きながら俺は、信藤の携帯にコールバックする。呼び出し音五回で奴は出る。

「……あぁ、丈二……さん……」

「よぉーっ、どうしたの？　いっつもほがらかな信藤ちゃんが、いまにも死にそうな声出して。ダイエットのやり過ぎかあ？」

信藤は気弱な屁のような声を出す。

「……いやぁーっ、申し訳ないですぅ」

「で、なに？　俺に訊きたいことって？」

「………でも、丈二さんには、関係のないことで……もう、終わったことですし……」

天上で、さっきの虫がより一層ざわついている。

「いいから、言ってみろよ？　なにが知りたいんだ、お前？」

「……大仁田さんが、つかまらなくって……携帯も、事務所も、つながらなくって……」

ああ。たぶんあいつは、それどころじゃねえだろうからな。いま。

「それで……もしかしたら丈二さんが、どこか、ほかのご連絡先とか、ご存じないかなあ、と思ったんですが……」

小さな小さな声で、くっくっくと、信藤は笑っている様子。卑屈《ひくつ》な笑い。

「……もう、いいんです。すいませんでしたぁ……」

「おい。なにがあったんだ？　お前、変だぞ？」

「……いやぁ…………やられちゃいましたよ、『スタッズ』に……騙されちゃいましたぁ……」

これか。虫の知らせってのは、これだったのか。

「それが……ひどい話で……契約したのに、スタッズ・レコードの旧譜は、ウチが出せないってことになってて……レーベル再開後の新作しか、出しちゃいけないっていう……」

ああ、その手か。そいつでいかれやがったのか。

「なるほどな。あれだろう？　かつてのスタッズの栄光のカタログを再発したけりゃあ、あらためてオプション契約結んで、その際にまたカネ積めって話だろう？」

「そう！　そうなんですよっ！　そんな、詐欺《さぎ》まがいの話で――」

さっすがイギリス人。さっすが、シワい小商《こあきな》いの本場。見事な詐欺だ。

これは単純な手だが、それだけに通ればでかい。

まず、どこかの詐欺師が、過去に名盤をリリースしたことがあるレーベルの権利を、音源ごとホールドする。そして、どこかのレコード会社とリリース契約を結ぶんだが、その際に、ちょっとした「仕掛け」をしておく。

たとえばスタッズなら、過去の——つまり、一度潰れちまう前の——スタッズの音源は、権利上別個のものにしておく。名目上、べつの版権管理会社の持ちものかなにかにしておく。そして契約をかわす際は、「再スタートしてから」のスタッズのみを前面に出して、そこからのリリースだけしか配給できないような内容にしておく。

こうしたレーベル契約の場合、音源を供給する側が、契約書の雛形《ひながた》を出してくるってのが普通だ。つまり、海千山千の外人側が、日本サイドに、練《ね》りに練った条件内容のドラフト契約書を突きつけてくるわけだ。

そしてこの場合、契約書さえ通っちまえば「旧作は権利がべつ」だということを、日本サイドも書面上で認めたことになる。で、こうした「過去の栄光」レーベルの場合、だれもが魅力を感じるのは旧譜なのだから、相手は泣く泣くまたカネを出してくる——か、もしくは、出さない場合は、またべつのカモをさがして、旧譜だけ売りつけてやればいい。そういう手口だ。

もちろん、契約書の文章をしっかり見て、裏読みして、「裏の意味」に注意していれば、こうした仕掛けを見破ることは不可能じゃない。とはいえ、日本サイドとしては、そもそも第二言語で書かれた契約書をチェックしなきゃいけない、というハンデがある。こういう契約書の堅苦しい英文ってのは、そうした類《たぐ》いのものによっぽど慣れ親しんでないと、平気でいろんな落とし穴を見過ごしちまう危険性があるもんだ。

今回の場合は、過去も現在も、まったく同じスタッズという名前が冠《かん》されているレーベルが相手なわけだから、話はややこしい。

さらに言うと、そもそもこんな話に興味持ってくる奴は、「過去のスタッズ」の栄光が忘れられないような輩《やから》だ。つまり、部長だな。今回の例で言うと。

あっちは版権ころがしやってるプロで、こっちは「リスナー！あがり」のワンフという状態で、まともなディールなんざ、結べるわけがない。

かくして、こんな大胆手口の詐欺が、平気でまかりとおることになる。

怒りのせいか、すこし元気を取り戻した信藤が話をつづける。

「本当に、ひどい話なんですよ！　再開後のスタッズからリリースされたアルバムなんて、まだエネミー・ラインの一枚だけなんですよ！」

「あんなのは、行って二〜三千枚がいいとこだろうな。日本じゃあ」

「そうです！　そうです！」

「それでお前、スタッズとのレーベル契約で、一体いくら積まされたんだよ？」

「それはちょっと……部外者のかたには……」

「版権使用料のアドバンスってことで、一千五百ってとこか？」

信藤は無言。はあぁーっと溜息で返事。

「まさか、もっといかれたのか？」

「……ええ、まあ、その……倍、ぐらいは」

「まじかよ？」

うわあー、そりゃひでえ。さっくり三万枚は売らねえと、アドバンス分の回収もできねえな。

「それで、部長もちょっと……進退問題になってきちゃって……そうすると、僕も……減俸だけで済むかどうか……」

と信藤はまた溜息をつく。

「ちなみにさあ、スタッズの旧譜出すためには、いくら積めって言ってんだ？　あっちは」

「…………一億だ、と先方は……そんなに払っちゃったら、いくらなんでも……」

グロスで十万枚近くは、売らなきゃいけないだろうな。マニア好みのＵＫインディー・レーベルの七〇年代の旧譜を、この日本国内で。そりゃあ、無理だろう。どう考えても。

つまり、新譜だけで行こうが、旧譜分も契約しようが、やってもやっても、アヴィエイターには赤字だけが増えていくって寸法か。

「……それで、この件って、もともと大仁田さんのご紹介から、はじまったので……なんとか先方にですね、お話していただいて――」

「あ？　そんなこと考えてたのお前？　おにぎりに口利《くちき》いてもらって、一度結んだ契約内容を変更してもらいたい、とか？」

「……ええ、まあ……できれば」

こんどは俺が無言になる。

できるわきゃねえじゃねえか。そんなのが通るんだったら、契約書なんていらねえよ。

それに、おにぎりは、この詐欺の内容なんざ一切関知してないだろう。あいつは、右から左に人を紹介して、その上がりをかすめようとしてただけだ。

そもそも、なにが悲しくって、せっかく大金つかんだ詐欺師が、いまさらカモの泣き言聞かなきゃいけないんだよ。あるわきゃないだろう、そんな都合いい話。

「……駄目ですよね。やっぱり……そう、ですよねぇぇ……」

と信藤がまた屁のようになる。

「……宣材もね、もういろいろ、作り始めてたんですよぉ……デザイナーのかたで、やっぱりスタッズが好きな人、いらっしゃって……いろいろ、準備も……」

はぁぁーっと溜息。

「なにが、悪かったんでしょうか……僕は、ちゃんと進めたんですけども。契約の手順は、いつもどおりに……」

くっだらねえ。

「信藤ちゃんさあ、子供の使いじゃないんだからさ。『言われたとおりのことやりました』てのは、出来の悪いリーマンの典型だぜ？」

「えっ、でも、でも、僕は」

「『でも』じゃねえんだよ！」

また虫がざわざわ言っている。

「あのなあ、お前、そんなこと言ってるから、こうやってカモられたんだよ？　わかる？」

「それは、僕が悪いって仰ってるんですか？」

「ああ」

虫じゃないな、これは。

「悪いね、お前が。いいか。お前の仕事ってのは、なんだ？　会社を儲《もう》けさせることだろう？　そのための任務をこなして、目的を達成して、そんで初めて湧いてくるもんだろうが。報酬《ほうしゅう》ってのは。固定給ってのはよお！」

「ああ……ですよね……部長も、上からそう言われたって……」

「俺がなんとかしてやる」

「…………えっ？　いま、なんて仰いました？」

さっきから、ざわざわ聞こえていた音は、波動は、虫じゃない。いまはわかる。いまはちゃんと俺にも聞こえる。

大宇宙の彼方の銀河の深奥から、神様みたいな宇宙意識のヘイ、ホー、レッツ・ゴー！という掛け声が聞こえる。ラモーンズの馬鹿っ速いビートが俺の血管のなかを駆けめぐる。

「もしもし、丈二さん、もしもし」

「聞こえなかったか？　俺が救ってやる、つってるんだよ。お前と部長を」

「そ、それはどういう――」

「わりぃ。信藤ちゃん、すぐにかけ直すわ」

俺は電話を切ると、携帯メールをチェックする。すぐに目当てのものは見つかる。恭一からのメール。詳細をチェック。明後日か。すぐじゃねえか。でもやれるはずだ。

深呼吸を三回。すっかり暗くなった夜空を見上げる。やはり渋谷でもほとんど星は見えない。でも俺のアンテナには、いま宇宙の電波がびんびん入電中なんだ。

俺は電話をかけなおす。

「もしもし、信藤ちゃん。悪いな中断して」

「あっはい」

「さっきの話だけどさあ。つまりお前、スタッズの旧譜シリーズ発売用の制作費ってのは、普通に準備してたってことだよな？」

「えっ、まあ。それは」

よおおおし！

「じゃあ、こうすればいい。その予算使って、スタッズの名のもとに、日本のアーティストを出すんだ。『スタッズ・ジャパン』かなんか言ってな。契約書にそういうオプションがなくっても、あっちが無茶言ってんだから、これぐらいは通せるはずだ」

「……でも、それは……」

「前例はいっぱいあるよ。『パーロフォン』だって『デフジャム』だって、その名のもとに日本じゃ日本人アーティストをリリースしてただろ？　同じ手だ。いま使い道ない予算を有効利用して、新たな売り物を作るわけだ」

「……でも……」

「はあ？　なにが『でも』だよ？」

「……そんな、必ず売れるようなアーティストなんて、いますかね？」

「アホかお前？」

「えっ？」

「お前なあ、そんなだから、タチの悪い外人にカモられるんだよ」

「ちょっ――いくら丈二さんでも、それはちょっと！」

「なーにが、『ちょっと』だあっ‼」

　俺は大声を出す。

「この野郎、このリーマン野郎、意味わかって言ってやがんのかてめえっ‼」

　電話のむこうで、ひーっとかぼそい声が聞こえる。

「いいか。よく聞け。全宇宙とタイマン張んだよお前が！　のんべんだらりと、回ってきた書類にハンコついて、ライセンスした洋楽を芸もなくそのまま日本盤にして出して、そんな毎日で、そんな一生でいいのかお前？　ああ？」

「……でも、それが僕の仕事で……」

「違うなあ。お前の仕事は、そうじゃない。お前が、自分の意志で判断して、自分でリスク抱えて、勝負すんだよ。時流を読んで、戦略立てて、博打《ばくち》うつんだよ。一人前の勝負師として」

「ぼ、僕が、勝負師？」

「ああ。レコード会社のディレクターってのは、元来、そういうもんなんだよ。肚《はら》くくれよ、この際。どうせ、逃げられないんだから。スタッズって不良債権を抱えさせられたんだったら、それを逆手《さかて》にとって、その名跡《みょうせき》利用して、ひと儲けしてみろよ！」

「……でも……そんな……いいアーティストって、いますかね？　その、せめて『勝負』になるようなアーティストって……」

「俺のバンド」

「へっ？」

「俺のバンドを、出せばいい」

「えっえっ？　それって、一体？」

「バンド始めたんだよ、じつは俺」

信藤は話に乗ってくる。

「へぇぇーっ、丈二さんのバンドって、ずいぶんひさしぶりですよねぇ」

「正確に言うと、初かな。ＪＬＨは、俺の個人ユニットだったから」

そう。今回は、バンドになるだろう。仲間がいるんだ。俺なんかより、ずっと出来がいい奴らが。

「それはもう、稼働してるんですか？」

「ああ。ばりばりだ。もうアルバム一枚分曲はある」

まだないが、すぐにどうにかなるはずだ。

「シングル向きのいい曲が、もうラフ・ミックスまでいってんだよ。すっげえ、いい曲だ。いまさっきも聴いてたところだ。これからギター・ソロ考えなきゃいけないからな。何回聴いても飽きない、いい曲なんだよ、これが」

「聴きたいです！　どういう感じなんですか？」

「まあ、口で言ってもなんだから、ライヴ観ればいいよ。こんど俺、蘭洞の番組に呼ばれてんだよ。明後日なんだけどね。このバンドで、演ってほしいって、頼まれちゃってさあ」

「えっ、あの『ラウンド・ミッドナイト』に出るんですか？　いきなり？」

「ああ。まあね」

「すごいじゃないですか！」

そうなんだ？　そんなに強い番組なんだ、あれ。

「だからまあ、そこで音は聴いてもらうとして――あ、そうそう。あの番組で俺、恭一ともいっしょに、一曲ばかし演るんだけど――」

「ちょ、ちょっと待ってください。それってまさか――」

「まあ、シルヴァー・マシーンの曲をね」

「解散以来、初じゃないですかあっ！」

「そうかな？」

「そうですよっ！　僕、スタジオ行きます絶対っ！」

「ああ、そう？　じゃあ部長も連れてきてよ、ついでに。そんで、俺の新しいバンド、よろしくね」

ええ、ええ、と盛り上がりっぱなしの信藤が俺に訊く。

「ところで、バンド名は、なんて言うんですか？」

「ん？　それは――」

まいったな。考えてねえや。

「――フールズ・ゴールド。東京フールズゴールドだ」

「ストーン・ローゼズですねっ！　いい名前じゃないですか！」

そうか？　東京セックスピストルズみたいな、どうしようもないバンド名だと俺は思うが。まあ口から出まかせで、なんとなくそう言っちまったんだからしょうがない。

じゃあな、絶対に観ろよライヴ、と念押しして俺は電話を切る。

奈落《ならく》へまっさかさまだった金属球がフリッパーに跳ね上げられる。スピナーをぶち回し、バンパーに衝突を繰り返しながら、上昇していく。盤面を暴れまわる。

俺はまたプレイフィールドに戻ってきた。歯車が嚙み合って、正方向に回り始めた。人生がふたたび前に進み始めた。

8

音楽に呼ばれることがある。呼ばれているな、と感じることがある。

たとえば、「もう、なんでもいいや」てな感じで、俺がだらけきって生きていたとする。そんなときに突然、「ちっと裏こいや」かなんか言われて、ぼこられて、なんか用事言いつけられて、パシらされる――とか、まあそういったニュアンスだ。

こっちは望んでもないのに、首根っこつかまれて、いいように「使われる」というか。大宇宙の音楽神さまに、ご奉仕させられるというか。もっとも、俺は氏子《うじこ》としてはかなり出来が悪いので、言いつけられた用事がこなせたことは、おそらく一度もないのだが。

フルタの野郎が、根本的にわかってないのは、ここだ。あいつは俺に「ロックスターじゃなくなっても、業界にしがみついてる」から、音楽人間だとかぬかしやがった。

しがみついてる、わけじゃねえんだよ、こっちとしては。実際に何回も何回も、足洗うことも考えたんだ。日曜ごとに朝日新聞の求人欄を眺めたりもしたさ。

しかし、そんなときに、ふと「呼ばれる」ようなことがあるんだ。演ってみろや、と言われるようなことが、あるんだ。そうなるともう、逆らえない。声かけられるのが、嬉しいんだろうな。そこは。

まあそれを指して「音楽人間」つうんだったら、あいつが言ったこともあながち間違いじゃない、のかもしれないが。

けど、こういうのって、だれにでもあるんじゃないのかな？　学校の先生にも、床屋のおやじさんにも、政治家にも、漁師にも、消防士にも。それぞれの人生のなかで、それぞれの運命のなかで――なにかに突然呼びつけられて、なかば無理難題とも思えるような「用事」を言いつけられることっていうのが。


期せずしてまた「呼ばれちまった」俺は、自分なりに精一杯の努力はした。

そのつもり――だったんだが、結局それが、台場のＴＶスタジオに入るのが本番ぎりぎりの最後尾という始末。受付で待ち構えていたあわれなＡＤが、インカムになにか叫びながら俺を先導していく。

こんなひどい有様になった最大の理由は、衣装買ってたせいだ。いくらなんでも、着たきりスズメで血痕《けっこん》ついた黒シャツでＴＶに出るわけにもいかなかったので、今日買い物に行ったのが敗因。しかも相変わらず、洋服選びすら調子が戻ってない――ときたもんだ。深夜の生放送番組だから、時間的には余裕だな、とか思ってたのが間違いの始まりで、無駄に高い料金のタクシー飛ばして、ＴＶ局に駆けつけるはめに。リハーサルなんて、全然やれるわけもない。もっとも、俺と違って時間には几帳面《きちょうめん》な小太郎は、先にスタジオ入りして準備しているはずなんだが。

信藤の電話を切ったあと、小太郎の家にとってかえした俺は、奴をカンヅメにして、突貫作業でトラックをまとめた。ライヴ・ショウ用のミックスを作ったってことだ。

まず、スタジオで俺が生ギター弾くことになるわけだから、ラフ・ミックスからそのトラックをカットする。それから全体を、「ライヴで使える」ような音像のミックスへと整える。

今回は、ＴＶの収録スタジオのモニター・スピーカーを鳴らして、その音が場内に設置されたマイクで集められる。そうやってエアーを通した音を少々と、同時にライン入力でコンソール・ミキサーに集められた音とがミックスされて、それが放送される。

だから、そういう使用法を想定しながら、もともとのミックスを調整したわけだ。本番は小太郎がスタジオに持ち込むノートＰＣから、ライヴ用のミックスを、Ｌ－Ｒの２トラックで出す。そして俺がステージでプレイする。ＴＶ局サイドに先に話通すとややこしいことになるので、基本的にこれは全部、飛び入りでやる。もともとの進行だと、恭一と俺が演奏後に、蘭洞にインタヴューされることになっていたから、そこの時間を勝手に潰してやればいい。

最大の誤算は、美宇がいないってことだ。

ライヴ用の音源まとめるのに、思いのほか時間がかかって――なにしろ小太郎には、まったく経験がない種類の作業だったもんで――そのせいで、奴を指導するのに俺がいっぱいいっぱいになっちまって、美宇への連絡がおそくなった。そのせいで、あいつをつかまえきれなかった。何度か携帯に連絡したんだが、つながらないので、今日の夕方、ついに自宅に電話したところ、聖美が出た。

「ああらジョーさん、先だってはほんとにどうも、お世話になりっぱなしで！　あの子、明日っから学校なんですよ。それで準備がいろいろあるとかで、今日は出ちゃってて。まったく、その寸前まで家出してたんだから、ほんっとにもう――」

たぶん夜には、そんなにおそくならない時間には、帰ってくると思いますけど、と聖美は言うんだが……それじゃあしょうがない。間に合わない。

いくらなんでも、母ちゃんに伝言して「今日の深夜、全国放送の音楽番組で初ライヴ決定。お前も知らないうちにバンドの一員になっている。だから準備してＴＶ局に来い」なんつって命令しても、そりゃ無茶だってことは俺でもわかる。ドタバタで進んだんだから、今回はヴォーカリスト抜きで、やるしかない。俺がギター弾いて、コーラスぐらいはやって、あとはヴォーカルもなにもかも、全部PC出しのトラックで……まあ、どこがバンドだよ？って見えかたになるが、これでどうにかするしか、ないいんだろう。

聖美には、「ちょっと俺、TVで演奏することんなってさ」とだけ伝えて、そこで勝手に美宇の歌を使うことについては、あとで本人に事後承諾ってことにして電話を切った。

そんなこんなで、本番直前になっても、この有様だってわけだ。

あわれなADにつきしたがってスタジオ裏の薄暗い通用路を小走りに進んでいた俺は、ちょっとさあ、楽屋で着替えしたいんだけどと主張したのだが、そんなのは一切、奴の耳には入らない。カメリハ、カメリハとうわごとのようにつぶやきながら、ADは俺のすぐ前を走っていく。スタジオの入り口に突っ立っているのが、たぶんディレクターだな。肩にセーター巻いて口髭《ひげ》生やしてるから絶対そうだ。ぐらぐら煮え立ったイメージ上のやかんも頭の上に乗っかっているし。口髭男は、丸めて手に持った構成台本振り回しながらADに怒鳴る。ほんとは怒鳴られてるのは俺。なので素直にADに手を引かれて、ステージ・セットのほうに向かって走っていたところ――急にだれかが背後から俺に抱きついてくる。反射的にその腕を振りほどいた俺は、くるりと後ろを向いてそいつの胸ぐらをとろうとするんだが、そこにいたのは蘭洞だった。

目がうるんでやがる。奴は短い両腕を広げ、両側から俺の上腕を、ばんばん、ばんばん、叩く。おかえりぃ、おかえりぃ、と言う。そのうち、その両眼からぽろぽろと涙の粒がこぼれてくる。いやあ、ジョーちゃん、ほんっと、ひさしぶりだよねえ！　変わってないよねえ！　元気そうで――と、そこまで言ってから、まだ俺の顔に残っている鼻絆創膏やらなにやらに気がついたのか、一瞬真顔で静止。そしてすぐにまた顔じゅう笑顔になって、変わってないよねえぇえ！と俺を叩く。いい奴だなあ。相変わらず。

番組ホストの蘭洞純一郎さまが俺をご歓待する様子を目の当たりにして、口髭男の態度が軟化《なんか》する。あのう、ちょっと、立ち位置を確認したいんですけど、いいですかあ？なんて、俺んとこまでやってきて言う。

「あ、そうだね。それ、やっとかないとね。じゃあジョーちゃん、つもる話は、番組のあとでね！今夜は帰さないよおっ！」

右手でくいっと杯をあおるジェスチャーをしながら、陽気に蘭洞が言う。指を振ってそれに応えた俺は、ディレクターに言われるがままに、言われたことをやる。

セットの中央には、蘭洞のグランド・ピアノ。それをぐるっと取り囲むように、それぞれの出演者用のステージ・セットがある。今日は、俺ら以外に五組が出演ってことか。調整室のほうに目をやると、ガラス窓の向こうに小太郎がいる。番組の音響エンジニアの脇から、俺にピースサイン。うまく入り込んだな。あいつは俺専用のステージ・モニター担当のエンジニアってことになってる。小太郎の隣には、フルタもいる。興味深そうに調整卓を覗き込んでいる。あいつは呼んだ覚えはなかったんだが。まあ、あれもバンドの一員、なんだろう。

ややあって解放された俺は楽屋に入る。恭一といっしょの部屋かと思ったら、俺専用の個室だった。意外に贅沢なんだね——つうか、ＫＹＯさまが優遇されてるってことか。まあいいや。ひとりのほうが気楽だ。

結局俺が買ってきたのは、またしても生成りのリネン・スーツとチョーク・ストライプのシャツ。そして、こんどは本物のウェイファーラー。新品で、そして変わりばえはしない衣装に着替える。相変わらずずっと身につけてた全財産を、ここに残しておくわけにもいかないので、ステージ衣装のそこかしこに突っ込み直して、ほっと一息。ついでに今日買ってきたジョイントとスキットルのウイスキーで、さらになごもうと思う。

「本番十五分前でえす！」

と、だれかが走りながら、部屋の外で叫ぶ。

楽屋にあるＴＶモニターには、スタジオの様子が映っている。放送される画面と同じものなんだろう。セット中央で、局アナのおねえちゃんをしたがえた蘭洞が、ヘアメイク係から顔になにかをはたかれている。

そろそろ俺も、あっち行ってたほうがいいのかな。ここには、楽器もないし。

ハッパと酒は、プレイのあとでいいや。なんとなく、いまは気乗りがしない。

素面《しらふ》のまま俺はぶらりとスタジオに向かう。本番前のあたふたした緊張感が空気のなかに漂っている。さっきのＡＤに案内されて、観客がスタジオに入ってくる。夏フェスに行ってそうな客層って感じなのかな。よくわかんねえが。はげしい光量のライトが焚《た》かれているスタジオの隅《すみ》っこ、ちょうどその光が薄くなるあたり、ＴＶカメラの後方に俺は突っ立って、場内の模様を見物する。

客の一群のなかに、信藤がいる。俺の姿に気づいて、こっちにやってくる。その後ろにいるのは、安原かよ。部長の。

その部長が俺に言う。

「ジョーちゃん、ひさしぶり。今回は、おめでとう」

なにがめでたいんだか。まあ、俺の旧悪をよく知るこの男が、ここまで出張ってきてるってだけでも、俺の仕掛けが上出来だったんだと思おう。あくまで笑わない目をして、部長は俺をじっと見つめているのだが。

対照的に、さっきからはしゃぎつづけているのが信藤。シルヴァー・マシーンの曲って、なにやるんですかあ？　やっぱりファーストからなんですか？　セッティングを拝見すると、今日はアコースティックみたいですけど、エレクトリック・セットのほうが僕は――いやでも、アンプラグドがいやだって言ってるんじゃないですよ。観たことないですし！　シルヴァー・マシーンのアンプラグドって！……といったようなことを、ひとりでべらべらしゃべりつづける。スタッズがらみのつらい記憶は、すくなくともいまは頭のなかから抜けているようだ。

「本番、五分前でえす！」

と、でかい声がする。

「バンドの皆さん、セッティングお願いしまあす！」

とその声は告げる。

じゃあ俺も、ちょっと行かなきゃいけないからさ、と信藤に告げる。またのちほど、と部長にも会釈。楽しみにしてますぅ！という信藤の声を背に、俺は自分のセットへと向かう。


蘭洞の番組の特徴は、それぞれの出演バンドごとに、それぞれのセットが組まれていることだ。グランドピアノがある場所に司会のあいつが立つ。そこが時計の中心点だとすると、六時から十二時までの位置に客席がある。客席のすぐ前にはテーブルと椅子がいくつかあって、インタヴュー・スペースになっている。そして十二時から六時の位置を、ほぼ等分割する形で、それぞれのバンド用のセットがある。番組のオープニングや、エンディングでは、これらのセット内で楽器を持ったバンド群を、カメラがバーッとなめていく。

俺のセットは、六時ぎりぎりの位置にある。もっとも、俺らは今日、シークレット・ゲストあつかいということなので、オープニングにカメラがなめてくるときには、ここだけ照明が落とされていて、暗いなかにシルエット姿で立っている、という趣向らしい。

いつの間にかセット内にいた恭一が俺を出迎える。アコースティックといっても、一応ドラムは入るので、ドラムセットにはトラのドラマーが坐っている。生ギターを抱えたトラのギタリストもひとりいる。ベースがわりということで、おもに低音域で俺のギターをバックアップするらしい。どちらも恭一の知り合いだそうだ。マイク・スタンドは二本。恭一のと俺の。そして恭一から借りた俺用のギター。ものすごい色した別注のオベーション・アダマス。

悪派手なつら構えっていうのかな。ボディ・カラーは、ガンメタル・グレイからスカーレット・レッドへと変化していくグラデーション。本来の俺の好みとはさほどマッチしないギターなんだが、本番前の控え目な照明のなかでもぎらついているこの外見と、弾きやすさという点から、今日はこれをチョイスした。

「またお前は、時間ぎりぎりだったみたいだな」

と恭一が俺に言う。

「まあな」

アダマスを抱えた俺は、スツールに坐ってチューニングの確認。ふと見上げると、恭一の顔色がすぐれない。

「なにお前、緊張でもしてんの?」

と俺はからかうんだが、奴はとりあわない。そんな気分じゃないようだ。

岡ちゃんも、社長も、全然つかまらないんだよ、と恭一が言う。よくわからないんだが、なんか、シリアスなトラブルが起こってるみたいなんだ、と。

ふうん、そりゃあ大変だなあ、と俺は受け流す。でもまあ、俺らはバンドマンなんだから、いまは音のことだけ考えてようや、と言う。そうだな、と恭一は返事をする。奴の今日の顔は、KYOバージョンのときのいやらしい男性メイクじゃなくって、しっかり目のまわりが黒い、なつかしのニューウェイヴ風味の化粧だ。一発がつんと、キメてやろうぜ!と俺は奴の背中を叩く。

と、右横にセットを組んでいるバンドのギタリストが、俺のほうを見てやがることに気づく。このバンドのことは、TVで観て俺も知っている。ミスチルだのスピッツだのが開拓した、J－POPらしいこすい商いを熱心にやってる若いバンドだ。なに見てんだよこら。ガンつけてやがんのか?とウェイファーラーの奥からその小僧を見返してやると、奴はぺこりとお辞儀《じぎ》をする。そしてギターを抱えたまま、俺のほうに歩いてくる。

「あのう……すいません、本番前に。ずっと聴いてました！」

と奴は俺に言う。

「自分、一番最初に観たライヴが、シルヴァー・マシーンだったんです！　だから今日、すっごい嬉しいです！」

「そりゃあどうも」

と俺は言う。

「そう言ってもらえると、嬉しいね。俺も」

と恭一も言う。

「本番、一分前でえす！」

と、また場内に大声。番組のオープニング用に、スタジオじゅうの照明が変化する。

小僧が右手を差し出してくる。俺が左手を出すと、あわてて小僧が左手を出し直して握手。がんばってください！と一言いって、小僧は自分のセットに戻っていく。恭一も握手用に右手を出していたのだが、行き場を失って余ったそれが、奴の顎をぽりぽりと掻く。

本番三十秒前から、フロア・ディレクターがカウントダウン。五秒前。四秒前。三秒前からは指だけで合図。二、一、そして最後にボウリングの投球動作のようなジェスチャーでキュー・サイン。

カメラ目線の蘭洞が叫ぶ。

「ウェェェルカム・バック！」

9

何度目かのCM明けに、何度目かの蘭洞のウェェェルカム・バック！コール。そろそろ俺らの出番のはずだ。

番組の趣向なんだろうが、照明落としたセットのなかに坐りつづけてるのはもう飽きた。興味ねえバンドの音聴くのも飽きた。まあ、そのあいだ、リハビリがてら俺はギター握って運指の特訓してたんだが。

「むかし！　むかーし、むかし！　この日本にも、世界に羽ばたいたバンドがいたんだけど、みなさん、ご存じかな？」

とカメラ目線で蘭洞が言う。

「Ｘ　ＪＡＰＡＮですかあ？」

とアシスタントの局アナ姐ちゃん。

「違う！　違う！」

「マンチェスター・サウンドって、わかる？」

蘭洞は大袈裟に、ぶんぶんかぶりを振る。

「マンチェスター・ユナイテッド？」

「違う！　違う！　音楽の話。ロックの話だ！」

「えー、わかりませーん」

「そう！　わからないよねえっ！」

蘭洞は声を張り上げる。

「もう、いまとなっては、わからない。いろんな音楽ムーヴメントってのが、あったんだよ。世界じゅうでね。パンク、ニューウェイヴ——ニューウェイヴには、すごくいろいろな種類があった。そして、マンチェスター・サウンド！　マッドチェスター！　東京のバンドマンのなかでもとんがった奴ら、いかした連中がさあ、イギリスの最新のロックを追っかけてたんだ……きみがたぶん、小学校のころかな」

「へーえ」

「そんな時代に活躍した、伝説的なバンドがいたんだ。その名を、シルヴァー・マシーン——」

きゃーっ！と客席から黄色い叫び声が上がる。蘭洞はそっちを見て微笑《ほほえ》む。

「当時を知ってるお客さんも、いらっしゃってるようだねっ！」

蘭洞の視線を追うと、そこには眼鏡女。カオリだっけか？　伽那子の担当だった出版社の女がいる。その両隣には、彼女の仲間と思われる女が二人。三人とも、押入れの奥から引っ張り出してきたんだろう、当時のバンドTシャツを、ロングスリーヴTシャツの上に重ねて着ている。

「人気あったんですね、そのバンド！」

と局アナ姐ちゃんが、台本どおりの科白を言う。

「いやーっ……まあ、それほどでも、なかったんだけどね」

「えっ？」

「まあ、そんなさあ、ミリオン・ヒットとか、カラオケで人気とか、そういうんじゃあ、なかったんだなー。シルヴァー・マシーンは。ＣＭで曲が使われる、とかさあ！　そんなんじゃない。『知るべき人だけが、知っている』って感じ。クールな奴なら、みーんな知ってるって感じ。わかるかな？」

「えっえっ、わたしは――」

お姐ちゃんが対応に困っている。てことは、ここのしゃべりは蘭洞のアドリブなのか。

「みんなでさあ、馬っ鹿みたいに、イギリスやアメリカ、外国のレコードばっかり、聴いてたんだよね。そのころは。それで同じ気分で、ロックをやろうとしていたんだ。『この東京でも、国際的な規準に合致した、ちゃんとしたロックをやるんだぞ!』なんてね。燃えてさあ。わかる?」

「……はい……なんとなく、は」

「あのころはみんな、自分のバンドが『J-POPだ』なんて呼ばれたら、真っ赤になって怒ったもんだよ!」

それって、俺のことだな。

蘭洞の発言に、俺の右手に並んでいるバンド群の何人かが、驚いたような顔をする。不快そうな表情の奴もいる。

「さあて、前フリが長くなっちゃったね。じつはね! 僕もいっしょに、ツアー回ってたんだ。彼らと、むかし」

しゃべりながら、蘭洞はグランド・ピアノの前に。

局アナ姐ちゃんは自分の仕事をしようとする。では、あらためてご紹介します――と言いかける彼女を、蘭洞が弾き始めたピアノが邪魔する。全鍵盤をなめるような大仰《おおぎょう》なフレーズを鳴らしながら、ピアノの前のスタンド・マイクに向かって蘭洞が言う。

「あらためて――あらためて、ご紹介しようっ! 僕の親友! 今日のシークレット・ゲストは、丈二と恭一のクレイジーなブラザーズ!」

フレーズがどんどん展開していく。

「恭いっちゃんが、KYOになる前に、世界に打って出たバンド! シルヴァー・マシーンの曲だ！『ザ・シークレット・ファウンテン・オブ・スターゲイザー』！」

蘭洞が叫ぶと同時に、恭一にピンスポット。通常の二分の一テンポの「スターゲイザー」が始まる。蘭洞のピアノだけをしたがえて、恭一が朗々と歌い始める。カオリと連れが歓声を上げ、はじかれたように立ち上がる。信藤も突っ立っているのが見える。

さて、そろそろだな。

今日のアレンジは、サビ始まり。最初は蘭洞のピアノと恭一の歌だけで、荘厳《そうごん》にスタート。そしてサビの最後のロングトーンが伸びきったあたりで、さあきた俺だ！

「あっ、わりぃ」

音が止まる。

いきなり俺がアルペジオでけつまずく。そこで全員が演奏中断。あーやっちゃった。ディレクターの口髭男が固まっているのが遠目に見える。恭一が俺を睨む。ちっきしょう、緊張してんのかな俺。ブランク長いからな。スタジオじゅうの視線が俺に集まっているのがわかる。カオリが両手の指を組んで心配そうに俺を見ている。

俺は両腕を上にあげて背伸びする。首を回す。骨がコキコキいう。深呼吸をひとつ。

そして勝手にギターをぶち鳴らす。ザ・フーの「エニウェイ、エニハウ、エニウェア」のイントロを倍速で！　ふう。ちっとはこなれてきたかな。ポケットからゴロワーズを出して火を点《つ》け一服。二口ほどそれを喫って、残りは火が点いたまま、吸い口をギターのヘッドの糸巻きのところに挿す。

「よし、いいぜ」

「おいおいっ！」

と恭一が俺に抗議する。煙草のこと、気にしてんのかよ？　せこい奴だな。カネ持ちのくせに。ちっとぐらい焦げたほうが、ギターはしぶいんだよ。さっきから素面なんだから、煙草ぐらい喫わせろや。

「いいか？　いくぜえ？」

俺は勝手に弾き始める。この曲の本来のイントロのアルペジオを、二分の一のテンポで弾く。そして、アルペジオ終わりで通常のテンポに戻ってコード・カッティング！　あわててドラムとギターがついてくる。にやにや笑っている蘭洞もついてくる。俺を睨んでいた恭一が、首を振ってから、マイクをひっつかむ。奴はAメロを歌い始める。天井から吊るされたバリライトが盛大な光線を四方八方に放射しながら、すさまじい勢いで回転し始める。


生ギターってのは、鳴らすのが難しいんだ。本当にいい音、そのギターの鳴るべき音を引き出すのが、難しい。じつは。

いま俺はリハビリ中だから、今日はズルして、オベーションのエレアコにした。もともと鳴りがいいギターで、しかもいいピックアップが標準装備だから、俺みたいな下手っぴいでも、まあそれなりには音が出るわけだ。

でも元来、アコースティック・ギターというのは、簡単なもんじゃない。俺の知り合いだったバンドマンに、生ギター弾くのがうまい奴がいた。タカミネのコピー品みたいなギターを、不燃ゴミの集積所から拾ってきて、それを愛用していたんだが、いい音鳴るんだよ、これが。ボディ材の芯から震動してるっていうのかな。生ギター――とくに、コード・カッティングしているときのそれは、弦楽器じゃなくって、どっちかというと打楽器に近いってことを、俺はそいつから教わった。もう死んじまった奴だが。

鳴れ！　鳴れ！って感じで、いつも俺が力いっぱい弦をひっぱたくのは、そいつの受け売りだ。生ギターで鳴らしたでっかい音ってのは、すげえ破壊力なんだ。千個の鈴が転がったような高音、木管楽器のような太い中域、そして腹の底から震えるような低音が、いっしょくたになってコードを鳴らす。それら全部が、まるで口径《こうけい》でかいコンガを名手が打ったときみたいな倍音《ばいおん》を生みだして、衝撃波めいた音圧になるんだ。

うまく弾きさえすれば。

まあ、今日のところは、五十五点って感じかな。赤点すれすれ。三回ほどピック飛ばして、指の関節すこし擦《す》りむいて、ハイテックなギターに助けられて、なんとかかんとか、お役目終了。そして曲はまた蘭洞のピアノと恭一のヴォーカルだけになって、二分の一テンポで、エンディングへと向かう。

その隙に俺はポケットから携帯を取り出して、小太郎に電話をかける。

曲が終わって、場内から大きな拍手が湧く。お客のほとんどが立ち上がっている。蘭洞が大きな声で言う。

「恭一と丈二、シルヴァー・マシーンだった二人。『ザ・シークレット・ファウンテン・オブ・スターゲイザー』でしたっ！」

蘭洞の声に反応して、拍手の波がまた大きくなる。それが徐々に引いていくのと入れ替わるようにして、ＴＬ５００のフレーズが鳴り始める。

最初は小さな音で、そして、だんだん大きく、フェード・インしてくる。スタジオ内に設置されたスピーカーからそれは聞こえてくる。

あれっという顔をして、蘭洞がディレクターのほうを見る。ディレクターは調整室を振り返る。ガラス窓の向こうでは、いままさに、小太郎のＰＣを止めようとする番組付きのエンジニアの行動を、フルタが身《み》を呈《てい》して阻止《そし》している。ディレクターが血相変えて調整室に走る。アシスタントの局アナお姐ちゃんは事態を把握しようとして、台本のページとスタジオ内の様子を交互に見比べる。

「もう一曲、いいかな?」

マイクを通して俺は言う。ディレクターは俺を振り返る。だれの仕込みで、なにが起こっているのか、彼はやっと理解する。同時に、行き場を失っていたTVカメラが何台か、俺のほうを向く。ヘッドにささってたゴロワーズを抜く。ほらな、まだギターは焦げちゃいねえよ。一口喫って、煙を吐いて、そのまま口の端に煙草をくわえっぱなしで、俺はつづける。

「聴きたくねえか? 新しいのを一発?」

場内からレスポンスはなし。俺は期待してカオリのほうを見るんだが、彼女も固まっている。間髪容れずにきゃーって言えよ、きゃーって。しょうがねえな。

「いま鳴ってる、これがイントロなんだ」

俺は説明を始める。ここのTL500のフレーズは、いま無限ループで鳴らされている。俺の合図で、小太郎が本編に切り替えることになっている。

「古い曲だけじゃあ、物足りねえだろ? 新しい曲、持ってきたんだよ俺。『とむらいの曲』って、いまは呼んでるんだけどさ。そう、とむらい合戦っていうの? そんな感じの曲なんだ」

煙草を床に捨てる。ギターを構えなおす。

「潰れてったレコード屋とか、解散したバンドとか。終わっちまったムーヴメント、死んじまった奴とか。俺も死にかけたんだけどさ。そんな奴らに捧げた曲なんだ。聴きたくねえか?」

カオリは相変わらず動かない。信藤も唖然《あぜん》としている様子。蘭洞は俺とディレクターの顔を交互に見ている。そしてディレクターは、大むかしのお笑い番組のジーザス・クライストみたいに、両手ででっかいバッテン作ると、大きく口を開けて、無声音で俺に「駄目!」と言う。恭一が俺の肩に手を伸ばそうとする。

「聴きたいです!」

声のほうを向くと、お隣さんバンドのギタリスト小僧がそこにいる。

「そうか？　聴きたいのか？」

聴きたい聴きたい！と小僧が言う。

聴かしてくれよ！と、どっかほかのバンドからも声が上がる。

そんな声がお客のほうにも伝染する。「聴きたいですぅっ！」と、客席のどこからか声がする。こんな流れが演出だとでも思ったのか、声を上げたのは信藤だ。それにつられて、客席のいたるところから声が湧いてくる。カオリたちもそれに参加する。ディレクターはなんともいえないいやな顔をして、本来客を仕切っているべきフロア・ディレクターを睨みつける。心配そうな顔をしていた蘭洞が、やれやれと首を振って、そしてくっくっと笑い始める。

恭一の手を払いのけた俺は、奴のほうを見て肩をすくめる。首の後ろをがしがし掻いた恭一は、つきあいきれねえな、と捨て科白。悪いね、ここからが俺の本番だ。

俺はマイクをひっつかむ。

「ありがとおっ！　ありがとおっ、みんなっ！」

右手を上げて、大きく振る。

「じゃあ聴いてもらおうか。俺の新しいバンド――東京フールズゴールドっていう、馬鹿な名前のバンドの、最初の曲。『とむらいの曲』！」

俺が右手を振り下ろすと同時に、小太郎がＰＣのリターン・キーを押す。ドラムのフィルインが大音量で響きわたる。俺はコード・カッティング。さっきよりはましだ。やっと身体があったまってきた。やっとカンが戻ってきた。

むかしの俺と、ついこないだの俺と、いまの俺のギターが重なって、曲が始まる。イントロ終わりで美宇のヴォーカルが入ってくる。ここにはいない美宇の声が場内に響きわたる。そのタイミングで、スタジオの両側の隅っこから、女がひとりずつあらわれる。ファンシーなゴシック・ファッションに身を包んだ二人の女が、それぞれ、くるくると回転しながらスタジオの中央へ。ナージャとロサだ。ヴォーカリスト抜きじゃあ間が持たないと考えた俺が呼んだ。モルフォディター解散後、たまたま来日していた二人を、ダンサーとして今日のステージに招聘《しょうへい》したって趣向かな。信藤も喜ぶはずだ。

舞うように踊りながら、二人は俺の両脇へ。レースやフリルがたっぷりついたドレスが華やかにゆれる。俺がサビのコーラスを歌うマイクに、二人が顔を寄せて参加する。ここにいたって照明さんもやっと乗ってきたってことか、何色ものライトが縦横無尽に動きながら俺らを照らす。サビ終わりでナージャとロサは左右に散る。くるくる回りながら離れていく。そしてギター・ソロ。

ろくなフレーズを考えているひまがなかったので、ここは手クセ中心の行き当たりばったり。生ギターでサステインが伸びないので音数多めに。ジザメリ調の335の大フィードバック・サウンドを背景に、うろ憶えのスパニッシュ・ギター風味で、カッティングも織り交ぜつつ弾く。ブレイクしてボディを何発か叩く。またソロに戻る。

と、生ピアノの音がする。顔を上げると、蘭洞がこっちを向いて、ピアノを弾いている。満面の笑顔。そうか。あいつも現場にいたもんな。サンフランの、あのガレージでのセッションのときに。俺はギター抱えたまま、蘭洞のピアノの脇へと進む。そしてピアノを背に、もたれかかったままソロを弾く。俺のいいかげんなフレーズを、蘭洞の巧みなアドリブが盛り立ててくれる。ふたたび俺の近くにナージャとロサがやってくる。くるくる回りながら、ナージャが俺の顔を見る。にっこり笑いながらなにか言う。聞こえねえよ。俺はうつむくと、またコード弾きに。より強く、正確に、音が湧いてくる源を打ち抜くつもりでカッティングする。

こうやって、うつむいていても、わかるんだ。

いまお客が、どんな顔をしているのか、ほとんどわかる。こういうとき、俺はギターのネックがアンテナなんじゃないかって気がする。お客が感じていること、場内の空気ってのを受信するアンテナ。また同時に、送信用のアンテナでもある。音の奥にあるなにか。ギタリストが意識できないようななにかを送信する。調子こいたギタリストって、よくギターのヘッドで撃つまねして、客席の女の子にコナかけたりするじゃないか。そんなふうにするってのは、きっと電波が出ているからなんだ。ロック・バンドの、ギターのネックからは。

曲終わりのアウトロを弾き終えた俺は、背中からピアノに飛ぶ。ピアノの上で寝っ転がって、最後のコードをかき鳴らす。蘭洞もばんばん鍵盤を叩く。バリライトの照明群に狙い撃ちにされた俺は、目の前が真っ白になって、なんにも見えない。ただ、拍手の音だけが聞こえる。すごい音量――「スターゲイザー」のときよりも、ずっと大きな音量の拍手だ。指笛吹いている奴もいるな。

ややあって、身体を起こした俺を、ギターごと蘭洞がハグする。背中をぽんぽん叩かれる。ナージャとロサは、スカートの裾《すそ》をつまんで、お客にお辞儀している。拍手はまだ鳴りやまない。恭一の野郎ですら、手ぇ叩いてるよ。客席を見ると、信藤が真っ赤な顔をして、手を叩きつづけている。部長も拍手しているね。さあて、契約はとれるのかどうか。契約とって、人生を立て直せるのかどうか。なんかいま、そんなのはもう、どうでもいいような気がしているから、不思議だ。

なんだ。簡単なことだったんじゃねえか。

これが「愚者の黄金」ってやつか。ゲーニャが言ってたやつか。

俺はギターが弾けりゃあ、それでよかったんだ。ロックできてりゃ、それでよかったんだよ。

ギターってのは、ひとりで弾くもんだ。

てめえの手が二本ありゃ弾ける。ギター弾いて、フット・ストンプして、歌をうなる。いにしえの偉大なブルーズマンだって、みんなひとりでそうやっていたんだ。ギターだけを供に、ひとりで荒地を行ったんだ。

そのことを俺は思い出した。完璧に思い出した。

なんかいろいろ、人生ややこしいことんなってたけど、どうでもよかったんだよ。じつはそんなもん。俺はこんなふうにギター弾いて、ロック演って、そんで気がついたらあの世にいたとか、そんな程度の人間だったんじゃねえか？　会社経営だ？　負債だ？　知らねえよそんなもん。冗談じゃねえ。あまりにもこの東京にロックがないせいで、わかんなくなってたんだな、肝心のところが。音楽があればそれでいい。俺がロックであれば、それだけでいい。もちろんそれで、世の中どうなるもんでもない。大きくはなにも変わらない。でもロックのおかげで、こんな俺にも、仲間ができることもある。運がよければ、だれかに拍手してもらったり、銭投げてもらえることもある。

大事なことってのは、それだけだったんだ。

ようやくそれを思い出した。もう忘れない。一度忘れた上で、思い出したんだから、もう忘れないよ。

鳴りやまない拍手が、そのテンポを変化させる。だれかが、もう一曲、もう一曲、とコールし始める。アンコールを求めるハンド・クラッピングが広がる。フット・ストンプも始まる。ＣＭ入りましたあ！と叫ぶフロア・ディレクターの声が、客席からの騒音にほとんどかき消される。

アンコールを求められても、俺が用意した曲はもうなにもない。ここはさっさと引いたほうがいいな。最後にもう一度、蘭洞と握手すると、クールに客席に手を振って、俺はスタジオをあとにする。その途中で、調整室の小太郎にも指を振る。あいつまでハンド・クラッピングしてやがる。なぜかフルタの野郎が、俺に向かって親指を立てる。

まあ俺だって、たまには、まともにできることもあるってことだ。まともにやれる、そんなときもあるってことだ。

10

それが五分前の話だ。

たしかに五分前までは、そんな感じだった。そしていま俺は、楽屋のバスルームで、壁に押しつけられて、撃鉄起こした自動式拳銃を口ん中に突っ込まれている。


スタジオをあとにした俺は、にぶく響く遠雷《えんらい》か海鳴りのごときハンド・クラッピングと地鳴りのようなフット・ストンプを背中の耳で聞きながら、薄暗い通用路を抜けて楽屋に戻った。ひどい夕立に遭ったみたいに全身が汗びっしょりで、新調したスーツがえらいことになっていた。死にそうに喉が渇いていた。低く遠く、まだつづいている海鳴りと地鳴りを聞きながら、冷蔵庫からビールを取り出そうとして、アダマスのボディをテーブルにぶっつけた。それからよく冷えたコロナの瓶くわえたままバスルームのドアノブに手をかけたところ——だれかにとっつかまって、そしてこうなった。

猛速度で巻き戻された頭のなかのテープデッキが、そのすべての再生を終了する。

そしていま、見たくない現実だけが俺の目の前にある。

一体これはどういうことなんだ？

撃たれるの俺？　なんで？

あと数秒後には口内の銃口が火と鉛吹いて俺の後頭部の穴から噴出した脳味噌がバスルームのタイルの壁を汚すのか？　よりにもよって、人生がやっと前向きに転がり始めたこのときに？――なんだよ、そりゃあ⁉

突然、俺の口から拳銃が引き抜かれる。つぎの一瞬、撃鉄を戻す動作と拳銃を振り上げる動作が同時におこなわれて、そして銃把《じゅうは》が俺のこめかみに。目の前に火花。床のタイルに転がった俺の背中に男が乗って、後ろ手に手錠《てじょう》をかけられる。

「起きるーですね。ゆっくり」

がんがん痛む頭を、気力で回転させる。この訛《なま》りには、聞き覚えがある。手が使えないのでもぞもぞやって身体を起こすと、男の顔が見える。この前とは様変わりしているが、ウーゴじゃねえか。薄い無精髭と、きれいに撫でつけられたオールバックはどちらもプラチナ・ブロンド、高そうなスーツに開襟《かいきん》シャツを着ている。

頭のなかのテープがまたすこしリワインドする。

さっき、ナージャは俺になんつった？　あの口の動きが、日本語だったとしたら？

「ごめん、ねえ」とか、そんなふうなことを言ってたんじゃねえか？

俺の背後に立ったウーゴは、片手を俺の脇の下に添えて、もう一方の手で握った拳銃――例のタウルスなんだろう――を俺の腰のあたりに押しつける。ジャケットのポケットに突っ込んだ銃を、突きつけてるんだろう。そして奴に後ろから押されるような恰好《かっこう》で、俺は楽屋を出る。通用路をスタジオとは逆方向に進む。廊下の突き当たりでエレベーターに乗せられて、地下駐車場まで下降する。ようやく俺は、事態がどうなっているのか、理解し始める。

ナージャが、イの野郎に、俺を売り飛ばしやがったんだな。そして、イの手先として、ウーゴが派遣されてきた。

てことは、俺は撃たれないかもしれない。うまくいけば。

駐車場で俺は、なにかに蹴つまずいたふりをして前方に倒れ込む。ウーゴの手が俺の身体から離れる。そのまま前転を二回した反動で立ち上がった俺は猛発進して走る。そして駐車場の中央にある広い通路まで達したところでウーゴに向き直って吠える。

「撃ってみろ！」

数メートル向こうにいるウーゴの右手は、相変わらずポケットのなかだ。奴が動揺しているのかどうかはわからない。表情が読めない。ここが薄暗いせいか。

「お前よお、自慢のタウルスを、そのポッケのなかで握ってんだろう？　じゃあ、撃ってみろよ、俺を。ここで」

精一杯胸を張って、俺は意気がってみせる。通路脇の天井数箇所に設置されている監視カメラを顎で指す。

「イが大好きな、カメラもいっぱいあるぜえ？　ここには？　どうだ、ああっ⁉　撃てんのかよこらっ！」

イの野郎は、俺を所払いしようとしていた。海外に逃げろ、と俺に命令していた。俺はそれを無視してここにいる。あいつはそれが気に入らなかったんだろう。

奴が恐れているのは、自分の悪事が発覚することだ。俺が警察にパクられて、土木田ベースの一件を白状させられたとしたら、イの一味にまで累がおよぶことになる。そうしたら、余罪なんて叩けばいくらでも出てくるはずだ。そして、そんな下手《ヘタ》打った奴は、きっと闇社会から追放されちまうんだろう。

だから、こんなとこでウーゴが俺を撃ち殺すってのは、イの立場からすると下策なはずだ。そんなことをしても、厄介ごとが増えるだけ――それが俺の読みだ。

さらに俺はウーゴに言う。

「そんなもん、突きつけてりゃあ、だれでもハイハイ言うこと聞くとでも、思ったか？　あいにくだな。こちとら、何度も死にかけてんだよ、ここ最近なあっ！　そんな安い脅しには、つきあいきれねえんだよ！」

ウーゴの首がすこし傾く。なにか考えている様子。

「いいか。ここではっきり言っておこう。俺はなあ、イの言うがままに、海外逃亡だの、やる気はねえんだ！　音楽活動再開したんだ。これから、いそがしいんだよ。だから手錠外して、お前だけ泣きながら百人町に帰れ。わかったか？」

ウーゴは応えない。腕時計を見たりしている。くそっ、俺の日本語が通じてねえのか？

「さっさと言うとおりにしろっ！　こうしているあいだも、あそこのカメラで、お前の姿も俺の姿も録画されてんだぜえ？　いいのかよ？　撃てもしない銃で見栄張って、俺の自由奪おうたあ、そりゃあ――」

そりゃあ、お門違いもはなはだしい――と俺が言おうとしている最中に、ウーゴが突然ノーモーションで俺のほうに飛び出してくる。そしてくるりと回転すると、後ろ回し蹴りの要領で足を振る。後ろ手錠の俺は一切それを防げない。みぞおちに深々と奴の足刀《そくとう》が突き刺さって、海老のように二つ折りになった俺の身体が駐車場のコンクリートの上を転げ回る。鼻と口から胃液が逆流して流れ出す。

猫の子を持つように、俺の襟首《えりくび》を片手でつかんだウーゴは、そのままずるずると引きずっていく。銃だけじゃなく、空手と怪力も完備なのかこいつ。しかも監視カメラのことは、どうでもいいらしい。呼吸できずにあえいでいる俺を地味な日産車の脇に投げ出すと、ポケットからタウルスを取り出す。そして手近のカメラに向かってすばやく五連射。左右へと逸れた弾がコンクリの破片をパッと散らす中央で、カメラのレンズも砕け飛ぶ。そしてまだ煙をたなびかせている銃口を俺の頭のてっぺんにじゅっと押しつける。

「あぢぢぢぢっ！」

尻餅をついたまま俺は身もだえする。髪の毛が焦げたいやな臭い。

「撃ちまーしょうか？」

「ばべど――」

言葉にならない。ウーゴの靴が何度も何度も俺のみぞおちを狙う。やめろやめろと言いたいのだが、呼吸を整える隙もない。温度が下がった銃口が、こんどは俺の眉間につきつけられる。そのままウーゴは静止する。

「……わかったよ……言うとおりにする。だから、やめてくれ。撃つのも、蹴るのも」

大きくうなずいたウーゴは、満足そうにタウルスを引く。そして間髪容れずに俺の顔面を靴底で蹴る。クルマのドアに俺の頭がバウンドする。脳がゆれて気が遠くなる。

日産車の後部座席に放り込まれた俺は、一度外された手錠で、こんどは左手とドアグリップとをつながれる。身体の上になにかどさっと投げつけられる。クルマが発進してから、やっと脳が落ち着いてきた俺は、身体の上に乗っかっているものを拾い上げる。新聞の束だ。

見出しを見て、目が丸くなる。

まじかよ⁉　起き上がった俺は、右手でばさばさと新聞を繰る。

そんな騒ぎになってやがったのか。ポンヒルの一件が。各紙とも、社会面のトップあつかいじゃねえか。

「凄惨《せいさん》！　真昼の凶行　最先端インテリジェント・ビルで何が？」

「血の嵐に震える会社員　あってはならない事件」

「テロか？　所轄署に走る戦慄《せんりつ》」

「ヒルズ・ジャック！　暴威と恐怖が支配した白昼の惨劇！」

くそっ、あの翌日からずっと小太郎の家にこもって、音作ってたから、なんにも気づいてなかった。世間のことはわかってなかった。

重軽傷者は計十三人。おにぎりと、俺の盾《たて》になった会社員を引くと、警備員が十一人ほど倒れた。けやき坂でのびてた専務は、そのまま警察が拘束《こうそく》。意識はまだ戻らず、身元も不詳ってのはあやしいな。社長が手を回して、裏で綱引きでもしているのか。新聞ではたんに「会社役員」なんて、ぼやかした表現。名前も書かれてはいない。

そのほか、専務とモメていたと思われる男二名の目撃情報。これについては、監視カメラの映像を解析中。さらに、けやき坂から逃走した国産高級車についても捜査を進める方針——だそうだ。

結構つかんでやがるな、これは。

国産で「高級」まで書いておいて、車種もカラーも伏せてやがる。実際はナンバーまで押さえてあって、すでに陸運局で所有者特定してるんじゃないか。ということは、辰夫が挙《あ》げられるのは時間の問題。そして、それは俺も同じだ。

ふーーーーーーーーっ、と俺は長い溜息をつく。

「そんなことに、なってやがったのかよ」

俺の声に、前方を見たままのウーゴがうなずく。

「逃げるー、ですね」

と俺に言う。

ウーゴと交渉してこの場をしのいだって、どうなるもんでもなかったのか。真の追っ手は、国家権力かよ。交渉なんかできるわけがない。

たしかにこれは、逃げるしかない。強盗傷害に、窃盗に、家宅侵入に、それからいろいろ、あとクスリだって気づかれるかもしれない。パクられたら一巻の終わりだ。そんな、ジェームズ・ブラウンの一生分ぐらいの犯罪やったようなミュージシャンと、これから契約したがるようなレコード会社なんかあるわけない。

ウーゴが驚いたように後部座席を振り返る。俺がさっきから助手席の背に自分の頭を打ちつけているからだ。ばんばん、ばんばん、容赦《ようしゃ》なく俺は頭をぶつける。こんなくそ男のくそ脳なんて、いますぐに割れてなくなってしまえばいい。なにが人生立て直すだ？　なにが宇宙の声が聞こえるだ？　てめえの馬鹿さ加減にゃもう愛想がつきた。自業自得だあ？　上等だよ？　だったら、とことんまでひでえ目にあってやろうじゃねえかあっ！

暴れつづける俺に嫌気がさしたのか、クルマが路肩に寄せられる。運転席から降りたウーゴが、俺の左手がつながれているほうのドアを開ける。急に引っ張られたもんで俺は路上に転げ落ちる。ここは晴海か豊洲のあたりか。いい具合にひと気もない。

「よお、撃ってくんないか。俺を。こんどは真剣に頼んでんだけどさ」

地べたに寝っ転がった俺はウーゴを見上げて言う。

「いやんなっちまったよ、もう。この自分自身に。くっだらねえこの俺に」

薄ぼんやりと夜空に浮かぶ弱い光量の星々を背景に、ウーゴは無言で俺を見下ろしている。腕時計を一瞥《いちべつ》してから、奴は俺の上にかがみこんで手錠を外す。俺を起こして、土埃《つちぼこり》を払う。

「歩きーましょう?」

と奴は俺に言う。

ウーゴのあとを俺は追う。倉庫群の脇を抜けて、運河が見えるあたりへ。ほんのすこしだけ緑があって、運河沿いに腰かけられるようになっているところで、ウーゴは落ち着く。そして俺に向かって手招きをする。

「ここでぱーんとやって、それで運河にどぼんって感じかあ?」

と俺は訊くのだが、ウーゴはそれには応えない。奴は内ポケットをもぞもぞやると、太いジョイントを取り出す。それに火を点けて、深々と吸い込む。息を止めたまま、俺のほうを振り返る。そして手に持ったジョイントを俺に勧める。受け取った俺は、ぐっと吸い込んでみる。いい葉だな。溜め込んだ息をふーっと吐いたウーゴは、俺に向かって手を伸ばす。奴に返す前に、もう一口意地きたなく煙を喫ってから、はっと気がつく。

「これ、俺のハッパじゃねえか?　楽屋に置いてたやつ」

ウーゴがにやっと笑う。いつの間にパクッてたんだよこの野郎。あの状況下で。くやしいので俺はさらにもう一口喫ってから、奴にジョイントを戻す。うまそうに奴は煙を喫う。そして歌をうたい始める。スペイン語訛りの英語。すこしして俺は、それが「とむらいの曲」だということに気がつく。歌詞は完コピじゃない。憶えてないところは適当なハミングで、ウーゴはあの曲を歌う。

「聴いてたのかよ」

歌を止めたウーゴは、俺のほうを見て、ニカッと歯を見せて笑う。例のセルジオ・メンデス笑い。

「いい歌ー、ですーね」

と言って、また俺にジョイントを差し出す。視界の隅から隅まで漆黒《しっこく》の運河が広がる前で、煌々《こうこう》と燃えるジョイントの火だけが赤い。ウーゴの隣に腰を下ろした俺は、ジョイントを受け取る。そして胸いっぱいに、煙を吸い込んでみる。ふたたびウーゴは、うろ憶えの歌をうたい始める。二人のあいだをジョイントが何度か往復する。

すこし気分が落ち着いた俺は口を開く。

「あのさあ。さっきの、やっぱ、ナシにしてくれ。撃ってくれってやつ」

ウーゴは無言でうなずく。唇を焦がし始めていたジョイントを運河にはじき飛ばす。

「死ぬより、逃げーる。いいです。わたーしも、そうですね」

そうか。お前もそうやって、国を出て、ここにやってきたのか。

そしてウーゴは、こんどはスペイン語の歌をうたい始める。俺の知らない歌。大仰なメロディで、すごくエモーショナルな感じの曲だ。それをすこし聴いてから、俺は奴に言う。

「よお、邪魔して悪いんだけどさ。もう一本、出せよ。お前、持ってるんだろ?」

歌いながらニカッと笑ったウーゴは、また内ポケットからジョイントを出す。さっきよりも太めな一本を受け取った俺は、それに火を点ける。


これで東京も、見納めか。まあ、できるかぎりさっさと、こんな気候の悪い街からは、離れたいとは、思っていたんだが。ずーっとそんなことばっか、言ってはいたんだが。

こんなにばたばたと、逃げてくことになるなんてな。

いや逆なのか。俺がここに長っ尻しすぎていたのか。俺が逃げ出すよりも先に、この街の最悪の季節が、もはや過ぎ去ろうとしているのだから。

さっき新聞の日付で知ったんだが、いつの間にか、八月は終わっていたようだ。もう夏も終わりのようだ。

そんなことにも気づいていなかった。じたばたしていた俺だけが気づかないあいだに、パーティはもう、お開きになっていたんだ。

11

ウーゴが運転するクルマは、下道を北西に進む。成田とは逆の方角に向かって走る。例の調布のジャンクヤードで、また一度、クルマを換える必要があるそうだ。

助手席に昇格した俺は、チーチ&チョンの古い映画のように、さっきから車内でもうもうと煙を上げて喫いつづけている。腹が減ったと主張したのだが、ウーゴに無視される。飛ばし過ぎず、おそ過ぎず、適度な安全運転でウーゴはクルマを走らせつづける。どうでもいい東京の街角の風景が、つぎつぎと窓の外にあらわれては消えていく。

こうして去るときを迎えてみれば、思いのほか、心残りはない。

だいたいが、生まれ育った街の周辺でいい歳こくまでゴロゴロしてるだなんて、さえない話だ。俺はツアー以外で、日本のほかの街に行ったことすらない。そんな人生だったんだから、いいかげんこの東京に飽き飽きしたって当然だ。

とにもかくにも、俺の悪行という悪行は全部この街に置き去りにして、どこか遠いところでほとぼりを冷ましたほうがいい。一体どれだけの時間があれば、ほとぼりとやらは冷めるのか、皆目見当はつかないのだが。ウーゴに訊いてみりゃいいんだろうか。

本当に、心残りは、ない。ほとんど、ない。ないはずだ。

あるとすれば、美宇だ。

あやまりそこなっちまった。俺は、あいつに。ごめんなって、言いそこなっちまったまんまなんだ。

真夜中をかなり大幅に過ぎてから、クルマはジャンクヤードに到着する。合い鍵でゲートを開けたウーゴが、クルマをなかに入れる。敷地内にひと気はない。クルマを停めたウーゴが、携帯電話でだれかに怒鳴る。スペイン語らしく、意味はわからない。自分の腕時計をちらちら見ながら声を荒げているので、どうやら、スケジュールが押したせいで、なにかトラブったってことか。俺のせいだな。

まったく要領を得ない、という感じで怒りざまに電話を切ったウーゴは、クルマを降りると、ジャンクヤードの事務所のほうに歩いていく。合い鍵でドアを開け、俺に手招きをする。どうやら、換えのクルマが到着するまで、ここで時間を潰さなきゃいけないようだ。事務所のソファの上に毛布を投げ出して、そこで寝ろと俺に指示。そして自分は事務所の外にスツールを構えると、銃を抜いて、それを持ったまま腕組みして坐り、だれかを待つ。

俺は腹が減った。簡易キッチンのあたりを覗くと、カップ麺がある。湯を沸かして、それを食う。歯も漱《すす》がずに俺はソファの上に横になる。

日を覚ますと、すでに太陽が高い。ジャンクヤードの主人——日本人の老人だ——が、ペットボトルからグラスに注《つ》いだ冷えた緑茶を俺に手渡してくれる。どうも、と礼を言って俺は茶で口のなかを洗い流す。寝る前に食ったもののせいか具合が悪い。ジージー言うノイズのようなものが頭のなかで鳴りやまない。死にかけの蟬の声が増幅されてるみたいだ。

事務所の外には、深い黒色の最新型キャデラックが停まっている。

その脇では、保養地でじじいがドミノやるようなテーブルについたウーゴが、だれかと言い争っている。幽霊男だ。東王子まで、俺を脅しにきやがった野郎だ。奴の手下なんだろう、やはり褐色の肌、でっぷり太った図体にスキンヘッドで、ＬＡレイカーズのジャージを着た男をひとりしたがえて、ウーゴに向かって、はげしい手振りでなにか言っている。

幽霊男は、人差し指と中指で、自分のこめかみをつっついて、なにか主張する。つぎに、同じ指でテーブルを叩く。おさえた口調で、ウーゴがそれに反論する。幽霊男は、また大きな身振りをしながら、なにか言う。ポルトガル語とスペイン語をそれぞれ話しながら、もめているようだ。どうせカネの話なんだろう。

ジャンクヤードの主人は、外人チームのもめごとには関心がない様子で、台帳を繰って、なにか書き込んでいる。外が片づかないことには、俺もすることがない。

頭のなかのノイズは、ひどくなるばかり。事務所の棚の上に、ラジカセを発見する。さほどいいものじゃないが、ＡＩＷＡの古いモデルだ。フルレンジ・スピーカーが一本入った、語学練習用みたいなやつ。主人に許可をもらって、俺はそのラジカセを膝に、ソファの上で長くなる。埃を払って、電源を入れて、適当なラジオ局を探す。いくつかの局をやりすごす。

チューナーの端までいって、また端まで戻る。戻る途中で、ぴんとくる局がある。やる気がなさそうなＤＪが、七〇年代のパンクを紹介している。こんな真っ昼間から。

俺がラジオで遊んでいるあいだにも、外のもめごとがどんどん過熱していく。いまや立ち上がっている幽霊男は、手の平で自分の胸をばんばん叩いている。スキンヘッド男も立ち上がる。ウーゴは無言でその様子を見ている。

突然ラジオから発せられた音波が俺の耳に突き刺さる。頭のなかのノイズの雲が瞬間的に引き裂かれて彼方に吹っ飛ぶ。一気に意識が消毒される。

高速回転する小型チェーンソーみたいなCシャープ・マイナー。時速二百キロのトラクターが荒地の石ころや切り株はね上げてつんのめってくようなスピード感。バズコックスだ！

「お前は俺の真心を袖にした俺はくそみそんなっちまったような気分」

これは「エヴァー・フォーレン・イン・ラヴ」。名曲だ。正式な曲名は、もっと長い。日本語にすると、こんな意味か。

「恋したことあるかい？　すべきじゃないひとに」

ああ。あったよ。

過去形じゃねえな。いままさに、恋してたんだって、気づいたよ。やっと。

前からずっとそうだったんだけど、わかっちゃいなかったんだ俺は。サンキュー、ピート・シェリー。

俺は美宇に恋している。最後に会わなきゃいけない。あいつにもう一度。

ラジカセのヴォリュームを最大にした俺は、スピーカーを右耳に当てたまま立ち上がる。主人がけげんそうに俺を見る。バズコックスを大音量で鳴らしながら、俺は事務所を出ると、もめている外人チームのところへ歩いていく。


最初に抜いたのはどっちだったのか。ウーゴと幽霊男が、テーブルの上空で、お互いの鼻先数センチに銃口を突きつけあっている。ウーゴのタウルスと、それよりも大振りな幽霊男の自動式拳銃。その様子を見て、あたふたとスキンヘッド男もズボンから銃を抜く。そしてそれを、幽霊男の後方から、ウーゴに向けて構える。全員が銃を片手に凍りついている。動く者も、声を出す者もいない。ラジカセからでっかい音を鳴らしつづけている俺がすぐそばに突っ立ってるんだが、だれも気にしていない。

「よお」

ラジカセを肩に乗せたまま俺は声をかけるのだが、だれも返事しない。バズコックスが終わるまで俺は待つ。一分少々。そしてラジカセの電源を切ると、それをテーブルの上に置く。もう一度俺は「よお」と話しかける。

ウーゴが俺のほうも見ないで、おそらくは「下がってろ」みたいな意味のスペイン語を言う。スキンヘッド男がなにか早口で言う。肚が据わってないのか、しゃべっているあいだに銃口が上下する。

「なにやってんだよ、お前ら？　ここで全員、撃ち合って死ぬつもりか？」

だれも返事しない。スキンヘッド男だけが、横目でちらちら俺のほうを見る。

「くっだらねえ」

俺は首を振る。

「お前ら、みーんな、くっだらねえよ。いいか。よく聞け」

たぶん耳だけは、こっちに向いているはずだ。

「いいか。人生には、もっと大事なものがあるんだ。お前らカネでもめてるんだろう？　わかるよ。俺もそうだった。ついこないだまでは、まあ、俺もそんなもんだった。だけどなあ、大事なものってのは、もっとほかにあんだよ。カネのために、こんなとこで撃ち合ったりすること以外に。わかるか？」

こっちには視線も移さずに、幽霊男がなにか静かにつぶやく。

「俺が言ってること、わかるよな？」

俺は内ポケットに右手を入れる。

「わかったらこれで——」

俺以外のその場にいた全員が電撃的に動く。

テーブルをはね飛ばしたスキンヘッド男が銃を持ったまま俺にタックル。地べたに仰《あおむ》向けに転がった俺の右手を抑えて、腹の上に馬乗りに。奴の銃が顎に突きつけられる。逆方向から俺の顔をまたいだ幽霊男が両手で構えた銃で俺の眉間を狙う。ウーゴは俺の左方向からそろりそろりと近づいてきて、やはりタウルスを構えたまま、スキンヘッド男になにか言う。うなずいたスキンヘッド男は、俺の右手をつかむと、ゆっくりとそれを引き出す。その手には、札束がひとつ握られている。帯封をしたまんまの百万円がそこにある。

「カネがほしいなら、くれてやるぜえ？」

と俺は笑う。

スキンヘッド男が目を丸くする。そして指示をあおぐかのように、上目づかいで幽霊男を見る。幽霊男は唖然とした表情。そしてつぎに、いまこいつをぶっ殺せばもっとカネ取れるかも、という打算の光が目に宿る。

「はい。ちゅだーん。ちゅだーん！」

ウーゴの声が、そんな膠着状態《こうちゃくじょうたい》を破る。スペイン語の早口で、ウーゴが二人になにか言う。ぶつぶつ言いながら、スキンヘッド男が俺の上からどく。幽霊男の足元から俺は脱出する。

これみよがしに、俺は手にした札束で、服の汚れを払う。そしてさっきのテーブルを起こすと、その上にカネを置く。

「どうだ？　これじゃ足りねえか？」

えっ十分だよ、かなんか、ポルトガル語でつぶやいたスキンヘッド男の後頭部を、幽霊男が銃把でぱかんと殴る。ひーっと声をあげて、いじめられた子供のように両手で頭を抱えたスキンヘッド男がしゃがみ込む。

「じゃーあ、もういっちょ、いっとこう」

百万の束をもう一コ、俺はテーブルの上に投げる。幽霊男が目を見開く。さあて、キメとくか。

「おーれは今日、このウーゴちゃんに、用があってさあ」

隣にいる奴の首に手を回して肩を組む。

「こいつに運転手やってもらわなきゃ、いけないいんだよ。だから、ここで撃ち合いってのは、まずいんだ。そんなわけでさあ、これで引いてくれよ？　今日んとこは」

カネと俺を、幽霊男が交互に見る。

「引いてくれないと、あれだぜ？　ウーゴちゃんと撃ち合いしたあげく、悪くしたらカネもなく、怪我するだけで終わり。死んじまうかもしれねえなぁ？　一番うまくいっても、カネとったはいいが、死体が何個かここに転がるって寸法だ。アッタマ悪くねえか、それは？」

幽霊男が、あきらかに動揺している。場の空気を読んでか読まずにか、ジャンクヤードの主人が、人数分の茶を入れたグラスが載った盆を持ってこっちに歩いてくる。俺はバンッ！と両手を叩く。

「さあっ！　と、いうわけで、くだらないもめごとは、終わりだ終わり。握手しろ握手！」

俺がうながすと、ウーゴがまず右手を出す。奴はにやにや笑っている。幽霊男は、渋々と手を出す。テーブルの向こうでしゃがみこんだまま、スキンヘッド男も手を伸ばす。テーブルの上に、主人が茶を配る。

「いい子にしてりゃあ、こんど、仕事頼むかもしれないぜえ？」

と俺は幽霊男に言う。

「おれーに？」

「ああ。嘘は言わねえよ、俺は。こんな小銭なら、いっくらでもあるからさあ！」

明るく言い放った俺の言葉に、幽霊男の表情がやっとゆるむ。

全員が緑茶で乾杯したあと、ナンバー換えた日産に乗った幽霊男とスキンヘッド男が消えていく。俺の話を真に受けたのか、奴は自分の携帯番号のメモまで残していった。

「あのさあ」

俺はウーゴに言う。撃ち合いから救ってやったんだから、俺の言うことは聞くはずだ。そのために、たっけえカネ払ってやったんだから。

「成田に向かう前に、一コ済ましときたい用事があるんだよ。わりぃけど、そっちにクルマ回してもらえるかな?」

「よりみーち?」

「そう。寄り道だ。大事な用なんだ」

ウーゴはうなずく。奴はキャデラックの助手席ドアを開けると、高級ホテルのドアマンのように優雅《ゆうが》な手つきで、俺にシートを勧める。カッコつけて肩をゆすった俺の頭のなかで、さっきのバズコックスがまた大音量で鳴り始める。

12

むかしよくライヴをやっていたころ、いつも俺が頭を悩ましていたのは、アンコールの問題だった。アンコールってのは、なんていうかな、嘘くさいときがある。

難しく考えるほどのことじゃない、という奴もいる。でも難しい問題だったんだ。俺には。

まず俺は、アンコールの曲目が最初っから決まってるってのに、どうにも馴染《なじ》めなかった。ライヴやるバンドは、普通、リハーサルが終わったあと「セット・リスト」ってのを書く。まあ、曲目表だな。そしてもちろん、そこには、アンコールの曲目も書かれている。アンコールの回数も。

でも本来は、アンコールってのは、本編が終了して、お客が自発的に、手ぇ叩いたり、足踏みしたりしてさ。その声が楽屋に届いて。そんでバンドが、もういっちょ、やってやろうぜ！なんて感じで、ステージに戻っていく——てのが、美しい姿じゃないか？

先に決めとくもんじゃないだろう。アンコールのありなしとか、演奏する曲とか。

もっとも、現実問題としては、ちゃんと「セット・リスト」を小屋に提出しておかないと、スタッフみんなが困るってのもある。そりゃそうだ。ＰＡも照明も、それがないと、ショウ全体の流れが把握できない。

ただ、この「セット・リスト」にアンコールまできっちり書いておくってのが一般化してから、お客の反応も変わってきたような気がするんだ。「きっとまた、出てくるんだよ」とか思いながら、なんかこう、儀礼的に手ぇ叩いてるだけというか。

そこで俺は、一度、ためしてみたことがある。シルヴァー・マシーンのときは、普段は恭一が全部曲目決めてたから、俺は寝てりゃよかったんだが、あるとき、アンコール曲を、俺が選ぶってことがあった。そこで俺は考えた。

アンコールの演奏曲は、決めない。候補曲は決めるんだが、なに演るかは、ステージに出てって、お客の顔見て「どうしようか？」なんて、ルーズにバンドで話し合って、そんでワーン・ツー・スリー……っていう、ロックンロールな感じ。

なおかつ、俺は客もためそうとした。

スタッフに言って、本編が終わった途端に、客電点けて、ＳＥも流してもらう。まるで、ライヴが全部終わったかのような感じにする。そこで、お客の本気度をためすっていうのかな。

よくある「お決まりのアンコール」ってやつは、一回か二回バンドが出てくるまでは、お客も礼儀として手ぇ叩くんだけど、そのあとに客電が点くと、スーッとやめちまうもんなんだ。めっちゃくちゃ、ものわかりがいいんだ。根性ねえんだよ。

恭一も俺も、コンサートに行き始めた小学生のころは、まったくなにもわかってなかった。だから、原始人みたいにいつまでも手ぇ叩いてバンドを呼んでいた。客電が点こうが、場内清掃が始まろうが、いつまでも、いつまでも。そんな馬鹿は、俺らだけじゃなくて、当時はわりと普通にいたような気もする。

まあ俺は、そうやって、挑戦的な試みをおこなったんだが……結果は、惨敗。客電点けてSE流した途端、みーんなぞろぞろ帰っちまった。潮が引いてくみたいに。

俺らは、楽器持って、ステージ袖で待機してたんだけどさ。呼ばれないんだから、出てけないじゃん？　最悪だったな。いま思い出してみても。

つまり俺がなんの話をしているのかというと、いま俺は、余分なことをしているのかどうか、自分でよくわかってないんじゃねえか？ってことなんだ。

大事な用は、あるつもりなんだ。俺としては。

でもこれって、やらなくてもいいアンコール、なんじゃねえか？

それとも逆か？　これはマストで、ショウの一部として、絶対に必要なもんなのに、俺がイモ野郎だから、その価値と位置づけを、よくわかってないとか？

はっきり言って、「アンコール」に関して、俺のセンスは最悪なんだ。「引き際」を見きわめる感覚っていうの？　それが滅法《めっぽう》、ほんとに心の底から駄目駄目なんだ。

そんなわけだから、ウーゴに寄り道を指示しておいてなんなんだが、これってどうなのよ?と、さっきから考えつづけている。やっぱ、やんないほうが、いいんじゃないの?なんて、迷いつづけている。

キャデラックは用賀に向かって走っている。美宇が通うインターナショナル・スクールを目指している。

そこで俺は、一体なにをどうしたいっていうんだろう？

呼ばれてもないのに、もう客は帰り始めてんのに、ギター片手にステージに出てきた、とんなミュージジャンなんじゃないか、俺は？


用賀に着いたころ、ウーゴがすこし機嫌悪くなる。ラテン系の鷹揚《おうよう》さで寄り道を引き受けたんだが、プロ犯罪者の几帳面さで、時間を気にし始めたようだ。

いちーじかんで、帰ってくるですね、と、学校が見えてきたあたりで俺に言う。

「わかった、わかった」

と俺は応える。

インターといっても、とくにハイカラな校舎じゃないんだな。校門ががっちりガードされてるってのは、さすが高い学費のせいか。門が閉められてるのは当然として、門衛として制服着た警備員が二名いる。正面から近づけそうな雰囲気じゃない。

俺はウーゴに指示して、学校の周囲を流させる。

門が駄目なら、塀を越えればいい。学校ってのは、そういうもんだ。遅刻した学生が侵入できる裏道ってのは、どんな学校にもある。やっぱりここにも、そんな場所がある。俺がわかる表現で言うと、体育倉庫の裏あたりって感じか。

クルマが停まって、俺が降りようとすると、ウーゴが引き止める。時間どおりに、言ったとおりに俺が戻ってくるようにと、しつこく念押しする。その確証が得られないかぎりは、クルマから降ろさない、そんな剣幕だ。

めんどくせえ。それこそ時間の無駄じゃねえか。

「うるせえなお前！　わかったよ！　担保がありゃいいだろう、担保が！」

ポケットというポケットをごそごそやって、俺は札束を四つ取り出す。それをまとめて、ウーゴに預ける。ウーゴの目が丸くなる。

「これが俺のほぼ全財産だ。あとはバラ銭だけだ。これをお前に預けておく」

「……あずけーる？　なんで？……」

「担保だ、つってんじゃねえか。持ち逃げすんなよ、お前？　ちゃーんと俺を待ってたら、駄賃ははずむからさ」

ウーゴは無言で俺をじっと見ている。下手打っちまったのかな、俺？　まあ、もうしょうがない。

「信用してるぜ、ウーゴちゃん？　待っててくれよ？」

奴は一応、こくこくとうなずく。この馬鹿がなんでそんなことをしているのか、一生懸命理解しようとしているような表情。

「カネより大事なもんが、あるんだよ。いまの俺にはね」

そう言い残すと、俺はクルマを降りる。そして、キャデラックのボンネットを踏み台にして、塀の向こうへ。

いい具合に木が茂っている。寝坊学生には、最高の進入路だな。おまけに、いーい匂いまで漂ってきやがる。

匂いの方向へ歩いていくと、案の定、ワルガキが四人、車座になってボングを喫っている。洒落てるねえ。煙も立ちにくいから、一石二鳥だな。

「よーう坊主ども。おじさんにも一口、ご相伴《しょうばん》さしてくれよ」

と俺は英語で声をかける。

とろっとした目を充血させたガキどもが、俺を見上げる。そのなかのひとりが、俺が教師とでも思ったのか、わたわたと逃げようとして、隣の奴に引き止められる。

「ヘーイ、メーン、ワッツァップ?」

ワルガキのひとりが俺に言う。ニューエラ小僧だ。渋谷のもぐりクラブで、美宇といっしょにいた奴だ。

「おう、元気かよ?」

なんて言いながら、俺はそいつの隣に腰を下ろす。気前よくボングが回ってくる。

「お前らさあ、始業式とか、出なくていいの?」

「ホワッツ・シギョーシキ?」

と、さっき逃げようとした奴が言う。

「あ、ないの? そういうの? インターには?」

わっかんねえや。北区の公立あがりには。

「まあいいや。俺、美宇にちょっくら用事があってさ。お前、友だちだったよな? あいつ、いまどこにいるか、知ってたら教えてくれよ」

ニューエラ小僧は、半開きの目のまま、右手を上げて木立の向こうを指す。木の上に十字架が顔を出している。立ち上がってよく見てみると、校舎の谷間に半地下っぽい感じでチャペルがあることがわかる。

あそこで午前中のミサでもやってるのか。小僧どもに礼を言うと、俺はチャペルに向かう。なるべく人目につかないように、チャペルの脇に建っている校舎にまず入る。外から見た感じでは、この校舎からチャペルまで、渡り廊下でつながってる様子だったんだが。

「そこのかた！」

後方からの声に俺は固まる。日本語ってことは、先公じゃねえ。できるかぎり自然に、俺は振り返る。にっこり笑ったりしてみる。

やっぱ警備員だよ。ちきしょう。ここんとこ、なんで警備員にばかり縁があんのか。

「ご父兄さんですか？」

と、その若い警備員は俺に訊いてくる。

「あー、そう。そうですよ俺。いや娘がね……えーと、弁当、忘れちゃってね。それ届けにきたんですが、迷っちゃいましてな。はっはっは」

「今日は午前中だけのスケジュールですが」

「やー、そう、そう。それが、ウチのがね。過食症っていうの？　もう、食べないと血糖値がたいへんで」

自分でもなにを言ってるのかわからなくなってくる。しかしここで、ことは荒立てたくない。そんなみっともない、はた迷惑なことはできない。

「失礼ですが、どちらの生徒さんのご父兄で？　それから、受付で記帳はされましたか？」

しつけえな。

「ああっ、そんなことより、あれだ！」

と俺は大声を出す。

「ここ来る途中で、見たんですよ俺」

「はあ？」

「こちらの学生さんだと思うんだけど、なんかね、麻薬っていうの？　そんなの吸ってたみたいよお」

「ほんとですか！」

「ああ、ほんとほんと。あっちの方角で」

すまんガキども。一応、方角だけは嘘ついとくから、あとは自分の才覚で切り抜けてくれ。これも人生勉強だ。

「じゃっ、そんなとこで」

と俺は、無線にかじりついた警備員を置いて、すたすたと歩き去ろうとする。

「ちょっ、ちょっと、待ってください！」

と後ろで俺を呼ぶ声がする。待てと言われて待つ奴ぁいない。早足で俺は歩く。そして奴を振りきるために、左手にあったドアを開けてそのなかへ――。


ドアが閉まった音が、恐竜の卒倒みたいな大音量で反響する。でっかいホールのなかにいる、すっげえ人数がみんな一斉に俺のほうを見る。

チャペルのなかじゃねえか、ここ。

壇上の司祭が話を止めて、老眼鏡ごしに俺を見る。学生のあいだでひそひそ話。そんな人混みのなかに、美字を発見する。あの目の見開きかたは、かなりびっくりしてるって顔だな。そりゃそうか。

ひとまず俺は、なにごともなかったかのように司祭に会釈すると、入ってきたドアに向かう。そこに鍵をかける。俺の動きを目で追いつづける司祭に、もう一度会釈。そして、手近にあった空いてる席に坐る。

「ヘイ！」

と、教師みたいな白人男が俺に声をかけてくる。俺は唇に人差し指をあてて、しーっと言う。静かに。ミサの最中なんだから。俺のことはね、気にしちゃいけないの！

「ちょっと、そちらのかた」

壇上の司祭も俺に言う。

聞こえない聞こえない。俺はなーんにも聞こえていない。

「ヘイ・ユー！」

と、白人男が俺の肩をつかもうとして、その手が運悪く、そっちを向こうとした俺の治療中の鼻にヒットする。いってえ！と反射的に立ち上がった俺は男の手首を逆にねじって奴を床に転がして言う。

「アーユートーキントゥミ？　マザファッカ？」

あー…………っと。

やっちゃった、よ。

俺は周囲を見回してみる。みなさん、学生も職員も、司祭さんも、全員がこっち見てるよ。チャペルでいきなり人投げ飛ばして、猥語《わいご》吠えてるこの馬鹿を。

ざわざわざわざわ、そこらじゅうでみんな、俺のこと話してやがる。

とりあえず、俺は投げた白人男を助け起こそうとする。俺は気功マスターだから、反射的に人投げちまったんだゴメン、とか言えば、許すかなこいつ？

「丈二、後ろっ！」

と、美宇のでかい声。

言われたとおりに振り返った俺に、警備員が飛びかかってくる。くそっ、駄目だって。そんな突然、襲いかかってこられちゃあ……。

できるかぎりジェントルに俺は身をかわそうとするのだが、慣れないことするもんで俺の足が警備員の足にかかる。でかい音立てて奴は学生たちの席に突っ込んでいく。学生から悲鳴。人がざーっと波のように逃げる。さっきの警備員がチャペルの正面入り口に立って、口元の無線になにか言っている。腕に覚えがありそうな教師が何人か、人の流れに逆らって俺のほうに向かってくる。あちきしょう！

追ってくる奴らからとにかく俺は逃げる。気がつくと俺は壇上に。そこにいる奴に振り上げた手を寸前で止める。おっと司祭さんは殴れない。首をすくめて目をつむった彼は、両手で握った十字架を俺に向かって突き出している。俺はドラキュラかっての！　わらわらと俺を取り押さえようと群がってくる奴らを、できるかぎり殴らないように、投げ技主体で、つぎからつぎへと床に転がす。

頭のなかでジュークボックスが鳴り始める。速いビートでミュートした弦をストローク。いや違う。そんなつもりじゃねえんだ。どけやこら！とまたひとり投げる。前奏終わりでサビ始まり。これは「ミセス・ロビンソン」のレモンヘッズ・ヴァージョンだ。

追いつめられた俺は壇上の特大十字架に手をかける。俺に迫っていた奴らが、一瞬その動きを止めてひるむ。俺は十字架を抜こうとして……ぬ、抜けねえよ。

そのまま全員が膠着状態。ぐっちゃぐっちゃになった場内の向こうのほう、美宇の姿が俺の目に映る。それって、心配そうな表情……って、やつだよな？

俺は首《こうべ》をめぐらして、追っ手たちのつらをぐるっと睨みつける。場内のそれ以外の奴らの顔も見る。いっちばん、かわいいぜ。お前だけだぜ。

「美宇ーーーーーっ！」

腹の底から、喉も裂けよと俺は叫ぶ。そして手を伸ばして、手招きする。

追っ手も、それ以外の奴らも、全員が俺の視線をたどって、そして美宇を見る。

チャペル内の視線を全部集めた美宇は、真っ赤になる。俺は、伸ばした手はそのまんまで返事を待つ。

司祭が俺を見て、美宇を見る。

ばかじゃないの？と美宇の口が動く。まあな。だれがどう見ても、話んなんないぐらい、どうしようもなく、くそ馬鹿野郎だよ俺は。こんな俺と、いっしょに来てくれるかい？

がん！とだれかが俺の後頭部をぶん殴る。それとはべつの奴が俺の顎を狙ったフックで脳をゆさぶる。俺は足がもつれて床に落ちる。司祭さんが殴ったわけじゃないよね？　そればっかりはさすがに俺も寝覚めが悪い。なんか天罰みたいじゃん。

13

ぶざまにのばされた俺は、そのまま、すぐに医務室に運ばれたようだ。結果それが都合よく働いた。忍術で死んだふりしたみたいなもんだ。

都合がいい理由その１：素人は、相手がのびてると思うと、油断する。

都合がいい理由その２：のびてると、警備員がワッパかけて監禁じゃなくって、一応治療しなきゃ、とか思う。それも隙。

そんな隙をついて、いま俺の枕元の窓をこんこん叩いているのは、ニューエラを後ろ前に被ったさっきの小僧だ。よかったなあ、お前。逃げ切れたのか。俺が大騒ぎ起こしてやったお陰だな。最初にチクッたのも俺だが。

小僧にしたがって、薄く開けた窓から医務室の外へ。さいわい、衝立《ついたて》の向こうで立ち話をしている大人たちは俺と小僧に気づいてはいない。あんな異常事態があったんだから、みんな頭がそっち行って、喧々囂々《けんけんごうごう》している感じか。そーっと俺は部屋から抜け出す。

ニューエラ小僧が導くままに、俺は校舎の裏手に回る。さっきの木立のあたりだ。先公どもの目えかいくぐるには、いい場所ってことなんだろう。

ついさっき、ボングが崇《あが》め奉《たてまつ》られてたあたりに、美宇がひとりで立っている。腕を組んで、近づいてくる俺をじっと見ている。

「いやあ」

と俺が言う。

美宇は無言。きれいな眉を、すごい角度でしかめている。

「なんなのよ？　美宇ーーって。おっきな声でさあ」

「恥ずかしかったか？」

「ていうか――」

うつむいて、はぁーっと息を吐く。なにをどう言っていいやら。こいつになーに言ってもなあ……って表情ってやつ、かな？

気をきかせたニューエラ小僧はひとり消えていく。あとに残った美宇と俺は、無言で突っ立っている。

ワルガキが車座になってたあたりに、いい具合の倒木がある。そこに腰を下ろした俺は、隣を美宇に勧める。美宇は坐らない。しょうがねえな。

「まあ、俺のことは、見ず知らずの変態ストーカーだとか、言っときゃいいからさ。学校には」

「もう言った」

「あ、そう？」

会話がつづかねえ。

「……今日は俺、お前に、あやまろうと思ってね」

「なに？　ミサを台無しにしちゃったこと⁉」

「あ、いや。あれは予定外だ。まあ……それももちろん、迷惑かけたんだが、俺があやまりたかったってのは、これまでのこと。これまでの、全部だ。お前を傷つけたこと、いろいろ、あやまっておきたかったんだよ」

「……いろいろって、なによぉ」

なにから、なにまでだよ。もう全部すべて。俺がまともな人間だったら、お前に起こり得なかったこと全部。

くそっ、どう言ったら、わかってもらえるのか。そのまんま俺は、空を見つめて黙り込む。

重い沈黙。気を遣ってくれたんだろう、先に口を開いたのは美宇だ。

「昨日、ＴＶ出てたんでしょ？」

「ん？　ああ」

「ママが言ってたよ。『ジョーさん、かっこよかった』って」

「お前は観てなかったんだ？」

美宇はうなずく。

「そうか……じゃあ、しょうがねえな。あの曲、ウケてたよ、お客に」

「なにが？」

「だから、『とむらいの曲』だって」

ええーっ‼　と美宇が声を上げる。

「あの曲を演奏したの？　ＴＶで？　わたしの歌はどうしたの？」

「ああ、それはＰＣのハードディスクから出して、鳴らした」

「しんっじらんないっ！」

ありゃっ？　怒ってやがるな、こりゃ。

「普通、勝手にそういうこと、するぅ⁉　いやだもうっ！　なに考えてるのよ！」

「………悪かったよ」

「あー、やだやだっ！　恥ずかしい！　最悪だよもう……」

美宇は顔を赤くしている。

「母ちゃんは、お前が歌ってるって、気づかなかったんだ？」

「……知らない………」

まいったな。完全にヘソ曲げちまったよ。

「まあ、恥ずかしいって気持ちは、わかるけどさ。機嫌直せよ。お前は才能あるんだから。いい歌で、いい歌詞だったよ。すごくいい曲だ、あれは」

「……だって、あれ、丈二が作ってた曲じゃん」

「いや違う。ベーシックな部分は、俺がプレイした素材で組み立てられてたけど、まとめたのはお前だ。歌メロも、ほとんどお前が考えた。なんつうの、お前がプロデューサー的な発想から、あの曲を仕上げたっていうかさ。センスがあって、強い意志を持ってて、精神的な持久力がある奴じゃなきゃ、あんな作業はできない。やりとげられない。だから、恥ずかしがるんじゃなくって、誇るべきだよ。そこんとこは」

「………そう？」

「ああ、間違いない。この道ウン十年の俺が言うんだから、信用しろ」

美宇はうなずく。多少機嫌も直ってきた様子。まんざらでもない、というふうにも見える。そりゃそうだろう。そこで俺は言う。

「バンドやろうぜ、いっしょに」

「……えっ？」

「いっしょにバンドやって、成長しよう。俺は…………俺は、お前がいい大人になる、手助けがしたい」

「はぁ？」

「わっかんねえよな。俺がなに言ってるか。そりゃそうだ」

俺は木立の上を見上げる。空は見えないな。夏じゅうかけて茂った葉っぱの隙間から、今日もまた強くなってきた日差しが、幾本もの光の筋をつくって落ちてくる。

「俺といっしょに、逃げないか？」

「なんで？　今日はもう、学校終わりだよ？」

「いや、そういうんじゃなくって――」

美宇はうんうんうなずきながら言う。

「あとねー、ついこないだまで家出してたんだし。ちょっといまは、まずいかなー」

そして、俺を見て言う。

「でもなんで？　逃げるのと、いい大人になるのが、関係あるの？」

「あるんだよ。俺には関係が。聞きたいか？」

美宇は首をかしげる。

「聞いてほしい？」

俺はうなずく。美宇が俺の隣に腰を下ろす。そして俺の顔をじっと見る。いい奴だよ、ほんとに。

「いいか。まず、これは言っておきたい。俺は、お前が大人んなるまで、セックスしない」

真剣な顔をしていた美宇が、ぶっと吹き出す。

「なに、それ⁉」

「お前ともセックスしないし、ほかのだれともしない。耐える。いっしょにバンドだけやる。そんで、大人になったお前と——最初はそうだな、普通のデートから始める」

美宇は俺の話をじっと聞いている。

「誤解しないでほしいのは、あれだ。これまでの付き合いってのを、後悔してるわけじゃないってことだ」

後悔なんて、するわけがない。俺が最低だったとしても、お前は本当に最高だった。なんにも悪いところなんてない。

「ただ、順番が、悪かった。それをこれから、ちゃんとしたい。普通の感じで、やり直したい」

「そんなに何年も、セックスしないで大丈夫なの？」

「頑張れば大丈夫だ！　三年ぐらい！」

胸を張った俺を、ふーん、という表情で美宇は眺める。

「もうちょっと、短くなるよ。美宇は十六になったから」

「へっ、そうなんだ？　いつのまに？」

「美宇はおとめ座だからさ」

それって、いつのことだ？　わかんねえよ、星占いのことなんか。

「そうだっ！　お前の誕生日が知りたい。あと血液型とか。足のサイズとか。好きな本とかさ。やれやれ。ほんっと、俺、そんなこと、まったく知らないんだよ」

「……教えたけどね。誕生日は」

「そうだっけ？」

まいったな。まったく記憶にねえや。きっとクスリのせいだ。

「覚えるよ、俺！　これからは忘れない！　お前のこと、なんでも教えてくれ。知りたいんだ。俺はお前のことが好きなんだ！」

美宇が目を丸くする。

「わたしのことが、好きなの？」

俺はうなずく。

「バンドもいっしょにやりたいの？」

俺はうなずく。

混乱したような表情で、美宇が俺に訊く。

「でもそれ、『好き』と『バンド』と、いっしょになってるのって、変じゃない？」

「変じゃない！　俺にとっては、いっしょなんだ。区別つくわけねえよ、そんなもん。恋もロックもおんなじなんだ。お前と俺が、対等に口利いて、いろんなことを体験しながら、いっしょにバンドやって……そんで、恋もロックも全部実現するんだ。二人で」

俺は立ち上がって、美宇の前に。彼女はちょっと驚いた表情。

「いいか、笑うなよ？」

「笑わない、笑わない」

「こんな気持ちは初めてなんだ！　いや、初めてじゃないかもしれない。わっかんねえよ。むかしのことなんか。無駄に歳だけ、とっちまったから……ただ. さあ、初めてみたいなもんなんだよ！ほとんど！」

また俺は空を仰ぐ。細めた目のなかを木漏《こも》れ日《び》が打つ。瞼《まぶた》の裏に夏の光が貯まっていくような気がする。その光のすべてを目の前の少女に注ぐつもりで、俺は美宇の瞳を正面から見つめる。

「お前みたいにすばらしい奴はいいない。お前みたいな女はお前しかいない。わかってなかったんだ、俺はそれを。俺は…………俺は、お前の役に立ちたい。お前に誉《ほ》められて、愛されたいんだよ！」

「……ありがとう」

「へっ？　なんで、礼言うの？」

「だって、すごくいっぱい、いいこと言ってくれたじゃん」

美宇の目がすこしうるんでいる。そうか。喜んでもらえたのか。

「当たり前だよ、そんなのは。俺は愛してるからさ、お前を。やっとわかったんだ。ずっと前から、知り合ったときから、ずっとそうだったんだ！　毎日でも同じこと言ってやる！　美宇っ！　俺といっしょに、大人になってくれ！」

そこまで一気にまくしたてた俺は、肩で息をする。

そして彼女の前に膝をつく。

「だから、いっしょに逃げよう。アメリカまで行こう。そしてバンドをやろう」

美宇は無言で、うつむいている。ポケットをごそごそやる。

「ハンカチならあるぞ？」

「ありがと」

美宇はびーっと音をたてて洟《はな》をかむ。

「ちょっと泣いちゃったよ」

「ああ。知ってる」

「本気なの？」

「ああ。本気だ」

涙目で美宇は笑顔をつくる。俺はぞくっとする。すっげえ、きれいだ。

俺を見ながら、美宇は首を振る。

「無理だと思ってたよ」

と俺は応える。

美宇が口を開きかけるのを、手で制して俺は言う。

「おおっと、『ごめんね』てのは、なしだぜ？　お前はなーんも、あやまる必要なんてないからさ。そんなのは、それこそお断りだ」

「愛してたよ。わたしも。丈二のこと」

「過去形かよ？　まいったな、こりゃ」

俺が大袈裟にずっこけてやると、美宇は楽しそうに泣き笑い。こいつの笑い顔って、ほんとにいいんだ。見てるこっちの、心が洗われるっていうの？　そんな感じなんだな。やっと今日、そんな簡単なことがわかったぜ。


いっつも俺は、失ってから初めて、大事なものに気づく。

俺は馬鹿だから、指の隙間から泥が川に流れ落ちていってから、そこに本当の黄金があったってことに気づくんだ。


「映画おごってよ」

と美宇が突然言う。

「へっ？」

「『お前の役に立ちたいぜぇ！』って、言ってたじゃん。さっき」

と、口をとがらせて俺の口真似《まね》をする。

「来週の金曜、先行オールナイトがあるのね。すっごい面白いホラーなんだって。でも美宇さあ、いま、お小遣いを凍結されちゃってるのね。だから」

「俺にたかってんのかよ？」

「もう！　遠回しにデート、誘ってんじゃない！」

「あ、そうだったのか」

ほんっとにもう、この馬鹿はなーに言ってやっても……というあきれた表情で、うつむいて首を振る美宇。

「つまり、もう一度、普通の感じで、やり直すってやつか。最初から」

「そう！　そのつもりで、わたしは言ったの！」

「なるほどね」

いいねえ。健全なデート。映画ね。やっぱ、そこらへんから始めないとな。いい話だ。悪くない。だれも悪くなんて、言えるわけがない。

こんど生まれ変わったら、そんな路線から人生始められるように、しっかり覚えておこう。忘れないように、手の平にメモしておこう。


「そうだ！」

美宇がなにか思い出したように言う。

「この前、潮風公園にロケ行ったとき、丈二がなにか言いかけて、途中になってた話、あったじゃん？」

「ん？　なんだっけ、それ？」

「えーと、『最良の一日が』とか、言ってたよ」

「ああ、あれね。つまんない話なんだけどね」

俺は美宇の隣に坐り直す。

「人生で最良の一日ってのが、あったとするじゃん？　で、それってのが、もう過ぎてしまっていた――あるとき突然、そんなふうに気づいたとしたら、どうする？　お前だったら」

美宇は考える。腕を組んで、うーん……と考えている仕草《しぐさ》。しかし、長くはかからない。あっという間に答えは見つかる。

「あり得ないでしょ！　そんなの！　『もう過ぎてしまった』なんてさっ！」

と笑いながら言う。

そうか。そうだよな。お前には未来がある。きっとお前にとって、世界はまだ、輝きに満ちた場所に違いない。

彼方から、パトカーのサイレンが聞こえてくる。確実に、徐々に近づいてくるから、これは気のせいなんかじゃない。医務室から俺が消えたことを知った先公どもが、ついに警察に通報したんだろう。

まずいな。いま捕まるわけにはいかない。

「そろそろ行くよ、俺」

「大丈夫？　なんか、警察の音がしてるよ？」

「俺なら大丈夫。友だちが、クルマで待ってるからさ」

たぶんまだ、待っているはずだ。ウーゴとしても、俺がパクられたら具合悪いことは間違いない。だから、どっかにクルマ動かしていたとしても、まだ俺を待って、ここらへんに残っているはずだ。とはいえ、このサイレン聞いて、ウーゴが先にとんずらキメてたとしたら？　俺のカネ持って逃げてたとしたら？――まあ、その場合は、しょうがない。走ってだって、逃げてやる。逃げ切ってやる。

俺は美宇に言う。

「じゃあ、またな」

「うんっ！　映画、約束だよっ。来週だからね！」

塀を乗り越えながら美宇の声を背中で聞いた俺は、後ろ向きのまま彼女に指を振る。そして薄暗い木陰から、夏の終わりのまだ強烈な光のなかへとジャンプする。

Outroduction

「エイらっしゃい。コハダのエンガワいっちょ、お待ち」

そう言って俺は奇怪な太巻きをカウンターに叩きつける。どうせ日本語なんてわかんないんだから、適当なこと言ってりゃウケるんだ。人柄のよさそうなアメリカ人老夫婦がドル札で俺にチップをくれる。エイまいど、こんごもご贔屓《ひいき》に、とチップを仕舞った俺は、そのまま手も洗わずにつぎの寿司を握る。まあ腹壊すこたないだろう。たぶん。


いまごろは東京も寒くなってるんだろう。

あのくそ暑い夏から逃げ出した俺は、なんの因果が、さらに暑いところにいる。冬んなっても暑い。しかし格段に空気が乾燥しているから、東京の夏なんかと比べたら別世界の気候だ。空気中の水蒸気がすくないと、光がカリッとして、すべてのものの輪郭がくっきりする。あらゆる色の彩度が上がる。色の洪水みたいになる。

ティファナって街に俺はいる。アメリカとの国境沿いの、メキシコの街だ。

古いアメリカ映画観てると、犯罪者が最後に逃げてく先は、メキシコってことに相場は決まっている。もっとも、べつに俺はアメリカでなにかへまやらかしちまって、こっちに逃亡してきたわけじゃない――ということにしておこう。

東京を離れたあと、まず最初に、一番土地勘のあるサンフランに入った俺は、ナパ・ヴァレーのマットの農場を一週間でクビんなって、まあ、それからいろいろやってたわけさ。

そんなこんなしてるうちに三カ月経って、観光ビザの期限になった。そこで南下して、一度アメリカ国外に出たってわけだ。サンディエゴから回転ドア押して、国境の南のこの街にやってきた。

それから約一カ月ほど、ここに腰を落ち着けている。悪くない街だ。ドラッグ・カルテルが暴れ過ぎさえしなければ。

ティファナで細かいこと言う奴はいない。みんな、馬鹿になるためやってくる。毎日毎日、アメリカ人がいやというほどやってくるんだが、そのなかでも一番の狙い目は、羽目《はめ》外しにやってきたアメリカの学生だ。未成年の飲酒に非常にきびしい国に住んでいるワルガキにとって、ティファナは天国だ。酒、ハッパ、女、クラブ、処方箋《しょほうせん》なしで買えるクスリ、そのほかなんでも、全部やりたい放題で、しかも安い。隣のカリフォルニアなんかに比べたら、嘘みたいな値段だ。

そんな奴らをカモにしたバーやクラブやレストランが街の一部をぎんぎんに彩《いろど》ってるんだが、そこで「ＳＵＳＨＩ」ってのも、悪くない商売だ。そんなスシバーのひとつで、俺はいま働いている。

といっても俺に寿司が握れるわけはないんだが、だれもそんなこた気にしやしない。東洋人が握ってりゃあ、モノホンっぽいんだよ。その証拠に、俺の同僚はタイ人だ。店の経営者は中国人とメキシコ人の夫婦。結構流行《はや》ってる店だよ。味は最低だが。チリペッパーをアクセントにした「ヤクザロール」てのが、俺のオリジナル・メニュー。人気あんだよ、これが意外に。

こんなところにいても、風の便りで東京の噂は伝わってくる。

あれから、いろんなことがあったらしい。

まず、専務は正式にお縄んなった。表向きは、あいつがシャブ食って錯乱《さくらん》して暴れた単独犯の粗《そ》暴犯《ぼうはん》ってことで、ケリがついたらしい。社長としても、そうやって切り捨てざるを得なかったんだろう。すでに自分が身代金抱えてポンヒルまで行っちまってたんだから、専務をかばえばかばうほど、火の粉が全部自分に振りかかってくることになる。

そんなわけで、土木田ベース襲撃《しゅうげき》の一件は、いまもって当事者以外のだれにも知られてはいない。

この影響で、恭一は晴れて独立するにいたったそうだ。

より正確に言うと、突然社長から直々に「事務所を離れてくれ」と頼み込まれたらしい。恭一にしたら、狐につままれたようなもんだったろう。そもそもそれは、厄ネタのこの俺と関係があるものすべてから一刻も早く縁を切りたい！っていう、社長の血の叫びから生まれた行動だったんだが、そんなことが恭一にわかるわけはない。まさに棚ボタ。俺からの結婚祝いのプレゼントって感じかな？　違うか。

恭一と伽那子は、独立後、うまくやってるそうだ。理想の夫婦像っての？　そんな感じで、いろんなメディアで引っ張りだこなんだと。夫婦でＣＭに出たり、バラエティ番組に出て笑いとったりして、好評なんだそうだ。恭一はいいとして、あんなにクールぶってた伽那子が、どんな顔してそんなことやってるのか。驚きだよな。

あの二人はそんな具合だから、子供はまだ先っぽいんだが、すごいのが晃三。育代がご懐妊《かいにん》なんだそうだ。なんつうか、人間が実直だと、やるときゃ最短距離行くのかね。おかげで、母ちゃんも当分は、やること増えて、余分なことは考えてらんないだろう。あるいは逆に、安産祈願とかで、まーたスピリチュアル関係にカネ遣ったりするのかな。あまりぼったくられなきゃいいんだが。

おかしいのが義人の野郎。ナージャとロサとは仲よくやってるみたいなんだが、フィリピン料理の——なんていうんだっけ？　あの春巻きみたいなやつの屋台を新宿で始めたそうだ。ロサのお袋さんの味ってやつで。

それが結構な人気で、こんどイが出資して、大久保にフィリピン料理の店出すことになったらしい。店長が義人、シェフがロサで、店のコンセプトや宣伝やらのプロデュースは、ナージャがやるんだって。まあ、あの女だったら飲食業も当てられるんじゃないかね？

そのまんま、おとなしくしてりゃいいんだが。

新商売ってことでいうと、聖美がエステサロンの経営を始めたそうだ。ブクロで深夜までやるってことで、ターゲットは水商売系のお姐ちゃんたち。辰夫の手下のロッドどもは、義人以外の全員が、いまその店で働いているらしい。

そもそも、辰夫がやっぱり、かなりやばいことになったそうだ。ポンヒルの一件で、喉元まで警察に迫られて、仕方がないのでガラかわすことになった。ブクロの不動産屋は畳んで、ひとまず日本を離れることにしたそうだ。

といっても、俺みたいな完全逃亡ってわけじゃない。アジアンリゾートと引退者ロングステイのための開発業務っていうの？　そんなことに手ぇ出して、国外を転々と単身赴任してるらしい。聞くからにいかがわしいが、東南アジアのどっかで保険金殺人やろうってんじゃないんだから、まあ、前と似たようなもんだろう。

ほとぼりが冷めたら、あいつはまたブクロに戻って、ブイブイいわせるんだろう。

美宇とは、映画に行くことはできなかった。あのあと、一度も連絡はとっていない。

あの学校の塀飛び越えてから、大挙して俺を追ってくるパトカーと激しいカーチェイスを繰り広げた末にウーゴが事故死、残った俺はタウルス片手に白昼堂々市街地で銃撃戦！——てなことはなかったんだが、まあ、いろいろあって、連絡しそびれた。

いや違うな。まだ連絡をとらないほうがいいと思ってるのかな。あいつのために。

わっかんねえや。

ただ、小太郎とは極秘でメールのやりとりをしていて、美宇の動向はつかんでいる。

驚きなのは、まじで美宇がアヴィエイターからデビュー決まったんだそうだ。ディレクターは信藤で、サウンド・プロデュースは小太郎。フルタがアドバイザー。

つまり、「とむらいの曲」の出来が、それほどまでに評価されたってことだ。

まず、蘭洞の番組でのプレイが、かなりの評判になったらしい。視聴者のあいだで好評だったのはもちろん、ネット界でも話題になった。ＹｏｕＴｕｂｅに映像が何本もアップされているから、いまでも観ることができるはずだ。これは小太郎がやった仕込みってわけじゃなくって、番組観てた視聴者たちが、自発的にやったことらしい。

そんな評判を受けて、信藤と部長が小太郎のところに日参した。困った小太郎は美宇に相談して、美宇に会ってみた部長は、その場で契約を即決。アヴィエイターとしては、結構でかい予算組んで、やる気を見せているらしい。マネジメントは、八面六臂《はちめんろっぴ》で大活躍の母ちゃん聖美。地上最恐のステージ・ママ誕生だ。

まあ、少女雑誌のモデルあがりの十六歳で、あの声とあの機転、そしてなによりも才能があるんだから、ＣＤもヒットするんじゃないか。小太郎にメールで送ってもらった、作りかけのデモ・トラックも、なかなかよかった。ファースト・アルバムには、「デディケイテッド・トゥ・ＪＫ」って入れたいってのが、美宇の要望だそうだ。照れるね。

例のマルチ・テープは、小太郎のところで大事に保管してもらっている。トラックを電子化して、ネット経由でファイルを送ってもらうという手もあるんだが、なにしろ俺がこんな状態なので、そのまんまにしてある。いずれ落ち着き先が決まったら、そのときにまた、あれをどうするか、あらためて考えようと思っている。

あと笑っちまうのが――いや、本来は笑っている場合じゃないんだが――俺っていま、「謎の覆面ギタリスト」として、ネット界で人気なんだそうだ。

もちろんこれも、小太郎とフルタの野郎の仕業だ。「とむらいの曲」の好評価に調子に乗ったフルタが、ジルバップに入ってたＴＬ５００のそのほかのギター・フレーズを、「面白い、面白いですよ！」かなんか言って、つぎからつぎに、小太郎にビートを当てさせたそうだ。そしてそれを、マッシュアップ・トラックを発表するみたいにして、ネットに流通させたらしい。

これについては、俺としては正式に怒ってもいいはずだ。止めるべきだろう。でも評判いいって言われると、これが悪い気もしないってんだから、俺もミュージシャンだってことなんだろうな。

ミュージシャンといえば、ティファナのシーンが、なかなか面白い。メキシカン・トラディショナルとエレクトロニカをミックスしたような奴らが、ごろごろいる。

あるとき、そんなバンドのメンバーの奴と話してて、俺がギター弾けるつったら、演《や》ってみろってことになった。それからはときどき呼ばれては、いくつかのバンドに参加して、クラブで演ったりしている。俺みたいなスタイルの奴はいないから、ウケてるよ。まあまあね。

逆に俺は、だれか地元の奴からマリアッチ・スタイルのギターを教えてもらおうと思ってる。うまくモノにできれば、これから、バスキングしながら旅するときに大いに役に立つに違いない。

そう。これからどうしようかね？ってのも、まあいろんなプランが、あってさ。

まず一番手っ取り早いのが、ハッパ隠して合衆国に戻って、それ売ってひと稼ぎするってアイデア。もっとも、これは手っ取り早いだけに、やろうとする馬鹿が多い。だから、捕まる確率も高い。そこで俺は、合衆国とは逆方向に、ここからずっと南下してくとか、どうかな？なんて真剣に考えている。スペイン語もなんとなくわかってきたし、ここから陸路でブラジル目指すとかさ。路銀はバスキングで稼ぎながら、ブラジルまで行く。それで本場でバチーダ奏法の練習するってのもいいかもしれない。地球上で一番上等な音楽はブラジルにある。俺みたいな下手っぴいでも、すこしはましなギター弾きになれるかもしれない。

なによりブラジルは、あの大列車強盗やったロナルド・ビッグスが楽しくやってた国なんだぜ？俺に合わないわけがない。ブラジルにいれば、俺もセックス・ピストルズに入れるかもしれない。

そんなことを考えながら、いまんとこは、ティファナの毎日を満喫《まんきつ》してるってとこかな。適当な寿司握りながらね。

謎なのが、ここはスシバーなのに、店内でオーナーの猫が放し飼いになってるんだ。いいのかよ？　まあ、こっちの猫は肉食が基本だから、魚にゃ興味薄いみたいなんだが。

その猫のうちの一匹が、こっち向いて舌なめずりしてやがる。

俺は平目のアラを投げてやるんだが、やはりすこし匂いをかいだだけで、ぷいと横を向く。後ろ足で頭を掻《か》く。なんだよ。人がせっかくやったもん食わないのかよ？

日本語でまじめに話しかけてる俺を、猫がじっと見る。

猫は視線をそのままに、口角が上がって、笑っているような表情になる。見てんじゃねえよ、と言っている俺を、猫がいま、鼻で笑ったような気がする。

川崎大助
KAWASAKI DAISUKE
★
一九六五年生まれ。八八年、音楽雑誌『ロッキング・オン』にてライター・デビュー。九三年、発行人としてインディー雑誌『米国音楽』を創刊。執筆のほか、編集やデザイン、DJ、レコード・プロデュースもおこなう。二〇一〇年よりビームスが発行する文芸誌『インザシティ』に参加、同誌に短篇小説を発表。これまでの著書に評伝『フィッシュマンズ　彼と魚のブルーズ』がある。本書が初の小説著作となる。

※本書は書き下ろしです。

東京《とうきよう》フールズゴールド

★

二〇一三年九月二〇日　初版印刷
二〇一三年九月三〇日　初版発行

著者★川崎大助
装幀★鈴木成一デザイン室
イラスト★信濃八太郎
発行者★小野寺優
発行所★株式会社河出書房新社
東京都渋谷区千駄ヶ谷二-三二-二
電話★〇三-三四〇四-一二〇一［営業］〇三-三四〇四-八六一一［編集］
http://www.kawade.co.jp/
組版★KAWADE DTP WORKS
印刷★図書印刷株式会社
製本★加藤製本株式会社
Printed in Japan
落丁本・乱丁本はお取り替えいたします。

ISBN978-4-309-02220-8